Allitera Verlag

edition monacensia
Herausgeber: Monacensia
Literaturarchiv und Bibliothek
Dr. Elisabeth Tworek

Von Carry Brachvogel sind in der *edition monacensia* bisher erschienen:

Im Weiß-Blauen Land. Bayerische Bilder
Alltagsmenschen. Roman
Schwertzauber. Roman

Carry Brachvogel

Der Kampf um den Mann

Roman

Text der Erstausgabe von 1910

Nachwort von Ingvild Richardsen

Münchner Stadtbibliothek
Monacensia
Literaturarchiv und Bibliothek

Allitera Verlag

Weitere Informationen über den Verlag und sein Programm unter:
www.allitera.de

Dezember 2014
Allitera Verlag
Ein Verlag der Buch&media GmbH, München

Umschlaggestaltung unter Verwendung einer Lithografie
von Ferdinand von Rezniček
Frontispiz: Exlibris Carry Brachvogel von Franz von Bayros (1912)
Printed in Germany · ISBN 978-3-86906-663-9

Inhalt

Exlibris
Carry Brachvogel

Erstes Kapitel

Ich kann Ihnen nicht genug danken, daß Sie mich zu diesem entzückenden Fest mitgenommen haben! So etwas gibt's doch nur in München!« sagte die anmutige Frau zur Baronin von der Teuffen, der erbgesessenen Lady Patroneß aller Münchener Wohltätigkeitsveranstaltungen.

Die Baronin lächelte verbindlich.

»Mitgenommen – welch ein Wort, gnädige Frau! Der Basar ist Ihnen zu Dank verpflichtet. Sie sehen ja reizend aus in Ihrem Postillionkostüm! Und ich glaube, von allen Damen der Basarpost machen Sie die besten Geschäfte.«

Frau Professor Cholevius lachte ihr seltsames, hübsches Lachen, das melodisch und dennoch ganz seelenlos klang, und senkte dabei den Kopf ein wenig.

»Gott ja, es geht ... die Menschen sind ja alle so furchtbar nett zu mir. Ich wundere mich eigentlich darüber! Wenn man aus so einer kleinen Universitätsstadt kommt, findet man sich selber gräßlich provinzmäßig ...«

Die Baronin machte einige liebenswürdige Redensarten und sah dabei in das Gewühl des Basars hinein, das jetzt, da der Nachmittag sank, immer lebhafter wurde. Eine kleine, nervöse Müdigkeit lag auf ihrem feinen, ältlichen Gesicht. Sie hatte derlei schon zu oft arrangiert, angesehen und mitgemacht. Seit mehr als dreißig Jahren und heute noch hieß sie »die schöne von der Teuffen«, obgleich ihr Gesicht kaum eine Spur mehr seiner früheren, strahlenden Schönheit zeigte. Aber ein Basar ohne sie war undenkbar; sie hatte immer die originellsten Ideen, die besten Beziehungen und ein eigenartiges Talent, neue, hübsche Erscheinungen für die Verkaufsbuden ausfindig zu machen. So hatte sie auch Frau Marie Cholevius »entdeckt«, die nur vorübergehend von Jena nach München gekommen war.

»Sie können sich die Langeweile in solch einem Universitätsnest gar nicht denken! Alles ist so spießbürgerlich ... so eng. Man rostet förmlich ein. Man weiß gar nicht mehr, daß man ein netter Mensch sein kann, an dem andre Leute Gefallen finden. Und das ist so himmlisch hier, daß man jung und lustig sein darf – und sich freuen kann, daß man jung ist ...«

Sie lachte wieder mit gesenktem Kopf ihr harmonisches und doch seelenloses Lachen. Mit ihrem kaum mittelgroßen, schlanken Figürchen und ihrem schmalen, blassen Gesicht hätte man sie für ein ganz junges Mädchen halten können. Ihr Lachen zerstörte diesen Eindruck. Es kam wie aus einer großen, inneren Zerfahrenheit und legte um ihren weichen Mund ein paar Züge, halb bös, halb schmerzlich. Und ihre Augen, von denen man nie wußte, ob sie blau oder schwarz waren, und über denen die Brauen sich nicht zum anmutigen Halbmond wölbten, sondern wie eigensinnige Schnörkel ein wenig in die Höhe stiegen, ihre Augen lachten nicht mit dem Mund. Sie flimmerten nur, brannten auf, schossen ein paar unruhige, heiße oder verlangende Blicke und waren dann plötzlich wie ausgelöscht, gingen verschwommen in eine ziellose Weite – versanken wohl auch in ganz unbewachten Augenblicken unter den Lidern, daß es aussah, als ob sie schliefen.

Jetzt eben, da sie von der Lust der eigenen Jugend sprach, tänzelten sie mit einer kindlichen Freude von unten heraus zur Baronin hin. Die lachte und nahm mit einer liebkosenden Bewegung die Hände der anmutigen Frau in die ihren. »Sie sind wirklich reizend!«

Bei sich dachte sie: ›Liebe, mir spielst du umsonst Komödie vor! Ich kann mir schon denken, daß du Jena auf den Kopf stellst. ... Aber reizend bist du, und das ist für die Basarpost die Hauptsache.‹

»Trinken wir ein Glas Sekt in der Sektbude?« fragte Frau Cholevius, die mit der Baronin seit etwa einer halben Stunde im Saale herumging, um sich ein wenig von den Strapazen ihres »Postamtes« zu erholen.

»Gern. Aber dann bringe ich Sie wieder zum Postwagen zurück. Ja, ja, meine liebe, hübsche Frau, Sie sind nicht hier, um sich zu amüsieren ... Sie müssen arbeiten, Geld einnehmen für unser Säuglingsheim.«

»Ich habe seit heute früh schon dreihundert Mark beisammen. Ich ganz allein. Die jungen Mädeln bei der Post sind nämlich nicht sehr geschickt, nur ein paar von ihnen verstehen den Rummel. Eine sehr, sehr Hübsche ist da, die nimmt auch viel ein.«

»Wie heißt sie denn?«

»O, das weiß ich nicht. Ich bringe all diese fremden Namen durcheinander. Sie ist groß und brünett, mit so einer prachtvollen Pfirsichhaut und so wundervollen Zähnen; wenn sie lacht, sieht sie aus wie eine Reklame für ›Odol‹ oder ›Kalodont‹. Sie hat weißgepudertes Haar, und eine Frische – beneidenswert!«

»Tilde von Merk.«

Marie Cholevius zuckte ein wenig zusammen. »W i e heißt sie?«

»Von Merk. Gute Familie – der Vater war erster Direktor einer Versicherungsgesellschaft. Hübsche Mädchen, die auch, glaub' ich, ganz wohlhabend sind. Die eine ist bei der Basarpost, und die andre –«

»Trinken die Damen keinen Sekt?« fragte da eine Mädchenstimme, viel zu schüchtern und ernst, als daß sie bei einem Basar, wo Keckheit und Übermut Trumpf sind, hätte Erfolge haben können. Die junge Fragestellerin schien auch nicht viel Glück als »Hausiererin« zu haben; auf dem silbernen Teller, den sie trug, standen noch unberührt die sechs Sektkelche, die ihr die Lady Patroneß der Sektbude mitgegeben hatte, um sie unterwegs zu verkaufen.

»Ach, sieh da, Fräulein von Merk!« sagte die Baronin lächelnd. »Eben sprachen wir von Ihnen. Ich erklärte der gnädigen Frau gerade, daß die Damen von Merk zu den schönsten Mädchen Münchens zählen.«

Eine feine Röte stieg in die Wangen des Mädchens. Die Äußerung der Baronin konnte ja doch nur der schöneren Schwester gelten. »Frau Baronin sind sehr gütig«, stammelte sie.

»Wir werden noch viel gütiger sein, liebes Fräulein, und Ihren Sekt trinken. *Quanto costa?*«

»Eine Mark das Glas.«

Nachdem sie bezahlt hatten, stellte die Baronin vor: »Fräulein Franziska von Merk – Frau Cholevius aus Jena.«

Franziska errötete noch tiefer.

»O, Sie sind aus Jena ...« entfuhr es ihr unwillkürlich.

»Kennen Sie Jena?«

»Nein, gar nicht«, sagte Franziska hastig.

»Haben Sie vielleicht Bekannte dort?«

»Nein, niemand, gar niemand.«

Sie wurde immer hastiger, verwirrter. Sie strebte von den beiden Damen fortzukommen, aber Frau Cholevius ließ sie nicht los. Zudem sprach die Baronin gerade mit einigen andern Damen, und Franziska wollte nicht unhöflich sein und die Fremde allein lassen, zudem Frau Cholevius schon ein drittes Glas Sekt trank.

»Sagen Sie, Fräulein von Merk, täusche ich mich oder nicht? Haben Sie nicht im Sommer einmal einen Professor Doktor Benedikt aus Jena kennen gelernt? Benedikt ist ein alter Freund meines Mannes; mir ist, als hätt' er Ihren Namen genannt.«

Franziska hätte gern aufgeschrieen: ›Nein, nein, das ist nicht möglich!‹ Sie sagte aber nur, scheinbar gleichgültig: »Ach ja! Ja ... Doktor Benedikt aus Jena. In Igls haben wir mit ihm ein paar sehr hübsche Tage verlebt.«

Frau Cholevius lächelte kaum merklich. Aufmerksam musterte sie Franziska. Das Mädchen war sehr groß, überschlank. Ihr unregelmäßiges Gesicht mit den etwas zu starken Lippen und der abgestumpften Nase konnte keinen Vergleich mit der prangenden Schönheit der Schwester oder dem süßen Hexlein, Marie Cholevius, bestehen. Ihrer undeutschen Züge und ihres krausen, dunklen Haares wegen nannten die jungen Leute, die Tänzer der Merkschen Mädchen, Franziska wohl »das Mohrenköpfel« oder auch zum Unterschied von Tilde »die häßliche Merk«. Was ihnen häßlich schien, war aber viel mehr der Ausdruck als der Schnitt dieses jungen Gesichtes, seine kühle Verschlossenheit, die es nur in ganz unbewachten oder sehr leidenschaftlichen Momenten zu einem Spiegel der Seele werden ließ.

›Gar nicht hübsch, aber recht schick!‹ dachte die Cholevius, während sie das Mädchen musterte. ›Geschmack hat sie, und sie weiß, was ihr steht! Es gehört ja eigentlich Mut dazu, wenn ein häßliches Mädchen sich wie eine der Schönheiten aus der Schönheitsgalerie herrichtet, aber es steht ihr! Sie sieht stilvoll aus!‹

Franziska von Merk trug ein violettes Samtkleid im Stil der dreißiger Jahre, einen weitausspringenden Glockenrock und einen kleinen Spenser, der am Hals mit einem weißen Spitzenkrägelchen abschloß. Ihr starkes Haar fiel vor den Ohren in dicken, gedrehten Lockenbüscheln herab, während oben auf dem Scheitel eine dichte Flechtenkrone saß, durch die wagerecht ein goldener Pfeil gesteckt war. Das Original dieses Bildes war nicht nur eine gemalte, sondern eine echte, hinreißende Schönheit gewesen, der die häßliche Merk in keinem Zuge ihres Mohrenköpfels glich. Aber die Cholevius hatte dennoch recht, als sie zu ihr sagte: »Fabelhaft hübsch ist Ihr Kostüm! So etwas kriegt man eben nur in München fertig. Sie sehen aus wie ein Bild, das aus dem Rahmen gestiegen ist!«

Franziska lächelte ein wenig.

»Ach, es tut sich! Es sollte doch alles möglichst Alt-München sein! Ich schwärme ja gar nicht sehr dafür, aber die Künstler haben keine Ruh' gegeben. Also hab' ich halt in Gottes Namen in der Schönheitsgalerie Studien gemacht.«

»Gewiß der Schneiderin alles selbst angegeben?«

»Alles selbst geschnitten!«

»Nein, ist es möglich!«

»O, das ist nicht schwer!«

Als die Baronin sich wieder zu den beiden wandte und mit Franziska über das Arrangement und die finanziellen Aussichten des Basars sprach, glitten die Augen der Cholevius wie in tödlicher Ermüdung von der Gestalt des Mädchens ab, wurden verschwommen ... trübe ... versanken wie in tiefem Schlaf unter den Lidern. Das dauerte eine Sekunde lang oder auch zwei. Dann riß sie sich gewaltsam empor, öffnete die Augen weit und rund, als ob sie eben erwachte, und sprach mit der Baronin und Franziska weiter ohne zu stocken, als hätte sie nie den Faden des Gespräches verloren ...

»Sehen Sie, das war die jüngste Merk!« sagte die Baronin, als Franziska sich verabschiedet hatte und weiterging, andern fremden Leuten mit ihrer schüchternen, ernsten Stimme Sekt anzubieten.

Die Cholevius sah ihr nach. »Die Schwester ist viel, viel schöner.«

»Gewiß. Aber diese hier hat etwas sehr Elegantes ... Distinguiertes.«

»O ja. Und sie zieht sich hübsch an. Sie müßte auch zu Pferde gut aussehen, mit dieser langen, schmalen Figur.«

»Sie haben recht. Nun, vielleicht heiratet sie einen Sportsmann, wie ihre älteste Schwester.«

»Sie macht so einen ernsten, gediegenen Eindruck.« (Ein kleiner spöttischer Ton war in diesem ›gediegen‹.) »Sie sollte einen Mann heiraten, bei dem sie repräsentiert.«

Sie lachte ohne jede Veranlassung ihr melodisches, seelenloses Lachen, das die Baronin allmählich etwas nervös machte ...

Zweites Kapitel

Es war nur eine Stimme darüber, daß die Künstler, denen das Arrangement des »Basars zum Besten des Säuglingsheimes« obgelegen, sich selbst übertroffen und Münchens Ruf als erwählte Feststadt wieder glänzend gerechtfertigt hatten. Die Losung für den Basar hieß: »Ein Fest in Alt-Nymphenburg«, und wer an den drei Tagen, die der Basar dauern sollte, den Kaimsaal betrat, fühlte sich sofort aus der modernen Hauptstadt hinweg nach dem weißen Lustschloß und in die Urgroßväterzeit versetzt. Die ganze Wand dem Eingang gegenüber war durch eine flottgemalte Kulisse bedeckt, die Schloß Nymphenburgs weitläufige und dennoch so anheimelnde Rokokotrakte zeigte. Davor war ein Maibaum aufgestellt, mit flatternden Bändern, bunten Wimpeln und all den kleinen Gegenständen behangen, mit denen von alters her das Volk ihn zu schmücken liebt. Bei der Eröffnung des Basars, als die Prinzessin, unter deren Protektorat er stand, geleitet vom Komitee, den ersten Umgang machte, hatten Kinder in lichten, flatternden Gewändern einen alten Reigen um den Maibaum getanzt.

An das Schloß gliederten sich die Festbuden, von denen jede einzelne ein Stück Alt-Nymphenburg oder Alt-München darstellte, so gut es ging, ohne mit ihren Verkaufsgegenständen in allzu harten Widerspruch zu geraten. Da gab es eine behagliche altmodische »Lebzelterei mit Metausschank«, in der die Damen im goldenen Riegelhäubchen und silberverschnürten Mieder der Alt-Münchener Kellnerinnen bedienten. Natürlich wurden hier nicht nur Pfefferkuchen und Met verhandelt, sondern auch feine Süßigkeiten, Kaffee, Tee und Schokolade, weil die Einnahmen sonst gar zu gering gewesen wären. Am Büfett, das als Festzelt drapiert war, trugen die Damen Kostüme ähnlich wie das Kleid Franziska von Merks; manch eine besaß noch von Großmutters Zeiten her einen echten, weißen, gestickten Crêpe de Chine-Schal, den sie mit der verschämten Koketterie der dreißiger Jahre um die Schultern gelegt hatte.

Blumen barg ein Kiosk, der an die schwärmerischen »Freundschaftstempel« entschwundener Jahrzehnte gemahnte; die Verkäuferinnen – ausschließlich junge Mädchen – trugen weiße Mullkleider, zuckersüße Rosenkränzlein im Haar, weiße Strümpfe und Kreuzbandschuhe. Die ganz modernen Erscheinungen – Kabarett, Photographieen, Phonograph und so weiter – hatte man klugerweise gar nicht zu stilisieren versucht, sondern nur in etwas biedermännisch angehauchte Kioske gebracht und die schönen Frauen, die sich um sie bemühten, gebeten, sich in Haar- und Kleidertracht ein wenig Alt-München anzupassen. So hatte nun jede mit verblüffendem Geschmack herausgefunden, was stilvoll und zugleich vorteilhaft für sie war. Franziska von Merk blieb durchaus nicht die einzige, die aussah »wie ein Bild, das aus dem Rahmen gestiegen ist«. Viele dieser Damen mochten vielleicht morgen, wenn sie sich wieder für den Alltag anzogen, unscheinbar wirken. Heute, da es auf ein bißchen Phantasie, ein bißchen Stil, ein bißchen Buntheit und ein bißchen Draufgängerei ankam, war jede von ihnen eine Künstlerin.

Das Glanzstück des Basars aber war die »Basarpost«. Schwindsche Bilder und Stimmung hatten hier offenbar die Anregung gegeben. Vor einer lieblichen Landschaft stand die mächtige gelbe Postkutsche, die heute noch draußen auf dem Lande Flecken und Weiler miteinander verbindet. In regelmäßigen Zwischenräumen blies ein Postillion in der schmucken, weiß-blauen Uniform der bayrischen Postillione liebe, alte Weisen: »Seh' ich drei Rosse vor dem Wagen«, oder »Ich hatt' einen Kameraden«. Es hatte ziemlich Mühe gekostet, einen jungen Mann aufzutreiben, der gut aussah, Horn blasen und sich dabei leidlich benehmen konnte. Endlich hatte man einen Musikschüler entdeckt, einen hübschen Burschen aus Dietramszell, dessen Onkel Postillion gewesen war. Der saß nun auf dem Kutschenbock und blies.

Den Dienst der »Basarpost« (es begriff ihn niemand, aber er brachte viel Geld ein) versahen junge Damen, die als weibliche Postillione gekleidet waren. Sie sahen sehr flott aus in ihren weißen Tuchröcken, den blauen, kurzen Fräcken mit der Silberstickerei und dem schwarzen Glanzzylinder auf dem Kopf. Besonders die Blondinen kleidete der Hut gut, die Brünetten fanden im allgemeinen, daß er sie »zu schwarz« mache. Oder man mußte so blaß sein und so blauschwarze, glänzende Haare haben wie Frau Marie Cholevius. Deshalb hatte Tilde von Merk das Haar weiß gepudert, was eigentlich stillos war.

Als einer der Arrangeure lachend sie darum tadelte, sagte sie: »Ach, ich bin halt schon ein alter Postillion. Wissen Sie, so einer, von dem's heißt:

Ein alter Posthalter mit siebzig Jahren,
Der wollte mit Schimmeln im Himmel 'nauffahren.
Die Schimmel, die Schimmel, die liefen im Trab
Und warfen den alten Posthalter herab.«

»Das müßte ein dummer Schimmel sein, der Sie abwirft«, hatte der Maler gesagt und war zufrieden. Stil hin, Stil her – Schönheit war der beste Stil.

Der Besuch in den Vormittagsstunden ließ zu wünschen übrig, aber nachmittags drängten sich die Leute, daß zeitweise die Kasse geschlossen werden mußte. Unaufhörliches Surren, Schwatzen und Lachen erfüllte den Saal, eine Musikkapelle schmetterte anfeuernde Märsche und Lieder über die wogende Menge hin. Die Gesichter glühten, die Augen blitzten; hinter schüchternen Worten barg sich ein kühner Sinn; die Luft, schwer von Staub, Hitze, Licht, menschlicher Ausdünstung, Parfüm und dem Duft welkender Blumen, schien von glitzernden Geheimnissen erfüllt, die nur des Abends, des Tanzes warteten, um sich zu offenbaren.

Die Mütter, deren Töchter im Basar verkauften, kamen natürlich, um sich von den persönlichen und finanziellen Erfolgen ihrer Kinder zu überzeugen, mit Genugtuung festzustellen, daß andre Mädchen nicht so umschwärmt waren und weniger einnahmen, oder mit betrübtem Neid zu sehen, daß der eigenen Tochter weniger gehuldigt, weniger abgekauft wurde, als die mütterliche Eitelkeit erwartet hatte. Zwischen Nachmittag und Abend kam auch die verwitwete Frau von Merk, trotz ihrer fünfundfünfzig Jahre noch eine frische, vornehme Erscheinung, in der Schlankheit der Gestalt der jüngsten Tochter ähnlich. Sie hatte schon ganz weißes Haar, das sie über der Stirn in schönen großen Locken trug, die hübsch zu ihren dunklen Augen und Brauen kontrastierten. Auf eine gewisse Entfernung wirkte sie nicht wie die Mutter, sondern wie eine ältere Schwester ihrer Töchter, besonders wenn, wie jetzt, innere Zufriedenheit aus ihrem Gesicht strahlte. Sah sie doch, daß Wladimir Saranoff, der junge reiche Russe, der Tilde schon im Lauf des Winters aus den Künstlerbällen merklich ausgezeichnet hatte, ihr auch heute auffallend, vielleicht etwas zu auffallend, den Hof machte. »Zu auffallend« dachten aber wohl nur Unbeteiligte, vor allem die Familien, die den Merks den reichen Freier nicht gönnten. Tilde hatte gar nichts dagegen, daß jeder und insbesondere jede sah, wie sie gefeiert wurde, und Frau von Merk lächelte dazu. Lächelte das glückliche Lächeln derer, denen die Stimmen des Neides süß wie Silberglocken klingen. Sie war, ehe der ältliche Herr von Merk sie geheiratet hatte, die Tochter einer armen Offizierswitwe gewesen; zwischen jämmerlichen Brotsorgen und brennendem Neid auf die Reichen ging ihre Jugend hin, bis der Direktor sie in sein wohlhabendes Haus führte. Als dann die Töchter heranwuchsen (der Vater erlebte es nicht mehr), wollte sie mit ihnen dreifachen Neid erregen. Die beiden Älteren schlugen auch gut ein. Olga war nur zwei Jahre ausgegangen und hatte dann gleich den reichen Oberleutnant Hertling geheiratet. Und Tilde –

»Kommen Sie, gnädiges Frrreilein, machen Sie mit mir einen kleinen Spazierrrgang durch den Saal!« bat Saranoff eben in seinem klaren, harten Russisch-Deutsch und blickte mit seinen schönen dunklen Augen Tilde flehend an.

»Nein, Herr Saranoff, jetzt nicht! Erst wenn Frau Cholevius wieder hier ist! Eine von uns muß hier sein, sonst geht alles drunter und drüber!«

Er wollte weiter mit Bitten in sie dringen, als eine kleine Bewegung um die Basarpost her entstand. Zwei Männer näherten sich, denen alle Blicke neugierig folgten, während die Zungen hinter ihnen her tuschelten. Sie waren beide groß; dem einen mit den hellen Augen, dem kategorischen »Es-ist-erreicht« und der steifen Haltung seiner noch etwas unfertigen Gestalt merkte man sofort preußische Militärzucht an, trotz des Zivils, das er trug. Das war Seine Hoheit Prinz Chlodwig, aus einer Seitenlinie irgendeines norddeutschen Fürstentums, der in seiner engeren und weiteren Verwandtschaft als ziemlich degeneriert angesehen wurde. Er liebte nämlich die Malerei. Liebte sie aber nicht, wie die Fürsten sie lieben, als Darstellungsmittel heroischer, höfischer oder minniger Vorgänge, sondern fand Geschmack an der Moderne. Ja, er entdeckte sogar, daß er selbst ein bißchen Talent dafür habe, ließ sich daher einstweilen à la suite seines Regiments stellen und ging nach München, um zu malen. Der Herr, mit dem er jetzt kam, war also auch nicht sein Adjutant, sondern Anton Rothauer, der mit zwei Damenbildnissen in der letzten Sezession das größte Aufsehen gemacht hatte. Und auch jetzt galt die allgemeine Aufmerksamkeit nur ihm, nicht dem Prinzen, den nur wenige kannten. Als Tilde ihn kommen sah, holte sie gleich ein ganzes Paket Briefe aus dem Postwagen vor. »Herrn Anton Rothauer ... Herrn Anton Rothauer ... Herrn Anton Rothauer ... Herrn ...«

»Jessas na«, unterbrach er sie lachend und hob abwehrend die Hände, die in braunroten Glacés Nummer 83/4 steckten, »so viel Brief' gibt's ja gar net!«

Er stammte von Bauern aus der Tölzer Gegend und tönte immer noch seine Sprache bäuerlich, weil er wußte, daß das gefiel. In andern Äußerlichkeiten spielte er gerne den tadellosen Weltmann. Er haßte alle aufdringlichen Künstlerallüren, hatte kein individuelles Gewand, keine nennenswerten Schulden und keine Frau, die früher Modell gewesen war. Er war ein stattlicher, dunkelblonder Mensch, dessen breiten Kinnladen und pfiffig-lustigen grauen Augen man den Bauern ansah; auch sein lautes Bubenlachen zeigte nichts von städtischer Kultur.

»Also, Herr Rothauer, da sind Ihre Briefe. Und ein Paket ist auch da. Lagergebühr: die Hälfte vom Erlös.eines Porträts ...«

»Mir gangst!« sagte Rothauer gemächlich und händigte Tilde ein Goldstück ein. Und da sie es einstecken wollte: »Sie, Fräulein, 'rausgeben net vergessen!«

»Aber Sie sind geizig!« sagte sie schmollend.

»Natürlich! Geizig ... so an armer Maler schind't sich eh' zu Tod! Und auf so an Basar da san s' um ein' 'rum wie die Stoßgeier; grad aussäckeln möchten s' einen!«

Die letzten Worte hatte er mehr zum Prinzen gesprochen, der in wonniger Sprachlosigkeit zugehört hatte. Er, der feine, wohlerzogene Sproß aus altem Dynastenblut, schwärmte für die derbe Unbefangenheit dieses Halbbauern, der ein großer Künstler war. Was echt, was Pose war an Rothauer, konnte er nicht erkennen. Er wußte nur: »so etwas gab's bei uns zu Hause nicht«, und war selig. –

Während Tilde absichtlich langsam in ihrer Kasse nach Kleingeld suchte, sah Rothauer sie aufmerksam an.

Schließlich meinte er: »Lassen S' gut sein, Fräul'n, ich schenk's Ihnen, sonst müßten S' bis auf d' Früh nach Kleingeld suchen!«

Sie lachte ihn herzhaft an. »Vielen Dank im Namen der Säuglinge!«

Rothauer schnitt ein Gesicht. »Geh, san S' stad von so was! Z'wegen die Wickelkinder sollen Sie's net behalten, sondern ...«

Saranoff hatte schon die ganze Zeit über sehr mißvergnügt dem Zwiegespräch der beiden zugesehen. Jetzt trat er, eine Frage an Tilde richtend, direkt zwischen sie und den Maler. Der Prinz schien über diese Unart etwas erstaunt und sah den Freund fragend an. Rothauer sagte aber nur gelassen: »Hopla!« und wollte weitergehen.

In diesem Augenblick trat Franziska von Merk zur Basarpost. Am Büfett hatte man sofort Rothauer und die Hoheit entdeckt und schickte ihnen gleich ein halbes Dutzend Sektkelche zu freundlichem Ankauf. Eben hatte sie mit ihrer ernsthaften Schüchternheit gefragt: »Trinken die Herren keinen Sekt?« da nahm ihr schon Saranoff den Silberteller aus der Hand. »Entschuldigen, gnädiges Frrreilein, einen Augenblick!« Er wandte sich zu Tilde. »Trrrinken Sie! Für jedes Glas, an dem Sie nippen, hundert Mark!« In leichter Kniebeuge hielt er ihr mit einer demütigen Bewegung die Sektkelche entgegen.

Tilde errötete vor Stolz. So verschwenderisch und zugleich so ritterlich verstand keiner ihrer Münchener Verehrer zu huldigen, und gar erst Herr Rothauer, der sich aus zehn Mark herausgeben lassen wollte, hätte sich an Saranoff ein Beispiel nehmen können. Mit lächelndem Triumph sah sie den Maler und den Prinzen an, die neugierig die kleine Gruppe umstanden. Auch die andern Damen der Basarpost blickten erstaunt, belustigt und neidisch auf das schöne Mädchen, dem ein verliebter Mann die Goldstücke hinwarf, als wären's Kieselsteine.

Tilde strahlte. In einer halben Stunde würde die Geschichte mit den Sektkelchen im ganzen Basar besprochen werden, morgen in allen Jours, bei allen Tees, übermorgen in der ganzen Stadt. Mt leuchtenden Augen griff sie nach einem Glas, neigte den Kopf ein wenig gegen Saranoff, nippte, reichte ihm das Glas, das noch fast gefüllt war. Er hob es in die Höhe, sah sie an: »*A votre santé!*«

Er trank aus, warf das Glas mit einer kleinen Bewegung neben sich auf den Boden, daß es zersprang.

»Das zweite, gnädiges Frrreilein!«

Tilde glühte. Sie trank ihm zu, wie das erstemal, und wie das erstemal zerbrach er das Glas mit einem geschickten Wurf. Drei-, viermal wiederholte sich die Szene, dann meinte Tilde, es sei genug. Er aber sagte lächelnd: »Aushalten, Frrreilein, bis zuletzt!« Und als sie zögerte: »Denken Sie an die Seiglinge, gnädiges Frrreilein!« Da nippte sie weiter, bis die sechs Kelche in Splitter lagen.

Saranoff verneigte sich, zog seine Brieftasche und legte eine Hundertmarknote auf den Silberteller. Mit einer eleganten Geste zu Franziska: »Für die Gläser.«

Sie nahm das Geld mit lächelndem Munde, aber mit völlig abwesenden Augen. Nun legte er eine Tausendmarknote auf den Teller und reichte ihn Tilde.

»O, Herr Saranoff, auf so viel kann ich nicht herausgeben!«

»Nicht herrrausgeben. ... Herrrausgeben lassen ist bei uns *mauvais genre*. Machen Sie mich glücklich und behalten Sie!«

Sie nickte, dankte glückselig und weigerte sich nun nicht länger, mit ihm ein wenig im Saale zu promenieren. Mit zurückgelegtem Kopf, hochmütig lächelnd, schritt sie neben ihm, als ginge sie in einem Triumphzug.

»Was sagen Sie d a z u ? Nein, lieber Rothauer, was sagen Sie d a z u ?« fragte der Prinz, der solch ein Gemisch von Unart und Ritterlichkeit offenbar noch nie gesehen hatte.

»A bisserl asiatisch«, sagte Rothauer gelassen. »Aber 's steht ihm! Der Bursch hat Schmiß! An andrer könnt' so was net riskier'n!«

»Was ist dieser Frechdachs eigentlich?«

»I weiß net genau! Er studiert halt a bisserl an der Universität! Sein alter Herr soll sehr reich sein ... Güter ... Minen ... weiß der Kuckuck was noch alles! Der kleine Asiat' da hat eine Wohnung in der Prinzregentenstraß', pikfein! Und Pferdeln und Auto – allerhand Hochachtung! Aber a damisch's Luder is er doch.«

»Was ist er?« fragte der Prinz, entzückt.

»A damisch's Luder, also dumm is er halt! 's Geld so 'nausschmeißen!«

»Na, hören Sie«, sagte der Prinz leise, »er ist doch offenbar sehr verknallt in dies hübsche Mädchen!«

»Ja, ja, aber deswegen –«

Rothauer vollendete den Satz nicht, aber auch in seinen unausgesprochenen Worten lag die Anschauung, daß Liebe und Geld zweierlei seien, und daß man eben »ein damisches Luder« war, wenn man die beiden Begriffe miteinander verquickte.

Die kleinen Gruppen von Neugierigen, die sich um die Basarpost gebildet hatten, zerstreuten sich, als Tilde und Saranoff sich entfernten. Die Postillione aber und auch die Verkäuferinnen andrer Buden besannen sich, daß man nun ja Rothauer und den Prinzen mit Angeboten bedrängen könne. Es hatte sich schon herumgeredet, daß Rothauers Begleiter ein Prinz sei, und nun schwärmten die jungen

Damen emsig wie ein Bienenschwarm um ihn her: »Hoheit, ein paar Rosen!« – »Hoheit, kaufen Sie mir ein paar Lose ab!« – »Hoheit möchten doch bei uns ein Glas Sekt trinken!« – »Brauchen Hoheit keine Kunstgegenstände?« Hoheit hin – Hoheit her, daß er sich kaum mehr retten konnte. Aber er fand es doch sehr reizend, daß alle diese hübschen Mädchen so zutraulich mit ihm redeten, als kennten sie ihn wer weiß wie lange schon.

Um Rothauer drängten sie sich erst recht; er war vielleicht schon heute, ganz gewiß aber morgen ein berühmter Mann und lustig obendrein, und einer, von dem man Geschichten erzählte. ... ›Einmal und nie wieder seht's mich auf 'n Basar,‹ dachte er bei sich, während er lachend Neckereien erwiderte, Schmeicheleien ablehnte, obgleich sie ihm sehr gefielen, und viel mehr einkaufte, als er eigentlich wollte. ›So was is doch die reine Räuberbande, und zudringlich können die Mädeln sein, daß a Schand' is!‹

Eine sanfte, bittende Kinderstimme sagte neben ihm seinen Namen. Trotz des Getöses rundum vernahm er ihren Klang und sah zwei blauschwarze Blicke, die mit koketter Schüchternheit langsam zu ihm hinauftänzelten, denn die Frau, die ihn gerufen hatte, reichte ihm kaum bis zur Schulter. Er sah sie an, halb erstaunt, halb entzückt, daß ein Wesen so fein und so zierlich sein könne. Sie spürte sofort, daß sie gefiel, reichte ihm mit der verlegenen Geste eines Schulmädels ein Paket und lachte dazu ihr melodisches, seelenloses Lachen

»Ich war leider nicht in der Basarpost, als Sie kamen. Nun hab' ich Ihnen das Paket, das postlagernd für Sie da war, durch den ganzen Saal nachgetragen.«

Rothauer griff resigniert nach seiner Börse, aber sie wehrte ab. »Nein, nur unterschreiben! Es kostet nichts!«

»Nichts?! Das ist ja ein weißer Rab' auf dem Basar!«

Sie lachte wie ein kleines, vergnügtes Mädchen, nahm die Papierhüllen von ihrem Paket, daß ein rotgebundenes Buch zum Vorschein kam – ein Autographenalbum.

»Einschreiben, bitte!«

»Was soll ich denn einschreiben?«

»Ihren Namen oder auch sonst noch was Hübsches!«

Sie sah ihn immer von unten herauf an. Ein kleines Lächeln lag wie ein Sonnenstrahl auf ihrem blassen Gesicht. Während Rothauer an der Basarpost gebrandschatzt worden war, hatte sie sich in der Garderobe schnell und heimlich eine neue Morphiuminjektion gemacht, – nun war alle Müdigkeit, alle Nervosität verschwunden. Frisch und jung sah sie aus, bereit zu allerlei Fröhlichkeit und Schelmereien.

›Die müßt' man malen‹, dachte Rothauer, ›blaßgelb auf einem weißen Hintergrund. Sapperment, das wär' fein!‹

Über seinen künstlerischen Eindrücken vergaß er, daß er immer noch das Autographenalbum in der Hand hielt.

»Einschreiben!« bat sie wieder.

»Ich hab' ja keinen Bleistift da!«

»Bitte!« Hoheit stand neben ihm und reichte ihm einen silbernen Stift. Rothauer sah den Prinzen etwas hilflos an; er war's noch nicht gewohnt, daß man seine Unterschrift als etwas Köstliches forderte. Schließlich zog er den Handschuh der Rechten aus, wobei sich eine mächtige, dickgeäderte Tatze enthüllte, der man die bäuerliche Herkunft anmerkte.

»Anton Rothauer, Kunstmaler«, schrieb er langsam mit einer großzügigen Schrift. Sah's an und lachte.

»Kunstmaler, wissen S', des is so a schön's Münchener Wort, daß d' Leut' einen net für an Anstreicher halt'n!«

Sie dankte und war sehr vergnügt. Er war es auch, denn unter all seiner wirklichen und seiner angeschminkten Naturburschenhaftigkeit saß die Eitelkeit und freute sich, wenn sie gefüttert wurde.

Von neun Uhr an tanzte man. Saranoff und Tilde, die sehr viel miteinander tanzten, wurden eifrig besprochen. Das Lächeln Mama Merks wurde immer sieghafter, denn immer lauter tönten um sie her die silbernen Glocken des Neides.

Tilde nahm huldvolle Prinzessinnenallüren an, wenn andre Tänzer sie um einen Walzer oder eine Polka baten; sie hatte das Gefühl, daß sie heute Gnaden vergab, keine Tänze. Mit Rothauer tanzte sie nur einmal; als er ein zweites Mal kam, lehnte sie ein wenig spöttisch ab: »Bin schon von Herrn Saranoff engagiert!«

Rothauer dachte: ›Hopla!‹ und zog sich mit einer stummen Verbeugung zurück.

Franziska tanzte viel weniger als die Schwester. Sie hatte keinen erklärten Verehrer; die jungen Männer, die sie holten, taten es teils aus Höflichkeit, weil sie immer mit ihr tanzten, oder auch, weil sie eine gute Tänzerin war. Irgendein wärmeres Gefühl gab und erweckte ihr keiner. Sie behielt auch während des Tanzes ihren abwesenden Gesichtsausdruck bei, obgleich sie immer lächelte und sich Mühe gab, nicht einsilbig zu sein. Wenn Mama Merk von der schönen, lebensprühenden Tilde weg auf diese Tochter blickte, wurde ihr Antlitz ernst, und ein Seufzer hob ihre Brust.

Kurz nach Mitternacht fuhren die Merks heim. »Nach zwölf Uhr ist keine Tanzerei mehr fein«, hatte Frau von Merk ein für allemal erklärt, als sie begann, ihre Töchter in die Welt zu führen. Da gab's keine Widerrede. Die Mädchen schlüpften also in ihre Abendmäntel aus rotem Tuch und stiegen in die Droschke, obwohl Tilde gern bis zum Morgengrauen in Saranoffs Arm weitergewalzt hätte. Noch am Kutschenschlag küßte er ihr feurig die Hand.

Der Wagen rollte dahin über das Pflaster der Türken- und das Asphalt der Schellingstraße, nach Schwabing zu, wo die Merks in einer der neuen Straßen wohnten.

Die drei Frauen wechselten kaum ein Wort. Tilde lehnte heiß, müde und glückselig in der einen Ecke; sie hatte das Fenster herabgelassen, trotzdem draußen eine neblige Novemberkälte stand. Die Mutter lehnte nachdenklich neben ihr, nachdenklich und stolz zugleich. Ja, sie hatte wahrhaftig Glück mit ihren Kindern, den schönen Töchtern, die sich ganz von selbst glänzend verheirateten. Erst ihr Augapfel Olga mit dem reichen Hertling, nun Tilde mit dem jedenfalls noch viel reicheren Saranoff; blieb nur noch Franzi. ... Ja, wenn Franzi auf die Mama gehört und gefolgt hätte! Eine Sommererinnerung stieg in Frau von Merk auf ...

Sie war mit Franzi allein in Igls gewesen; die schöne Tilde, die sie nur in den Schatten stellen konnte, hatte sie mit Hertlings nach Partenkirchen geschickt. Mit Tilde brauchte man sich auch nicht zu übereilen, aber Franzi, die nichts besaß als ihre Jugend, Franzi mußte man früh verheiraten, wenn sie wirklich eine gute Partie machen sollte. Das Glück schien den Plänen der sorglichen Mutter hold: kaum war man in Igls, so lernte man auch gleich Doktor Benedikt aus Jena kennen, einen Dozenten der Nationalökonomie, der sich bereits jungen Ruhm erworben hatte und täglich eines Rufes als Professor gewärtig sein konnte. Ein Krösus war er wahrscheinlich nicht, aber wer wochenlang im »Igler Hof« wohnte, mußte mehr als sein bloßes Auskommen haben. Und mit Franzi konnte man sich auch gar nicht auf eine glänzende Heirat versteifen; wenig hübsch und ernsthaft wie sie war, paßte sie eigentlich recht gut zur Frau eines Gelehrten. Doktor Benedikt legte zwar kein außergewöhnliches Interesse für sie an den Tag, aber das wäre kein Hindernis gewesen. Frau von Merk erinnerte sich, daß auch der selige Direktor sie nicht als verliebter Schäfer umworben, aber sie hatte eine kluge, eine sehr kluge Mutter gehabt, die ihn eben einfach eines Tages unter Tränen der Rührung als Schwiegersohn ans Herz schloß. ... Frau von Merk wäre gern eine ebenso kluge Mutter gewesen, aber Franzi schien es gerade darauf angelegt zu haben, dem Doktor Benedikt zu mißfallen. Sie war so ungeschickt, so einsilbig, so verlegen in seiner Gegenwart, daß sie wie ein kleines Gänschen wirkte, was sie doch keineswegs war. Je mehr die Mama mahnte, predigte, zankte, um so scheuer und unfreundlicher wurde sie, bis er schließlich eines Morgens abgereist war. Dann freilich mochte ihr Benehmen sie reuen, denn mehr als einmal sah Frau von Merk, daß die Tochter heimlich weinte. Aber nun war's zu spät. Arme Franzi! Es konnte einem leid tun, daß sie so wenig verstand, Männern zu gefallen.

Wie in einem Gefühl des Mitleids suchte Frau von Merk im Dunkel des Wagens nach Franzis Hand. Schmal, etwas knochig war die Mädchenhand, die sie faßte; stark und schnell schlug der Puls an dem dünnen Gelenk. Hand in Hand fuhren Mutter und Tochter so durch die Nacht und spürten doch nicht, daß ihre Gedanken zu demselben Ziel liefen, wenn auch auf verschiedenen, ach! so verschiedenen Wegen.

Frau Marie Cholevius kam erst gegen Morgen müde getanzt in ihre Pension in der Maximilianstraße zurück. Sie hatte sich prächtig unterhalten und war sehr gefeiert worden, nur wußte sie nicht mehr recht, mit und von wem. Eins aber wußte sie: Anton Rothauer hatte sie gebeten, ihm zu einer Skizze zu sitzen; ihre Heimkehr nach Jena, die eigentlich für die nächste Woche festgesetzt war, würde sich also wohl ein wenig verzögern. Wenn es Tag war, mußte sie deswegen nach Hause schreiben. Wenn es Tag war ... jetzt aber griff sie mit bebender Hand nach der langen Silbernadel und dem Fläschchen mit der hellen Flüssigkeit.

Durch ihre wogenden Morphiumträume glitt, ehe sie einschlief, noch wie ein buntes Schiffchen ein Gedanke nach Jena: ›Ob er wohl eifersüchtig ist, wenn er von der Skizze hört?‹

Es war aber nicht Professor Cholevius, um den das bunte Schiffchen ihres Gedankens strich.

Drittes Kapitel

Frau von Merk saß an dem großen Doppelfenster ihres Wohnzimmers und stickte an einem Teedeckchen. Es war eine ziemlich überflüssige Arbeit und geschah auch wohl nur, weil Frau von Merk noch zu jener Frauengeneration gehörte, bei der weibliche Hände eine Todsünde begingen, wenn sie unbeschäftigt im Schoße lagen.

Draußen lag ein rauher, trüber Frühwintertag, aber hier im Zimmer war es weich und behaglich. Durch die Glimmerfensterchen des hohen, blauen Kachelofens leuchtete rote Glut; auf einem Tischchen, das Frau von Merk an einem Handgriff heranrollen konnte, blitzte silbernes Teezeug und lockten *petits fours* aus Schokolade, Ananas und Nougat. Frau von Merk erwartete ihre Tochter Olga zum Nachmittagstee, eine Beschäftigung, die viel Zeit und Geduld erforderte, denn die Frau des Rittmeisters Hertling war die personifizierte Unpünktlichkeit. Ihre Mutter staunte, daß ein Militär sich in einer mehr als achtjährigen Ehe seine Frau noch nicht zur Pünktlichkeit erzogen hatte.

Das Gemach, ein großes Viereck, stand weniger voll, als man es sonst bei modernen Einrichtungen trifft. Modern war diese Einrichtung auch nur in den Nebensächlichkeiten. In der Hauptsache, den Möbeln aus Nußbaumholz, stammte sie aus dem Ende der siebziger Jahre. Direktor von Merk hatte sie gekauft, als er heiratete, und wenn auch mancherlei hinzugekommen war, was dem Raum einen behaglich-modernen Anstrich lieh, so hatte sich doch der Charakter des Heims kaum geändert. Einen Schmuck allerdings besaß gerade das Wohnzimmer, dessen sich jeder Fürst hätte freuen können: an der einen Längswand hing in dunklem Rahmen ein lebensgroßes Frauenporträt, ein echter Lenbach. Es stellte die älteste Tochter, Olga Hertling, als Mädchen dar und war, wie sein Original, der Stolz der Familie. Denn man hatte dies Bild nicht etwa bestellt und bezahlt, wozu die Mittel auch nicht gereicht hätten, sondern der Meister hatte das junge Mädchen bei einem Künstlerfest erblickt und war so entzückt von ihren Farben, daß er sie bat, ihm zu einem Bild zu sitzen. Von dem Tag gehörte Olga von Merk offiziell zu den Schönheiten Münchens, die bei keiner künstlerischen oder festlichen Veranstaltung fehlen durften. Es gab zwar Frauen, die meinten, daß sie den leuchtenden Raupenhelm ihrer rötlichen Haare ebenso sanft nachfärbe wie ihre mattweiße Haut, und es gab andere, die fanden, daß sie mit ihrer kurzen, gebogenen Nase, ihrem großen Mund und ihren runden Augen eigentlich ein dummes Vogelgesicht habe und sehr ihrem verstorbenen Vater glich, der, rothaarig, auch wie ein Vogel ausgesehen hätte, allerdings wie ein gescheiter. Was man aber auch gegen Olga sagen mochte – Lenbach hatte sie gemalt. Und wenn sie mit ihren schimmernden Farben und ihrer üppigen Figur auf der Straße erschien, wirkte sie so auffallend, daß jeder ihr nachsah, ohne zu überlegen weshalb.

Die Uhr der Ursulakirche schlug zweieinhalb Uhr; um vier Uhr wollte Olga kommen, also würde sie gegen fünf Uhr da sein. Frau von Merk, die eben ihr Mittagsschläfchen beendet hatte, gedachte daher noch eine Stunde lang zu sticken und dann im Dämmer, zwischen Ärger und Ungeduld, auf ihr Herzenskind Olga zu warten. Sie liebte diese Tochter mehr als die andern, nicht nur, weil sie sich stets am besten mit ihr verstanden hatte, sondern auch, weil bis jetzt keine so viel Glanz und Neid ins Haus getragen hatte wie diese.

Es läutete an der Haustür; die Post. Das Stubenmädchen klopfte an und brachte auf einem Lackbrettchen etliche Briefe. Frau von Merk überlas schnell die Adressen: »Der hier ist für Fräulein Tilde, bringen Sie ihn ihr.«

»Fräulein Tilde und Fräulein Franzi sind ausgegangen; ich glaub', die Fräuleins sind nachher zu einem Tee eing'laden, weil s' die weiß'n Seidenblusen anhaben!«

Frau von Merk nickte zerstreut; wer konnte all diese Jours und Tees im Kopf behalten.

»Legen Sie also den Brief auf Fräulein Tildes Schreibtisch«, sagte sie und griff nach einem Umschlag, der sie schon die ganze Zeit beschäftigte. Weißes, dickes Büttenpapier, eine kribbelige Schrift, eine Reichsmarke …

Mit einer Spannung der Neugier erbrach sie den Brief, setzte sich ihren Zwicker zurecht und las. Schon bei den ersten Zeilen quoll ihr vor Überraschung ein Blutstrom ins Gesicht. Sie traute ihren Augen nicht, las weiter. Ihr Gesicht wurde immer röter, ein paarmal ließ sie das Blatt sinken, als könnte sie das Gelesene nicht fassen. Sie eilte zur Glocke und läutete das Stubenmädchen herbei. »Fräulein Franzi möchte doch gleich zu mir kommen!«

»Aber die Fräuleins sind ja ausgegangen!«

Im Sturm der letzten Minuten hatte Frau von Merk das vergessen. Sie war außer sich, daß sie jetzt, gerade jetzt allein bleiben sollte mit der großen Nachricht. Kaum hatte das Mädchen das Zimmer verlassen, so eilte sie ans Telephon.

»Olga, du mußt gleich kommen, gleich! Ich habe dir etwas ungeheuer Wichtiges zu sagen!«

»Gleich kann ich nich, Mama; Bubi hat einen Hustenanfall gehabt ... wir sind in Todesangst. Gustav sagt, er erschießt sich, wenn dem Bubi was passiert!«

Frau von Merks angespannte Nerven verloren alle Geduld.

»Der Gustel soll sich nicht versündigen«, schrie sie ins Telephon. »Andre Kinder husten auch einmal ... deswegen erschießt man sich doch nicht!«

»Mama«, kam es vorwurfsvoll zurück, »du hast wohl nicht verstanden! Nicht der Gustel hustet, sondern der Bubi!«

»Ach so!«

Unwillkürlich mußte Frau von Merk lächeln. Sie vergaß eben immer wieder, daß »Bubi« nicht der kleine Sohn, sondern das neue Rennpferd des Rittmeisters war, das in Riem, Baden-Baden und Iffezheim laufen sollte.

»Wir erwarten jeden Augenblick den Arzt. Sobald er da war, komm' ich!«

Eine halbe Stunde später erhielt Frau von Merk die beruhigende Mitteilung, daß der Rittmeister vorläufig seiner Familie erhalten blieb, da der Arzt Bubis Zustand für ungefährlich erklärte.

»Schlag Vier bin ich bei dir, liebste Mama! Ich nehme ein Auto, damit ich ganz pünktlich bin!«

Es war aber fast fünf Uhr, als sie ins Zimmer trat.

»Was für ein aufregender Tag! Ich sage dir, Gustav war wie ein Rasender –«

Frau von Merk drückte Olga in einen Lehnsessel, der am Fenster stand. »Olga, denke dir, Doktor Benedikt hat soeben um Franzi angehalten!«

Eine Sekunde lang war Olga sprachlos vor Überraschung. »Mama, ist es möglich? Solch ein Glück!«

»Ja, ja, Olgerl! Da, lies seinen Brief!«

»Er ist nicht selber hier?«

»Nein, aber er kommt, sobald er mein Jawort hat.«

»Was sagt denn die Franzi dazu? Hoffentlich macht die doch keine Dummheiten?«

»Die Mädchen sind ja gar nicht zu Haus … sie weiß noch gar nichts. Darum hab' ich dich ja gleich antelephoniert. Ich hätt's allein nimmer ausgehalten!«

»O Mammerl, es ist ja auch zu schön! Gott sei Dank, daß wir die Sorge los sind! Jetzt zeig' aber mal den Brief!«

Frau von Merk drehte das elektrische Licht auf, Olga setzte sich behaglich zurecht und las. Las mit einer wichtigen Miene, als handelte es sich um die Dechiffrierung eines geheimen Aktenstückes. Olga tat alles, was sie tat, wichtig, denn sie hielt sich für eine bedeutende Frau. Der Erfolg sprach ja für sie: Lenbach hatte sie gemalt, ein reicher Mann hatte sie geheiratet. Außerdem war sie gewandt in der Konversation und spürte immer Schlagworte auf; es war ihr also nicht schwer geworden, sich innerhalb der Familie eine nachdrückliche Stellung zu verschaffen. Die Schwestern versuchten zwar mitunter ein wenig Auflehnung, Tilde mokierte sich nicht ungern, wenn Olga Plattheiten mit großer Prätension vortrug. Aber immer blieb sie die Älteste und die verheiratete Frau. Dem Rittmeister, der nicht über den Rennstall hinaussah, imponierte seine Frau, die über alles redete, sehr, und die Mutter blendete ihr Lebenserfolg.

Sie legte den Brief aus Jena beiseite.

»Ein entzückender Brief! Man merkt eben gleich die geistige Elite!«

Und sie las laut, als ob die Mutter das Schreiben nicht schon Wort für Wort gekannt hätte: »Hochverehrte gnädige Frau!

Wenn Sie die Unterschrift dieses Briefes sehen, werden Sie ziemlich erstaunt sein, daß ich mir gestatte, an Sie zu schreiben. Ihr Erstaunen wird wahrscheinlich noch wachsen, wenn Sie eine Bitte vernehmen, auf die nichts während der kurzen Sommerwochen hindeutete, die ich in Ihrer Gesellschaft in Igls verleben durfte. Erlassen Sie es mir, gnädige Frau, Ihnen auseinanderzusetzen, warum ich erst heute mit der größten Bitte vor Sie hintrete, die man an eine Mutter richten kann. Ohne weitere Umschweife: ich bitte um Fräulein Franziskas Hand.

Sie werden, gnädige Frau, von einem Manne in meinen Jahren und in meiner Stellung nicht erwarten, daß er in der Sprache eines Romeo von dem geliebten Mädchen spricht. Ich kann Ihnen nur ganz einfach sagen: ich habe Fräulein Franziska seit dem Sommer nicht mehr vergessen können und habe nach langer, reiflicher Prüfung erkannt, daß sie die rechte Lebensgefährtin für mich ist. Ob ich auch für sie der Rechte bin, das, gnädige Frau, wage ich wohl zu hoffen, aber die Entscheidung darüber steht bei Ihnen und bei Fräulein Franziska. Wenn diese Entscheidung günstig für mich lautet, so genügt ein kurzes Telegramm, und ich eile, mir persönlich das Jawort zu holen und auch alle jene Aufklärungen zu geben, die Romeo jedenfalls als allzu prosaisch verworfen hätte, die aber eine Mutter von einem künftigen Familienmitglied mit Fug und Recht verlangen darf. Gestatten Sie mir nur, Ihnen schon heute in aller Kürze zu sagen, daß sowohl mein kleines Vermögen wie Kollegiengelder und Honorare hinlänglich die Bedürfnisse eines bescheidenen, aber wohlsituierten Hausstandes sichern, und daß also für mich die finanziellen Verhältnisse meiner künftigen Frau gar nicht in Frage kommen. Wenn Fräulein Franziska mich will, wenn Sie, gnädige Frau, Ihren Segen dazu geben, ist für mich alles andere Nebensache.

Sollten meine Hoffnungen keine Erfüllung finden, so brauchen Sie diesen Brief gar nicht zu beantworten, ja, ich bitte Sie sogar, gnädige Frau, sich und mir die in solchen Fällen übliche ehrenvolle Ablehnung zu ersparen. Immer aber, wie Sie auch entscheiden mögen, bleibt Ihnen in Verehrung und Wertschätzung ergeben

Karl Benedikt.«

»Tadellos!« sagte Olga mit Kennermiene. »Der Mann gefällt mir, schon eh' ich ihn kenne! Franzi kann wirklich von Glück sagen.«

»Ja, nicht wahr? Und wie nobel er über den Geldpunkt denkt!«

»Tadellos!« wiederholte Olga und überlegte im stillen eine ganz persönliche, für sie sehr wichtige Angelegenheit. Sie war in beständigen Schwierigkeiten mit ihren Toilettenrechnungen, und fast jeden Monat gab es Szenen zu Hause. Das Ehepaar lebte aber trotzdem sehr glücklich, und wenn sie genug über ihren Ruin gestritten hatten, ging der Rittmeister auf die Bank und holte Geld, und seine Frau begab sich zu dem gleichen Zweck zu ihrer Mutter. Frau von Merk war nicht gerade entzückt von solchen Anleihen, aber sie hielt es für ihre Pflicht, immer auszuhelfen. Der Rennstall kostete viel, trotz mancher Preise, die

die Hertlingschen Gäule errangen; Olga hielt neben einer perfekten Köchin und einem Hausmädchen auch eine Jungfer und eine französische Bonne für den siebenjährigen Erik und die vierjährige Madlon und bestellte Toiletten nur bei ersten Firmen, ohne besonders nach dem Preis zu fragen.

In Olgas Gedanken hinein sagte die Mutter: »Sie wird gut versorgt sein, denk' ich! Wie du freilich wird sie's nicht haben!«

»Ach, Mama, das Glück liegt wirklich nicht im Geld, das darfst du mir glauben«, entgegnete Olga nachdenklich. »Und Franzi und ich sind ja auch sehr verschieden …«

»Ja, sehr verschieden!«

»Ich denke, daß sie sehr gut paßt als Frau für einen Gelehrten. Sie wird so eine ruhige, gelassene Stimmung um ihn breiten, und er wird sie heranziehen auf seine Höhe, sie bilden, bis sie eben auch zur geistigen Elite gehört.«

Dann stieg sie etwas aus ihrer Höhe herab und wurde menschlicher.

»O, Mama, wie werden sich die Leute ärgern!«

Frau von Merks Gesicht glänzte. »Nicht wahr? Es ist doch immerhin eine vornehme Partie –«

»Geistige Elite!«

»Und wenn erst Tilde an die Reihe kommt! Für die fällt ja ein Stern vom Himmel!«

»Hat er sich denn noch immer nicht erklärt?«

»Nein. … Er ist ja auch noch sehr jung, studiert noch. Es eilt ja gar nicht, hauptsächlich jetzt nicht. Eine Doppelverlobung möchte ich gar nicht. Da schadet eine der andern in der Wirkung. Erst wollen wir mal Franzi verheiraten. Dann mag der Knalleffekt mit Saranoff folgen!«

Es war für Frau von Merk eine Lust, mit ihrer ältesten Zukunftspläne zu spinnen, denn Olga besaß einen beneidenswerten Optimismus, für den es keine Schwierigkeiten, keine Hindernisse, keine nüchternen Bedenken gab. Was sie wünschte, das war für sie schon so gut wie vorhanden. Sie verstand es meisterhaft, alles in günstigem Sinn zu deuten und zurechtzulegen.

»Weißt du, Mama, wie sie uns um Saranoff beneiden, das merkt man am besten aus all den Sticheleien, die sie einem versetzen.« Sie erzählte mehrere kleine Episoden, die sich um Tilde und Saranoff drehten. Sie berichtete nicht immer ganz wahrheitsgetreu, ließ da ein bißchen weg, schmückte dort ein wenig aus, pointierte Anzüglichkeiten und Abfuhr schärfer, als sie in Wirklichkeit ausgesehen hatten, aber aus jeder einzelnen war klar zu erkennen, daß Saranoff vielfach auf Mißtrauen stieß. »Nur der Neid, Kind! Sie gönnen's uns nicht! Es wurmt sie zu sehr, daß nun die zweite von euch solch ein Glück haben soll!«

So vertieft waren sie in ihre Gespräche gewesen, daß keine von ihnen daran gedacht hatte, das Tischchen mit den *petits fours* herbeizuziehen und Tee zu machen. Erst als die Uhr halb Sieben schlug, fuhr Frau von Merk zusammen. »Olgerl, du hast ja gar keinen Tee!«

»Das tut ja nichts, Mama, ich hab' keinen Hunger.«

Aber Frau von Merk hatte schon die Spiritusflamme entzündet und nötigte der Tochter einstweilen, bis der Tee fertig war, Süßigkeiten auf. Und als erst der dichte Rauch von dem braunen Trank aufstieg, versanken sie aufs neue in ihre beseligenden Phantastereien.

Um halb Acht stand Olga auf.

»Ich wollte eigentlich die Mädchen abwarten, aber sie bleiben mir zu lang aus! Wo sind sie denn?«

»Ich glaube bei Ministerialrat von Stein. Die haben Samstags Jour ...«

»Gelt, da verkehrt auch Saranoff?«

»Ja, ja!«

»Na alsdann ... Lad' ihn doch öfters ein, Mama, *sans façon*, familiär. Gerade so fremde, junge Leute haben das gern!«

»Ich lade ihn ja ab und zu ein. Zu oft mag ich nicht, das sieht sonst so aus, als ob ...«

Im Grunde war Frau von Merk ungastlich. Sie beschränkte ihre Geselligkeit aufs äußerste, gab einige Pflichtdiners und wohl auch einmal eine Tanzerei, aber sie fand an Einladungen oder Jours gar kein Vergnügen. Die Handvoll Menschen, die sie in ihrer Fünfzimmerwohnung hätte zusammenladen können, waren kein Publikum, keine Öffentlichkeit, wie sie solche liebte.

Beim Abschiedskuß zog Olga mit plötzlichem Entschluß das Fazit ihrer persönlichen Erwägungen. »Mama, kannst du mir nicht zweihundert Mark geben? Oberhummer hat mir heute eine Rechnung geschickt – impertinent! Ich geb' dir's gleich nach dem Ersten wieder – ich brauch' es nur für die allernötigsten Ausgaben.«

Frau von Merk war heute in Gebelaune. Sie händigte Olga vier blaue Scheine ein. »Da, mein Herzenskind! Mach dich nur immer recht schön! Das bißchen Jugend ist ohnehin so schnell herum.«

»Gelt?! Und Franzi brauchen wir ja keine Mitgift zu geben! Gott, Mama, was sind wir eigentlich für angenehme Töchter! Wir heiraten alle nur mit einer Aussteuer, ohne Bargeld. Du kannst wahrhaftig von Glück sagen!«

Sie lachte, und Frau von Merk lachte mit. »Tu' ich auch! Ich gehöre zu den Leuten, die erkennen, daß sie Glück haben, und die es zu schätzen wissen.«

Die Frauen küßten sich noch einmal.

»Grüße die Mädchen, besonders die künftige Frau Professor!«

Viertes Kapitel

Beim Ministerialrat von Stein dauerten die Jours meist bis gegen halb neun Uhr. Frau von Merk blieb also nach Olgas Abgang noch etwa eine Stunde allein. Sie hatte Zeit, allerlei zu bedenken, was ihr vorhin gar nicht durch den Sinn gegangen war. Und dabei kam mit schreckhafter Plötzlichkeit ein Gedanke angesprungen, der ihr in all dieser freudigen Erregung noch nicht gekommen war: ›Ob Franzi ihn wohl will?‹

Es wurde ihr ganz heiß, als sie sich die Frage stellte. Ganz fremd, ganz ratlos stand sie ihr gegenüber, denn derlei war bisher nie Gegenstand einer Erörterung zwischen Mutter und Töchtern gewesen. Einen vorteilhaften Antrag nahm man an, das hatte sich, ohne alle Worte, ganz von selbst verstanden; von persönlichen Gefühlen, Neigung oder Abneigung war nie die Rede gewesen. Olga hatte ganz selbstverständlich ihren Rittmeister genommen, und die Mutter hatte nie gefragt, ob sie ihn liebe. Und Tilde würde Saranoff mit der gleichen Selbstverständlichkeit nehmen, und auch bei ihr hatte die Mutter nicht gefragt, was das Herz dazu sagen mochte. Olga und Tilde waren aber eben auch Töchter, die der Mutter auffallend glichen, vor allem in ihrem Hang, bewundert und beneidet zu werden, während Franzi, obschon sie ein gutes und gehorsames Kind war, doch in gewissem Sinn ihre eigenen Wege ging.

Nie hatte es Unfrieden bei den Merks gegeben, nie! Das harmonische Verhältnis zwischen Mutter und Töchtern war stets bemerkt und anerkannt worden. Frau von Merk zitterte bei der Vorstellung, daß hier, zum erstenmal, ein Konflikt sich auftun könnte zwischen ihr und einem ihrer Kinder. Was war zu tun, wenn es so weit kam? Das Mädchen überreden oder zwingen? – Überreden? Franzi gehörte nicht zu denen, die man überredet, die langsam, im Lauf von Stunden, Tagen die eigene Meinung abbröckeln und sich dafür eine andre aufdrängen lassen; Franzi war schon als Kind eigensinnig gewesen, eigensinnig und still – »wie ein Maultier« hatte Mama die Kleine oft gescholten. Sie zwingen? Frau von Merk konnte sich so etwas überhaupt nicht vorstellen. Oder den Antrag Doktor Benedikts ablehnen?

›Nein, nein!‹ rief es in ihr, ›das könnt' ich als Mutter gar nicht verantworten! Hätt' ich nur vorhin mit der Olga darüber gesprochen! Die Olga ist so gescheit … die hat ja auch gleich gesagt: Wenn die Franzi nur keine Dummheiten macht!‹

Bis jetzt war sie langsam im Zimmer hin und her gegangen, nun mußte sie sich setzen. Sie fühlte, daß ihre Kniee wankten. Sie begann nachzugrübeln, rief sich die Tage von Igls ins Gedächtnis, so gut sie konnte. Wie ein verliebtes Mädchen war Franzi da nicht gewesen, o nein! Unfreundlich … wortkarg … ohne jede Spur von Koketterie oder Entgegenkommen. Eigentlich so, als ob sie den Doktor Benedikt nicht recht leiden könnte. Später freilich, als er fort war, hatte Frau von Merk öfters Tränenspuren auf den Wangen der Tochter gesehen. … Vielleicht hatte sie da bereut, daß sie ihm nicht freundlicher begegnet war. Vielleicht war sie darum recht froh, daß er jetzt doch um sie warb … Vielleicht …

Frau von Merk las noch einmal den Brief. Mein Gott, es war doch eigentlich gar nicht möglich, daß die Franzi nein sagen würde. Wenn ein Mann wie Doktor Benedikt so herzlich schrieb! Es war ja wie ein Glück, das vom Himmel fiel!

›Das Mädel müßt' ja närrisch sein, wenn sie unserm Herrgott nicht auf den Knieen dankt!‹

Die Töchter kamen nach Hause. Sie sahen hübsch aus in ihren weißen Spitzenblusen mit den Goldgürteln und den großen, schwarzen Federhüten. Tilde trat zuerst ins Zimmer, lachend, strahlend.

»Mama, himmlisch war's! Eine Menge Leut' waren da! Und g'schaut und g'wispert haben sie, wie wir gekommen sind. … Und Saranoff läßt dir die Hand küssen und fragen, ob er uns Sonntag mit dem Autel abholen darf nach Tutzing.«

Frau von Merk hörte kaum, was sie schwatzte. Ihr Blick suchte Franzi, die eben die langen Handschuhe aufknöpfte.

»Lieb's Tilderl, geh jetzt in dein Zimmer, ja? Nachher kannst mir alles erzählen, aber jetzt … jetzt muß ich mit der Franzi allein reden!«

Tilde stand eine Sekunde lang mit offenem Munde. Sie konnte gar nicht verstehen, daß Mama irgend etwas anderes, Wichtigeres im Kopf haben sollte als sie und Saranoff. Da sah sie, daß Mama die Hand feierlich auf einen Brief preßte. ›O je!‹ dachte sie, lächelte und verschwand.

Frau von Merk und Franzi waren allein. Eine Sekunde des Schweigens.

»Kind, setz dich hierher! Ich habe mit dir zu reden!« Frau von Merks Stimme zitterte vor Aufregung. Sie wies auf den Stuhl, in dem vorhin Olga gesessen hatte.

Erstaunt ließ sich Franzi nieder. So merkwürdig hatte sie Mama noch nie gesehen, so feierlich und zugleich so nervös.

Frau von Merk strich liebkosend über das wilde, dunkle Haar der Tochter.

»Franzel, eine Neuigkeit, die dich sicher ebenso überraschen wird wie mich ... und hoffentlich ebenso freuen. ... Doktor Benedikt aus Jena hält bei mir um dich an ...«

Wieder war es ganz still. Angstvoll hingen die fragenden Augen der Mutter an dem Gesicht der Tochter. Franzi saß steil und steif, ganz blaß, mit weit aufgerissenen Augen. Die Hände hielt sie in einer unwillkürlichen Bewegung vor die Brust gepreßt. Sie starrte die Mutter an, als hätte sie nicht recht verstanden; ihre Lippen begannen zu zittern, wie von Weinen oder Lachen.

»Nun, Franzi, sag doch ein Wort! So ein Antrag ist doch keine Kleinigkeit.«

Kein Wort, nur ein leiser, unartikulierter Laut kam aus ihrem Munde. Sie griff nach der Hand der Mutter, preßte sie, ohne es zu wissen, wie in einem Schraubstock. Das Zittern der Lippen lief jetzt über das ganzeGesicht. Mit einer plötzlichen Bewegung sank das große Mädchen vom Stuhl herab, auf die Kniee vor die Mutter, wühlte den Kopf in deren Schoß und schluchzte. Schluchzte so leidenschaftlich, daß Frau von Merk zwischen Staunen und Schreck auf den dunklen Kopf niederblickte. War das wirklich Franzi, ihre stille, verschlossene Franzi? Sie beugte sich zu der Weinenden nieder.

»Aber, Mädel, sag doch etwas! Sprich doch ein Wort! Was ist denn mit dir?«

Da hob Franzi das Haupt und zeigte der Mutter ein verweintes, tränenüberströmtes Antlitz. Aber durch die Tränen leuchtete die Sonne eines großen Glückes.

»Mama, ich kann's ja gar nicht glauben. Ich hab' ihn ja so lieb ... immer schon gehabt ... damals schon ... in Igls ...«

Sie war so rührend in ihrem durchsonnten Tränenschleier, daß auch Frau von Merks Augen feucht wurden. Sie hob die Tochter auf und küßte sie.

»Mein liebes, gutes Kind! ... Und gleich morgen früh wollen wir ihm telegraphieren!« –

Einen so fröhlichen, glückseligen Abend hatten die Merks lange nicht erlebt, eigentlich nicht mehr seit Olgas Verlobung, und damals waren die Schwestern noch zu klein gewesen, um alles zu begreifen. Heute aber kamen Mutter und Töchter aus dem Lachen und Scherzen und Erzählen gar nicht heraus. Franzi, die Scheue, Schweigsame, war wie umgewandelt. Ihre Wangen waren rot, ihre Augen leuchteten, und sie schwatzte unaufhörlich, schwatzte aus jenem Glücksrausch heraus, der die Schweigsamen redselig macht und die Redseligen stumm. Fast jeder Satz, den sie sprach, fing an: »Damals, in Igls ...« und endete mit einem tiefen Aufatmen.

»Hast du denn gar nie eine Ahnung davon gehabt, Franzel?«

»Nie ... gar nie ... oder doch, einmal ... damals auf dem Basar, wie die hübsche Professorsfrau aus Jena plötzlich seinen Namen genannt hat, da ist's durch mich gefahren ... O, nicht daß ich gedacht hätt', daß er an mich denkt! Aber ... aber ... ich hab's so wie ein Zeichen genommen. Ich hab' mir gedacht: Es hat sicher eine besondere Bedeutung, daß jetzt, nach Monaten, auf dem Gewirr des Basars eine ganz fremde Frau mir von ihm spricht ... das hat eine Bedeutung, die ich nur jetzt noch nicht verstehe. ... Aber das kann noch nicht alles sein, daß sie nur seinen Namen nennt ... da muß noch etwas nachkommen. Seht ihr, und es ist auch gekommen ...«

Die andern verstanden sie nicht recht.

»Ja, ja, Franzel«, sagte Tilde, »das wissen wir schon, daß du ein bissel abergläubisch bist.«

»Laßt mich doch! Mein Aberglaube hat mir geholfen!«

Beim Abendbrot aß sie, sonst eine sehr mäßige Esserin, gedankenlos alles hinein, ließ sich von Mama, die ebenfalls gedankenlos war, immer wieder vorlegen, bis Tilde ihr lachend den Teller entzog: »Aber, Mama, die Franzel weiß ja schon gar nimmer, was sie ißt! Du überfütterst sie! Morgen hat dann die Braut einen verdorbenen Magen, und statt nach Jena können wir an den Arzt telegraphieren!«

Franzi lachte und ließ die Schwester gewähren. Im Flug gingen die paar Abendstunden vorbei. Frau von Merk traute ihren Ohren nicht, als die Glocke der Ursulakirche Mitternacht ansagte.

»Kinder, wollen wir nicht endlich ins Bett gehen? Morgen ist auch noch ein Tag!«

Tilde war andrer Ansicht: »Geh, Mammerl, bleiben wir noch ein bissel da! Es ist so nett heut! Und so jung kommen wir nimmer zusammen!«

Franzi aber stand auf. Seit einer halben Stunde etwa war sie still und müde geworden; sie sehnte sich, allein zu sein in ihrem Zimmer, das so oft ihre heimlichen Tränen gesehen, ihre verschwiegenen Wünsche und Grüße vernommen hatte.

»Ich muß schlafen gehen, Mama, ich fall' sonst um!«

Sie küßte die Mutter zärtlich, reichte Tilde die Hand, die diese lachend schüttelte: »Laß dir was Schönes von Jena träumen, Frau Doktor!«

Sie sah der Schwester mit seltsamem Ausdruck nach.

»Komisch eigentlich, daß man um einen simplen Dozenten oder Professor so einen Trara macht, meinst du nicht auch, Mama?«

»Wieso?«

»Na, daß man so schrecklich verliebt ist in so ein gelehrtes Haus und so glückselig, daß er um einen wirbt.«

»Du weißt doch, wie Franzi ist! Sie hat so wenig von euch und mir. Sie schlägt viel mehr in Vaters Familie; da gab's so ernste, stille Menschen, die man eigentlich nie recht begriff.«

»Also mein Geschmack wär' ein Herr aus Jena nicht!«

»Ja du, Tilde, du ...«

Eine grenzenlose, unausgesprochene Bewunderung lag in diesen Worten.

»Komisch, daß er so lang gebraucht hat, bis er sich endlich erklärt! Das hätt' er doch eigentlich in Igls tun können ...«

»Ach, Kind! Männer sind in solchen Sachen unberechenbar. Wer kann sagen, was die erst alles erwägen, ehe sie sich entschließen.«

Franzi war indes wie eine Schlafwandelnde in ihr Zimmer gelangt. Wie im Halbschlaf entkleidete sie sich und legte sich zu Bett. Sie schlief gleich ein, fest, traumlos, beklemmend tief, wie man nach starken Nervenanspannungen schläft. Nach einer Stunde wachte sie indes schon wieder auf und staunte, daß nicht Nacht sie umfing, sondern die Kerze auf dem Nachttischchen noch brannte. Sie hatte offenbar vergessen sie auszulöschen.

Sie verschränkte die Arme unterm Kopf und lag in herrlichem uferlosen Dämmern, durch das zuweilen nur ein jauchzender Blitzstrahl zuckte: ›Er ist mein! ...‹

Sehnsüchtig streckte sie die Hände ins Zimmer hinein.

›Ach du, du! Was hab' ich um dich gelitten in all der Zeit! Und mich nach dir gesehnt ... und mich nach dir gebangt. ... War das eine schreckliche Zeit. ... Weißt du, mir geht's wie dem Mann, der über den gefrorenen Bodensee ritt: als er drüben war, stand ihm das Herz still, daß er's gekonnt hatte. ... Lieber, Liebster, es war wirklich der gefrorene Bodensee, über den ich geritten bin. Aber mein Herz steht drum nicht still! Es läuft durch die Nacht hin zu dir, zu dir ... du mußt aufwachen, weil du meinst, daß einer an dein Fenster geklopft hat, aber es war mein Herz, das du gehört hast, ob auch Meilen zwischen uns liegen ...‹

Eine kindische Sehnsucht fiel sie plötzlich an nach seinem Brief, den er an Mama geschrieben hatte. Wie dumm, daß sie ihn nicht mitgenommen! Sie hätte ihn nun in seliger Einsamkeit Wort für Wort, Silbe für Silbe lesen können und dann unters Kopfkissen legen, wie als kleines Mädel die Schulaufgaben, damit sie die über Nacht nicht vergaß.

Sie lachte laut auf und sprang aus dem Bett. Sie wollte hinüber ins Wohnzimmer, den Brief holen. Mama war gewiß noch auf und gab ihn ihr. ... Als sie aber an der Tür stand und die Stimmen der beiden Frauen hörte, sank ihr der Mut. Nein, sie konnte, konnte nicht hineingehen und um den Brief bitten ... sie hätte sich geschämt.

Lautlos schlüpfte sie wieder in ihr Zimmer zurück und sann dem Brief nach, soweit sie ihn noch im Gedächtnis hatte. Sie wußte, daß eine Zeile darin war, die ihr etwas unverständlich vorkam, hinter der etwas Ausgeschwiegenes, fast Schmerzliches sich zu bergen schien. Es war die Stelle: »Erlassen Sie mir, Ihnen auseinanderzusetzen, warum ich erst heute mit der größten Bitte an Sie herantrete ...«

Den Wortlaut wußte sie nicht mehr, aber sie erinnerte sich deutlich, daß der unausgesprochene Sinn sie ein wenig betroffen gemacht hatte. Nur eine Sekunde, nur einen Atemzug lang – aber sie erinnerte sich dennoch. Ein Hindernis war da gewesen, ehe er zu ihr kommen konnte. Ein Überwinden hatte es erst gekostet. Was das wohl gewesen war?

Sie war zu müde und zu glücklich, um weiter nachzudenken. Morgen früh wollte sie den Brief nochmal lesen, dann würde sie's wahrscheinlich verstehen. Gott weiß, was sie jetzt alles übersah oder auch hineinlegte. Und wenn sie's nicht verstand – binnen zweimal vierundzwanzig Stunden war er ja da, und sie konnte ihn selbst fragen ...

»O du!« sagte sie noch einmal leise, zärtlich, als spräche sie zu dem Geliebten.

Dann schlief sie ein.

Fünftes Kapitel

Am übernächsten Morgen ließ sich Doktor Benedikt bei Frau von Merk melden. Seine Unterredung mit ihr dauerte nicht lange, befriedigte aber das Herz der Mutter vollkommen. Seine wirtschaftlichen Verhältnisse lagen ganz klar: er bot Franzi ein behagliches, wenn auch kein reiches Auskommen.

»Wenigstens vorläufig noch nicht, gnädige Frau! Aber es ist nicht ausgeschlossen, daß später, wenn ich erst Professor an einer großen Universität bin, mein Einkommen sich verdoppelt, ja verdreifacht.«

Auch mit seinen Familienverhältnissen war Frau von Merk sehr einverstanden. Er stammte aus einer Juristenfamilie Mitteldeutschlands; die Eltern waren längst tot, die Geschwister in alle Welt zerstreut.

»Meine Frau muß mir die Familie sein. Eine andre hab' ich nicht.«

»Mein teurer Sohn, so darf ich Sie jetzt wohl nennen«, sprach Frau von Merk gerührt, »Franzi wird gewiß alles tun, was in ihren Kräften steht, um Sie glücklich zu machen. Sie ist gut und pflichtgetreu, wenn sie auch mitunter ein wenig verschlossen scheint und – aber das soll sie Ihnen lieber selbst sagen!«

Lächelnd stand Frau von Merk auf, reichte Doktor Benedikt die Hand, die er küßte, und ließ ihn allein.

»Ich schicke sie Ihnen«, sagte sie an der Tür, ehe sie ging.

Er verbeugte sich mit dem Lächeln des glücklichen Bräutigams. Dies Lächeln blieb wie erstarrt auf seinen Lippen stehen, bis Frau von Merk verschwunden war. Dann schwand jeder Zug von Heiterkeit, und eine große Abspannung lag auf seinem kantigen, blassen Gesicht, das ein wenig dem jungen Nietzsche glich.

Er war ans Fenster getreten, preßte die Stirn an die Scheiben und rieb nervös seine Glacés. O, wenn nur alles erst zu Ende geführt wäre, zu einem glücklichen Ende! Wenn er endlich aufwachen könnte von den fratzenhaften Träumen dieser letzten Wochen; Träume, die ihn verfolgten, wohin er ging. Wirrnisse, so quälend, so erbärmlich, so über alle Maßen qualvoll, daß er gar nicht verstand, wie er mit heilem Kopf sie überdauert hatte und hierher gekommen war …

Hierher. Ein bitterer Zug trat in sein Gesicht. Wer ihm im Sommer gesagt hätte, daß er ein halbes Jahr später hier landen würde? Gelacht hätte er und gesagt: ›Niemals … mir leuchten andre Sterne!‹ Aber da war die Qual gekommen, die Notwendigkeit, die Klugheit einer listigen Frau, die so viel besser wußte als er, der ungeschickte Mann, wie man der Notwendigkeit begegnet, wie man Zungen zum Schweigen bringt. … O, daß Frauen so verdammt klug sein können!

Wie in einem Wirbel hatte es ihn fortgerissen. Zuerst hatte er widerstrebt, mit allen Kräften widerstrebt … schwach dann und immer schwächer. Der Mann mit dem Gesicht des Übermenschen war Wachs in den Händen einer Frau. Unmöglich war es ihm zuerst erschienen, verbrecherisch und lächerlich zugleich, aber die Frau hatte mit ihrer süßen Kinderstimme beharrt, hatte geweint und gelacht, hatte geklagt, daß er sie zugrunde richte, sie allesamt, und hatte ihm ein Paradies versprochen, wenn er gehorchen wollte.

Nun war er hier und freite um Fräulein von Merk.

Franzi trat ein, äußerlich sehr ruhig, aber ihre kleinen Ohren glühten purpurn und heiß, während ihre schmalen, etwas knochigen Hände sich schneekalt in die Falten ihres Kleides krampften. An der Tür blieb sie einen Atemzug lang stehen. Dann kam sie mit langsamen, beherrschten und dennoch hilflosen Schritten näher.

Doktor Benedikt sah jetzt nicht mehr abgespannt aus, das glückliche Bräutigamslächeln lag wieder auf seinem Gesicht, als er ihr übers Zimmer entgegenging.

»Liebe, liebe Franzi –«

Sie senkte den Kopf, fuhr mit den Händen ein paarmal an ihrem Kleid hin und her, würgte … schluchzte … wollte etwas sagen … brachte aber kein Wort heraus.

Da zog er sie in seine Arme und küßte sie.

Sie führten eines jener Gespräche, die Brautpaaren so wichtig und allen andern so nichtig scheinen. Sie sprachen von ihrer Vergangenheit … wie es war, als sie einander noch nicht kannten … wie sie sich zum erstenmal gesehen, wann sie's zuerst gespürt, daß sie zueinander gehörten …

Doktor Benedikt lachte und machte einen heiteren, jugendlichen Eindruck. Franzi sagte: »Schatz, jetzt muß ich dich etwas fragen –«

»Frage nur –«

»Sag, was hat das zu bedeuten gehabt, in deinem Brief, diese eine Stelle ...«

»Welche meinst du?«

Errötend zog Franzi den Brief aus der Tasche. Errötend, daß er so zerknittert und zerlesen war. »Ich trag' ihn immer bei mir. ... Siehst du, hier: ›Erlassen Sie es mir, gnädige Frau, Ihnen auseinanderzusetzen, warum ich erst heute mit der größten Bitte vor Sie trete.‹ Ich kann mich ja täuschen, aber so oft ich das lese, hab' ich das Gefühl, als ob etwas Trauriges dahinter steckt. So, als ob du erst mit peinlichen Dingen hättest fertig werden müssen ...«

»Aber, Kind, welche Einbildungen!«

»Nein, nein, es ist gewiß etwas dahinter – nur magst du vielleicht nicht mehr davon sprechen ...«

»Franzel, du mußt dich nicht mit törichten Ideen quälen – und mich auch nicht!«

»Ich – dich quälen? Geh, wie könnt' ich denn das?!«

Ihre Stimme klang so warm, daß er aufstand und ihren Kopf zwischen seine Hände nahm.

»Liebes, dummes Mädel du!«

Sie sah ihn mit großen, schwimmenden Augen an, die sprachen: ›Liebster, behalte nur dein Geheimnis, wenn ich's heut noch nicht verstehe! Ich will mir ja so viel Mühe geben, dich zu begreifen, daß du mir alles, alles von selbst sagst –‹

Er beugte sich zu ihr nieder, um ihren Mund zu küssen. Legte dabei seine Hand über ihre Augen, als könnte er ihren vertrauenden Blick nicht ertragen ...

Ein andermal sprach Franzi von dem Basar, auf dem Frau Professor Cholevius ihr zuerst wieder Doktor Benedikts Namen genannt hatte. Und wie früher der Mutter und der Schwester, so erzählte sie heute dem Bräutigam: »Ich hab' damals gleich gewußt, daß das etwas zu bedeuten hat. Wie ein Zeichen war mir's, daß es nur ein Anfang sei ...«

»Ei, ei, Franzel! Mystizismus. ... So etwas hätt' ich hinter deiner klaren Stirn gar nicht gesucht.«

Sie lachte. »Mein Gott, ich fürchte, du wirst da noch allerlei finden, was du nicht vermutest. ... Nicht wahr, du bist sehr befreundet mit den Cholevius'?«

»Sehr befreundet?« Seine Stimme klang gedehnt. »Ja, ich schätze Cholevius außerordentlich hoch. Ich hätt's in dem Nest mitunter wirklich nicht ausgehalten, wenn er nicht gewesen wäre.«

»Er ist sehr klug?«

»Ein Mann von einer ganz seltenen, universellen Bildung.«

»Wie hübsch das ist: ein so kluger Mann und eine so schöne Frau!«

Er runzelte die Stirne. »Sie passen trotzdem herzlich schlecht zueinander.«

»Wieso?«

»Er geht viel zu sehr in seinem Beruf auf. Und sie – nun, die Frau ist hochgradig Morphinistin!«

»Ach!«

»Ja. Sie ist von Haus aus schon zu Exzentrizitäten geneigt. Weißt du, sie stammt aus einer ganz degenerierten Ästhetenfamilie, lauter Leute mit Talent, aber ohne eine Spur von Willen. Sie macht mitunter unglaubliche Dinge, ohne daß sie eine Ahnung davon hat. Und schön ist sie … du kannst dir also denken, was in solch einer Kleinstadt über sie geklatscht wird.«

»Nein, wie traurig das alles klingt! Wer hätte das gedacht, als man sie hier auf dem Basar sah, so bildschön, so gefeiert.«

»In Jena wirst du natürlich alles Mögliche über sie hören, aber glaube nichts davon! Es täte mir sehr leid um Cholevius, wenn du der Frau mit Mißtrauen entgegenkämst.«

»Ich werde gar nichts glauben, als was du mit sagst.«

»Das ist auch das einzig Richtige, Franzi! Und nun laß uns von anderm reden.«

Bei der Verlobungsfeier, die im allerengsten Familienkreise stattfand, lernte Doktor Benedikt auch das Ehepaar Hertling kennen. Olga spielte sich an diesem Abend vollkommen als die geistige Repräsentantin der Familie auf und sagte bei jedem dritten Wort »superior«, denn dies war die neueste Errungenschaft ihres Sprachschatzes. Sie fand auch gleich heraus, daß Doktor Benedikt dem jugendlichen Nietzsche glich.

»Zarathustra auf und nieder! Besonders hier, diese kolossalen Kanten unter den Brauen – das untrügliche Zeichen der ganz superioren Menschen!«

Der Rittmeister, dessen Brauen auf einer spiegelglatten Stirn liefen, staunte, was seine Frau alles wußte.

Doktor Benedikt entgegnete galant, mit einem ganz leisen Spott in den Mundwinkeln, daß die schöne Frau ihn wohl nur so sehe, weil

»Licht wird alles, was ich fasse,
Kohle alles, was ich lasse,
Flamme bin ich sicherlich.«

Sie fühlte, daß er ihr huldigen wollte, und lächelte gnädig. Doktor Benedikt merkte aber gleich, daß sie die Verse weder kannte noch verstand ... Sie fühlte sich jedoch den ganzen Abend als Mittelpunkt, und jedes Wort, das sie an Doktor Benedikt richtete, begleitete sie mit einem vielsagenden Augenaufschlag.

Doktor Benedikt und der Rittmeister verstanden sich sehr gut, und zwar trafen sie sich, ohne daß sie noch ein Wort darüber gewechselt hätten, in einem Punkt, dem ihr Männerinstinkt ganz anders gegenüberstand, als die Frauen. Es war der Punkt, den jeder von ihnen im stillen »die Sache Saranoff« nannte.

Saranoff schickte Tilde fast täglich die herrlichsten Blumen, holte die Damen im Auto zu Ausflügen ab, umgab das schöne Mädchen im Haus wie in der Öffentlichkeit mit einem wahren Kult von Huldigungen, – aber zu einem Antrag war es noch immer nicht gekommen. Mama, Tilde und Olga warteten trotzdem, mit triumphierender Sicherheit den Augenblick ab, wo der feurige Verehrer zum Freier werden würde.

Der Rittmeister aber, obwohl kein Geistesheros, besaß doch Menschenverstand genug, um zu finden, daß seine Schwägerin allmählich nicht mehr hofiert, sondern kompromittiert wurde. Als Mann wie als Offizier wurde ihm die Art Saranoffs allmählich peinlich, und er hatte auch mit seiner Frau schon über den Fall gesprochen, natürlich ohne jeden Erfolg. Olga hatte ihre hübscheste Hochmutsmiene aufgesetzt: »Lieber Gustav, es lassen sich nicht alle Dinge der Welt mit königlich bayrischem Militärmaß messen. Ein Sarmate (sie hatte den Ausdruck ganz kürzlich erst in der »Zukunft«, im Wartezimmer ihres Zahnarztes, gelesen) hat natürlich andre Ansichten über Werbung und Verlobung als Herr Meyer oder Herr Müller.«

Der Rittmeister war heftig geworden. »Natürlich, das ist so rechte Frauenzimmerart, sich herzusetzen und zu warten, ob's dem Herrn gefällig ist. Tilde kommt ins Gerede –«

»Was heißt das: ›Gerede‹? Die Leut' mißgönnen ihr halt die glänzende Partie.«

»Kreuzdonnerwetter, das ist doch keine ›Partie‹, wenn der Mensch nie Ernst macht! Hab' ich etwa so 'rumgezogen damals?«

»Es ist doch nicht ein Mensch wie der andre –«

»Aber Anständigkeit verlang' ich von jedem! Und das ist unanständig, ein Mädel so in der Leute Mäuler zu bringen!«

Sie hatten noch lange miteinander gestritten, das letzte Wort war natürlich bei Olga geblieben. Aber nachgegeben hatte der Rittmeister deshalb doch nicht. Obschon er mit seiner Schwiegermutter nicht gerade glänzend stand, ging er doch zu ihr, um ihr klarzumachen, daß sie Tilde nicht länger bloßstellen lassen dürfe. Aber er fand kein Gehör.

»Lieber Hertling, Gerede ist nur der Neid der Leute. Und besser ihr Neid, als ihr Mitleid!«

Das war vor einigen Monaten gewesen. Inzwischen hatte sich Frau von Merks gläubige Zuversicht ein wenig, ein ganz klein wenig gelegt. Zunächst weil es ihr allmählich doch selber wünschenswert schien, daß die Sache Saranoff endlich ins reine kam; auch hatte Doktor Benedikt zwar nicht direkt, sondern durch den Mund seiner Braut sein Erstaunen über diese Angelegenheit geäußert.

»Weißt du, Franzi, mir, der ich doch noch nicht rechtmäßig zur Familie gehöre, steht's natürlich nicht zu, in eure Angelegenheiten dreinzureden, aber ihr ahnt ja gar nicht, was Gerede einem Menschen schadet, noch dazu einem jungen Mädchen. Sieh doch zu, daß die Sache zu einem Ende kommt, so oder so! Wenn Mama es wünscht, setze ich mich einmal mit dem Rittmeister in Verbindung, und wir Männer nehmen dann die Geschichte in die Hand und sagen dem Herrn ... wie heißt er? Ach ja, Saranoff. Also wir sagen dem Herrn Saranoff: Entweder – oder!«

»Das wär' doch für Tilde so peinlich!«

»Liebes Kind, dieser Zustand jetzt ist noch viel peinlicher.«

»Aber Tilde ist so vergnügt, sie glaubt so fest an ihn ...«

»Um so mehr müssen wir dafür sorgen, daß sie nicht enttäuscht wird.«

Nach dem Verlobungssouper, als die vier Damen in eifrigem Gespräch über Einrichtung und Aussteuer saßen, gelangten die beiden Schwiegersöhne wie von selbst auf das Thema Saranoff und einigten sich, daß man Doktor Benedikts Vorschlag der Schwiegermama mitteilen wolle. Nicht jetzt gleich natürlich, aber bei Gelegenheit.

Frau von Merk hörte die Männer ruhiger an, als man erwarten durfte. Sie hatte einen großen Respekt vor Doktor Benedikt und sagte:

»Da habt ihr ja recht, daß die Sache endlich einmal vorangehen sollte! Momentan muß ich nur all meine Gedanken auf der Franzi ihre Aussteuer konzentrieren, aber sobald die Hochzeit vorbei ist, denken wir ernsthaft an die Tilde!«

»Gewiß, Mama. Uns aber erlauben Sie, bitte, noch vorher zu verhandeln!«

Frau von Merk sagte: »Ja.« Tilde lachte und fand ihre Schwäger sehr komisch mit ihrer Ernsthaftigkeit. Wenn sie alles auf der Welt so sicher gewußt hätte, als daß sie einmal Frau Saranoff heißen würde!

Einmal traf sie im Postamt Anton Rothauer. Sie hatte ihn seit jenem Basar nicht mehr gesehen. Auch jetzt bemerkte sie ihn nur, weil sehr viele Leute am Schalter standen, und sie sich die Langweile des Wartens vertrieb, indem sie Physiognomieen musterte. Er war erst ein wenig unsicher im Gruß, weil er nicht mehr genau wußte, wer sie war und ob er sie auch wirklich kannte; sie dankte aber sehr gnädig.

»Was macht der Ruhm, Herr Rothauer?«

»Ich weiß net, ich kenn' den Herrn net.«

»Nein, sind diese Männer eitel! Immer wollen sie Komplimente hören und Schmeicheleien.«

»Sie müssen schlechte Erfahrungen gemacht haben, seit wir uns nimmer g'sehen haben, gnädiges Fräulein!«

»Im Gegenteil, die allerbesten. Wir haben uns inzwischen sogar verlobt –«

Sie sagte absichtlich »wir«, weil sie sehen wollte, ob ihn das nicht ärgerte.

Er sagte: »Ah, da gratulier' ich von ganzem Herzen.«

»Danke. Aber ich bin nicht Braut, sondern meine Schwester. Sie heiratet einen Dozenten in Jena.«

Er wiederholte seinen Glückwunsch.

»Sie sind gewiß sehr fleißig, Herr Rothauer?«

»No, es tut's!«

»'s tut's jedenfalls sehr! Man erzählt ja Wunderdinge von Ihnen!«

»Um Gott's willen, nachher fangen d' Leut am End' gar noch 's Wallfahrten zu mir an! Sie, Fräulein, ich kann fein d' Wunder net leiden … mir is 's Natürliche lieber!«

»Also Sie malen jetzt Millardärinnen, gelt?«

»Ist mir nicht bekannt.«

»Spielen Sie doch nicht Komödie! Die ganze Stadt erzählt ja, daß die

Herzogin von Malcestershire, geborene Cobton, mit achtzig Millionen Mitgift, von New York eigens per Extrazug hierhergefahren ist, weil Sie sie malen sollen.«

»Das kann schon sein. Aber malen tu' ich s' net!«

Tilde riß die Augen auf.

»Ja, um Gottes willen, warum denn nicht?«

»Weil mich ihr Roßg'sicht net interessiert und so die ganze ... die ganze ...«

Er machte einige Handbewegungen, die ausdrücken sollten, daß ihm die ganze Art der amerikanischen Herzogin zuwider war.

»Wissen S', Ideen hab'n d' Leut', daß man sich niedersitzen muß! Mit der Kron' wollt s g'malt sein und an roten Samtfetzen mit Hermelin und dahinter a Wappen ... nur d' Geldsackeln hab'n grad' noch g'fehlt und d' Schweindln oder d' Ölfasseln vom Herr Papa. ... ›Soo wollen ich gemalt sein‹, hat s' g'sagt, als ob s' was davon verständ'. Da hab' ich g'sagt, daß mir so was net paßt, und ihr hat's net paßt, was ich g'wollt hab', und dann hab' ich g'sagt: Hoheit ich glaub', 's is g'scheiter, Sie wenden sich wo anders hin, Hofmaler bin ich net.' Dabei sind wir 'blieben. Ich hab' nix mehr von ihr g'hört.«

Tilde bewunderte ihn in diesem Augenblick. Es war doch ein Vermögen, das er da beiseitegeschoben hatte, nur um einer Geschmacklosigkeit keine Konzession zu machen. Ja, nicht nur ein Vermögen, vielleicht einen ungeheuren, künftigen, Reichtum, denn das Bild der Herzogin von Malcestershire hätte sicher Aufsehen gemacht. Andre Dollarprinzessinnen wären ihrem Beispiel gefolgt.

Sie verstand nichts von diesem Menschen, nichts von seinem unbeugsamen, rasenden Willen zur Kunst, der jedes noch so kleine Kompromiß mit der Konvention wütend verneinte. Nichts von seinem Selbstbewußtsein, das sich von vornherein gegen diese amerikanische Art empört hatte, die Kulturwerte handeln wollte, wie Minenaktien oder Reissäcke, und der er darum absichtlich brutal begegnet war. Nichts von seiner hochmütigen Eitelkeit, die sich sonnte, weil er mit einer einzigen Geste abgelehnt, wonach hundert andre sich die Füße blutig gelaufen hätten.

»Wissen S', jetzt hab' ich aber ein feines Bildel gemacht ... die Cholevius. Ich weiß net, ob S' es kennen.«

»Aber natürlich, die war ja mit uns damals auf dem Basar, sogar bei der ›Basarpost‹. Die ist freilich entzückend! Und die haben Sie gemalt?«

»Ja, das heißt halt a Skizz'n g'macht! Sie, das ist ein Rasseköpferl! So wenn das Roß Gottes aus Amerika ausschauen tät', da könnt' s' ihrem Herrgott danken und die Welt auf 'n Kopf stellen dazu.«

»Besonders den Herrn Anton Rothauer, scheint mir.«

Er schüttelte verneinend den Kopf.

»Nein, mich net! Unsereins taugt zu so was net! Wir sind Dickschädel und steh'n lieber auf die Füß'! Kopf steh'n und Tausender schmeißen steht uns net! Da sind wir z' dumm dazu oder z' g'scheit – wie man's nimmt. Hat mich sehr gefreut, gnädiges Fräulein! Hab' die Ehre!«

Sie dankte mit dem kleinen hochmütigen Lächeln des Basars. Bah, diese Maler waren doch alle rüpelhaft. Und welch ein Triumph, auch diesem anmaßenden Rothauer gegenüber, wenn sie endlich als Braut am Arm Saranoffs dahinschritt – welch ein Triumph!

Sechstes Kapitel

Der Eisenbahnfiskus konnte mit der Verlobung München–Jena zufrieden sein. Frau von Merk war schon mehrmals mit Franzi in Jena gewesen, um Wohnung zu mieten und kleinere Haushaltungsgegenstände gleich an Ort und Stelle zu kaufen. Doktor Benedikt wiederum war innerhalb zweier Monate zweimal über den Sonntag gekommen, um seine Verlobte zu besuchen. In weiteren zwei Monaten – Ostern – sollte die Hochzeit sein.

Im Hause Merk hörte und sprach man nur noch von Aussteuer und Toiletten. Zum Schmerz der Mama, die alles gern in Bausch und Bogen bei ersten Firmen bestellt hätte, bestand Franzi darauf, sich den größten Teil ihrer Kleider selbst zuzuschneiden und genau nach ihrer Angabe im Hause anfertigen zu lassen.

»Aber, Franzel, das ist kleinbürgerlich!«

»Nein, Mama, es ist nur mein Geschmack ... Gesellschafts- und Schneiderkleider kann fertigen, wer mag, aber meine Hauskleider, meine Teekleider, die will ich ganz persönlich haben, wie ich sie mir ausdenke –«

»Wenn's die Leute erfahren, denken sie, du machst eine notige Partie!«

Sie lächelte glückselig.

»Laß sie doch! Was wissen denn die Leute von der Partie, die ich mache!«

Tilde saß emsig über dem Hochzeitsgeschenk für die Schwester – sie malte. Sie war die einzige der Merks, die ein Dilettantentalentchen besaß, das natürlich ausgebildet worden war. Nun pinselte sie an einem Stillleben, das sie sich ungefähr nach einem Hondecoeter in der Alten Pinakothek zusammengestellt hatte, und wunderte sich, daß sie überhaupt noch etwas konnte, nachdem sie doch jetzt nahezu ein Jahr lang keinen Pinsel mehr in die Hand genommen hatte.

Olga Hertling kam in dieser Zeit fast nur zu den Mahlzeiten nach

Hause. Sie war mit der Mama eifrig um die Aussteuer bemüht und spielte sich als oberste Instanz auf, obschon sie von häuslichen Dingen so gut wie gar nichts verstand. Sie wühlte in Bergen von Leinen, Damast, Batist, Spitzen, Stickereien und Seidenbändern und freute sich über das viele Geld, das für diese schönen Sachen ausgegeben wurde.

Während die Frauen so in fröhlichen Vorbereitungen schwelgten, verloren die Männer die Sache Saranoff nicht aus dem Sinn. Und eines Tages stand der Rittmeister Hertling vor der eleganten Junggesellenwohnung in der Prinzregentenstraße. Es war noch etwas früh am Morgen, aber er hatte absichtlich diese zeitige Stunde gewählt, um Saranoff sicher zu treffen. Er hatte auch seinen Besuch vorher nicht angesagt – er wollte den jungen Mann überraschen und ihn unvorbereitet in der Situation haben.

Ein eleganter Diener öffnete die Haustür, legte die Karte des Rittmeisters auf eine Silberplatte mit großem Monogramm, verschwand und kam sofort zurück: »Der gnädige Herr lassen bitten! Der gnädige Herr wird gleich kommen, er ist noch bei der Toilette.«

Der Rittmeister nickte. Es war ihm gerade recht, daß er in Ruhe ein wenig die Wohnung mustern konnte. Das Vorzimmer war sehr einfach, aber vornehm ausgestattet, nur mit einem großen Spiegel und etlichen Bronzen; der Raum, in dem er sich jetzt befand, war offenbar eine Art Wohn- oder Rauchzimmer. Es war mit roten Ledermöbeln eingerichtet, an den Wänden hingen in schlichten Rahmen ein paar Fragonards. Den Fußboden deckte ein Teppich, der so dick war, daß jeder Laut in ihm versank, wie man im Moor versinkt, über einer Ottomane lag ein blinkend weißes Eisbärenfell, ein Taburett mit Rauchzeug stand daneben. Auf dem Rauchtisch lag auch ein goldenes Papiermesser und ein Buch in gelbbroschiertem Umschlag – der neueste Bourget.

Etwa zehn Minuten ließ »der Sarmate« auf sich warten, dann erschien er, gut ausgeschlafen, fröhlich, gar nicht wie sonst junge Leute, die ein flottes Leben führen. Seine schlanke Gestalt sah biegsam und frisch aus, als käme er eben vom Turnapparat. Auf seinem nervösen Slawengesicht mit den vorstehenden Backenknochen und den tiefliegenden dunklen Augen lag da und dort noch ein Puderwölkchen, das verriet, daß der Barbier eben fortgegangen war. Der ganze Mensch duftete nach Körperpflege und Eau de Lubin. Der Rittmeister dachte: ›Ich begreif's schon, daß er der Tilde gefällt! Ein flotter Kerl ist er, das muß ihm der Neid lassen! Gar nicht schlappig, wie die Russen oft sind, nein, an dem hätt' jede Militärkommission ihre Freud'. Na, nun wollen wir ihm einmal aufs Kollett steigen!‹

Der Rittmeister stand stramm, die Rechte über die Säbelkoppel gepreßt, in der Linken die Mütze. Er grüßte höflich, aber doch militärisch-knapp, als Saranoff eintrat, der ihn mit der Gewohnheit eines Weltmannes willkommen hieß und ihm Platz anbot.

Noch nie war dem Rittmeister ein Gang so sauer geworden. Er war kein Meister des Wortes, dazu langsam im Denken und durchaus nicht geschaffen, krumme Wege zu gehen, einen andern unmerklich auszuholen und ihn dann auf ein Wort festzunageln. Er hatte gar kein Talent zu dem Amt, das ihm die Familienpflicht und Doktor Benedikt da aufgeladen hatten, aber er war vom besten Willen beseelt, seine Mission tadellos zu erledigen. Man merkte ihm übrigens seine innere Unsicherheit nicht an, denn sein Schnurrbart war martialisch und das gerötete Gesicht sah gerade dann brutal aus, wenn der Rittmeister Verlegenheit verbergen wollte. Er und Saranoff hatten sich schon bei Frau von Merk kennen gelernt und das erleichterte den Beginn des Gespräches.

Der Rittmeister saß auf der Ottomane mit dem Eisbärenfell. Er hatte die Mütze neben sich gelegt, aber den Säbel nicht abgeschnallt und hielt ihn mit beiden Händen wie einen Stützpunkt fest. Saranoff hatte sich einen Lederfauteuil herbeigezogen; er hielt dem Rittmeister sein goldenes Zigarettenetui hin. »Darf ich Ihnen anbieten?«

»Nein, danke.«

Saranoff merkte an dem Ton sofort, daß der Rittmeister keinerlei Vertraulichkeiten wünschte. Er steckte das Etui wieder ein, ohne sich selbst eine Zigarette anzuzünden, verneigte sich ein wenig zu seinem Gegenüber hin, als wollte er sagen: ›Bitte, ich bin ganz Ohr.‹

Der Rittmeister holte tief Atem. Sein Gesicht war heiß und seine Kehle trocken. Teufel nochmal! lieber mit der Schwadron in den Feind hineinreiten, als so eine Sache drechseln müssen. ... Er gab sich einen Ruck.

»Herr Saranoff, ich habe über eine ernste Sache mit Ihnen zu reden.«

»Biete, biete!« sagte Saranoff, der die Hände gefaltet zwischen den Knieen hielt und so den Rittmeister etwas von unten herauf fest ansah.

»Sie machen meiner Schwägerin, Fräulein von Merk, den Hof. Machen ihr so sehr und so auffällig den Hof, daß –«

Saranoffs Gesicht, das bis dahin lauschend gewesen, wurde jetzt sehr ernst. Er richtete sich aus seiner etwas lässigen Stellung auf: »Herr Rietmeister, ich darf wohl annehmen, daß Sie hier an Stelle der Frau von Merk vor mir stehen?«

»Allerdings, mein Herr, an Stelle der Frau von Merk und im Namen ihrer ganzen Familie!«

Da stand Saranoff auf, klappte die Hacken zusammen. »In diesem Fall habe ich die Ehre, Sie um die Hand des Freilein von Merk zu bieten!«

Der Rittmeister war wie aus den Wolken gefallen. So schnell und so gründlich hatte er nicht auf Erledigung gehofft. Das war ja ein Tausendsassa, dieser »Sarmate«, der hatte gleich gemerkt, wo er hinaus wollte, und hatte sich nicht erst lange Erklärungen geben und nötigen lassen. ... Ja, ein Tausendsassa, aber auch ein anständiger Kerl! Die Olga hatte doch recht, wenn sie immer sagte, daß nur der Neid manchen Leuten ihr Mißtrauen gegen ihn einblies. ... Ja, die Olga war eben ein bedeutendes Weib, das sah er jetzt wieder deutlich ...

Er streckte Saranoff die Hand hin.

»Ich danke Ihnen. Das war gesprochen wie ein Ehrenmann.«

»Ich hoffe, Herr Rietmeister, daß Sie mich nie für etwas andres gehalten haben.«

Der Rittmeister schämte sich, drückte fest die schmalen, fast noch jünglinghaften Finger, die zwischen seinen Militärpranken lagen.

»Ich freue mich, Herr Saranoff, Sie im Namen unsrer Familie herzlich willkommen heißen zu dürfen.«

»Biete, biete! ... Aber nun rauchen Sie doch?« fragte er mit einem schelmischen Knabenlächeln.

Der Rittmeister hatte den Säbel schon beiseite gestellt, Saranoff hielt ihm Feuer hin, sah gespannt zu, bis die ersten Rauchwolken sich kräuselten. Dann lehnte er sich wieder in seinen Sessel zurück.

»Ich bin Ihnen und Ihrer verehrten Familie noch eine Aufklärung schuldig, warum ich so lange gezögert habe –«

»Mein Gott«, sagte der Rittmeister gutmütig, »ich kann mir das schon denken! Aber wenn ich Ihnen einen Rat geben darf: sagen S' nichts davon! Das heißt, mir können Sie's natürlich sagen, aber nicht den Damen ... Weiber sind in solchen Sachen blödsinnig, ganz egal ob sie alt oder jung sind, dumm oder gescheit. ... Glauben S' mir, Herr Saranoff, reden S' mit Weibern nie von Junggesellengeschichten!

Sie verstehen nie was davon, wenn sie's auch zehnmal behaupten, und man hat nur Schererei von seiner Vertrauensseligkeit!«

Aus dem Rittmeister sprachen so deutlich persönliche Erlebnisse und persönlicher Ärger, daß Saranoff einen Augenblick lang auflachte. Gleich aber wurde er wieder ernst.

»Sie teischen sich, Herr Rietmeister, es war etwas ganz andres. … Ich bin ja noch nichts … ein Student … und ich kenne deitsche Ansichten, deitsche Beamtenansichten. … O, ich achte Deitschland serr um diese Ansichten … bei uns gibt's so was nicht; da frägt man nur: hat er Geld oder nicht? Verstehen Sie, haben muß er bei uns was. Sein? *Pah, vaut pas la peine d'en parier!* Aber Freilein von Merk ist ein junges Mädchen aus echt deitscher Familie, die Schwestern haben Männer in angesehenen Stellungen« – er verneigte sich verbindlich gegen den Rittmeister – »was werden Sie sagen, wenn ich, *petit étudiant*, als Werber kommen wollte! Sie wirden mit Recht sagen: Sei erst was! Sehen Sie, Herr Rietmeister, darum wollt' ich erst im Sommer nach dem Examen kommen als neier Doktor …«

Der Rittmeister war gerührt. Er reichte Saranoff abermals die Hand. Beinahe wollt' er sagen: ›Diese Ehrenhaftigkeit hätt' ich Ihnen gar nicht zugetraut,‹ aber er besann sich noch: »Ich schätze diese Ansichten sehr. Ich hielt's auch für recht vernünftig, wenn man jetzt die Verlobung nicht publizieren tät', sondern erst wenn Sie Doktor sind …«

»*Tout à fait de votre avis, monsieur!* Aberr das hängt natirlich ganz von den Damen ab …«

Er gab dem Rittmeister noch einige Aufschlüsse über seine Familie und seine finanzielle Lage.

»Sie wissen ja gar nichts von mir!« meinte er lachend. »Ich kann vielleicht ein Erzgauner sein …«

»O, o!« protestierte der Rittmeister. »Aber es ist uns natürlich angenehm, über ein künftiges Familienmitglied so genau wie möglich unterrichtet zu sein.«

Saranoff unterrichtete. Sein Vater war ein Großgrundbesitzer in der Krim. Wie viele Morgen, Dörfer mit wieviel Seelen ihm gehörten, vermochte der Rittmeister nicht genau zu Behalten, – jedenfalls sehr viele. Die verstorbene Mutter war eine Deutsche gewesen –

»Von ihr hab' ich die Liebe für Deitschland geerbt und manches in meinem Wesen, was deitsch ist!« Er hatte von ihr aber auch noch realere Dinge geerbt, nämlich eine Besitzung in den baltischen Provinzen und ein hübsches Stück Geld dazu.

»Heiraten des Geldes wegen kennt' ich natirlich jeden Tag. ... Aber wie gesagt, darin bin ich deitsch ... ich will erst meinen Doktor haben und dann mein Gut rationell bewirtschaften nach deitschem und englischem System ... *Papa, ah, papa s'en fiche de ces choses-là! II est reactionnaire jusqu'au bout des doigts ... il se moque pas mal de tout ce qui est moderne.* ... Er findet also ganz lächerlich, daß ich studiere ... daß ich anders wirtschaften will, als man bei uns seit Peter dem Großen wirtschaftet. ... Aber ich habe meinen Willen durchgesetzt ... und ich denke, Papa wird später schon wieder gut werden – jetzt gibt er mir nämlich keine Kopeke aus Ärger, daß ich nicht will, wie er. ... Aber ich habe ja mein mitterliches Gut und kann's also verschmerzen, wenn er mir ein paar Jahre nichts zahlt!«

»Sie sind der einzige Sohn, Herr Saranoff?«

»Sein einziges Kind.«

»Na, da erben Sie ja doch einmal alles auf!«

»Natirlich, natirlich!«

Der Rittmeister ging nach herzlichem Abschied. Noch am selben Tag sollte Saranoff bei Frau von Merk um Tilde anhalten. Der Rittmeister war hochbefriedigt. Er hatte den größten Respekt vor sich, daß er diese Sache so glänzend zu Ende geführt. –

Als er wieder allein war, machte Saranoff ein etwas verdutztes und etwas hilfloses Gesicht. So etwas war ihm doch eigentlich nie passiert! Da war er nun verlobt und wußte eigentlich gar nicht wie. ... Alle Wetter, diese »Deitschen« gingen radikal vor, auch in Friedenszeiten ...

Von selbst wär' es ihm nie eingefallen, um Tilde zu freien. Er fand sie zwar sehr schön, sie sprach zu seinen rasch entflammten Sinnen – aber heiraten? Nicht im Traum wär' er auf den Gedanken gekommen! Er hatte sie gefeiert, weil sie ihm gefiel, weil sie sein Blut in rascherem Wirbel tanzen ließ und auch weil's ihn freute, mit dem schönen Mädchen geneckt zu werden, aber seine Frau – bei der Vorstellung hätte er am liebsten gelacht. Er dachte ja überhaupt nicht ans Heiraten, bei gar keiner. Frauen waren für ihn nur zum Spielen und Küssen da. ... Ah, wie gern ließen sie mit sich spielen und wie leicht war's ihm immer geworden, sie zum Kuß zu zwingen ... nicht etwa nur die zweifelhaften, all die kleinen Ballettmädchen, Chanteusen, Schauspielerinnen, die nur darauf warteten, daß der flotte, reiche Fremde sich huldreich zu ihnen niederließ, nein, auch schöne, verwöhnte, vornehme Damen der Gesellschaft und Mädchen ... tadellos erzogene, blonde, keusche Mädchen, Familientöchter, die ihm willenlos im Arme lagen, wenn er sie während eines Balles heimlich im Wintergarten der väterlichen Villa traf. ... Und andre, die die verwegensten Ausflüchte, die tollsten Pläne ersannen, um mit ihm allein, eine Viertelstunde in verschwiegenen Alleen zu wandeln, indes der Diener im Theaterfoyer auf die Komtesse wartete, die offiziell »Undine« anhörte. ... Und noch andre, die mit echter, prachtvoller Jungmädchenkeckheit, tiefverschleiert, bebend vor Vergnügen und Lebensgier, in der Dämmerung in seiner Junggesellenwohnung Tee tranken. ... Sehr selten noch hatte es Unannehmlichkeiten gegeben, denn bei aller Tollheit und Draufgängerei blieb er klug, vergaß sich nie ... wußte immer genau, wie weit er gehen durfte, um das Odium des Verführers von sich abzuhalten und dem kleinen, verliebten Schatz die Karriere nicht zu verderben. ... Aber das war's eben, Tilde war nie ein kleiner, verliebter Schatz gewesen! Sie hatte sich bewundern, feiern, vielleicht auch kompromittieren lassen – aber weiter auch nichts! Nie hatte er gespürt, daß seine Wärme ihr heiß machte, daß ihr Blut dem seinen entgegenflog. Dies Mädchen, das aussah, wie das erwählte Gefäß aller süßen Leidenschaften, hatte ihm nie auch nur die kleinste Zärtlichkeit gewährt, die sie nicht vor den Augen aller Welt hätte ertragen dürfen. Gerade damit hatte sie ihn immer aufs neue gereizt, weil er nie wußte, ob ihre Kühle äußerste Selbstbeherrschung war, ob Berechnung oder einfach Natur. Gegen diese letzte Voraussetzung sprach allerdings die Leidenschaftlichkeit, mit der sie tanzte, und die jauchzende Lust, mit der sie rodelte oder Ski fuhr. Niemals kannte sich Saranoff genau in ihr aus, weil seine Eitelkeit und seine große Jugend (er war erst vierundzwanzig Jahre alt) ihn nicht die Frage erwägen ließen, ob Tilde ihn eigentlich liebe. Tilde von Merk war aber, wie schöne Frauen so häufig, meist viel zu sehr mit sich und ihren Erfolgen beschäftigt, als daß ihr eine alle Schranken verachtende Liebe so ohne weiteres über Herz und Kopf gekommen wäre. Von einer Liebe, wie Franzel sie im Herzen trug, hatte sie kaum eine Vorstellung; sie lachte auch über die Schwester oft genug und sagte ihr mehr wie einmal: »Franzel, wenn dein Professor erst ganz heraus hat, wie verrückt du mit ihm bist, dann hat er nach acht Tagen das Heft in der Hand ...«

»Ach, Tilde, es ist doch so gleichgültig, wer das Heft in der Hand hat …«

»Ja, ja, ich weiß schon, die Liebe … die geistige Gemeinschaft. … Na, ich für mein Teil tät' mich bedanken, vor einem Mann immer zu kuschen und ihn anzuhimmeln! Der meinige, der soll einmal sehen, wer das Heft in die Hand nimmt, ob ich oder er –«

Über all dies und ähnliches hatte Saranoff nie nachgedacht. Er dachte auch jetzt nicht daran, sondern konstatierte aufs neue, daß er verlobt war, oder so gut wie verlobt, und das war eine heillose Geschichte! Denn Wladimir Saranoff hatte dem Rittmeister zwar alles mögliche erzählt, ja ihn sogar an die russische Gesandtschaft verwiesen, damit er sich dort nach seiner Glaubwürdigkeit erkundigen könne – aber eines hatte er verschwiegen. Hatte verschwiegen, daß er ein unverbesserlicher Spieler im großen Stil war, daß sein Vater schon Hunderttausende für ihn bezahlt hatte, ohne daß es ihm gelungen wäre, den Sohn auf den rechten Weg zu bringen. Seit einem Jahr etwa, genau so lang wie er in München war, erhielt er von seinem Vater nichts mehr, sondern war damit beschäftigt, sein mütterliches Erbe zu verschleudern. Er hatte ja wirklich den festen Vorsatz gehabt, zu studieren, zu arbeiten und dann sein Gut zu bewirtschaften, aber was helfen alle Vorsätze, wenn der Spielteufel hinter einem steht! Wladimir spielte nicht nur im Klub und am Totalisator, sondern auch an der Börse. Gestern hatte er mit Kreditaktien fünftausend Mark gewonnen, heute aber hielt er schon große Positionen in Paris, Berlin und London, war mit Hunderten von Diskonto-Commandit, Rio Tinto und Northern Pacific engagiert. … Das war ihm nichts Neues, er hatte solche Wagstücke schon öfters gemacht. Wenn sie gelangen, strich er einen Haufen Geld ein, wenn sie mißlangen, zahlte Papa … Papa streikte aber seit einiger Zeit, und wenn er von dieser Verlobung hörte, würde er erst recht streiken. Eine Direktorstochter ohne Geld, allenfalls mit einer kleinen Mitgift –, das konnte dem alten Herrn gerade passen! Überhaupt diese ganze Verlobung war ein Unsinn … er führte ja doch nur eine Existenz auf Abbruch … wer weiß, wie lange das hier noch hielt, wie lange sein Kredit noch währte. … Nein, das war wirklich keine Existenz, in der man sich auch noch mit einer Frau belastete. Lächerlich, ganz lächerlich! Zu dumm, daß er sich hatte übertölpeln lassen …

Natürlich, er konnte noch abschreiben, aber was dann? Dann mußte er doch eigentlich fort, noch dazu mit dem Odium einer unanständigen Kneiferei beladen ... oder am Ende mußte er sich schlagen. ... Und es gefiel ihm doch so gut hier; es lebte sich so behaglich in dieser Stadt, in der kein Mensch den andern nach Woher und Wohin, nach Rasse und Klasse fragte, sondern nur, ob einer ein netter Mensch sei. ... Überhaupt, weshalb sollte er wegen eines Mädchens Hals über Kopf davonrennen, als hätt' er weiß Gott was auf dem Kerbholz. Nichts konnten sie ihm vorwerfen, gar nichts ... nur daß er sie kompromittiert hatte. ... Das war aber auch alles – leider!

Also, in Gottes Namen, er würde sich verloben! Verlobt ist ja noch nicht verheiratet, hauptsächlich da die Sache erst später publik werden sollte. Jung, leichtfertig und leidenschaftlich wie er war, sah er mit eins alles in anderm Lichte. Er dachte nicht mehr an seine verwickelten Geldverhältnisse, an seine halb verwirtschaftete Existenz, er sah nur das schöne, blühende Mädchen vor sich, dessen heißes Gesicht er heute zum erstenmal küssen durfte. Heute und an allen Tagen, die folgten ... wie ein Maienmonat, schwer von Verheißung und Blüten, lag eine heimliche Brautzeit vor ihm da. Wer weiß, ob all das Blühen und all der Duft der Klugen, Beherrschten nicht endlich doch den Sinn verwirrte ... ob sie in der Seligkeit eines verschwiegenen Maienmonats nicht endlich gab, wonach sein ganzes Wesen fieberte ...

Er sprang auf. Er war wie in Brand. Er läutete dem Kammerdiener, daß er ihm beim Umkleiden behilflich sei, bestellte für zwölf Uhr mittags den Chauffeur.

Noch am selben Tag trug Tilde von Merk einen Ring am Goldfinger der Linken. Es war ein Marquisenring mit einem großen Taubenblutrubin, den Brillanten umkränzten.

»Brillanten, keine Rosetten, sie haben alle den Tafelschliff!« konstatierte Olga Hertling, die eben erst im Konversationslexikon »Brillanten« nachgelesen hatte.

Der Hochzeitstag Franzis bedeutete für die Familie Merk einen Höhepunkt, wie sie noch keinen zuvor erklommen hatte. Tildes Verlobung war allerdings noch nicht veröffentlicht worden, aber das Geheimnis, das darum wob, war so fadenscheinig, wurde von allen Beteiligten so lässig gehütet, daß bald jeder darum wußte und die Merks wirklich beneidete. Zwei Bräute im Haus – wer konnte sich noch solchen Glückes rühmen? Und was für Partieen machten diese Mädchen, die, wenn's hoch kam, über eine Leutnantskaution verfügen konnten! Zwei schwerreiche Männer und der dritte, Doktor Benedikt – eine Zukunft. Ja, wahrlich, Frau von Merk war gebenedeit unter den Weibern …

Vor dem Standesamt und der Erlöserkirche, in der Franzi getraut wurde (die Merks waren protestantisch), drängte sich die Menge. Nicht nur die üblichen, flanierenden Gaffer, die sich zu jeder Hochzeit und zu jedem Begräbnis, einfinden, sondern auch Damen und Herren der guten Kreise, vielfach persönliche Bekannte der Merks, standen da und wollten sehen, wie eine Familie sich ausnahm, die im Zenit ihres Glückes stand. Es war nur eine kleine Hochzeit, Franzi und Doktor Benedikt hatten das ausdrücklich gewünscht; nur fünf oder sechs Wagen fuhren am Kirchenportal vor, aber sie gaben viel Stoff zum Schauen und Wispern, als wären es zwanzig gewesen. Die Damen Merk strahlten und gingen mit feierlichem Schritt, wie in einem Triumphzug auf der Bühne. Sie sahen bildschön aus, wußten es und quittierten das leise Bewunderungsflüstern, das vor und hinter ihnen herlief, mit glücklichem Lächeln. Die Braut nahm sich am unvorteilhaftesten aus; ihre hohe Gestalt wirkte zwar in dem weißen fließenden Atlas und dem langen Schleier poetisch und majestätisch zugleich, aber dem »Mohrenköpfel« stand die blasse Aufregung schlecht, ließ es noch unregelmäßiger und herber erscheinen als sonst. … Dagegen waren die Brautmutter und die Schwestern so entzückend, daß man nicht wußte, wem man den Preis zuerkennen sollte, ob Frau von Merk, die in Blaßviolett mit schneeweiß gepudertem Haar einer Rokokodame glich, ob Olga Hertling, deren leuchtende Farben sich von blauem Samt mit Perlmutterstickerei (Redfern, Paris) abhoben, ob Tilde, die in rosenfarbenem Damast sich mit dem anmutigen Hochmut einer jungen Königin gab … jedenfalls konzentrierte sich die große Aufmerksamkeit auf sie und aus ihren Kranzelherrn – Saranoff. Als er ihr aus dem Wagen half, spürte man, daß eine murmelnde Bewegung durch die Gaffer ging. Als er ihr den Arm bot, um sie die Treppen hinanzuführen, war es eine Sekunde lang mäuschenstill. … In diese Stille hinein aber vernahm Frau von Merk deutlich mächtiges Glokkenbrausen. Nicht von schweren, erzenen Kirchenklöppeln kam es, sondern von hundert und aber hundert silbernen Zungen, die einen berauschenden Chorus über sie, ihre Töchter und ihr Glück hinjubelten – die silbernen Glocken des Neides …

Das Hochzeitsdiner, an dem nur zwölf Personen teilnahmen, verlief sehr animiert. Nur die Neuvermählten waren still, wie im Glück versunken. Franzi sah zuweilen mit einem verträumten Lächeln über die Tafel hin, nickte dem und jenem zu, ohne an ihn zu denken ... Doktor Benedikt war sehr blaß, ab und zu glitt sein Auge verstohlen über seine junge Frau, und dann trat etwas in seinen Blick wie grenzenloses Staunen, so als ob er gar nicht begriffe, was es zu bedeuten habe, daß dies junge, myrtengeschmückte Geschöpf an seiner Seite saß und ihm zutrank ...

Rittmeister Hertling verlas mit Kommandostimme die einlaufenden Telegramme. Nachdem alle nur denkbaren Onkeln, Tanten, Kollegen, Freundinnen sich mit mehr oder weniger Banalität durch den Draht zum Wort gemeldet hatten, las der Rittmeister: »Alles Gute und alles Schöne dem alten Freund und seiner jungen Gattin von Professor Cholevius und seiner Frau.« Doktor Benedikt lächelte gezwungen und sprach ein paar erläuternde Sätze über seine alten Beziehungen zum Hause Cholevius. Er war jetzt noch bleicher als vorher; wenn er sich unbeobachtet sah, biß er sich schnell und nervös auf die Lippen. Und er war in der Tat unbeobachtet, denn Franzi küßte heimlich ihren breiten Ehering und dabei gingen ihr die Augen über ...

Siebentes Kapitel

Das Ehepaar Hertling befand sich in gehobener und erwartungsvoller Stimmung: Bubi sollte beim ersten Frühjahrsrennen in Riem sich seine ersten Lorbeeren holen und seinem Herrn den ersten Preis. Natürlich stellte Riem gar nichts vor gegen Baden-Baden oder Iffezheim, ganz zu schweigen vom Grand-Prix von Longchamps, an dem Bubi vielleicht teilnehmen sollte, obschon deutsche Pferde in Paris nie mehr gegen die französischen und englischen aufkamen. Aber Bubi war ja auch nicht ein Roß wie andre, sondern eben Bubi, ein Elitegeschöpf, das nicht nur einen ehrfurchtgebietenden Pedigree besaß, sondern noch eine ganz persönliche Note von Temperament und Schuldigkeit. Einfach ein Prachtgaul. Der Rittmeister war rein verliebt in ihn und Olgas reiches Vokabularium versagte beinahe, wenn sie von diesem »Götterhengst« (wie sie ihn nannte) sprach. Bubi war im Augenblick der Stolz, die Hoffnung der Familie. Er hatte ja ein Heidengeld gekostet (alter Adel ist immer teuer) und sein Etat für Wartung, Wohnung, Arzt und Apotheke war weit höher als der eines Regierungsrates, aber Bubi würde alles zehnfach hereinbringen. Um Bubis willen vergaß man, daß der Rittmeister in den letzten Jahren sich aus der Rennbahn keinen rechten Erfolg mehr, sondern nur verschiedene mehr oder minder komplizierte Rippenbrüche geholt hatte, die den Spießbürgern recht zu geben schienen, deren Prophezeiung unweigerlich lautete: »Der Hertling bricht noch Arm und Beine beim Rennen.« Natürlich waren es nur Spießbürger, die so dachten und sprachen, die Sportskreise Münchens fühlten sich geschmeichelt, daß der Götterhengst in ihrem bescheidenen Riem zuerst laufen sollte, und blickten dem ersten Junisonntag viel gespannter entgegen, als sonst dem Frühjahrsrennen in Riem.

Olga war in dieser Zeit sehr angeregt und voll schöner Träume. Ihr Mann war zwar sehr nervös und quengelig, schlug bei der geringsten Gelegenheit Krach und blieb sonst taub und blind für alles, was nicht Bubi hieß, aber das kümmerte sie nicht besonders. So war er ja immer vor den Rennen, nachher wurde er schon wieder vernünftig und umgänglich. Sie ließ sich also in ihrer angenehmen Stimmung nicht stören, eine Stimmung, die auch wieder auf Bubi zurückging. Die schöne Olga war sich in der letzten Zeit etwas niedergedrückt vorgekommen in ihrem Familien- und Bekanntenkreis, in dem ihre Schwestern – die eine offiziell, die andre heimlich verlobt – die ganze Aufmerksamkeit auf sich zogen. Kam sie zu ihrer Mutter, so redete man nur von Aussteuer und Hochzeitsvorbereitungen oder man zeigte ihr die herrlichen Blumen, die Saranoff täglich schickte, das goldene Osterei mit Bonbons gefüllt, das er seiner Braut zu Ostern, die Perlenschnur, die er zu Pfingsten geschenkt hatte. Diese zwei Bräute erfüllten das Haus mit einer Atmosphäre junger Liebe und fürstlicher Verschwendung, daß Olga sich alt und arm daneben vorkam. Mein Gott, über zehn Jahre war es schon her, daß der Rittmeister sie hofiert und gefreit hatte … über zehn Jahre, daß die rosa gebundenen Leinen- und Damaststöße sich vor ihr häuften und ihre Buchstaben in Hochstickerei zeigten. Heute redete der Rittmeister nur von Bubi, in Leinen und Damast fielen schon kleine Löcher, die dank Frau Olgas Hausfrauenkünsten demnächst große Löcher zu werden versprachen. Olga wurde nachdenklich und kam sich »zweite Garnitur« vor. Wäre nicht das Lenbachbild gewesen, so hätten ihr jetzt die Schwestern in allem den Rang abgelaufen, ihr, die sozusagen den gesellschaftlichen Ruhm der Merks begründet, die zuerst die Legende des Neides für die Mutter verwirklicht hatte. Ein Glück nur, daß das Bild blieb. Sie sprach jetzt oft von der Zeit, in der der Meister (sie nannte ihn nie anders) sie gemalt hatte, und bedauerte geschickt die Schwestern, die trotz aller ihrer Erfolge keinen solchen Ruhm zu verzeichnen hatten. »Welch ein Jammer, daß der Meister nicht mehr lebt! Saranoff müßte sonst Tilde von ihm malen lassen! Zahlen könnt' er's ja!« Oder: »Benedikt ist auch ganz entzückt von meinem Porträt. Er hat gesagt, es sei nicht nur mit der Hand, sondern auch mit dem Herzen gemalt.« Doktor Benedikt hatte sein bewunderndes Urteil zwar etwas anders formuliert, aber Olgas Phantasie hatte, ihr selber kaum bewußt, es gemodelt und vertieft. Und sie begleitete das »mit dem Herzen gemalt« mit diskretem Augenaufschlag und einem kleinen Lächeln, das alles mögliche bedeuten konnte …

Sie war etwas erleichtert, als die Benedikts abgereist waren und nun nur noch eine Braut im Hause blieb. Ihre Erleichterung wandelte sich mehr und mehr zur Fröhlichkeit, je näher der Tag von Riem kam, der den Hertlings und ihren Interessen wieder eine größere Aufmerksamkeit zuwendete. Sie warf mit equestrischen Fachausdrücken um sich, daß jeder, der sie nicht näher kannte, sie für eine erste Herrenreiterin hätte halten müssen. In Wahrheit saß sie schlecht im Sattel, denn sie war die Angst der ersten Reitstunde nie los geworden und fürchtete sich stets im stillen vor dem Tier, das sie ritt. Das hinderte sie aber nicht, davon zu phantasieren, wie herrlich es sei, in einen klaren Frühlingsmorgen hineinzujagen, und daß sie es ganz mit dem arabischen Spruch hielte:

»Das Paradies der Erde
Liegt auf dem Rücken der Pferde. –«

Der Tag von Riem brach so klar und schön an, wie Frühsommertage auf der bayrischen Hochebene selten sind. Die ganze Woche vorher hatte der Himmel grämlich dreingeschaut und ab und zu eine kleine Sturzflut ausgeschüttet, als freute es ihn, die Menschen zu ärgern, da er selber so verdrießlich war. Samstag kam dann ein heiterer, etwas eiliger Wind, der flink das ganze Himmelsgewölbe abfegte, daß es Sonntag früh blitzblank und blau war, als hätt' es ein Maler der sechziger Jahre gemalt. Und dieser heitere, geschäftige Wind lief in der ganzen Stadt herum, murmelte weich und zärtlich von der Blütenpracht südlicher Maien, die er belauscht hatte, weit unten, jenseits der blauen Berge, wo die Wasser es verlernt haben, nach Norden zu fließen. Kleine, köstliche Wogen, die glitzerten von Sonne und Sommerahnung, warf er den Menschen ins Gesicht, daß sie unwillig lachten und sich doch froh fühlten. Von den Apfel- und Kirschbäumen Frankens erzählte er ihnen, die weiß und rosig glühend dastanden und kaum mehr atmen konnten unter der weichen, köstlichen Fracht, die ihnen der Lenz für den Herbst aufgeladen hatte. Und eine große Sehnsucht fiel die Menschen an, da sie ihm zuhörten, und jeder war trunken von einem großen Glück, das er erleben wollte oder auch schon erlebt hatte …

Frau Olga saß mit ihren Kindern in dem eleganten Auto, das sie für heute gemietet hatten, und fuhr nach Riem. Draußen in der Tribünenloge würde sie die Mama mit Tilde und Saranoff treffen, der die Damen in seinem neuen Viererzug hinfuhr. Er schien Pferde zu lieben und, nach Hertlings Aussage, auch etwas davon zu verstehen. Jedenfalls hatte er sowohl den Rittmeister wie Olga ganz für sich gewonnen durch das große Interesse, das er Bubi bezeigte, und durch die fröhliche Unerschütterlichkeit, mit der er dem Götterhengst die Palme aller Rennbahnen prophezeite. Olga fuhr dahin und war glücklich. Sie sah heute in einem weißen Spitzenkleid fast noch schöner aus, als am Hochzeitstag der Schwester. Drei mächtige weiße Straußenfedern nickten von einem enormen Schäferhut auf ihr goldig-getöntes Haar nieder und der große, weiße Schleier, der ihr übers Gesicht fiel, gab ihrer Haut jenen zarten, durchsichtigen Schimmer, den sie auf ihrem berühmten Bild hatte. Sie trug lange, schwedische Handschuhe, die oben am Rande ein Medaillon mit Monogramm zeigten. Sie schien es wenigstens; in Wahrheit stand statt »O.H.« in Gold gestickt »Bubi« in dem von Goldfaden eingefaßten Oval. Olga hatte sich diese zarte Huldigung eigens für ihren Gatten ausgedacht, der nur leider im Augenblick gar kein Verständnis dafür aufgebracht, sondern sich ganz zerstreut von Frau und Kindern verabschiedet hatte. Der Mann war jetzt eben nur für Bubi da … Olga lächelte und ließ sich durch sein unaufmerksames Wesen nicht beirren.

Die kleine Madlon, ein dickes, blondes Mädel, saß ganz in rosa Seidenbatist neben der Mama, der siebenjährige Erik in einem weißleinenen Matrosenanzug auf dem Rücksitz. Sie sahen gesund und etwas anspruchsvoll aus, hübsche, verwöhnte Kinder reicher Leute, die von versagten Wünschen nichts wußten. Olga schwatzte und lachte mit ihnen und erzählte, wie Papa heute siegen und gefeiert werden würde. Die Kinder hingen am Vater mehr als an der Mutter, obgleich oder wahrscheinlich gerade weil sie ihnen nichts wehrte, jede Unart reizend fand und nicht begriff, daß der Rittmeister handgreiflich werden konnte, wenn Madlon und Erik nicht gehorchten. Über diese schwächliche Nachsicht und Eitelkeit ging ihre Mutterliebe nicht hinaus; sie war sehr froh, daß eine tüchtige Bonne ihr die eigentliche Pflege der Kleinen abnahm, so daß sie für die schöne Mama nur ungefähr ein Spielzeug waren, das ihr gut stand, sie für eine Stunde amüsierte und wieder weggebracht werden konnte, wenn es unbequem zu werden begann. Dagegen sprach Frau Olga sehr gern und ausführlich über »die neue Mutter« und verfehlte nie bei passender Gelegenheit zu sagen: »Päppeln kann jede Bonne. Erziehen aber muß die Mutter!«

Momentan brauchte sie gar nichts zu erziehen. Madlon und Erik horchten mit großen Augen und lächelndem Munde auf das, was Mama von Papa erzählte. Als sie den Kindern erst das gestickte »Bubi« auf den Handschuhen zeigte, kannte ihr entzücktes Staunen keine Grenzen. So fuhren sie in Schönheit, Reichtum und Frohsinn dem Siege von Riem entgegen …

Draußen, auf dem Turf, wimmelte es bereits von Menschen, und das Bild, das sich den Neuzuströmenden bot, war ungemein farbig und lebendig. Die Tribünen waren mit weißblauen Tüchern beschlagen, über die grüne Tannengirlanden hingen, in feierlich-farbloser Öde lag nur das weite Rund der Rennbahn mit Hürden und Gräben. Elegante Karossen, feine Rassepferde standen neben Taxametern, deren Rosinante sich offenbar selbst erstaunt sagte: ›Das hätt' ich nicht geglaubt, daß du noch da herausschnaufen kannst.‹ Autos in allen Farben, von allen Firmen und Gestalten rasten heran, die duftende, reine Frühlingsluft mit Benzin- und Pneumatikgeruch erfüllend, und wie eine dunkle Woge, die nur als Masse Geltung hat, nicht als Einzelerscheinung, fluteten die Tausende heran, die der billige Vorortzug hergetragen hatte, und die nur die Neugier, kein tiefes, sportliches Interesse mit Riem verband.

In den Logen der Tribünen saßen hübsche Frauen in eleganten Sommertoiletten, große Hüte nickten, verschoben sich, wurden von kleinen Händen vorsichtig aber energisch wieder zurechtgerückt. Man winkte sich gegenseitig mit Fächern zu, mit parfümierten Taschentüchern oder mit ein paar Rosen, die man sich selbst gekauft hatte, mit denen man aber kokettierte, als ob sie weiß Gott welche zarte, heimliche Geschichte wüßten. Herren in Zivil und Offiziere kamen an die Logenbrüstungen, um ein paar Worte über das schöne Wetter zu sagen und dann die Chancen der einzelnen Pferde zu erörtern. »Bubi« galt ja ziemlich allgemein als der kommende Held, es hieß, daß am Totalisator so große Summen auf ihn gesetzt seien, wie nie zuvor Riem sie erlebt hatte. Aber es gab doch etliche, die nicht so felsenfest von ihm überzeugt waren und mehr an die Stute »Izuna« glaubten, die dem kleinen Grafen Bassewitz von den Bamberger Ulanen gehörte. Und noch andre schworen auf »Randolf«, einen englischen Renner, der einen heimtückischen Zug in seinem edlen Pferdegesicht hatte, und dessen Herr ein Wittelsbacher war, einer der Biedersteiner Herzöge. Aber nicht nur Sportsleute und Uniformen sah man, sondern auch Zeichner von den »Fliegenden Blättern«, der »Jugend« und dem »Simplizissimus« waren gekommen, um hier Modelle zu suchen und zu finden. Der bekannte Simplizissimuszeichner interessierte die Damen am meisten; wie er in die Nähe einer Loge oder eines Wagens kam, bemühten sie sich, jene elegante Nonchalance, jenen selbstverständlichen Schick in Haltung und Geste zu offenbaren, die seine Aristokratinnen mit den rotbraunen Haaren und *tailor made dresses* zeigten. ... Auch Anton Rothauer war erschienen, um Frauenstudien zu machen, für Pferdesport interessierte er sich wenig. Er war mit der kleinen norddeutschen Hoheit gekommen, die jetzt mit dem jüngeren Herzog von Biederstein und einigen Offizieren im Gespräch auf dem Sattelplatz stand. Durch all das Flirren, Surren, Grüßen, Lachen ging plötzlich eine Bewegung, die aller Blicke nach derselben Richtung trieb; ein geflüstertes »Aha« strich durch die Logen, in denen die Eingeweihten der Gesellschaft saßen, in stummer Neugier sah die große Menge auf das Gefährt, das jetzt eben in die Wagenreihe einbog. Ein prächtiger Viererzug von Rappen in Silber geschirrt, die Mähnen mit Silberperlen betropft. Ein junger, eleganter Mann mit lodernden, dunklen Augen hielt die Zügel. Regungslos, wie eine polychrome Statue saß der Diener in Napoleonspose auf seinem Bänkchen, indes die beiden hellgekleideten Damen im Wagen sprachen und lachten und voll gieriger Wonne die Blicke fühlten, die in Bewunderung und Neid auf sie gerichtet waren.

Saranoff sprang vom Kutschbock herab, hob Tilde und Frau von Merk mit jener graziösen Unterwürfigkeit heraus, die sein Rasseerbteil war und die ihm so gut stand. Er führte sie zur Loge, in der Olga mit den Kindern schon auf sie wartete. Nachdem er den Damen die Hand geküßt, empfahl er sich, weil er sich erst noch auf dem Sattelplatz umsehen wollte.

»Spätter, wenn unser ›Bubi‹ leift, bin ich wieder da ›hurra‹ schreien.«

Er ging. Stolz sahen ihm die Merks nach und blickten sich voll Genugtuung an. Es war wieder wie vor der Kirche: sie fühlten, daß sie schön waren, und sie hörten, wie die silbernen Glocken im Jubelsturm um sie her brausten.

»Schade, daß Franzel nicht da ist!« sagte Frau von Merk und die Töchter stimmten eifrig bei. Ohne daß sie's wußten, logen sie da alle drei, denn keine von ihnen vermißte Franzel wirklich. Im Gegenteil, Franzels stilles, verschlossenes Wesen hatte sie gerade bei solch lauten Festlichkeiten oft gestört, schon weil Franzel wenig Verständnis hatte für gesellschaftliche Inszenierungen und gar keinen Instinkt für den Neid. Bosheiten, Nadelstiche, wie sie unter Frauen, besonders unter jungen Mädchen üblich sind, merkte sie meist nicht, und wenn sie sie merkte, ging sie mit einem kleinen Verachtungslächeln darüber weg. Heute waren die Mama, Olga und Tilde eigentlich zum erstenmal unter sich, freudig verbunden durch ein Gefühl, das die junge Frau Doktor Benedikt doch nur halb verstanden hätte …

Die ersten Rennen gingen ziemlich eindruckslos vorüber; sie waren nur eine Ouvertüre, während der sich die Zuschauer sammeln mochten für das große Schauspiel – das Rennen um den ersten Preis – das ihnen noch bevorstand.

Als »Izuna«, »Bubi« und »Randolf« angetänzelt kamen, ging wieder eine große Bewegung durch die Menge. Jeder fühlte, »jetzt gilt's!« Jeder wollte gierig ein Stück der Spannung einschlucken, die sich angesammelt hatte, und von der die ganze Luft ringsum zu beben schien, wie unter unsichtbaren elektrischen Entladungen …

Alle Operngläser und Feldstecher richteten sich auf diese drei Gäule, die andern, die noch mitliefen, sah man kaum an. »Bubi« gefiel fast allgemein am besten, im Gegensatz zu »Randolfs« perfidem Gesicht war er sozusagen ein joviales Roß, dem man eigentlich zugetraut hätte, daß es lachte. Es hatte so etwas Freudiges, Zuversichtliches in seinem schlanken Gang und seinen blanken Augen. Sein falbes Fell mit dem schwarzen Schweif glänzte von Jugend, und wie es jetzt ein paarmal laut wieherte, schien es sich gar nicht halten zu können vor Übermut und Siegeslust. Olga nickte ihrem Mann entzückt zu, aber er war zu weit entfernt und sah sie nicht, obschon sie neben den Kindern im Vordergrund der Loge saß, während Mama, Tilde und Saranoff die erhöhten Rückplätze eingenommen hatten.

Die Pferde schossen dahin. Zu Anfang war es natürlich ziemlich unklar, wer die Tete halten würde. Weder »Izuna« noch »Randolf« noch »Bubi« zeichneten sich jetzt schon aus, vielmehr tauchte ein Outsider auf, dessen kein Mensch bisher geachtet hatte: ein unwahrscheinlich hochbeiniger Bräunling, der dem jungen Leutnant Kellermann vom Leibregiment gehörte.

»Wie heißt der Gaul denn?«

Wie er hieß? »Graziella« oder irgend so was. Sein Name tut auch gar nichts zur Sache, die Geschichte mit den Outsidern, die jedesmal plötzlich auftauchten, kannte man doch. Die legten immer unversehens mit Bombeneifer los, verrannten sich gleich am Anfang und wenn's zum Klappen kam, blieben sie weit hinten. Nein, »Izuna«, »Randolf«, »Bubi« hieß das Triumvirat, aus dem der heutige Cäsar hervorgehen mußte …

Wirklich, beim zweiten Umritt ließ »Graziella« schon aus und »Randolf« stürmte an die Spitze, gefolgt von »Bubi«, der kaum eine halbe Nasenlänge hinter ihm blieb. Mit langgezogenem Körper, perfide Seitenblicke auf »Bubi« schleudernd, schoß der Engländer mit seinem Herzog dahin, rasend vor Temperament, mit funkensprühenden Hufen setzte »Bubi« ihm nach, ihn überholend, dann wieder zurückbleibend, ihn nochmals überholend und abermals weichend. »Izuna« zottelte nur mehr hinterher und »Graziella« schien allen Aspirationen entsagt zu haben. »Bubi« – »Randolf«, nur um die beiden kann sich's noch handeln, das fühlt jeder, und jeder schaut mit angehaltenem Atem den Gäulen nach, die nur mehr wie Lichtpunkte dahinfliegen. Die Hindernisse scheinen für sie gar keine zu sein: »Randolf« gleitet über Hürden und Gräben geschmeidig wie eine Schlange weg, »Bubi« überspringt sie mit tollem Aufbäumen, als wollt' er jedesmal schreien: »Hui, ist das schön!« Bei der einen Hürde ist ihm »Randolf« wieder voran, gleitet wieder mit seiner listigen Nonchalance darüber weg, als hätt' er nur Knorpeln statt Knochen im Leibe. Da entbrennt in »Bubi« eine prachtvolle Lust: wie der böse Feind sprengt er heran, daß seine Hufe weithin braune, hohe Flocken aufspritzen. Sprengt heran, rast an »Randolf« vorbei, daß die Sättel sich streifen, nimmt die Hürde …

Da schreit Olga auf. Schreit so gell, so herzzerreißend auf, daß alle zuerst nach der Loge blicken und erst dann auf den Turf, wo die Lichtfunken plötzlich aufgehört haben zu rasen. Neben der letzten Hürde wälzt sich ein falbes Pferd auf der Erde. Unter seinen Flanken strömt Blut hervor –

Ein Murmeln geht durch die Menge: wohlig-gruselnd starrt die Neugier auf die schöne Frau im weißen Kleid, die mit verstörtem Gesicht, laut schreiend aus der Loge stürzt, auf den Turf zu. Saranoff stürzt ihr nach. Mit Mühe nur hat er Tilde und die Mutter in der Loge zurückgehalten, daß sie bei den Kindern bleiben, die noch nicht wissen, was geschehen ist, aber doch schon weinen und »Papa, Papa!« rufen.

Olga läuft wie eine Irrsinnige; sie weiß gar nicht, welche Richtung sie nehmen muß, um zu ihrem Mann zu kommen. Sie läuft nur immer geradezu; ihr großer Hut mit den drei weißen Federn nickt und wippt unaufhörlich. Sie hat das Gefühl, als ob er sie am Laufen hinderte, und da reißt sie die Nadeln heraus, die ihn halten, und schleudert ihn weg, auf die Erde. Barhaupt, mit flatternden, blonden Strähnen läuft sie weiter, und alle weichen vor ihr zurück, machen ihr Platz, weisen ihr wohl auch den Weg. Sie hört aber gar nichts und sie weiß auch gar nichts mehr, nur daß sie immer weiterlaufen muß, bis sie bei ihrem Mann ist ...

Saranoff holt sie endlich ein. Er nimmt ihren Arm in seinen rechten, in der linken Hand trägt er ihren Hut. So führt er sie zum Turf, auf dem schon Sanitätsbeamte tätig sind und zwei Ärzte neben der Hürde knieen. Es war ein grauenhafter Anblick, der sich da bot, so grauenhaft, daß Saranoff es verstanden hätte, wenn Olga alsbald bewußtlos geworden wäre. »Bubi« war mit seinem Herrn an der Hürde gestürzt, der Rittmeister hatte nicht mehr Zeit gehabt, aus den Bügeln zu kommen, und auf ihm wälzte sich jetzt das in Angst und Schmerz niedergebrochene Tier – Der Wagen des Samaritervereins brachte den Sterbenden nach Hause. Hinter ihm, in einem geschlossenen Auto, fuhren seine Frau und seine Schwiegermutter. Frau von Merk hielt Olga in den Armen, die unaufhörlich stöhnte. Den ganzen, langen Weg von Riem zur Briennerstraße verstummte dies Stöhnen nicht einen Augenblick. Frau von Merk starrte mit leeren, brennenden Augen zu den Fenstern des Wagens hinaus. Immer wieder jagte dasselbe Bild neben ihr her: das fahle Pferd, das sich auf der Erde wälzte und unter dessen Flanken Blut vorrieselte. Wenn sie entsetzt die Augen schloß, um es nicht mehr zu sehen, hörte sie das herzzerreißende Stöhnen der Tochter –

Saranoff hatte sich erboten, Tilde und die Kinder heimzubegleiten. Er überließ den Viererzug dem Bedienten und bestieg mit seiner Braut und den Kleinen einen Mietswagen. Er redete während der Fahrt tröstend auf Tilde ein, die völlig verstört war, und streichelte den Kindern die Haare und sagte ihnen, daß sie keine Angst haben sollten, daß ihr Papa sicher bald gesund sein würde. Er war ernst und ruhig, wie die Situation es erforderte, aber keineswegs fassungslos. Niemand konnte ihm anmerken, daß er auf Bubis Sieg am Totalisator seine letzten zwanzigtausend Mark verwettet hatte –

Achtes Kapitel.

Rittmeister Hertling war gestorben, ohne das Bewußtsein wiedererlangt zu haben. Drei Tage war er noch dagelegen, wie sie ihn von Riem heimgebracht hatten – ein Leichnam, in dem ein Rest von Atem wehte. Am Abend des dritten Tages war es dann zu Ende …

Als er den letzten Seufzer verhaucht hatte, fiel Olga in Ohnmacht. Die drei Tage her hatte sie sich tapfer gehalten und mit ihrer Mutter und einer Krankenschwester den Sterbenden gepflegt, so gut sie's verstand. Sie war ungeübt in solchem Werk und auch nicht geschickt, aber es lag etwas Rührendes in dem guten Willen, mit dem sie alles machte und machen wollte. Sie klammerte sich in verzweifelter Hingebung an das entfliehende Leben ihres Mannes, dem sie doch in gesunden Tagen immer nur eine durchschnittliche, nie eine leidenschaftliche Zärtlichkeit entgegengetragen hatte. Sie klammerte sich an ihn, wie ein Mensch sich nur anklammern kann, der nichts mehr ist, wenn der andre von ihm geht. Ihr Optimismus, ihre Selbstüberschätzung, ihre Renommisterei waren völlig zusammengebrochen. Nichts war geblieben, als die verzweifelte Bitte: »Herrgott, laß ihn uns, nimm ihn uns nicht. Was soll aus uns werden, wenn er nicht mehr da ist?!«

Vom Totenbett des Rittmeisters ging die barmherzige Schwester mit ihren geräuschlosen Schritten an das Krankenbett seiner Witwe, denn als Olga aus ihrer Ohnmacht erwachte, hatte sie starkes Fieber und war tagelang unfähig aufzustehen. Der Tod des Mannes war der erste Schmerz, den die mehr als Dreißigjährige erlebte, darum eben fand er sie so fassungslos, so ohne jede Übung, ihm zu begegnen, ohne jede Erkenntnis, daß auch er, wie alles Irdische, vergänglich sei. Mit der ganzen Ungebrochenheit des Menschen, der nie Trübes erlebt hat, gab sich Olga körperlich und seelisch ihrem Jammer hin – wie sie auf dem Wege von Riem unaufhörlich gestöhnt hatte, so weinte sie jetzt unaufhörlich, daß man ihr Schlafmittel geben mußte, nur um ihr ein paar Stunden Ruhe zu verschaffen. Aber noch im Traum schluchzte diese ungebrochene Kraft des Schmerzes weiter, wenngleich Olga schlummerte und nicht wußte, daß sie weinte. –

Frau von Merk und Tilde waren natürlich den ganzen Tag in der Hertlingschen Wohnung. Tilde saß meist mit der Bonne bei Erik und Madlon, die nach echter Kinderart trotz all des Gräßlichen, das geschehen war, schon wieder vergnügt spielten und gerne glaubten, daß Papa und Mama in ein paar Tagen gesund und heiter mit ihnen ausfahren würden. Frau von Merk wich nicht von Olgas Seite. Seit dem Tage von Riem hatte sie sie nicht eine Stunde allein gelassen. Sie hatte sie in ihren Armen aufgefangen, als Olga neben dem Sterbenden zusammengestürzt war, und sie saß jetzt neben ihrem Bett, merkte kaum, wie die Stunden gingen, daß es Nacht wurde, Tag und wieder Nacht; versenkt und versonnen war sie in Leid und Leidgedanken, Sie begriff eigentlich noch gar nichts von dem, was geschehen war. Sie wußte nur, daß ihr Schwiegersohn tot, ihre Tochter im Fieber lag – an eine Zukunft darüber hinaus vermochte sie noch nicht zu denken.

Das junge Paar aus Jena war gekommen. Doktor Benedikt wollte natürlich dem Begräbnis seines Schwagers anwohnen, Franzi den Ihrigen beistehen, so gut sie's konnte.

»Wenn ich's nur auch wirklich kann«, sagte sie zu ihrem Mann, während sie im Schnellzug nach München fuhren. »Wenn man selber so glücklich ist, wirkt man doch durch seine bloße Gegenwart schon beleidigend für Unglückliche ...«

Er hatte zerstreut gelächelt und ihr flüchtig die Hand gestreichelt. Er war jetzt überhaupt oft zerstreut und seine Liebkosung flüchtig. Zuweilen, wenn er seine Frau küßte, schloß er die Lider und schien zu vergessen, daß er Franzi in den Armen hielt. Dann, mit einem Male riß er die Augen auf und sah sie mit einem fremden, erstaunten Blick an, wie damals, beim Hochzeitsmahl – – Franzi merkte wohl, daß etwas ihn im Bann hielt, ihn von ihr wegführte. Sie grämte sich aber nicht darum, denn sie dachte, es wäre sein neues Buch, an dem er eben schrieb, und sie hatte sich fest vorgenommen, eine vernünftige Frau zu sein, die keine Eifersucht auf die Wissenschaft aufkommen läßt. Sie kam sich neben ihrem Mann ohnehin immer so unbedeutend vor, dass sie gleich nach ihrer Ankunft in Jena begonnen hatte, ihre durchschnittliche, fadenscheinige Höhere-Tochter-Bildung zu verbessern, wie sie nur konnte. Sie hörte etliche Kollegien und las ernste Bücher, während sie bis dahin nur die sogenannte schöne Literatur, und zwar nicht von ihrer vorteilhaftesten Seite, kennen gelernt hatte. Frau von Merk war zwar in diesem Punkt nie engherzig gewesen und hatte nicht verlangt, daß ihre Töchter etwa nur Nataly von Eschstruth kultivieren sollten, aber eine geistige Atmosphäre hatte im Hause Merk nie geweht. In ihrem eigenen Hause, im Umkreise Doktor Benedikts lernte Franzi zum erstenmal geistige Strömungen, geistige Reize kennen, hier hörte sie zum erstenmal, daß man Nachmittage und Abende verplaudern konnte, ohne von Theater, Bällen und Klatsch zu reden, und sie kam sich wie verwandelt vor. Sie war von Natur aus ernsthaft und wißbegierig, oft hatte sie daheim bei den Gesprächen von Mutter und Schwestern eine unbestimmte Sehnsucht empfunden, ein kleines, nagendes Weh am Herzen, für das sie keinen Namen gewußt hätte. Sie war sich dann wohl selbst überspannt vorgekommen, hatte gemeint, daß nur ihr Mangel an Schönheit und gesellschaftlichem Talent sie verständnislos machte für diese endlosen Konversationen über Erfolg und Neid. Jetzt, neben dem geistig hochstehenden Mann merkte sie, daß Besitz war, was ihr Mangel geschienen hatte, und dankbar, mit glückseligem Lächeln ging sie ans Lernen, ans Erkennen von Dingen, an die man im Hause Merk keinen Gedanken gewendet hatte.

Frau von Merk und Tilde waren sehr froh, daß beide Benedikts kamen. Zunächst gab es jetzt doch eine Menge von gerichtlichen und geschäftlichen Angelegenheiten, die ein Mann, ein reifer Mann erledigen mußte, für die Saranoff zu jung schien, ganz abgesehen davon, daß er Ausländer war und also nicht vertraut mit deutschen Formeln und Formalitäten. Franzi nahm indes die Zügel des Hertlingschen Haushaltes in die Hand, oder versuchte wenigstens sie zu nehmen. Bald merkte sie aber, daß es besser war, sich ganz zurückzuhalten, alles gehen zu lassen, wie es ging, bis Olga selbst wieder imstande sein würde, ihrer Wirtschaft vorzustehen. Franzi war selbst noch keine hervorragende Hausfrau und wußte das auch – die Merkschen Mädchen, die nur auf glänzende Heiraten hin erzogen waren, verstanden nicht gar viel von Küche und Wäsche, weil solches Verständnis gar nicht zu ihrem Lebensprogramm gehört hatte. Soviel begriff aber Franzi doch, daß im Hause Hertling eine absolute Dienstbotenherrschaft am Ruder war. Da Olga teure Leute hielt, sah äußerlich natürlich alles tadellos aus – aber die Interna waren entsetzlich. Die Köchin betrog nicht nur ausgiebig, sondern warf auch Butter ins Feuer, damit es schneller brennen sollte, und buchte einen monatlichen Kaffeeverbrauch von einem Viertelzentner. Die Wäscheschränke waren zwar mit geblumter Seide bespannt und Eau de Lavende parfümiert, aber jeder Bettbezug, jedes Tischtuch war zerrissen. Die Jungfer erklärte auf eine dahinzielende Frage Franzis schnippisch, das hätte man gelegentlich schon einmal gemacht, für alle Tage sei die Instandhaltung der Toiletten von Frau Rittmeister wohl wichtiger gewesen als »das bissel zerrissene Wäsche«. »Darüber hat sich die gnädige Frau nie aufgeregt. Wenn wir Einladungen gehabt haben, ist doch alles neu angeschafft worden.«

In der Holzkammer, im Putzzimmer des Burschen herrschte ein Tohuwabohu, das unbeschreiblich war, und dasselbe Tohuwabohu wies die finanzielle Seite. Unablässig kamen Rechnungen, von denen irgendeiner der Dienstboten behauptete, daß er sie längst im Auftrage der Herrschaft bezahlt habe, aber fast nie konnte er die Quittung darüber vorweisen. Dabei wußte niemand, wo und ob eine größere Summe Bargeld im Hause sei. Im Schreibtisch des Rittmeisters hatten sich vierhundert, in Olgas Schatulle zweihundert Mark gefunden; das reichte im Augenblick nicht einmal für die laufenden Ausgaben, so daß Frau von Merk zweitausend Mark von ihrem Bankkonto abheben ließ, um in diesen schrecklichen Tagen nicht auch noch mit kleinen Geldverlegenheiten belästigt zu werden.

Das Begräbnis war vorüber; mit klingendem Spiel zogen die Truppen in die Kaserne zurück. Frau von Merk und Franzi saßen bei Olga, die nun fieberfrei war, aber so matt und elend, daß sie kaum ein Glied rühren konnte. Erik war mit Doktor Benedikt und Saranoff auf dem Friedhof gewesen, und man hielt ihn jetzt von der Mutter fern, damit sein schwarzes Anzügelchen und seine verweinten Augen sie nicht aufs neue erregen sollten. Die kleine Madlon war bei den Frauen und spielte mit ihrer Puppe »Kranksein«.

Doktor Benedikt saß am Schreibtisch des Rittmeisters und begann die Papiere des Verstorbenen zu sichten; im Nebenzimmer, getrennt von den andern, waren Tilde und Saranoff. Saranoff war ungewöhnlich bewegt; er, der sonst so Heitere, sprach heute Worte, wie sie Tilde noch nie von ihm gehört hatte. Sie saß in einem großen Lehnstuhl zusammengekauert am Fenster; das stumpfe Schwarz der Trauerkleidung machte sie schlanker und ernster, gab ihr den Reiz einer jungen Frau. Saranoff stand neben ihr und sah hinaus in den Frühsommerregen, der draußen traurig und dennoch voll süßer Verheißung niederging. Er preßte ihre Hand an seine Augen.

»O Liebe, der Tod ist häßlich, so häßlich ...«

»Schrecklich ist er! Ach, wie schrecklich!« Sie begann zu weinen.

»Nit weinen, Liebling! Nit deine schönen Augen für eine so häßliche Sache ruinieren!«

»Es war doch mein Schwager. ... Denk nur, die arme Olga ...«

Er beugte sich zu ihr nieder, legte seinen Arm um ihren Hals, daß ihr Kopf wie in einer weichen Schlinge an seiner Brust lag.

»*O chérie*, dein Schwager ... deine Schwester ... denk nicht immer an sie! Denk ein wenig an dich ... an mich. Sie haben ihr Glück gehabt mehr als zehn Jahre lang. ... Zehn Jahre ... eine Ewigkeit, wenn man's denkt! Wir aber haben noch nichts gehabt ... auf uns wartet das Leben noch! *O, petite fille, sais-tu ce que c'est que la vie? Ah non, tu ne le sais pas, peut-être ne le sauras-tu jamais!*«

»Ach, Wladi, was redest du da?«

»Das Leben – Liebling, weißt du, was das Leben ist, was das heißt ›leben‹?« (Seine Augen blitzten und er sah durchs Fenster weg in die Weite, als erspähe er draußen in fernster Ferne einen goldenen Reiter.) »Spielen heißt's, immerfort spielen! Scheinbar verlieren, aber doch immer wieder gewinnen, bis – ja bis natirlich der Tod kommt. Der behält zuletzt recht. Aber bis dahin, Mädchen, spielen, mit allem spielen, mit dem Größten und mit dem Kleinsten – siehst du, das heißt leben!«

Sie verstand gar nichts von dem, was er da sagte. Sie schmiegte sich ängstlich an ihn: »O Schatz, ich weiß nicht, was du willst ... ich fürchte mich beinahe.«

»Vor mir?«

»Ich weiß nicht. Du redest so sonderbar ...«

Er küßte ihre Haare.

»Mein armes Lieb! Du hörst ja nichts andres mehr als Tod und immer wieder Tod. ... Und das Leben ist doch so schön und es ist so schön, so unsäglich schön, es zu genießen, bis zuletzt.«

Er preßte sie an sich. Ein wenig unwillig machte sie sich los.

»Wladi, wie magst du in einem Trauerhause solche Dinge reden?«

Er nahm sie wieder in seine Arme, sprach leise über sie hin, als erzählte er sich selber seine Gedanken: »Tod und Leben – sie hassen einander und müssen doch einander ewig gebären. Als Mittlerin steht zwischen ihnen die Liebe, sie ist's, die ihre beiden Hände faßt und für Sekunden ineinander legt. Liebe, das ist Tod und Leben zugleich, ist in einem Atemzug gepreßt alle Lust und alle Qual, für die Dante erst das Paradies und die Hölle durchwandern mußte. Liebe, Liebchen, liebe mich, solange du's noch kannst! Wer weiß, was morgen ist!«

»Was sollte anders sein, als heute, als an allen andern Tagen? Verlier nur die Geduld nicht, Schatz! Wir werden ja nicht ewig trauern und weinen. ... Denk nur, wie hübsch es sein wird, wenn wir erst unsre Verlobung publizieren –«

Er reckte die Arme, wie in einem ungestümen Bedürfnis nach Freiheit, nach Luft.

»O *chérie*, du weißt nicht, wie all dies hier auf mir lastet! Welch eine Sehnsucht ich habe, dich wieder einmal freudig zu sehen, mit deinem schönen Lachen und deinen süßen, süßen Augen ... dich wieder in hellen Farben zu sehen und zu fühlen, daß du mein bist, ganz mein. ... Jetzt gehörst du zur Hälfte den andern ...«

»Muß ich nicht?«

»Nein, nein. Mir gehörst du, mir und dem Leben! Nicht den Toten und den Trauernden ...«

Sie umschlang ihn zart und küßte ihn.

»Ich werde dir später gehören, ganz und für immer –«

Er lachte kurz auf.

»Später, Liebchen, das ist ein schlechter Trost. ... Nun, nun, sei nur nicht böse! Ich weiß, daß du eine gute Tochter und eine gute Schwester bist ... aber sei auch zu mir ein bißchen gut, ein klein bißchen? Trink nachher, so gegen sieben Uhr, den Tee bei mir, willst du? Siehst du, ich möchte dich wieder einmal in einer andern Umgebung haben, nicht immer hier, zwischen Karbolgeruch und Tränen ... du sollst dich und all das hier einmal für eine Stunde vergessen! Wir wollen allein sein, in einem heiteren Winkel, ein paar Zigaretten rauchen, uns küssen und schwatzen – von uns, nur von uns. Von unsrer Liebe, von unsrer Zukunft, von allem, was du willst. ... Nur einmal vergessen, daß es andres auf der Welt gibt, als dich und mich. ... Willst du? O sag ja! Bitte, bitte, Schöne, Einzige, sag ja!«

»Aber Schatz, das geht doch nicht! Ich kann doch nicht allein zu dir, in deine Wohnung gehen!«

»Niemand wird dich sehen! Laß das nur meine Sorge sein.«

Er drang in sie mit Zärtlichkeiten, mit sanften, verführerischen Liebkosungen. Und er fühlte, daß sie schwankend wurde, daß ihre Jugend sich zu regen und seine Sehnsucht auch die ihre zu werden begann: daß sie lechzte nach einer Stunde, die frei war von dem furchtbaren Schatten, der jetzt über ihnen allen lagerte. – Sie ging hinein zu ihrer Mutter und fragte, ob sie mit Saranoff ein Stündchen an die Luft gehen dürfe, und Frau von Merk sagte ganz gedankenlos: »Ja.«

Saranoff jauchzte innerlich. Endlich hatte er dies spröde Geschöpf doch erobert, endlich war sie, die ihm immer so seltsam-gefühllos geschienen hatte, weich und warm geworden unter seinen schmeichelnden Worten, ein Weib, wie die andern auch, die er vor ihr in den Armen gehalten hatte ...

Sie durchquerten den Englischen Garten, der ganz grün und ganz einsam lag in regenschwerer Sommerdämmerung. Tilde hatte den dicken Kreppschleier vor dem Gesicht, der nichts von ihren Zügen verriet und ihr auch den Blick dämpfte, daß sie alles ringsum undeutlicher sah als sonst. Sie spürte trotzdem, daß Saranoffs Augen unablässig auf ihr ruhten, anders, heißer als je zuvor ... sie fing an, sich von seinen Blicken bedrängt zu fühlen, sie wurde verlegen ... rot ... einsilbig. ... Bald stockte das Gespräch ganz – in tiefem, schicksalsschwerem Schweigen schritten die jungen Leute in den Abend hinein.

»In einer Stunde bist du wieder zu Hause«, sagte Saranoff, der merkte, daß sie um so ängstlicher wurde, je mehr sie sich der Prinzregentenstraße näherten. »Eine Stunde genügt für drei Tassen Tee, sechs Zigaretten und hundert Küsse – mehr will ich nicht! Das ist doch bescheiden, Liebling, nicht?«

Sie nickte stumm, zog den Schleier fester um sich. Alles, was seit einer halben Stunde geschah, was sie selbst tat, kam ihr so unwahrscheinlich vor, so nur im Traum getan und erlebt, daß sie immer meinte, nun müsse sie aufwachen und daheim sitzen, neben Mama und Franzi an Olgas Bett. Und ein seltsames Gefühl, das sie selber nicht versteht, steigt in ihr auf – sie begreift gar nicht, daß und wieso sie Saranoffs Braut ist. Die schwüle Atmosphäre, die er vorhin mit seiner einschmeichelnden Stimme und seinen Liebkosungen um sie zu breiten wußte, ist in der frischen Luft des kühlen Sommerabends verflogen wie Rauch. Ihr ist's, als ginge sie da mit einem ganz fremden Mann im Englischen Garten spazieren. Mit einem ganz fremden Mann – und folgt ihm doch und biegt schon mit ihm in die Straße ein, in der er wohnt. ... Sie versteht die eigene Zwiespältigkeit nicht. Sie geht ohne Zögern, wortlos immer weiter mit ihm bis vor seine Tür. ... Und da geschieht dann etwas Seltsames. Etwas, was sie gar nicht mit Bewußtsein wollte, was sie gar nicht beabsichtigt hatte, was ihr selber lächerlich und unverständlich vorkam. ... Gerade als Saranoff den Schlüssel ins Schloß steckte, machte sie kehrt und lief in atemloser Eile die Treppen wieder hinab, aus dem Hause, die Straße entlang. Lief so atemlos, daß Saranoff, der ihr nach wollte, davon abließ, weil er fürchtete, in der stillen Straße sonst Aufsehen zu erregen. Er murmelte einen Fluch vor sich hin und begab sich zurück in sein behagliches Zimmer, wo schon Tee und Zigaretten für ihn bereitet standen. Nur die hundert Küsse fehlten ...

Er warf sich auf den Diwan und war wütend. So schön hatte er sich diese Stunde mit ihr gedacht, diese erste und letzte Stunde ihrer heißen Liebe – denn morgen? »Liebchen, wer weiß, was morgen ist?« Nun, er wußte es schon und darum eben hatte er's so prachtvoll gemeint, in einem Raketenfeuer von Liebe und Fröhlichkeit, das Abenteuer, »München« betitelt, zu beschließen. *Après nous le déluge* – was der nächste Morgen bringen würde, sollte ihn nicht kümmern. ... Er war wütend. Er paffte blitzschnell ein halbes Dutzend Zigaretten. Was war eigentlich mit eins in das Mädchen gefahren? War er zu stürmisch gewesen, hatte sein Ungestüm ihre Scheu erschreckt, die eben erst die Augen geschlossen hatte? Er überdachte jedes seiner Worte, jede Liebkosung, jede Geste – er fand nichts, was er sich zum Vorwurf machen, was ihre plötzliche Flucht rechtfertigen konnte. Er verstand ja gar nichts von diesem Mädchen, an dem ihn immer nur die Schönheit gereizt hatte. Er wußte nichts von ihrer Seele, wußte nicht, daß das Weib in ihr noch schlummerte und daß sie noch viel zu jung, viel zu ungeprüft und verwöhnt war, als daß sie in einer Stunde schrankenloser Hingebung ihres Lebens letzte Erfüllung gesehen hätte. Und vor allem wußte er oder begriff er nicht, daß sie ihn nur gern mochte, aber keineswegs liebte und daß also der Stolz ihrer Mädchenhaftigkeit ganz unschwer eine augenblickliche Wallung besiegen konnte –

Er war wütend und beschloß, den angebrochenen Abend im Klub zu verbringen. Ein paar blaue Noten waren ihm ja noch geblieben ... wer weiß, vielleicht hatte er Glück im Jeu ... nach dem mißlungenen Abenteuer mußt' er's eigentlich haben. ... Also, *vogue la galère*! Und wie immer sich's wenden mochte – morgen abend hatte er München schon im Rücken ...

Tilde war indes weitergelaufen; sie hatte nicht einmal gewagt, sich umzusehen, weil sie fürchtete, daß er sie verfolgen konnte. Auf dem Haltplatz vor der österreichischen Gesandtschaft stand eine Droschke, flink stieg sie ein und sagte dem Kutscher: »Schnell fahren, Sie kriegen ein gutes Trinkgeld.«

Als sie nach Hause kam, setzten sich die Benedikts eben mit Erik und Madlon zum Abendessen; Frau von Merk versuchte Olga ein wenig Hühnerbrühe einzuflößen. Tilde setzte sich zu Schwester und Schwager an den Tisch.

»Hat dir die Luft gut getan?« fragte Franzi.

»O ja.«

»Wollte Saranoff nicht mehr mit heraufkommen?«

»Nein, er hat, glaub' ich, noch Briefe zu erledigen!«

Ganz glatt log sie und ebenso glatt führte sie mit Schwester und Schwager ein gleichgültiges Gespräch, versuchte mit den Kindern ein wenig zu scherzen und hatte auch jetzt, wie vorhin, da sie mit Saranoff ging, das Gefühl, daß alles, was sie tat und sprach, gar nicht wirklich geschah, sondern nur im Traum. Eine bleierne Müdigkeit lag ihr in den Gliedern. Gleich nach der Abendmahlzeit sagte sie: »Gute Nacht!« und ging zu Bett.

Neuntes Kapitel

Als der Nachlaß des Rittmeisters endgültig geregelt wurde, als die Abrechnungen der Bank vorlagen und die gerichtlichen Auseinandersetzungen begannen, die das Erbe Olgas und ihrer Kinder schieden, wurde etwas Unerwartetes kund: Hertlings hatten seit Jahren von ihrem Kapital gezehrt. Ihre jährlichen Zinsen hatten weder für den Rennstall, noch für den Haushalt genügt, und so war das Vermögen, das Hertling mit in die Ehe gebracht hatte, auf einen Rest zusammengeschwunden, der für Olga nur eine bescheidene Rente abwarf, eine Rente so groß, wie das Gehalt eines Hauptmanns zweiter Klasse.

Frau von Merk war wie vor den Kopf geschlagen. Daß die Hertlings keine Rechenkünstler waren, hatte sie freilich gewußt, wohl auch gedacht, daß sie ab und zu zu Extraausgaben, wie etwa der Ankauf von »Bubi«, etliche Tausend vom Vermögen nehmen würden – aber in zehn Jahren zweimalhunderttausend Mark zuzusetzen, das ging über ihre Begriffe. Zum erstenmal seit dem Tag von Riem wurde sie hart gegen Olga, die sich inzwischen erholt hatte und selber betroffen schien über das, was da schwarz auf weiß zu lesen stand.

»Olga, wie habt ihr gehaust! Über eure Verhältnisse … schwindelhaft!«

Olga war noch blaß und nicht so tadellos blond wie sonst, aber ihr Selbstbewußtsein hielt doch erfreulicherweise schon wieder Schritt mit ihrer Genesung.

»Ach, Mama, verzeih, aber das verstehst du doch nicht ganz … das waren Verhältnisse, die nicht mit ganz bürgerlichem Maßstab gemessen werden durften. Da wurde im großen ausgegeben, aber auch im großen verdient. … Wäre in Riem alles glatt gegangen, so hätte der arme Gustav eben Zehntausende an Preisen auf allen möglichen Rennbahnen gewonnen und wir hätten uns wieder schön rangiert. Statt dessen …«

Sie begann zu weinen und Frau von Merk schwieg. Es hatte ja auch gar keinen Sinn, dem verlorenen Gelde nachzuspähen und nachzuklagen – die Hauptsache war jetzt, wie man mit dem vorhandenen wirtschaften, wie man das künftige Leben einrichten sollte.

Es waren unerfreuliche Perspektiven, die sich da vor Frau von Merk aufrollten, so unerfreulich, daß sie ihr trostlos vorkamen. Zunächst versuchte sie's ihnen gegenüber mit der Vogel-Strauß-Politik: sie wollte ganz einfach die häßlichen Gedanken nicht zu Ende denken, jagte sie fort, sobald sie herankamen. Aber auf die Länge ging das doch nicht: Olga Hertlings Zukunft mußte bedacht, ihre ganze bisherige Lebenshaltung umgemodelt werden. Die große, teure Wohnung mußte aufgegeben, die kostspielige Dienerschaft entlassen werden, Olga würde keine Pariser Toilette mehr kaufen, keinen fashionablen Landaufenthalt mehr wählen können. Sie, seit einem Jahrzehnt die bewunderte, beneidete Frau, mußte heruntersteigen auf das Niveau der Alltagswitwe, deren gute Tage zu Ende sind, sobald der Mann die Augen schließt. Und um sie her würden Staunen und Schadenfreude flüstern: »Habt ihr's schon gehört, ganz abgewirtschaftet soll die Hertling sein! Ja, ja, Hochmut kommt vor dem Fall!« Niemand würde mehr zur Frau von Merk sagen: »Ja, Ihre Olga, die hat das große Los gezogen!« Im Gegenteil. Mit fatalem Mitleid und öliger Stimme würde man sie fragen: »Wie geht's denn der guten Frau Rittmeister? Hat sie sich jetzt in ihr Schicksal gefunden? Ja, ja, jede Frau ist schon halb gestorben, wenn ihr der Mann stirbt. Aber sie hat ja ihre Kinder –« Noch hatte niemand so gesprochen, aber doch bäumte sich schon alles in Frau von Merk auf. Olga, ihre Olga, ihr Stolz, das Prunkstück ihrer Familie, sollte keine andre Empfindung mehr bei andern auslösen als Bedauern und sie selbst, die beneidete Mutter des Glücklieblings, sollte in jedem Blicke lesen: »Ach, die arme Frau von Merk! Mit der Olga hat sie Pech gehabt! Wollen ihr wünschen, daß es bei den andern Töchtern besser glückt!«

Die beiden andern Töchter sie waren nun mehr denn je die Hoffnung, auf die sich die Augen der Mutter sehnsuchtsvoll richteten, wenn sie müde und verzweifelt war über der Ältesten Geschick. Noch war ja nicht alles verloren, noch konnte der Glanz, den Franzi und Tilde ins Haus trugen, tragen mußten, den Hertlingschen Sturz überstrahlen, ja vielleicht sogar seine stärkste Wirkung paralysieren. … Franzi freilich konnte mit ihrer guten, aber immerhin bescheidenen Heirat nichts mehr an dem Los der Schwester ändern; die Mutter mußte und wollte zufrieden sein, daß sie, die unscheinbarste der Töchter, immerhin eine Standespartie mit einer Zukunft gemacht hatte. Aber von Tilde war noch viel zu hoffen, Tildes Heirat mit Saranoff konnte vielleicht der Öffentlichkeit verhehlen, wie es bei Hertlings stand. Frau von Merk dachte sich das so: in zwei Monaten schlossen die Hochschulen und Saranoff hatte seinen Doktor. Dann sofort Veröffentlichung der Verlobung und längstens drei Monate später die Hochzeit. Diese fünf Monate hindurch wollte sie, wenigstens in den nach außen hin sichtbaren Grundzügen, an Olgas Lebenshaltung nichts ändern lassen, zudem die Wohnung ja ohnehin erst Oktober gekündigt werden konnte. Bis Olga dann zum Suchen einer neuen kam, war Tilde schon verheiratet und die Mutter, jeder Töchtersorge ledig, Herr über die Einkünfte des Merkschen Vermögens. Das war ja nicht übermäßig groß, warf vielleicht jährlich an zwölftausend Mark ab, was für eine einzelne Dame doch schon ansehnlich heißen mochte. Und an eine einzelne Dame stellte man in keiner Hinsicht Ansprüche, ja, man würde es sogar recht begreiflich finden, daß Frau von Merk ihren Haushalt dann sehr verkleinerte. So konnte sie dann Olga einen guten Zuschuß geben, freilich lange nicht genug, um den alten Hertlingschen Train fortzusetzen, aber immerhin so viel, daß Olga vor Mitleid geschützt war. Wenn Olga mit ihren zwei Kindern jährlich etwa zehntausend Mark zu verzehren hatte, konnte noch ein gewisser, behaglicher Luxus entfaltet, eine elegante Wohnung genommen, die Bonne beibehalten, die Toiletten aus einem guten Atelier bezogen werden. Oder vielleicht gar führte die verwitwete Tochter mit der verwitweten Mutter einen gemeinsamen Haushalt – das würde ihre ganze Lebenshaltung verbilligen und dabei doch nach außen hin eine größere Bewegungsfreiheit gestatten. Wenn e i n Haushalt von z w e i Einkommen bestritten wurde, kam es ungleich wohlfeiler zu stehen, als wenn jede für sich lebte, und mit achtzehn- bis zwanzigtausend Mark im Jahr war man sicher vor allzu sichtbaren Einschränkungen, vor Mitleid und Schadenfreude.

Frau von Merk atmete auf, als ihr das einfiel. Sie sprach mit Olga darüber und diese war der Idee des gemeinsamen Haushaltes gar nicht abgeneigt. Ihr graute nämlich im Innern vor der Vorstellung, rechnen, einsparen zu müssen, und sie war sehr froh, daß Mama ihr all diese Sorgen und Kleinlichkeiten, für die Olga ja doch eigentlich viel zu bedeutend war, abnehmen wollte. Daher sagte sie: »Ja, liebe Mama, ich verstehe deinen Wunsch, nicht ganz allein zu bleiben und dich mit Wirtschaftssorgen zu plagen. Ich komme sehr gern zu dir und nehme dir das alles ab ... du wirst sehen, Mama, ich kann mich in die kleineren Verhältnisse schicken, wie früher in die großen. Der arme Gustav sagte ja immer: ›Olga, du kannst alles!‹ Das war natürlich übertrieben, aber eine kluge und tüchtige Frau kann viel ...«

Tilde ging gerade durchs Zimmer, als sie den Schluß dieser Tirade losließ, und mußte unwillkürlich lächeln. Die »kluge und tüchtige Frau« schien die neueste Errungenschaft in Olgas Phrasenvokabularium, die würde man jetzt wahrscheinlich bei jedem dritten Satz serviert bekommen. ... ›Na,‹ dachte Tilde, ›mich kümmert's nicht mehr lange. In einem halben Jahr sitzen wir schon in Paris, in Kairo ...‹

Sie hatte zwar ihren Verlobten am Tage nach dem Begräbnis vergeblich erwartet, aber das kümmerte sie nicht viel. Sie meinte, er wäre böse auf sie, auf ihr törichtes Benehmen, das ihr selbst in der Ruhe des hellen Morgens ganz unmotiviert vorkam, sogar fast ein wenig beleidigend für ihn. Was hatte sie doch gestern alles gewittert, geahnt, gefürchtet. ... Und war schließlich davongelaufen wie ein Schulmädel! Sie hätte doch ruhig eine Tasse Tee bei ihm trinken, eine halbe Stunde bei ihm verplaudern und verküssen können. ... Heute, da sie mit ausgeruhten Nerven im Tageslicht der Dämmerstunde von gestern nachsann, sagte sie sich: ›Du warst gestern überreizt und hast Gespenster gesehen! Er wollte dich einfach loslösen von all dem Grauen hier und du, vom Grauen eben schon irr und wirr gemacht, hast gleich weiß Gott was gedacht. ...‹ Sie wollte ihm gerade ein paar Zeilen schreiben und ihn bitten, nicht böse zu sein, als sein Diener einen Brief für sie brachte. Sie erschrak einen Augenblick sehr, riß nervös den Büttenumschlag auf und überflog die engen, kraus geschriebenen Zeilen. Sie atmete auf. Sie hatte schon mit einer Absage gerechnet. Dem Himmel sei Dank, das war es nicht! Nur die Mitteilung, daß eine Depesche ihn nach Hause rief, weil sein Vater lebensgefährlich erkrankt sei. Der Brief war zärtlich und tat jenes seltsamen Spazierganges mit keiner Silbe Erwähnung: »So unerwartet kommt mir diese Abreise in all unsre schönen Tage und Pläne hinein, gerade jetzt, wo Du, mein Liebling, mich so nötig hättest. Aber ich kann den Vater doch nicht allein krank sein, vielleicht sterben lassen! Habe also Geduld und Nachsicht bis zum Wiedersehen, für das ich freilich im Augenblick nicht einmal einen Termin fixieren kann, denn noch weiß ich gar nicht, was dem

Vater fehlt. Sobald ich an Ort und Stelle bin, schreibe ich Dir ausführlich. Heut aber weiß ich schon, daß ich mich unablässig nach Dir sehnen werde, und daß mein Leben kein Leben ist, bis ich Dich wieder in den Armen halte. Viele Grüße an die liebe Mama und Schwestern von Deinem Wladimir.«

Frau von Merk war etwas unangenehm berührt, als Tilde ihr den Inhalt des Briefes mitteilte. Nur um Gottes willen jetzt keine Verzögerung der offiziellen Verlobung und der Heirat. Weiter dachte aber niemand über den Brief nach, nicht einmal Doktor Benedikt, der stets eine leise, wenn auch nie ausgesprochene Antipathie gegen den jungen Russen bewahrt hatte.

In den nächsten Tagen nach dem Begräbnis kehrte langsam alles ins alte Geleise zurück. Benedikts waren wieder abgereist, Olga war wieder wohlauf und sah als junge, blonde Witwe sehr verführerisch aus, Frau von Merk erholte sich in der Behaglichkeit des eigenen Heims von der anstrengenden Doppelpflege und wünschte ungeduldig jeden Tag vorbei, der die scheinbare Sanierung von Olgas Verhältnissen verzögerte. Sie war jetzt fast unablässig mit Rechnen beschäftigt; wenn sie mit einer Handarbeit oder einem Buch dasaß, sprangen Ziffern über Plattstich und Zeilen und wenn sie schlaflos im Bett oder auf der Ottomane lag, marschierten Zahlenreihen durch ihren Kopf, Regimenter von Zahlen, die sich unablässig erneuerten, gleich einem Heer, das nach Millionen zählt. Seit ihrer kargen Mädchenzeit, da sie mit der Mutter zusammen sich sorgen mußte ums tägliche Brot, hatte sie nicht mehr so verzweifelt gerechnet, wie jetzt. Mitunter hatte sie das Gefühl, daß ihr Gehirn ganz durchlöchert und zerstampft sein müßte von diesen Regimentern, die fühllos, mit gleichmäßigem Schritt darüber hintrabten. Sie sah weniger hübsch und frisch aus als sonst und zeigte zudem eine nervöse Gereiztheit, die ihre Kinder früher nie an ihr gekannt hatten. Olga war dafür um so ruhiger und zuversichtlicher.

»Mama, du wirst sehen, daß alles brillant geht! Du hast ja keine Ahnung, wie ich berechnen und einteilen kann, wenn's nötig ist. ... Und was brauchen denn wir beide schließlich? Du hast deine Kinder schon versorgt, ich will die meinen zu einfachen, tüchtigen Menschen erziehen, wie es einer Witwe von Stand zukommt; das kostet nicht die Welt! Wir werden sehr angenehm leben und trotzdem große Ersparnisse machen, dafür laß mich nur sorgen!«

Ihr Optimismus, ihr fröhlicher Glaube an die eigenen Aufschneidereien richteten sich schon von Tag zu Tag kräftiger empor. Sie weinte zwar noch viel und erwähnte bei jedem dritten Satz »den armen Gustav«, aber sie sagte auch oft und gern »eine Witwe von Stand« und trug dementsprechend die weißeingefaßte Witwenschnebbe mit viel Würde und Prätension.

Ihr Optimismus hatte von jeher etwas Ansteckendes gehabt. Auch jetzt glitt über Frau von Merks Züge ein kleines Lächeln: »Ja, ja, wenn nur erst Tilde verheiratet wäre! Du und ich, wir finden uns dann schon zurecht.«

»Tilde ist doch in längstens einem halben Jahr verheiratet, da ist doch gar kein Zweifel! Laß sie nur heiraten, selbst wenn er den Doktor nicht diesen Sommer macht. Ja, das Mädel hat Glück!«

Schon liefen ihr wieder Tränen über die Wangen, und Frau von Merk wendete das Gespräch unpersönlichen Dingen zu, die Olga nicht aufregen konnten.

Tilde wartete mit Ungeduld auf den versprochenen Brief ihres Verlobten. Sie wußte wohl, daß einige Zeit bis dahin verstreichen mußte, denn Saranoff hatte nicht nur die weite Eisenbahnstrecke bis Petersburg zurückzulegen, sondern noch lange Fahrten mit Sekundärbahnen und Wagen, bis er endlich auf dem väterlichen Gut angekommen war. Bis sie einen Brief in Händen hielt, konnte es immerhin zehn, zwölf Tage dauern. ... Sie wartete ungeduldig, aber ohne jeden Argwohn, und mit ihr warteten Mama und Olga, vielleicht ein bißchen nervöser, aber ebenso vertrauensvoll wie sie.

Etwa acht Tage nach Saranoffs Abreise kam das Stubenmädchen und meldete, der Diener von Herrn Saranoff bäte die gnädige Frau, ihn für einige Minuten vorzulassen.

»Lassen Sie ihn nur gleich eintreten! ... Nun, Martin, was bringen Sie Gutes?«

Martin brachte aber gar nichts Gutes, sondern nur einen Scheck, von Saranoff unterzeichnet.

»Gnädige Frau, der gnädige Herr ist so Hals über Kopf zum Herrn Papa heimgereist, daß er keine Zeit mehr gehabt hat, auf die Bank zu gehen und Geld für all meine Auslagen zu erheben. Was bar im Hause war, hat der gnädige Herr natürlich für die Reise gebraucht und da hat er mir den Scheck gegeben für die Handelsbank und gesagt: ›Martin, damit erheben Sie zweitausend Mark und decken die laufenden Ausgaben bis zu meiner Rückkehr!‹ Nun war ich heute dort, und denken gnädige Frau nur, die sagen, sie kennen keinen Herrn Saranoff! Und da wollte ich mir erlauben, die gnädige Frau zu fragen, was ich nun eigentlich tun soll. Natürlich kann das nur ein Irrtum von der Handelsbank sein, aber ich brauch' halt das Geld ... wir haben so viele Auslagen!«

Frau von Merk wurde es eine Sekunde lang schwarz vor den Augen.

»Geben Sie mal den Scheck her!«

Sie sah das Papier an – es wies ordnungsmäßig zweitausend Mark an und war mit Saranoffs krauser Schrift unterzeichnet.

»Natürlich ist es ein Irrtum, Martin! Ich werde heute selbst auf die Bank gehen und recherchieren. Einstweilen gebe ich Ihnen hundert Mark, damit Sie nicht blank sind und in Verlegenheit kommen!«

Martin dankte vielmals, ließ den Scheck da und ging. Frau von Merk aber sank, böser Ahnungen voll, in den nächsten Stuhl und wurde erst etwas zuversichtlicher, als Olga zuredete: »Aber Mama, auf all diesen Banken kommen doch solche Irrtümer vor. Das ist ja unvermeidlich in solchen Großbetrieben –«

»Ein Irrtum? Wenn sie ihn gar nicht kennen!«

»Weiß Gott, was da für ein alberner Schalterbeamter war! Soll ich hingehen, Mama, und die Sache ins reine bringen? Auf mich kann man sich verlassen, Mama! Der arme Gustav sagte immer –«

Aber Mama interessierte sich heute gar nicht für die überlieferten Aussprüche des armen Gustav. Sie erinnerte sich plötzlich mancher Urteile, die sie früher über Saranoff gehört und nur als Neid gedeutet hatte. ... Es fiel ihr ein, wie man ihn eigentlich hatte zwingen müssen, um ihre Tochter zu freien ... sie begann zu weinen.

»Ach, Olga, ein Unglück kommt selten allein! Wenn ich auch mit Tilde noch Malheur haben soll – das überleb' ich nicht!«

»O liebe Mama, man überlebt so viel!« entgegnete Olga mit einer würdevollen Bewegung ihrer weißgeränderten Witwenschnebbe. »Übrigens ist noch gar kein Grund da, um zu verzweifeln! Ich gehe gleich nachher auf die Handelsbank. Und wenn er da kein Konto hat, gehe ich einfach von einer Bank zur andern, bis ich's gefunden habe –«

Dagegen aber erhob die Mutter Einspruch. Nein, man durfte sich und gewissermaßen auch Saranoff nicht in dieser Weise bloßstellen, man konnte unmöglich von Kasse zu Kasse laufen, um dies Depot zu eruieren. Man mußte einen andern, diskreteren Weg einschlagen, um sich Gewißheit zu verschaffen; nur wußte Frau von Merk nicht, wie und wo dieser Weg zu finden sei …

Sie brauchte sich nicht mehr lange den Kopf zu zerbrechen. Etwa ein oder zwei Tage nach Martins Besuch stand in den Münchener Zeitungen folgende Notiz: »Sensationelle Flucht. Aus seiner eleganten Wohnung in der Prinzregentenstraße verschwand plötzlich unter Hinterlassung beträchtlicher Schulden der junge Russe S., eine in der hiesigen Gesellschaft wohlbekannte Erscheinung. S. war besonders in Sport- und Turfkreisen bekannt und beliebt, galt jedoch allgemein als waghalsiger Spieler. Viele Geschäftsleute sind durch sein plötzliches Verschwinden schwer geschädigt. Wir kommen auf die aufsehenerregende Angelegenheit noch zurück.«

Und dann kam das Schrecklichste, das Tilde nie mehr in ihrem ganzen Leben vergessen konnte. Diese gräßliche, lächerliche Demütigung: der Hofjuwelier, der ihren Verlobungsring und das goldene Osterei geliefert hatte, ließ beides wieder abholen. Von der ganzen Katastrophe, die da unversehens über sie hereinbrach, schien nichts ihr so erniedrigend und zugleich so grotesk, wie dieser Augenblick, in dem sie dem Geschäftsausgeher ihre Kleinodien zurückgab; Kleinodien, die die Liebe geschenkt, aber leider nicht bezahlt hatte …

Dieser zweite Schicksalsschlag traf Frau von Merk härter als der erste. Er vernichtete all ihre Hoffnungen und gab die Familie noch außerdem der Lächerlichkeit preis. Olgas Unglück hatte wenigstens einen pathetischen Charakter gehabt, war eine plötzliche Tragödie gewesen. Dies hier – der ab- und durchgebrannte Spieler – war eine Burleske, und das Mädchen, das er im Stich gelassen, würde kaum Mitleid erregen, dafür aber reichlichen Spott. Das Zischeln des Spottes um diese Frauen her, die bislang umbraust vom Getöne silberner Glocken durchs Leben geschritten waren!

Frau von Merk stöhnte auf. Nein, nein, das konnte, durfte nicht sein. Sie mußten einen Ausweg finden, irgend etwas, das sie wieder zu ihrer alten Höhe zurückführte, weit empor über Mitleid und Hohn. … So konnten sie doch nicht weiter leben! Das konnte doch nicht das Ende sein, daß sie mit einer heruntergekommenen und einer kompromittierten Tochter dasaß, als einzigen Lichtblick die bescheidene Heirat von Jena. … Aufs neue zermarterte sie ihr von Zahlen zerstampftes, zerriebenes Hirn, mit einer starken, trotzigen Kraft wollte sie sich auflehnen gegen das Klägliche, das sich immer schwerer auf sie niedersenkte. Sie fand keinen Ausweg. Jetzt half ja auch das Rechnen nichts mehr, jetzt konnte sie nicht einmal mehr daran denken, durch einen beträchtlichen Zuschuß Olga aufzuhelfen und vor den Augen der Welt einen gewissen Luxus festzuhalten; jetzt blieb ihr ja Tilde im Hause genau so wie vorher, nein, geringer an Wert als vorher! Wer konnte denn sagen, ob sich für dies bloßgestellte Mädchen je wieder eine gute Partie bot? Ob nicht vielmehr die Mutter für sie finanzielle Opfer bringen, ihr eine beträchtliche Mitgift geben mußte, um sie überhaupt an den Mann zu bringen? Was Frau von Merk früher als unstatthaft, ja unmöglich betrachtet hatte, trat jetzt an sie heran: sie mußte voraussichtlich auf zwei Seiten in die Bresche treten und obendrein noch froh sein, wenn's ihr gelang, diese Doppelbresche leidlich zu decken …

Vorerst mußten sie alle Schritt für Schritt den Leidensweg gehen, der »die Affäre Saranoff« hieß, ach! im andern Sinn so hieß als damals, da der Rittmeister und Doktor Benedikt die unselige Verlobung eingeleitet hatten. Mutter und Töchter schlossen sich von der Welt ab, versteckten sich vor jedem Bekannten, bekamen Herzklopfen bei jedem Posteinlauf und durchblätterten die Zeitungen nur mit zitternden Fingern, voll Angst, immer aufs neue dem Namen »Saranoff« zu begegnen. Etwa acht Tage blieb ihnen auch nichts erspart: sogenannte teilnehmende Freunde kamen, von Neugier getrieben, unter irgendeinem Vorwand und waren sehr enttäuscht, fast beleidigt, als man sie nicht vorließ. Ein paar anonyme Briefe drückten Freude aus, »daß Ihr Hochmut und Ihre gemeine Gefallsucht endlich den rechten Lohn empfangen hat«. Die Zeitungen brachten fast täglich längere oder kürzere Entrefilets, die hauptsächlich immer neue Zahlen zu Saranoffs Schulden hinzufügten, nicht ohne ernste oder leise ironische Verwarnung für die Gesellschaft und Geschäftsleute, doch Fremden nicht so unbedingten Kredit zu gewähren, vielmehr mißtrauisch zu sein, wenn irgendeiner ohne irgendwelche Legitimation plötzlich pomphaft erschiene und aufträte …

Frau von Merk bekam jedesmal einen roten Kopf, wenn sie so etwas las.

»Diese Esel von Zeitungsschreiber, was denken die sich denn eigentlich?! Soll man vielleicht einen abgerissenen Studenten, der an Freitischen ißt, bei sich sehen und ihm seine Tochter geben?! Wem soll man denn glauben, wenn nicht einem Menschen, der wie ein Fürst auftritt?! Aber natürlich, hinterher hat jeder immer alles gewußt! Warum hat denn kein Mensch gewarnt, wenn der junge Mann schon von allem Anfang an verdächtig war?!«

Sie vergaß völlig, daß sie solche Warnungen nur mit überlegenem Lächeln empfangen und als Symptome eigenen Glückes und fremden Neides gedeutet hatte.

Am ehesten beherrschte natürlich Olga die Situation. Die Mutter und die Schwester taten zwar ihrem Herzen leid, aber in einer allergeheimsten Falte saß doch der Schatten eines Triumphes. Es war ihr, der verwöhnten Frau, doch sehr schwer gefallen, daß sie, die Witwe von Stand, so ganz von der blühenden, zukunftsfrohen Braut in den Hintergrund gedrängt worden war, daß von der glänzenden Heirat dieser Schwester in gewissem Sinn eigentlich ihr, Olgas Los, abhing. Nun standen, für den Augenblick wenigstens, ihre beiden Wagschalen ziemlich gleich; natürlich hatte sie, Olga, den ungleich größeren Schmerz, dafür aber Tilde die ungleich größere Blamage.

Frau von Merk überlegte, ob sie mit Tilde nicht für einige Zeit verreisen oder sie wenigstens zu Verwandten nach auswärts schicken sollte –

»Damit sie aus dem Gerede hier herauskommt!«

Aber Olga riet entschieden ab.

»Nein, Mama, das wäre ein großer Fehler! Im Gegenteil: Tilde muß sich gerade jetzt so viel wie möglich zeigen. Das beweist dann am besten, daß wir nicht gar zu schwer an der Sache tragen und bricht allen weiteren Kombinationen die Spitze ab. Zeigen muß sie sich, heiter, unbefangen und vorteilhaft gekleidet. ... Sie muß so aussehen, daß jeder Mann weiß, er kann sie vom Fleck weg heiraten.«

Frau von Merk lachte bitter.

»Das wird sich jeder dreimal überlegen!«

Olga wiegte altklug den hübschen Blondkopf mit der Witwenschnebbe.

»Kommt Zeit, kommt Rat! Die Hauptsache ist jetzt, daß wir tun, als ginge uns die Geschichte eigentlich nichts an. Veröffentlicht war ja die Verlobung, Gott sei Dank, noch nicht. Also ...«

Olgas Rat war ja in der Tat nicht schlecht, wenn auch nicht gerade besonders zartfühlend. Aber für Gefühle war jetzt kein Platz im Hause Merk, denn es galt den Schein zu wahren.

Die Mutter und Olga hielten also streng darauf, daß Tilde jeden Tag zweimal ausging, und zwar in die belebten Straßen der Altstadt, wo doch die meisten Bekannten anzutreffen waren. Es war nur schade, daß man sie der Trauer wegen nicht auf die Wachtparade vor der Residenz führen konnte oder in die hübschen Hofgartencafés, wo die müßige Damenwelt unter breitästigen Kastanienbäumen Eis ißt und dazu den lieben Nächsten verspeist. ... Tilde ging mit äußerem Gleichmut neben Mutter und Schwester einher. Sie hatte in den ersten Tagen nach Saranoffs Flucht nicht recht begreifen können, weshalb Mama und Olga ihr immer zum Ausgehen zuredeten, oder sie hatte gedacht, daß es aus Sorgfalt geschähe, aus Angst um ihre Gesundheit, aus dem Bestreben, sie ihren Gedanken zu entreißen. Als sie dann merkte, warum man sie so eifrig auf die Straße lockte, verzog sich ihr hübscher Mund zu einem gequälten, bitteren Lächeln. Zum erstenmal in ihrem Leben wollte es ihr gleichgültig scheinen, was »sie« sagten ...

»Nein, Tilde, sage das nicht; es darf uns nie gleichgültig sein, was die Leute von uns sprechen, gar nie! Haltung, Tilde, Haltung ist die Hauptsache im Leben! Ich habe sie auch nie verloren –«

Tilde nickte müde zu Olgas Worten. Was wußte die Schwester denn von dem, was sie litt? Was wußte sie von der brennenden Scham, die Tilde empfand, nicht Scham vor den andern allein, sondern vielmehr noch Scham vor sich. Scham, daß ein Mann, ein Bube, es hatte wagen können, so frech und zugleich so kindisch mit ihr zu spielen, und daß sie, die gefeierte, hochmütige Tilde von Merk, ihm alles geglaubt hatte. Wie mußte er über sie lachen, wenn er an sie zurückdachte, an ihre Bereitwilligkeit, sich mit ihm zu zeigen, ja zu affichieren! Lachen mußte er über sie, unbändig lachen. Bei der Vorstellung seines Lachens wurde ihr glühheiß; am liebsten wäre sie mit dem Kopf gegen die Wand gerannt, um durch einen starken, körperlichen Schmerz dieses Lachen zu übertönen. So lächerlich, so erniedrigt kam sie sich vor, so geschändet, als ob er sie wirklich besessen hätte. ... Doch aus all der Scham und all der inneren Niedrigkeit sprang noch ein andres Gefühl, dem sie nicht gebieten konnte, und das von Tag zu Tag lauter sprach, ihre müßigen Tage, ihre schlummerarmen Nächte mit dem Ton seiner fremden, heißen Stimme erfüllend – Sehnsucht, ungestillte, zehrende Sehnsucht nach dem Mann, der sie erniedrigt und verlassen hatte, dem sie grollte, den sie verwünschte und nach dem sie doch die Arme ausstreckte, als müsse sie einmal, ein einziges Mal noch seine Küsse fühlen ... Reue fiel sie an, daß sie ihm damals nicht gefolgt war, daß ihr Mädchenstolz sie gar so gut gehütet hatte. Sie wurde irre an sich, fand sich nicht mehr zurecht zwischen der Sehnsucht, die nach ihm schrie, und der Scham, die ihn verfluchte. Untätig saß sie halbe Tage lang da, die Hände im Schoß gefaltet, den Kopf herunterhängend, sann nach, zergrübelte sich mit Fragen, auf die es keine Antwort gab, und weinte dann wieder leidenschaftlich wild, noch im Schmerz um ihn einen letzten Zusammenhang mit ihm spürend …

Wenn Olga zufällig solchen Ausbruch belauschte, schüttelte sie mißbilligend den Kopf, redete der Schwester zu und führte sie spazieren. Zuerst hatte sich Tilde gegen diese klugen Spaziergänge sträuben wollen, doch bald sah sie ein, daß die Schwester wohl recht hatte. Je elender ihr ums Herz war, um so unversehrter wollte sie vor der Welt dastehen. Da sprach und lachte sie viel im Dahingehen und wenn Männer oder bekannt giftige Zungen an ihr vorübergingen, legte sie den wallenden Trauerschleier über den Arm, damit die Zurückschauenden auch ja die tadellosen, schlanken Linien ihrer Taille sehen konnten …

Olga war mit ihr zufrieden und mit sich noch mehr. Der Rennstall des Rittmeisters war aufgelöst worden und die Pferde zum großen Teil nach Österreich gegangen; der kleinere, zu dem auch der joviale und temperamentvolle »Bubi« gehörte, wurde von Kameraden des Verstorbenen angekauft. Da einige der Offiziere es für höflich hielten, der Witwe ihres Kameraden bei dieser Gelegenheit einen Anstandsbesuch zu machen, fand Olga, daß eigentlich sie es sei, die höchsteigenhändig die Auflösung des Stalles betrieb.

Auch als der Erlös um ein Beträchtliches hinter ihren und Mamas Erwartungen zurückblieb, verlor sie ihre schöne Zuversicht nicht.

»Ja, Mama, das ist eben das Unglück, daß in solchen Angelegenheiten eine Frau nie ganz freie Hand hat, sondern sich immer von Männern dreinreden lassen muß. Hätte ich ganz allein, ohne Major Massenflueh, die Pferde verhandeln können, wir wären vorteilhafter drausgekommen.«

Frau von Merk hörte kaum, was sie da sprach. Ihr dröhnte der Kopf von dem unablässigen Marschschritt der Regimenter, die über ihr Hirn hinstampften, – es kam schon gar nicht mehr darauf an, ob es noch ein paar Tausend weniger oder mehr waren …

Nachdem Zeitungen und Klatsch sich etwa vierzehn Tage lang mit der »Affäre Saranoff« beschäftigt hatten und die demonstrativen Spaziergänge Tildes jedesmal eine Art zivilisiertes Spießrutenlaufen gewesen, flaute das Interesse an der Geschichte ab. Der Sommer schritt immer weiter ins Land hinein, Geselligkeit gab es kaum mehr und alles rüstete sich zur Abreise in die Ferien. Frau von Merk ging mit ihren Töchtern und Enkeln in eine der billigen Sommerfrischen am bayrischen Inn, wo sie ziemlich sicher war, keine oder nur wenige Bekannte ihrer Kreise zu treffen. Bis sie im Herbst zurückkamen, würde Saranoff in München so gut wie vergessen sein. Saranoff wohl, nicht aber Tilde und ihre Blamage. Auf Jahre hinaus würde sie »die mit dem jungen Russen« bleiben. Bei jeder Gelegenheit würde man sich der alten Geschichte entsinnen, sie hervorholen. ... Auch an Olgas Geschick konnte sich nichts ändern ... mochte sie auch in etlichen Monaten die Witwenschnebbe ablegen – das Odium ihres finanziellen Rückganges blieb. Die silbernen Glocken waren verstummt. Voll herzklopfender Angst horchte Frau von Merk in die beklemmende Stille hinein, die ihr entgegenströmte.

Zehntes Kapitel

November war's, just ein Jahr, seitdem Doktor Benedikt um Franzi gefreit hatte. Von Windstößen gepeitscht, fiel draußen ein kalter, feindlicher Regen, stach wie mit Nadeln und verdarb auch den Heitersten die Stimmung. Die Stadt, im Sommer so grün, heiter und fröhlicher Menschen voll, sah grämlich und trostlos aus, wie eine Frau, die ihren Herbst nicht ertragen kann. Wer eine Zeitlang mit feinem Regenschirm tapfer gegen die Elemente gekämpft hatte, war froh, wenn er nach Hause kam, in die sanfte Wärme des früh geheizten Zimmers, in die Helle der häuslichen Lichtquelle.

Frau von Merk saß mit ihren Töchtern im Wohnzimmer. Es war kaum sieben Uhr, aber seit Stunden schon brannte die Lampe, so früh war an diesem Tag die Dämmerung gesunken. Sie brannten aber nicht mehr die teure elektrische Flamme, sondern eine Petroleumlampe, denn Frau von Merk sparte jetzt im kleinen, wo es nur anging. Nach außen hin durfte man ja doch nichts merken lassen, mußte man, um Tildes Zukunftschancen, weiterleben wie bisher, aber drinnen im Haus, wo keiner hineinsehen konnte, mußte man sich jetzt manches versagen, was man früher als selbstverständlich begehrt hatte.

Frau von Merk besserte Küchenwäsche aus. Sie hatte die Brille auf der Nase, ihr belichtetes Profil sah hart aus und ihre Wange leicht eingefallen.

Tilde stickte an einer kleinen Tischdecke. Sie hatte sich verändert seit diesem Sommer. Sie war immer noch blühend und schön, aber um ihre Mundwinkel lag ein bitterer Zug und bitter war ihr Lachen, bitter der Ton ihrer Stimme, wenn sie zu Mutter und Schwester sprach. Sie hatte die große Enttäuschung, die große Scham ihres jungen Lebens noch nicht verwunden, wenn sie auch keinem sehen ließ, wie's ihr ums Herz war. Sie bäumte sich innerlich auf, daß sie durch das Tun eines Buben entwertet, von ihrem rechtmäßigen Platz gestoßen sein sollte, und konnt' es doch nicht hindern, daß sie im Hause keine Rolle mehr spielte, mußte es schweigend ertragen, wenn die Mutter oft mit leiser Geringschätzung zu ihr sprach oder ohne jeden sichtbaren Grund heftig gegen sie wurde, wie nie zuvor!

Wie eine verwunschene Prinzessin kam sich Tilde manchmal vor – Gudrun, die Königstochter, die am Meere Wäsche waschen muß. Sie brauchte ja nicht am Meere zu waschen, aber sie fühlte sich so heruntergedrückt, daß es ihr am wohlsten war, wenn der Abend kam und es bald Schlafenszeit wurde. Jeden Morgen lag sie schon von Fünf an wach, graute sich vor dem neuen Tag, der da heraufstieg, vor den hundert kleinen Kränkungen, die er ihr brachte.

Olga häkelte an einem undefinierbaren Etwas, das angeblich ein Patenträckchen für Madlon werden sollte. Mit ihren schönen, trägen Händen, denen man ansah, wie ungern und ungeschickt sie arbeiteten, gabelte sie eine lange Elfenbeinnadel durch blaßblaue Mooswolle.

Sie hatte sich ganz in der Nähe der Mutter eine kleine Wohnung genommen und führte dort mit einem Dienstmädchen einen etwas problematischen Haushalt, der nach außen leidlich aussah, aber in Schränken, Schubfächern und dunklen Winkeln das Grauen barg. Olgas große Seele wurde davon nicht berührt. Sie erklärte, ihr Mädchen sei eine Perle, der sie alles überlassen könne, sogar die Kinder – »geistig natürlich nicht, dazu bin ich ja da. Aber von allem andern entlastet mich Wally völlig, so daß ich Zeit habe, mir selbst zu leben.«

Sie hatte ihr Gleichgewicht gänzlich wiedergefunden. In dem Schmerzenssturm der ersten Wochen nach des Rittmeisters Tode hatte sie alles verausgabt, was sie an Leid zu empfinden und zu äußern imstande war. Andre hätten soviel Schmerz vielleicht über lange Monate hinaus verstreut, sie dagegen, noch im Leid einer Verschwenderin, hatte ihn in ein paar Wochen restlos verbraucht und stand nun, nach einem halben Jahr, wieder daseinsmutig da, und ihr prachtvoller Optimismus blies aus vollen Backen in die Segel ihres Lebensschiffes.

Sie hatte sich völlig in die Rolle der interessanten Witwe eingelebt und spielte sie mit Überzeugung.

»Man wächst im Unglück, Mama, das spüre ich an mir!« sagte sie mehr als einmal und ihr Gesicht sah dabei so zufrieden, so durchdrungen vom eigenen Wachstum aus, daß für Trauer um den »armen Gustav« gar kein Raum mehr blieb.

Sie kam täglich zur Mutter, aß auch drei-, viermal die Woche mit den Kindern bei ihr, denn obgleich Wally eine Perle war, schmeckte es bei Mama doch bedeutend besser als daheim. Und Frau von Merk war immer froh, wenn Olga kam und blieb. Ihr zuversichtliches Schwatzen, ihre Gabe, überall ein Glück zu wittern, alles was krumm war, gerade zu sehen, war jetzt für die Mutter eine köstliche Erholung, ein Ausruhen von dem grausamen Marschschritt der Zahlenregimenter, eine Erlösung von all dem Schweren und Häßlichen, das seit einem halben Jahr über sie dahingegangen war. Glaubte sie auch nicht alles, was die Tochter sagte, so tat es doch wohl, zu hören ... erheiternd wie helle Märchen klangen die faselnden Erzählungen und Vermutungen neben Tildes bitterer Wortkargheit. Und wenn Olga auch nicht mehr so tadellos, sondern mehr streifig blond war (sie brauchte jetzt nur noch billige Färbemittel, und zwar völlig achtlos) und mitunter eine Augenbraue dicker malte als die andre, so sah sie doch beinahe jünger aus als Tilde, die das Lachen verlernt zu haben schien und die Lippen oft zusammenpreßte, als spränge ihr ein Blutstrahl aus dem Mund, wenn sie ihn geöffnet hätte.

Olga ließ die Hände in den Schoß sinken mit einer Geste der Erschöpfung, als hätte sie seit Tagesanbruch Holz geschlagen. Sie fragte: »Ist Karneval lang dies Jahr?«

Erst nach einer kleinen Pause sagte Tilde: »Ich weiß nicht. Es kann uns ja auch egal sein –«

»Uns? Dir doch nicht!«

»Ich werde doch dies Jahr nicht tanzen.«

»Aber ich bitte dich, d e s w e g e n –«

»Wegen der Trauer!« sagte Tilde laut und scharf.

»Aber Kind«, meinte Olga bemutternd, »wegen eines Schwagers trauert man doch nicht ein ganzes Jahr. Ich finde im Gegenteil, du müßtest diesen Winter recht viel ausgehen ... meinst du nicht auch, Mama?«

Frau von Merk antwortete nicht gleich. Sie erwog im stillen, was ein durchtanzter Fasching an Toiletten, ein vertrauerter an Reputation kosten mochte. In Tildes Augen standen zwei kleine, stolze Tränen. Sie dachte an den letzten Karneval, da Saranoffs Huldigungen sie noch umblüht hatten, da man in allen Salons, bei allen Jours von dem Glück der schönen Merk geflüstert hatte. ... Kaum ein Jahr war das her – –

Sie stand auf und ging aus dem Zimmer. Sie lief nach ihrem kleinen Mädchengemach und warf sich mit einer ungestümen Bewegung schluchzend vornüber auf ihr Bett.

Frau von Merk und Olga arbeiteten schweigend weiter. Nach einer Weile sagte Frau von Merk: »Tilde macht mir viel Sorge. Sie verwindet's nicht!«

»Sie ist keine starke Natur! Ein starker Mensch wird mit allem fertig!«

Die elektrische Klingel der Flurtür ertönte. Beide horchten einen Augenblick auf.

»Besuch?« wisperte Olga.

»Ich wüßte nicht wer«, versetzte die Mutter ebenso.

Da ging auch schon die Tür auf. Eine hohe, weibliche Gestalt in weitem, dunklem Mantel, einen dunklen Hut mit großem Schleier aus dem Kopf, trat hastig ein.

Die Mutter und Olga schrieen auf.

»Franzi!«

»Um Gottes willen, Franzi, ist etwas passiert?«

Frau von Merk schloß die heimgekehrte Tochter flüchtig in die Arme, hielt sie dann prüfend von sich weg, um beim Schein der Lampe ihr Gesicht zu sehen.

»Franzi!« sagte sie noch einmal. Und alle Schrecken, die sie erlitten, alle Schrecken, die sie ahnte, bebten in ihrer Stimme.

Franzi zitterte so heftig, daß sie sich setzen mußte. Unter dem schwarzen Schleier sah ihr Gesicht sehr blaß aus und ganz verzogen. Unter ihren Augen lagen tiefe, dunkle Ringe und ihre Blicke irrten unstet umher, wichen der Mutter aus.

Olga nahm ihr den Mantel ab, löste ihr den Hut.

»So, kleine Frau, nun sag mal, wie und wo du so plötzlich herkommst!«

Franzi schlug nervös die behandschuhten Fingerspitzen gegeneinander.

»Ich ... ich ... ja, Mama, um es kurz zu machen: ich gehe nicht mehr zu meinem Mann zurück!«

Die beiden Frauen starrten sie an. Schließlich sagte die Mutter: »Aber, Franzel, du bist wohl nicht recht gescheit! Was fällt dir denn ein?«

Franzi schüttelte heftig den Kopf.

»Ich geh' nicht mehr zu ihm zurück –«

»Ja, aber Franzi, um Himmels willen, was ist denn passiert, was hat's denn gegeben?«

Olga tätschelte die Hände der Mutter.

»Reg dich nur nicht so auf, Mama! Das ist ja sicher alles gar nicht so schlimm ... irgendein Ehestreit, wie er überall vorkommt. ... Und Franzi nimmt das gleich tragisch ... bedenk doch ihren Zustand!«

Frau von Merk wurde ein wenig zuversichtlicher. Olga hatte recht, man mußte mit Franzis Zustand rechnen – –

»Liebes Kind, willst du uns jetzt nicht endlich sagen, warum du eigentlich hier bist und warum du nicht mehr zu deinem Mann zurück willst? Und vor allem: weiß er, daß du hier bist?«

Franzi zuckte die Achseln.

»Bist also im Zorn, ohne sein Wissen, von ihm fort?«

»Möglich.«

Frau von Merk rang die Hände.

»Warum, warum?«

»Warum? Weil ... weil ...«

Sie brach ab. Um ihren Mund trat ein Zug des Ekels. Sie hob die flatternden Blicke zur Zimmerdecke empor, in eine Ecke hinein, als wollten ihre Augen nichts sehen, während sie das Abscheuliche sprach. Eine Blutwelle stieg ihr langsam vom Hals ins Gesicht, während sie leise, stoßweise, als redete sie von eigener Sünde, sprach: »Mein Mann ... und ... die Cholevius ...«

Elftes Kapitel

Franzi war nun seit etwa vierzehn Tagen wieder bei der Mutter, vierzehn Tage, überreich an Erörterungen, Streitigkeiten, Szenen und Tränen. Frau von Merk war keineswegs gewillt, die Tochter ohne weiteres wieder zurückzunehmen, und sie hatte das Franzi auch sehr bald unumwunden klargelegt. Zunächst konnte, durfte es nicht sein, daß sie einen dritten Schiffbruch erlitt; es war schon genug, daß sie eine reduzierte und eine kompromittierte Tochter hatte, – nun auch noch eine geschiedene? Nein, danke!

»Liebe Franzi, ich begreife deine momentane Empörung sehr gut. ... Es war unverantwortlich von deinem Mann ... abscheulich ... alles, was du willst ... aber schließlich ist er doch dein Mann. ... Und – ja, Kind, so traurig es ist, das zu sagen: die meisten Männer sind wie er. Wenn jede Frau bei der ersten Untreue gleich weglaufen wollte, gäb's fast keine Ehen mehr!«

»Aber, Mama, ich kann doch nicht mehr zu ihm zurück ... nach dem, was er mir angetan hat ...«

»Ach, Franzi, nimm nicht alles so tragisch! Angetan! Angetan! Schau doch die Dinge ein bißchen milder an. ... Diese Cholevius ist eine kokette, skrupellose Person, der dein Mann gefallen hat ... dein Mann ist weltfremd wie ein echter Gelehrter ... das gewissenlose Weib hat geschickt ihre Netze nach ihm geworfen und er ist recht ungeschickt hineingetappt. Ich wiederhole dir, du hast allen Grund, ihm eine Weile böse zu sein, aber nach dieser Weile fährst du heim und holst ihn dir zurück ...«

»Nie, Mama, ich werde nie zurückkehren.«

Frau von Merk fing an ungeduldig zu werden.

»Ja, was willst du dann eigentlich? Du hast doch nicht etwa die Idee, dein Lebelang als geschiedene Frau bei uns zu sitzen, bei unsern Verhältnissen? Das hieße ja doch einfach deiner unversorgten Schwester jede Möglichkeit einer Versorgung abschneiden!«

»Das will ich ja auch gar nicht. Ich werde schon arbeiten für mich und mein Kind.«

Frau von Merk lachte höhnisch.

»Das fehlte gerade noch! Meine Tochter für Geld arbeiten! Dann kann ich Tilde ja gleich ins Mathildenstift einkaufen. ... Franzi, du wirst doch nicht so gedankenlos sein, deinen Mann, deine Mutter, dein Kind, deine Schwestern, uns alle zu ruinieren, nur wegen so einer dummen, alltäglichen Untreue ...!«

»Nein, Mama, alltäglich ist sie nicht ... ich bin ja nicht nur in meiner Ehe betrogen worden, sondern schon lange vorher. Weißt du denn, warum Benedikt mich überhaupt geheiratet hat? Weil sie einen Paravent brauchten, hinter dem sie ihre schmutzige Geschichte verstecken konnten. ... Gerade ehe er um mich anhielt, war das Gerede über sie beide so stark geworden, daß sie eine Katastrophe fürchten mußten, so blind Cholevius auch der Frau vertraute. ... Damals kam sie hierher ... auf den Basar, erinnerst du dich? ... Da sah sie mich und da fand sie eben, ich sei passend für den Paravent. ... Und darum heiratete er mich!«

Sie hatte am Anfang ganz ruhig gesprochen, in ihrer beherrschten Art, die jeder Ekstase aus dem Weg ging. Keine Träne trat ihr ins Auge, und die Stimme brach ihr nicht. Aber auf ihren Wangen brannten rote Flecke und die tiefe, innere Erregung gab ihr schließlich nur hoch heisere Töne.

Frau von Merk schien besiegt. So ungeheuerlich hatte sie sich die Sache nicht gedacht. Aber was tun, mein Gott, was tun? Man konnte doch nicht auch noch diesen dritten *échec* erleiden ...

»Wir sprechen noch über all das, Franzi!« sagte sie bekümmert. »Wir haben ja Zeit ... reg' dich jetzt nur nicht auf, sonst wirst du am Ende auch noch krank!«

Wie immer flüchtete sie mit ihrem Sorgenpack zu Olga, die ihn auch alsbald in nichts auflöste.

»Aber, Mama, nimm die Geschichte doch nicht so schwer! Du mußt doch nicht alles aufs Wort glauben, was Franzi sagt.«

»Sie hat nie gelogen.«

»Sie lügt ja auch nicht, sie übertreibt nur, wie alle Eifersüchtigen! Sie ist offenbar sehr eifersüchtig auf ihren interessanten Mann, was ich ja begreife und wozu sie wohl auch einigen Grund hat. ... Ich habe übrigens gleich den Eindruck gehabt, daß Doktor Benedikt sehr empfänglich für schöne Frauen ist ...«

Hier lächelte Olga ein kleines Lächeln und fuhr dann würdevoll fort: »Ich glaube ja ohne weiteres, daß er mit dieser kleinen Cholevius einen mehr oder minder interessanten Flirt gehabt hat, *mais voilà tout*! Diese Geschichte mit der Paraventheirat bildet sich Franzi einfach ein! Das mußt du ihrem Zustand zugute halten!«

»Nein, sie hat Briefe gefunden, Olga!«

Einen Moment war Olga perplex. Aber gleich wußte sie wieder Rat.

»Was heißt das: Briefe! Man schreibt so viel, woran man im Ernst gar nicht denkt! ... Und wir – du und ich – haben ja diese Briefe nicht gesehen! Wer weiß, was Franzi da alles heraus- und hineingelesen hat! Nein, Mama, reg' dich nur nicht auf, die Sache bringen wir schon wieder in die Reihe ... sie muß wieder zu ihm zurück! Sie soll ihrem Schöpfer danken, daß sie noch einen Mann hat! Und vor allem soll sie sich die dummen Sachen von der Arbeit aus dem Kopf schlagen! Eine künstlerische Begabung hat sie nicht, also was bliebe ihr dann? Zu tippeln oder Buchhalterin? Nein, Mama, sie darf nicht vergessen, was sie uns und unserm Stand schuldig ist! Bis jetzt haben wir nur Unglück gehabt – aber wenn wir anfangen fürs tägliche Brot zu arbeiten, ist es degradierend!«

Sie sah auf ihre schönen, trägen Hände, als gelobte sie ihnen im stillen, sie niemals und unter keinen Verhältnissen durch Arbeit zu entehren.

»Das mit der Arbeit ist ja auch gar nicht ernst ... das redet sie bloß. ... Übrigens müßte ja immer er, als der schuldige Teil, für sie sorgen!«

»Es darf gar nicht dahin kommen, Olga, sie muß wieder heim! Was soll ich denn hier mit ihr anfangen? Schließlich noch ein kleines Kind im Hause. ... Ach Gott, ach Gott! Was kommt alles über mich!«

Sie weinte bitterlich.

Olga streichelte die Hände der Schluchzenden und entwarf in Gedanken einen Plan.

Frau von Merk hatte gleich nach Franzis Ankunft Doktor Benedikt von dem Eintreffen seiner Frau in München benachrichtigt. Der Schwiegersohn hatte voll Dankbarkeit geantwortet, daß zu seinem Leidwesen ein schweres, aber, wie er hoffte, nicht unüberwindliches Mißverständnis zwischen ihm und seiner Frau entstanden sei. »Rückhaltlos bekenne ich mich in gewissem Sinne schuldig, verehrte Schwiegermama, wenngleich nicht so schuldig, wie Franzi meint. Man muß da eben jetzt mit den außergewöhnlichen Verhältnissen rechnen ...

Franzi ist momentan so erregt, daß jede vernünftige Unterhandlung mit ihr so gut wie ausgeschlossen erscheint. Ich lasse sie daher für die nächsten Tage, bis sie sich etwas kalmiert hat, im Schoß ihrer Familie und werde ihr auch nicht schreiben, weil sie das aufs neue erregen könnte. Wenn sie durch die Entfernung, unter dem Zuspruch ihrer Familie (die doch jedenfalls eine Wiedervereinigung wünscht?) ruhiger geworden ist, bitte ich Sie, verehrte Schwiegermama, es mir mit einer Zeile zu sagen. Dann komme ich unverzüglich nach München und ruhe nicht, bis meine Frau mir vergeben hat und mit mir zurückkommt in unser Haus, in ein neues Leben, in dem nichts, ich verspreche es Ihnen hoch und heilig, nichts mehr sie je kränken soll. Ich werde Ihnen mündlich alles erklären, verehrte Schwiegermama, ich bitte Sie aber herzlich, schon heute zu glauben, daß mein Schmerz größer ist als meine Schuld, und daß ich mit Ungeduld Ihr Wort erwarte, das mich nach München ruft.«

Olga fand, daß es an der Zeit sei, dies Wort zu schreiben.

»Weißt du, Mama, Eheleute finden sich schließlich am besten allein wieder zusammen. Trotz allem wird Franzi auf ihn mehr hören als auf uns. Sie war ja doch von Anfang an so lächerlich verliebt in ihn. … Und er – ja, er versteht es sicher, eine Frau für sich zu gewinnen … trotz aller Gelehrsamkeit ist er ein Damenmann.«

Wieder lächelte sie ihr kleines Lächeln.

Die Mutter horchte auf. Ja, Benedikt kommen lassen, das war wohl das Beste. Und hoffentlich, hoffentlich reiste dann Franzi noch am selben Tag mit ihm heim, noch ehe es in München und Jena zu Gemunkele und Gerede gekommen war.

Man schrieb also an Doktor Benedikt, und er reiste unmittelbar nach Empfang des Briefes ab. Weder Franzi noch Tilde wußten von diesem Brief, denn Mama und Olga fürchteten, daß die junge Frau sich am Ende weigern wurde, ihren Mann zu sehen, wenn man sie vorher von seiner Ankunft unterrichtete.

Gleich nach seinem Eintreffen hatte Frau von Merk eine lange Unterredung mit ihm in seinem Hotel. Sie erschrak, als sie ihn zuerst erblickte, so zerfahren und hager sah er aus. Die Ähnlichkeit mit dem jungen Nietzsche trat noch stärker als sonst hervor, obgleich sie nicht mehr so sorgfältig unterstrichen war.

Er küßte seiner Schwiegermutter bewegt die Hand.

»Ich kann Ihnen nicht genug danken für Ihre Güte!«

»Na, hören Sie, Schwiegersohn, Sie machen schöne Sachen. Da gibt man Ihnen ein unschuldiges, tadellos erzogenes Mädchen, das zu Ihnen aufschaut wie zu einem Herrgott, und Sie …«

Er senkte den Kopf. In dem elektrischen Licht, das grell von oben über ihn ging, sahen seine Haare ganz weiß aus.

»Wollen Sie mich anhören, Mama? Ich möchte Ihnen alles sagen, wie es gekommen ist …«

»Das weiß ich wohl schon so ziemlich.«

»Aber nur durch meine Frau und daß sie in ihrem zum Teil berechtigten Zorn die Dinge übertreibt, wohl auch falsch sieht, ist ja selbstverständlich. Darf ich offen mit Ihnen sprechen, wie ein Sohn zur Mutter?«

Frau von Merk nickte steif. Sie hatte plötzlich eine große Wut auf diesen Menschen.

Doktor Benedikt begann zu sprechen. Von seiner Junggesellenzeit in Jena … von seiner geistigen Einsamkeit … von dem Mangel der Frau in diesem Leben, der ästhetischen, gepflegten, geistig regsamen Frau … da hatte er Marie Cholevius kennen gelernt –

»Die Frau Ihres Freundes.«

»O Mama, wenn Sie Cholevius kennten, würden Sie darüber milder denken! Er ist dreißig Jahre älter als Ma – als seine Frau, ein prachtvoller Freund, aber ein unmöglicher Gatte. Das weiß er übrigens selbst –«

»Ja, mein Lieber, Ihre Junggesellengeschichten gehen mich natürlich gar nichts an. Aber als Sie heirateten, als Sie mein Schwiegersohn wurden, da mußte Schluß sein. Sie können doch Ihrer jungen Frau nicht zumuten, daß sie Ihre … Ihre … Ihre alten Bekanntschaften mit in die Ehe nimmt.«

Doktor Benedikt fuhr mit einer schönen Geste der Entrüstung auf.

»Das ist mir selbstverständlich nie eingefallen! Ich gebe Ihnen mein Wort, daß alles zu Ende war, als ich um Franzi freite!« (Er staunte bei sich selbst, wie flüssig und temperamentvoll er log!)

»Franzi spricht aber doch von Briefen.«

»Die sind vor meiner Ehe geschrieben.«

»Und behauptet, Sie hätten sie überhaupt nur geheiratet, um das Gerede über Sie und … und diese Dame verstummen zu machen …«

Er rang die Hände.

»Das sind ja eben die Wahnideen Franzis. … Es sind Wahnideen, und ich schiebe sie auf ihren Zustand. ... Ich habe nur einen schweren Fehler begangen, den ich rückhaltlos zugestehe: ich hätte Franzi sagen müssen, was hinter mir lag. Anderseits: hätte ich das gedurft? Hätte Franzi sich dann nicht geweigert, bei Cholevius zu verkehren? Denken Sie doch, wenn sie sich geweigert hätte! Das Gerede! Den Klatsch! Ich wäre unmöglich gewesen an der Universität und Cholevius auch. ... Nur mein Schweigen kann meine Schuld sein, nichts andres ... ich habe mir nichts gegen Franzi vorzuwerfen, gar nichts. ... Und wenn Ma –, wenn Frau Professor Cholevius zuweilen vertraulicher mit mir verkehrte, als es üblich ist, wenn sie mich zum Beispiel beim Vornamen nannte oder auch in Abwesenheit Franzis in mein Studierzimmer kam, so darf man dieser Frau solch kleine Exzentrizitäten nicht anrechnen ... sie ist seit Jahren Morphinistin – das weiß ja auch meine Frau!«

Frau von Merk hörte ihm zu und es schien ihr glaubwürdig. Schön war ja die Sache nicht, aber – du lieber Gott – man wußte ja, wie Männer sind. ... Wenn der selige Direktor sich während seiner Ehe stets so tadellos geführt hatte, so war nicht seine moralische Festigkeit allein die Schuld gewesen ...

»Ja, Schwiegersohn, was soll nun eigentlich geschehen? Die Franzi will partout nicht mehr nach Jena zurück ...«

»Das braucht sie auch gar nicht mehr oder nur vorübergehend. Ich habe eine Professur in Berlin erhalten – Ostern übersiedeln wir!«

In diesem Augenblick stand es bei Frau von Merk ganz fest, daß Franzi wieder zu ihrem Mann gehen mußte.

»Berlin!« wiederholte sie. »Eine Professur nach Berlin ...«

Ein Lächeln glitt über ihr Gesicht. Tönte es aus den paar Worten nicht wie der ferne, ganz ferne Klang silberner Glocken?

Sie reichte Doktor Benedikt die Hand.

»Versuchen Sie aufs neue Ihr Glück bei Franzi! Mich haben Sie von Ihrer Reue überzeugt. Nur eines sage ich Ihnen: nie wieder dürfen Sie die Franzi kränken! Die ist so gut und hängt an Ihnen mit Leib und Seele! Und Sie wären ein ganz erbärmlicher Kerl, wenn Sie dieses brave, anhängliche Geschöpf nicht auf Händen tragen wollten –«

Frau von Merk wurde warm und weich, als sie von ihrer Tochter sprach, und auch Benedikt schien ergriffen. Er nahm ihre beiden Hände und küßte sie abwechselnd.

»Ich danke Ihnen tausendmal, liebe Mama! Seien Sie überzeugt, daß ich alles tun werde, was in meiner Macht steht, um auszulöschen, um wieder gutzumachen. ... Wann darf ich kommen, um mit Franzi zu sprechen?«

»Morgen nachmittag, vielleicht so zwischen vier bis fünf Uhr!«

»Ich kann die Zeit kaum erwarten. ... Dürft' ich nicht schon vormittags ...«

»Nein, Franzi muß lange schlafen, nach den Aufregungen, die sie gehabt hat und noch haben wird! Also auf morgen nachmittag!«

Es war gar nicht wahr, daß Franzi lange schlief, aber Olga hatte der Mutter auf die Seele gebunden, die große Unterredung auf nachmittags zu fixieren. »Morgens ist gar keine Stimmung ... und die Menschen sind in der Frühe nervöser, schlecht gelaunt. Alles ist so nüchtern morgens. Man verständigt sich später am Tage besser ...«

So blieb es denn bei »morgen nachmittag vier Uhr«.

Als Frau von Merk gegangen war, warf sich Doktor Benedikt in einen Stuhl und vergrub sein Gesicht in die Hände. Er kam sich elend und erbärmlich vor. Er sprang auf und begann hastig im Zimmer hin und her zu gehen. O, daß er endlich loskäme aus diesem kläglichen Dilemma, los von dem rätselhaften und verderblichen Einfluß dieser Frau, die er eigentlich haßte und von der er doch nimmer lassen konnte.

Seit Jahren hetzte sie ihn von einer Unmöglichkeit, von einer Niedertracht zur andern. ... Zwanzigmal hatte er versucht, sich aufzubäumen, zwanzigmal gemeint, die unsichtbaren Ketten zu zerreißen, die ihn an sie banden, und alle zwanzigmal war er unterlegen. Schon gleich zu Anfang hatte er aus Jena fort gewollt, denn so zuversichtlich er auch Frau von Merk gegenüber gesprochen – der Verrat an dem Freunde hatte ihn stets bedrückt. Dann hatte er gefreit ohne Neigung, ohne jedes Interesse – nur weil Marie es für klug gefunden hatte. Dann war er wider sein eigenes Erwarten in seiner Ehe zufrieden gewesen. Die Liebe, die zarte Sorgfalt, die seine junge Frau stündlich um ihn breitete, hatte ihm wohlgetan, ihr frischer, lerngieriger Geist, der sich so gern von ihm bilden lassen wollte, gefiel ihm; er war auf dem besten Wege, alles Vergangene zu vergessen und mit Franzi aufrichtig glücklich zu werden. Da aber war Marie wieder dazwischen getreten. Damals, auf dem Basar in München, war ihr der Gedanke, Doktor Benedikt zu verheiraten, ganz sympathisch, sogar ein wenig spaßhaft erschienen, in Jena sahen die Dinge wieder ganz anders aus. O nein, so hatte sie doch nicht gewettet! Sie hatte Benedikt verheiratet, um allem Gerede ein Ende zu machen und ihn an sich zu fesseln, nicht aber um ihn an eine andre zu verlieren. Es war ihr jetzt eine häßliche Freude, die beiden, die sich über sie hinweg finden wollten, zu stören, zu bedrängen, zu verhetzen. Mit kleinen Stachelworten, mit scheinbar unvorsichtigen, in Wirklichkeit wohlberechneten Blicken, Reden und Gesten erweckte sie zuerst die Eifersucht der jungen Frau; wenn sie mit Benedikt allein war, beklagte sie sich über das Mißtrauen, das Franzi ihr bezeigte, oder sie machte ihm Eifersuchtsszenen.

Er schlug sich vor die Stirne und lachte hämisch über sich selbst; war er denn nicht eine Gestalt aus der französischen Posse, er, der Ehemann, dem eine Geliebte Eifersuchtsszenen machte wegen der eigenen Gattin?! O, wie dumm das alles war, wie eklig, wie verzerrt. Und dann hatte sie ihn wieder genommen, wie man ein Eigentum zurücknimmt, ruhig, selbstverständlich, ohne jeden Skrupel ... und er, er hatte sich zurücknehmen lassen. Aus Liebe? Aus Furcht? Aus Gewohnheit? Er wußte es nicht. Er mußte einfach tun, was sie wollte. Er kam nicht mehr los von ihr. Er gehörte ihr. Auf ihr Geheiß war er auch gekommen, seine Frau zurückzuholen ...

Da sprang etwas Helles, Warmes in seinem Herzen auf. Nein, nein, nicht auf ihr Geheiß allein. Er selbst hatte auch gewollt, denn er mochte die stille, schlanke, kluge Frau, die er ohne Liebe gefreit hatte, nicht mehr in seinem Leben missen. Sie war die Ruhe ... die Reinheit ... das Glück. ... Freilich nicht das Glück, wie er sich's früher gedacht, wie Marie Cholevius es ihm einst geschenkt! Nicht etwas Strahlendes, Regenbogenfarbenes, das man kaum zu berühren wagt, und vor dem man in Verzückung erbebt und weint. ... Nein, Franzi war das Glück, das ein Mann der Geistesarbeit und zukünftiger Berühmtheit brauchte: eine sorgende, diskrete Gefährtin, die zu ihm aufsah, ihn anbetete, die sich auslöschte vor ihm und nichts vom Leben forderte, als sein Behagen, seinen Frieden, seinen Ruhm.

Tiefes Verlangen nach ihr fiel ihn an. O, sie mußte zu ihm zurück! Er wollte sie sich wiedererobern, sie im Sturm nehmen, so wie damals, als er zuerst um sie geworben hatte ...

Die Erinnerung an den eigenen Erfolg straffte seine zusammengesunkene Gestalt, legte ein sieghaftes Lächeln auf seine blassen Lippen. Sie würde schon wieder mit ihm kommen, des war er gewiß! Wenn auch nicht gerade wieder nach Jena, so doch nach Berlin. Und das mit Jena ließ sich sicher unauffällig arrangieren. ... Man konnte sie ja einfach den Winter über nach dem Süden schicken – das fiele jetzt gerade sicher nicht auf! Der Skandal, den er ebenso wie Marie vermeiden mußte, war dann verhütet; Ostern zog man nach Berlin. ... Und wenngleich die Reichshauptstadt nur drei Stunden von Jena entfernt lag, für ihn sollten Tausende von Kilometern zwischen den zwei Städten sich breiten, das schwor er sich zu. Das war er nicht nur Franzi schuldig, sondern auch sich, seiner eigenen Ruhe und seiner Zukunft.

Er setzte sich an den Tisch, über dem die elektrische Birne leuchtete, und begann einen Brief zu schreiben – nach Jena. »Es kann so nicht weitergehen, Marie! Ich muß endlich wieder leben können, wie ein andrer Mensch auch, ohne diese beständige Angst vor Entdeckung und Skandal und – ohne die niederdrückende Scham Deinem Mann gegenüber.« Je länger er aber zu ihr sprach, je lebendiger er ihr melancholisches Kindergesicht zu sehen, ihre kleine, süße Stimme zu hören meinte, um so schwächer ward sein Widerstand. Und schließlich klang's wie der letzte Aufschrei eines Verzweifelten: »Ich tue, was Du willst! Dich und Dein Glück – nichts andres kann ich mehr wollen. Rege Dich also nicht auf, ich werde die Sache hier zu einem guten Ende führen. Du hast mir so viel gegeben, daß Du um mich nichts, gar nichts verlieren sollst.«

Er überlas seine Zeilen und fand alles ganz unmöglich, sich selbst auch. Er war so verwirrt in all seinen Gefühlen und Ausdrücken, daß er sich gar nicht mehr zurechtfand. Was wollte er jetzt eigentlich? Franzi? Marie? Jena? Berlin? Er hatte die Empfindung, als ob sein Kopf ganz ausgenommen und leer sei; das Gehirn mit dem Denkvermögen war sicher weg, nur Blutströme rauschten dunkel, zischend drin hin und her.

Ein Glück nur, daß es gegen diese scheußlichen Zustände ein sicheres Mittel gab. Ein Mittel, das er, wie manches sonst, Marie Cholevius dankte. Ein herrliches, unfehlbares Mittel, das ihn ihr wie in einem Geheimbund gesellte ...

Die feine Silbernadel und das Fläschchen mit der wasserhellen Flüssigkeit.

Zwölftes Kapitel

Es klopfte an Franzis Tür.

»Herein!«

Das Mädchen öffnete nur einen Spalt. Es wollte sein Gesicht nicht sehen lassen, sonst hätte sein gutmütiges Lachen am Ende alles verraten und die alte gnädige Frau und die Frau Rittmeister wollten ja doch, daß es eine Überraschung sei.

»Frau Doktor, 's is Besuch da!«

Franzi saß am Fenster und hielt ein Buch auf den Knieen. Sie hatte lesen wollen, aber ihre Gedanken waren davongelaufen, weit weg …

Sie wandte den Kopf ein wenig nach der Tür.

»Sagen Sie's doch der gnädigen Frau!«

»Gnä' Frau schickt mich ja grad'! Frau Doktor sollen doch gleich ins Wohnzimmer kommen. Frau Doktor werden sich sicher sehr freuen, hat die gnä' Frau g'sagt!«

»Schön, ich komme gleich!«

Sie trat vor den Spiegel, zu prüfen, ob sie auch untadelig aussähe, nicht verweint, nicht unordentlich. Die Losung der Familie, »den Leuten kein Spiel machen«, war auch die ihre, entsprach ihrer beherrschten Natur. Wer immer es sein mochte, der da zu Besuch kam – er sollte nicht wissen, wie es um sie und ihre Seele stand.

Während sie noch mit dem Kamm durch ihr hochfrisiertes Haar fuhr und einen Puderhauch auflegte, besann sie sich, wer wohl da sein könnte. Sie wußte es nicht. Wahrscheinlich irgendeine Institutsfreundin, mit der sie sich in glücklichen Tagen von Herzen gefreut hätte. Heute war jeder Besuch nur eine Qual, ein Peiniger, der sie, die Müde, zwang, Komödie zu spielen.

Sie trat ins Zimmer, blieb in hilflosem Schreck einen Augenblick an der Tür stehen, ganz wie damals, als sie ihrem Mann zum erstenmal hier gegenübergestanden hatte. Hilflos aber nur einen Atemzug lang. Gleich richtete sie sich in trotziger Abwehr auf.

»D u ?! Was willst du von mir?«

Er trat unsicher einen Schritt zu ihr hin, streckte ihr die Hände entgegen.

Sie rührte sich nicht, blieb mit herabhängenden Armen an der Tür stehen.

»Franzi!« Seine Stimme klang weich und betörend.

»Laß das alles!« sagte sie rauh, »für dich bin ich nicht mehr Franzi, nie mehr ...«

Nun hub ein langes Ringen zwischen den Gatten an, ein Ringen mit Worten, das sie beide mehr erhitzte, grausamer verletzte, als wenn sie mit blinkenden Waffen gekämpft hätten. Doktor Benedikt hatte sich die Sache weit einfacher gedacht. Er hatte gemeint, daß diese junge Frau, die zu ihm aufgesehen wie zu einem höheren Wesen, daß sie dem Zauber seiner Schmeicheleien erliegen, dem Reiz seiner Reue neuen Glauben schenken sollte. Aber diese starre, hartnäckige Gestalt, die da an der Tür lehnte und mit einer trockenen Stimme redete, die ihr gar nicht zu gehören schien, das war nicht mehr die Franzi, die er früher gekannt hatte. Nicht mehr die demütige Braut, die sich klein neben ihm fühlte, nicht mehr die junge Frau, die stolz auf ihn und wissensdurstig im Hörsaal mit leuchtenden Augen unter seinen Studenten saß. – Das war ein bis ins Tiefste beleidigtes Weib, das gewachsen war unter dem Schicksal, das er ihr auferlegt, und das ihm hart, entschlossen gegenüberstand, keine Schwankende, keine Verzeihende, sondern eine Anklägerin – –

»Spare dir alle Worte, alle Beteuerungen, ich gehe nicht mehr zu dir zurück!«

Er wollte versuchen, ihr klarzulegen, wie alles gekommen sei, vor allem versuchte er die Fiktion aufrecht zu halten, daß die Ehe rein geblieben sei, aber sie schnitt ihm mit einer Geste das Wort ab.

»Laß alle Lügen, sie helfen gar nichts! Ich weiß, und lasse mir nichts ausreden ... ich bin von dir geheiratet worden, weil ihr ein Aushängeschild gebraucht habt! Leugn' das doch, wenn du kannst! Leugne es! Herrgott, leugne es doch!«

Sie war dicht vor ihn hingetreten und warf ihm die Worte ins Gesicht. In ihrer Stimme klang es wie ein Aufschrei, ein Zug gepeinigter Erwartung trat in ihr Antlitz, als hoffte sie aller Härte und Worte zum Trotz auf eine Antwort, die all ihre Anschuldigungen zu Boden schlagen sollte ... Er senkte die Augen, schwieg.

»Siehst du, du kannst nicht einmal mehr leugnen! Und *das* – *das* – das kann ich dir nie vergessen. Wenn du mich betrogen hättest, wie Frauen sonst wohl betrogen werden, bloß, weil der Mann ihrer müde ist oder eine andre ihm momentan besser gefällt – siehst du, das hätt' ich verwunden! Unter Schmerzen und Tränen, aber ich hätt's verwunden! Hätt's verwinden müssen! Aber das, daß gar kein Tag zwischen uns ist, an dem du mich nicht belogen hast, daß du von allem Anfang an, immer, immerfort gelogen und betrogen hast, daß alles gelogen war, jedes Wort, jeder Kuß, jede Bemerkung über diese – diese – Daß ich gar keine Erinnerung hab', nicht die kleinste, armseligste, an der nicht deine ekelhaften Lügen kleben –, nein, nie verzeih' ich dir das! Und darum komm' ich nie mehr zu dir zurück!«

Zorn stieg in ihm auf, Zorn, daß sie ihn bis zuletzt durchschaute und mit so verletzender Klarheit aufsprach, was sie in ihm sah. Seine männliche Eitelkeit war tief verletzt, daß diese Frau immer noch von Lügen sprach, wo er doch längst schon ihre Verzeihung erfleht hatte.

Mit einer brüsken Bewegung ergriff er ihre Hand.

»Du *mußt* zurückkommen!«

»Wer will mich zwingen?«

»Wir beide stehen nicht mehr allein auf der Welt. ... Das Kind ... Im Namen des Kindes werd' ich dich zwingen, mit allen Mitteln zwingen, zu mir zurückzukommen!«

»Versuch es!«

Er hoffte sie einzuschüchtern.

»Das Gesetz steht mir zur Seite.«

»Wieso? Muß jede Frau zu dem Mann zurück, der sie betrogen hat, nur weil sie Mutter ist?«

»Das Kind ist zwischen uns. An dem Kind habe ich auf jeden Fall ein Recht, ein ewiges Recht, das ich mir nie nehmen lasse. Das Kind bindet dich, Franzi. Sei also klug. Ich gestehe dir ja zu, daß ich mich in gewissem Sinn an dir verfehlt habe, nur in gewissem Sinne, hörst du? Ich habe dich um Verzeihung gebeten und dir gezeigt, daß ich bereue –«

»Weil ich ihre Briefe gefunden habe! Hätt' mir ein Zufall sie nicht in die Hand gespielt, so würdest du gar nichts bereuen, sondern ruhig weiterlügen! Und mit dieser notgedrungenen Reue meinst du mich zu zwingen? Meinst, mich zu zwingen, weil ich ein Kind trage? Nie ... nie ... gar nie! Das Kind gehört mir, mir allein, das soll nichts wissen von einem Vater, der so gut lügen konnte wie du. Das soll nie wissen, daß es in Lüge empfangen worden ist, daß sein Vater schamlos, unerbittlich log, vom ersten Tage an, da er die Mutter umfing ...«

»Ich warne dich, Franzi, treibe mich nicht zum Äußersten, mach dir nicht einen Feind aus mir. Glaube, ich schrecke vor nichts zurück, wenn du unversöhnlich bleibst. Um des Kindes willen zwing' ich dich, so oder so –«

»Zwing mich nur! Aber erst mußt du mich zwingen, daß ich das Kind auch zur Welt bringe!«

Er prallte zurück.

»Das – das – ein Verbrechen könntest du –?«

»Alles kann ich – nur nicht zu dir zurück!«

»Du bist irrsinnig! Du gehörst in eine Heilanstalt –«

»Nach der Scheidung vielleicht! Aber erst die Scheidung –«

Damit verließ sie ihn. Es blieb ihm nichts übrig, als zu gehen.

Franzi hatte kaum die Kraft, sich wieder nach ihrem Zimmer zu schleppen. Als sie die Haustür ins Schloß fallen hörte und also wußte, daß ihr Mann fort sei, ging sie mühsam und fröstelnd nach dem Speisezimmer, um sich ein Glas Rotwein zu holen. Sie hatte kalte Hände und überhaupt das seltsame Gefühl, daß ihr Körper nie mehr erwärmen könnte. Sie hätte so gerne die Mutter oder eine der Schwestern bei sich gehabt, aber gerade heute waren sie alle ausgegangen, obgleich sie sonst so häuslich geworden waren.

Als sie ins Speisezimmer trat, traute sie ihren Augen kaum. Wie? Hatte Mama denn zu Abend Gäste geladen? Blumen standen auf dem Tisch, Silberschalen, Sektkelche und daneben im Kühler eine Flasche Sekt. ... Erstaunt trat sie näher an den Tisch. Nur zwei Gedecke waren aufgelegt ... auf jeder Serviette lagen ein paar Rosen, wie für ein Liebespaar ...

Eine tiefe Röte stieg in Franzis Wangen. Sie erkannte Olgas sorgende und ach! so taktlose Hand! Die Kniee begannen zu zittern, sie mußte sich setzen. Das also hatten sie gewollt! So hatten sie allesamt gemeint, sie zu überlisten! Wie Schuppen fiel's ihr von den Augen. Arrangiert war alles gewesen, einfach arrangiert ... sie hatten ihn kommen lassen und auf seine alte Macht über sie vertraut. ... Und was dann seine Reue, seine Bitten vielleicht nicht erreichen konnten, das vollendete der Sekt, der Rausch einer Versöhnungsstunde mit Blumen und Sekt. ... Darum auch waren sie alle so diskret weggegangen, so widerwärtig diskret! So wenig begriffen sie von dem, was ihr geschehen war und was geschehen mußte, daß sie meinten, all ihr Herzeleid ließe sich in einem Champagnerkelch ertränken ...

Sie brach in Weinen aus, sie weinte, wie sie nie zuvor geweint hatte, nicht einmal in den letzten, armen Tagen von Jena. Sie fühlte zum erstenmal, daß sie allein, ganz mutterseelenallein war auf der Welt.

Spät erst kamen die andern nach Hause, Mama zusammen mit Olga, Tilde war auf eigene Faust in die Stadt gegangen oder vielmehr geschickt worden, denn sie hatte gar kein Zutrauen zu der ehelichen Versöhnungsszene gezeigt. Aus ihrem eigenen Leid heraus, das ja in gewissem Sinn dem Leid der Schwester glich, begriff sie, daß die Dinge anders gehen würden, als Olgas Optimismus sich's und der Mama ausmalte. Aber sie war mit ihrer Ansicht vollkommen überstimmt und überschrieen worden.

»Tilde, das verstehst du nicht! Du warst nie verheiratet und weißt also nicht, daß Eheleute sich immer wieder zusammenfinden, zusammenfinden müssen –«

»Möglich!« sagte Tilde trocken. »Wir werden ja sehen, wer recht behält.«

Frau von Merk und Olga waren völlig niedergeschmettert, als sie sahen, daß die Sektflasche noch im Kühler lag, die kalten Platten und Süßigkeiten unberührt standen.

»Sie ruiniert uns«, schrie Frau von Merk weinend, »ruiniert sich und uns. ... Was soll man denn hier nur mit ihr anfangen?!«

Sie stürmten nun auf Franzi ein, bedrängten sie mit Vorstellungen, mit Bitten, zuletzt mit Drohungen.

»Im Haus bei uns kannst du nicht bleiben, das mußt du doch einsehen!«

»Franzi, liebe, gute Franzi! Überleg dir's doch – er wird Professor in Berlin! Denk doch, wie schön! Was du da für ein Leben haben wirst!«

»Und er bereut es, glaub nur, Franzi, er bereut es ... es kommt nie wieder vor!«

»Denk an dein Kind, Franzi, du darfst doch deinem Kind nicht den Vater nehmen ...«

»Und wenn das Kind erst da ist, wird alles anders sein ... ein Kind ersetzt der Frau viel ...«

»Franzi, du darfst uns das nicht antun!«

»Franzi, du mußt wieder zu ihm, um jeden Preis ...«

»Denk an deine Pflicht, Franzi!«

»Was wär' das für eine Liebe, die gleich bei der ersten Enttäuschung aufhören wollte –«

So redeten Frau von Merk und Olga auf sie ein; Tilde hatte sie nur mit einem mitleidigen Blick angesehen und ihr leise die wirren Haare aus der Stirn gestrichen.

»Arm's Hascherl! Du bist auch nicht zu neiden!«

Damit war sie aus dem Zimmer gegangen.

Franzi saß auf ihrem Bett, den Kopf gesenkt, die Arme im Schoß. Vor ihr kauerte Olga, streichelte ihre Hände und entwarf glänzende Zukunftsbilder von Berlin. Frau von Merk stand daneben, weinte, bettelte und schalt abwechselnd auf die Tochter, der die Tränen in Strömen übers blasse Gesicht rannen. Franzi wußte nicht mehr, was um sie her eigentlich vorging, sie hörte nicht mehr deutlich, was die andern sagten. Es rauschte in ihrem Kopf und vor den Augen verschwamm ihr alles. Sie wußte nur noch eins: ›Sie wollen, daß ich ja sage. Und ich kann doch nicht …‹

Ihr war zumute wie einem, der sich in den Bergen verstiegen hat und an eine winzige Felszacke geklammert über dem Abgrund hängt. Er muß festhalten, ob ihm der Arm schwillt, ob die Finger sich im Krampf spreizen wollen. Festhalten. An dieser winzigen Felszacke hängt ja sein Leben. Sobald er losläßt, verschlingt ihn die Tiefe. … Aber immer heftiger wird der Drang, den angespannten Muskeln Erschlaffung zu gönnen, immer unwiderstehlicher das Verlangen, die verkrampften Finger zu lösen. –

Eine bleischwere Müdigkeit überkam Franzi. Ohne es zu wollen, dachte sie: ›Jetzt sag' ich halt ja, damit ich endlich meine Ruhe habe und schlafen kann!‹

Sie hob den Kopf, sah die Mutter an … öffnete die Lippen …

»Franzi!« schrie Olga entzückt und wollte die Schwester zwischen Lachen und Weinen in die Arme schließen. Aber Franzi schloß die Lippen wieder, ihr Gesicht sah plötzlich ganz verstellt und grünlich aus. Ein fürchterlicher Schmerz zerriß ihren Körper … sie stöhnte, griff nach dem Herzen … dann in die Luft … stürzte häuptlings vom Bettrand hinunter, daß Olga sie gerade noch auffangen konnte, ehe sie mit der ganzen Kraft des Falles zu Boden schlug …

Nun war für viele Wochen keine Rede mehr von einer Rückkehr nach Jena, man wußte ja nicht einmal, ob Franzi mit dem Leben davonkommen würde. Und auch als sie zum erstenmal wieder als matte Rekonvaleszentin bei den Ihren saß, konnte keine mehr sie an ihre Pflicht gegen das Ungeborene mahnen. Die Aufregungen jenes Tages hatten ihre Mutterhoffnungen zerstört.

Dreizehntes Kapitel

Tilde saß in der Alten Pinakothek und kopierte einen Jordaens. Ihre Zeichnung war eckig, ihre Farbe hart und sie wußte auch selbst ganz gut, daß ihr Talent nicht übers Dilettantentum hinaus reichte, aber sie kam doch Tag für Tag pünktlich, sobald die Pinakothek aufgemacht wurde, und fühlte sich wohl, wenn sie die Malschürze umgebunden hatte und vor ihrer Staffelei stand. Die großen Bildersäle waren jetzt ihre Zuflucht. Hier herein drang nichts von den Trübseligkeiten, den Quengeleien, die zu Hause den Tag erfüllten. Hier wußte man nichts vom Glück und Mißgeschick der Familie Merk, hier sah sie keine verweinten Augen, las nicht in spitz gewordenen Zügen stumme Anklagen, vergaß die lächerliche Anmaßung Olgas, die sich um so bedeutender vorkam, je weniger sie von den Verhältnissen und Stimmungen daheim begriff. Hier gab's nur Bilder und Menschen, die sich in irgendeiner Weise für Bilder interessierten, Fremde, die mit wirklicher oder gemachter Freude die alten Meister besuchten, Maler und Malerinnen, die gleich Tilde von Merk kopierend dastanden oder dasaßen. Wenn zuweilen Hochzeitsreisende kamen, die Jungvermählte rauschend in neuer Frauenwürde und Eleganz, dann stieg bei Tilde seufzender Neid auf; wenn sie die Malweibchen rundum betrachtete, kam ihr Herz wieder zur Ruhe und sie hatte das Gefühl, als ob sie unter lauter Leidensgenossen stünde. Jede einzelne dieser arbeitenden, strebenden Frauen hatte sicher schon ihr Schicksal gehabt und kein leichtes, das sah man ihnen an. Auch die jungen, hübschen und hübsch angezogenen trugen jenen resignierten Ernst auf der Stirn, der die Lebenskämpfer von den Lebensfaulenzern unterscheidet. Ohne daß sie je mit einer von ihnen mehr gesprochen, als ein paar Worte über die schlechte Heizung, das trübe Licht oder die albernen Bemerkungen des Reisepublikums, fühlte sie sich ihnen nahe in Erlittenem und Verweintem. O, es tat gut, still und einsam unter Menschen zu sitzen, von denen jeder eine geheime Wunde oder Narbe trug, und die wie sie den seufzenden Neid kannten auf die heitere Sorglosigkeit der Jungvermählten. Mitunter dachte sie: ›Es ist hier wie in einer großen Krankenstube, nur daß wir uns nichts von unsern Leiden erzählen. Aber wir leiden alle, und die leere Heiterkeit der Gesunden stört uns, macht uns ungeduldig. Wenn sie uns doch allein ließen, allein mit unsern Schmerzen, unsern Gedanken und unsern Bildern! Aber den Gesunden gehört ja alles, das ganze Leben – also selbstverständlich auch die Pinakothek!‹

Sie biß die Zähne zusammen und setzte ein Blau auf, dessen spröde Schärfe wie ein Messer schnitt. Sie merkte das gar nicht und es lag ihr auch gar nichts daran, wenn Fremde ihre Arbeit mit geringschätziger Miene auf ihrer Kopie sahen, indes sie vor andern Staffeleien mit Bewunderung standen oder gar Kaufsverhandlungen anknüpften. Tilde hätte zwar auch sehr gerne einmal verkauft, schon um der Reputation vor der Familie und den Kolleginnen willen, aber um des Gelderwerbes war sie nicht hierhergekommen, ebensowenig um der Kunst willen. Sie wollte nur nicht tagaus tagein zu Hause sein, denn zu Hause war's schrecklich. Früher hatte es um das Haus Merk stets geklungen, wie nie verstummende feine Glocken aus Silber. Jetzt stand Trübsal um das Haus her, gleich einer dicken, grauen Nebelwand, trennte es von der Welt ab, verriet nichts von ihren bunten Herrlichkeiten, zwang die vier Frauen so eng zusammen, daß sie einander fast haßten, nur weil sie sich so unablässig nahe sein mußten.

Frau von Merk, vor kurzem noch so hübsch und frisch, war fast über Nacht eine alte Frau geworden, die mit jedem Dienstmädchen, mit jedem Lieferanten um einen Nickel feilschte und schrie und die ohne besonderen äußeren Grund den Töchtern Lärmszenen machte oder Weinkrämpfe bekam.

In der jüngsten Zeit hatte es allerdings zu beidem reichlich Grund gegeben: Franzis Scheidung mit allen Konsequenzen. Zunächst hatte das gerichtliche Verfahren der Mutter so zugesetzt, daß sie ein paarmal Herzkrämpfe bekommen hatte, und dann war Franzi mit einem Ansinnen gekommen, das, wie Olga sagte, »echt Franzi« war, romantisch, unpraktisch und unausführbar.

Franzi wollte nämlich durchaus nicht die Jahresrente annehmen, zu deren Zahlung Doktor Benedikt als der schuldige Teil verurteilt wurde. Sie bat ihre Mutter mit aufgehobenen Händen: »Nur das nicht! Nur kein Geld von ihm nehmen müssen! Das ist so degradierend ... ich komm' mir vor wie eine lästige Geliebte, die man abfindet!«

»Du bist wohl nicht recht gescheit! Das ist einfach seine Pflicht und Schuldigkeit! Wegen der paar tausend Mark, die er zahlen muß, ist's schon der Mühe wert, daß man redet!«

»Sie drücken mich, Mama, als ob's hunderttausend wären! Das mußt du doch begreifen!«

»Ich begreif' gar nichts, als daß du nimmst, was dir gehört!«

»Ich nehm's aber nicht!« sagte Franzi mit starrem Trotz.

»Das mach du, wie du willst, aber mir kommst du dann nicht mehr ins Haus. Wir haben gerade genug von dir und deinem Eigensinn ...«

Franzi schrie auf.

»Eigensinn? Mama, versteht ihr denn nicht, daß ich nicht anders konnte. ... Hätt' ich denn weiter bei ihm bleiben sollen als Paravent für seine Liebschaft?! Hätt' ich –«

Jetzt begann auch Frau von Merk zu schreien.

»Was du ›hättest‹, geht mich jetzt nichts mehr an. Ich weiß nur, was du getan ›hast‹. Ich red' auch nicht weiter darüber, weil Geschehenes nicht mehr ungeschehen zu machen ist. ... Du hast deinen Willen gehabt ... du bist eine geschiedene Frau ... du hast uns blamiert, auch blamiert – schön! Aber jetzt hat das Larifari ein End'! Ich bin nicht in der Lage, drei blamierte Töchter und zwei Enkel zu ernähren ... oder, da ich in der Lage sein muß, müssen sich meine Töchter fügen und sollten froh sein, wenn sie mich mit ein bissel Geld, das ihnen von Gottes und Rechts wegen gehört, unterstützen können ...«

»Wir haben doch vor meiner Heirat auch gelebt, recht gut sogar.«

»Jawohl, da hat man noch gemeint, wunder wie reich der Olga ihr Mann ist! Und die Tilde war so gut wie verlobt. ... Jetzt hat die Olga so wenig, daß ich ihr beständig zustecken muß, sonst macht sie an allen Ecken und Enden Schulden ... die Tilde ist so kompromittiert, daß ich sie ohne Mitgift kaum je verheiraten kann, jetzt soll ich dich auch noch erhalten! Nein, ich kann nicht mehr, ich kann einfach nicht mehr, verstehst du? Wir können nach außen hin nicht zurück in unsrer Lebenshaltung, denn sonst' wird die Tilde überhaupt eine alte Jungfer, aber wo man's nicht sieht, muß der Pfennig gespart werden. ... Und darum schlag dir nur den Unsinn aus dem Kopf, daß du dem ... dem ... dem Menschen da in Jena sein Geld schenken willst. ... Der hat uns mehr angetan, als er mit ein paar tausend Mark im Jahr zahlen kann! Du nimmst es ruhig und ziehst wieder zu uns – dann ist es ja gerade so, als wenn nichts geschehen wäre!«

Sie lachte bei den letzten Worten so scharf auf, daß es wehe tat. Franzi hätt' sich ihr am liebsten in die Arme geworfen, ihr die eingesunkenen Wangen gestreichelt und geflüstert: ›Arme Mama!‹ Aber zugleich stieg ein bitteres Gefühl in ihr auf, zog ihr die Mundwinkel herab und verschloß ihr den Mund. Sie erwiderte der Mutter nichts mehr, ging in ihr Zimmer und legte sich aufs Bett. Halbe Tage konnte sie so liegen, untätig, ohne Schlaf, ohne feste Gedanken, wie versenkt in ein dämmerndes Meer von Traurigkeit. Sie dachte nicht zurück, sie dachte nicht voran, sie grübelte nur unablässig, ohne daß sie eigentlich gewußt hätte, worüber, und in der Nacht schlief sie fest, ohne Träume, bis weit in den Morgen hinein. Sie hatte eigentlich gar nicht mehr das Gefühl, daß sie lebte; was sie nach außen hin tat, geschah rein mechanisch, wie aus alter Gewohnheit, und wenn es geschehen war, versank sie in jenes nebelhafte Sinnieren ohne Anfang und ohne Ende, in dem sie nicht einmal hörte, wenn man zu ihr sprach.

Frau von Merk kümmerte sich weiter nicht um die Gefühle ihrer Töchter – sie hatte genug mit den realen Anforderungen und Sorgen des Alltags zu tun und mußte noch obendrein unbekümmert, heiter und elegant aussehen wie sonst, wenn man Besuch bekam, machte oder sich überhaupt in der Öffentlichkeit sehen ließ. Mochten die jungen Leute nur sehen, wie sie sich mit dem Leben abfanden; sie, die Alternde, hatte genug zu tragen und wollte von der Empfindungswelt der Jungen nichts mehr hören. Ja, wenn sie einmal mit einer Tatsache kämen, mit einer guten Heirat, dann würde Mama wieder, wie ehedem, strahlend auf dem Posten sein, aber jetzt, da die ganze Familie heruntergedrückt, gesunken im Wert war, kam's vor allem darauf an, daß die Töchter gehorchten, schwiegen und trachteten, möglichst bald ihre Lage und so die der ganzen Familie zu verbessern, das heißt eine vorteilhafte Partie, zu machen …

Mit Franzi und Tilde stand Mama jetzt in einem kühlen Verhältnis; das Sinnieren der einen verdroß sie ebenso, wie die Bitterkeit der andern. Mit Olga dagegen war sie inniger denn je – mehr denn je brauchte sie ja jetzt diesen unermüdlichen Optimismus, diese unabänderliche Zuversicht, die die augenblickliche Misere nur als vorübergehend ansah, brauchte sie diese nichtige Faselkunst, die aus Voraussetzungen und Worten Feenschlösser baute und glänzende Perspektiven entrollte! Ach! und die köstliche Gabe Olgas, überall eine Chance für Mamas heiße Wünsche zu entdecken, überall Spuren zu finden, die zu dem ersehnten Glücksaufschwung hinführen konnten! Da war Frau von Merk zum Beispiel ärgerlich, daß Tilde sich aufs Kopieren verlegen wollte. »So ein Unsinn! Gerade jetzt! Das sieht doch ganz aus, als ob wir schon nicht mehr das Salz in die Suppe hätten ... als ob meine Töchter arbeiten müßten ... als ob die Tilde überhaupt schon ganz resigniert hätte ...«

Olga nickte verneinend mit dem hübschen Blondkopf.

»Ach, Mama, verzeih, das sind doch ein bißchen antiquierte Ansichten! ... Kunst ist doch keine Arbeit – Und dann, sieh mal!« Sie lächelte verschmitzt. »Laß die Tilde nur ruhig in der Pinakothek sitzen! Da kommen doch immerfort Fremde hin ... reiche Fremde. ... Man muß nur darauf sehen, daß sie immer hübsch angezogen ist! Wer weiß, ob die sich nicht in der Pinakothek ein größeres Glück ermalt, als sie sich, auf weiß Gott wieviel Bällen, ertanzt hätte!«

Das magere Gesicht der Mutter begann zu leuchten.

»Ja, Olga, wenn man's so ansieht. ... Vielleicht hast du recht! Geb' Gott, daß du recht hast!«

Zuerst hatte sie mit Tilde gezankt, daß diese den halben Tag fort sein und auch noch eine Menge Geld für Farben und Leinwand ausgeben wollte. Jetzt legte sie ihr keine Hindernisse mehr in den Weg, sondern schenkte ihr sogar ein paar kokette, hellrote Malschürzen mit bunter Stickerei.

»Mach's nicht so auffallend, Mama«, mahnte Olga. »Sonst merkt sie, was wir denken, und geht eigens deswegen nicht mehr hin. ... Die zwei waren ja von jeher unpraktisch. ... Und dann ein Mädchenherz ... o rühret, rühret nicht daran!«

Sie war sehr zufrieden mit ihrer Beweisführung und Frau von Merk tat, wie sie's geheißen. Sie glaubte zwar nicht mit Hingebung an den reichen Freier in der Pinakothek, aber möglich war's ja immerhin. Konnte man keine großen Pläne mehr spinnen, so war man mit kleinen zufrieden, froh, wenn auch nur der Abglanz eines schönen Traumes den grauen Alltag mit bunten Lichtern erfüllte. ...

Tilde merkte nichts von dem, was sie hinter ihr her dachten und ausspannen. Wenn sie morgens um neun Uhr in die Elektrische stieg, kam sie sich frei und reich vor, daß sie nun vier Stunden lang allein sein durfte, fort von daheim, fort vor allem von Franzi, deren verschlafenes Sinnieren durch die Stunden hin sie zugleich mit Mitleid und mit Wut erfüllte.

Zuerst, als Franzi wieder heimgekommen war, hatte Tilde sich ihr voll heißem Mitgefühl anschließen, gleichsam eine kleine Gegenpartei gegen Mama und Olga bilden wollen. Sie hatte die jüngere Schwester immer mehr geliebt als die ältere, deren komische Anmaßung sie früher nur zum Spott gereizt, die sie aber jetzt manches Mal in solchen Zorn versetzte, daß sie am liebsten mit geballten Fäusten auf sie los wäre. Franzi hatte ihr unsäglich leid getan, tat ihr immer noch unsäglich leid, aber die Art, wie Franzi ihr Leid trug, ihr wortloses Untertauchen im Schmerz flößte ihr Grauen ein. Angst überfiel sie, daß sie selbst, die heute noch die Kraft zum Widerstand, zur Bitterkeit und zum Hohn hatte, auch einmal so zerbrochen daliegen könnte, wie die Schwester. »Unglück steckt an«, sagt ein altes, herzloses und ach! so wahres Volkswort. Wie, wenn das Unglück hier ansteckte? Wenn dieser lahme Gram von Franzi zu ihr herüberschlich, ihr den Trotz der Verbitterung langsam zernagte, daß sie sich nicht mehr oben halten konnte auf der Welle des Lebens, sondern immer tiefer versank, bis es kein Emporkommen mehr gab? Wie ihr eigenes Zukunftsbild stand schreckhaft das blasse, ausgelöschte Gesicht der geschiedenen Frau vor ihr …

In solchen Augenblicken schob sie wohl die Schwester, deren Hand sie eben noch tröstend gehalten, rauh von sich und lief weg. Hinüber zu Olga, die der Mama just wieder Zukunftsträume vorgaukeln ließ. … O, dieser dumme Optimismus, dessen Fadenscheinigkeit man auf den ersten Blick merkte, tat doch so gut, neben Franzis grenzenloser Verzweiflung. … Dumm war alles, was Olga sagte, nein, nicht sagte, sondern wie ein Starmatz plapperte, aber diese Dummheit hatte eine belebende Wirkung neben dem totenhaften Schweigen der jungen Frau Doktor Benedikt.

›Nein, ich will nicht so werden!‹ schrie es in ihr. ›Ich will nicht! Ich muß wieder in die Höhe, ganz hinauf, wo ich hingehöre! Da unten, wo die Franzi hockt, bleib' ich nicht, nie … nie …!‹

Und sie atmete auf, wenn sie wieder vor ihrer Staffelei stand, unter lauter Bildern und Menschen, die sich für Bilder interessierten, Menschen, die arbeiteten, schwatzten, lachten, Menschen, in deren Getriebe sie vergaß, wie es daheim aussah. –

Eines Tages überlebte sie eine Überraschung. Anton Rothauer kam in die Pinakothek gerade in den Saal, wo ihr Jordaens hing. Sie hatte ihn nicht gleich bemerkt, weil ihre Staffelei so stand, daß sie ihr den

Eingang verdeckte, aber an den andern Staffeleien ringsum begann ein Flüstern, Köpfeheben, Hälserecken, daß sie unwillkürlich aufsehen mußte. Sie erschrak ein wenig ... wurde rot ... preßte die Lippen aufeinander und pinselte mit demonstrativem Eifer weiter. Der hatte sie noch in all ihrer Glorie gekannt, damals auf dem Basar ...

Rothauer war mit zwei fremden Herren, Ausländern, gekommen, denen er die Sammlungen Münchens zeigte. Während die beiden mit der landesüblichen Begeisterung vor einem Rubens standen, schlenderte er, der nichts für Rubens übrig hatte, im Saal weiter und blieb vor dem Jordaens stehen, gerade hinter Tilde, der er, ohne daß sie's merkte, über die Schulter blickte, um ihre Kopie mit dem Original zu vergleichen. Er schnitt eine kleine Grimasse, wollte weitergehen. Da erst erkannte er die Malerin. Er trat an die Staffelei, zog grüßend den Hut. »Hab' die Ehre, gnädiges Fräulein!«

Sie tat wie aus den Wolken gefallen, reichte ihm die Hand. »Ach, Herr Rothauer, das ist aber eine Überraschung!«

»Das könnt' ich Ihnen zurückgeben: ich hab' gar net g'wußt, daß Sie malen ...«

»O, es ist auch nicht der Rede wert! ... Nur so ... weil ... mitunter ...«

Sie verhaspelte sich, brach ihren Satz jäh ab. Nie war ihr die eigene Arbeit so unzulänglich, so lächerlich erschienen wie jetzt. ... Und was sollte, konnte sie ihm sagen?! Vor dem Auge des Künstlers gab es für diesen Dilettantismus nur eine Entschuldigung – die Wahrheit. Aber unmöglich konnte sie ihm, dem Fremden, sagen: ›Ich male, damit ich einen Vorwand habe, um von Hause weg zu sein ...‹

Er lächelte gutmütig.

»Mein Gott«, sagte er, »malen S' nur zu, ich stör' Sie net! Malen is ja kein' Sünd' und auch kein Schand' ... aber daß Sie a Malweiberl sind, hätt' ich nie g'meint ...«

»Ich sag' Ihnen ja, ich bin's nur nebenbei!«

Sie sprachen gleichgültige Dinge. Er betrachtete unterdes aufmerksam ihr Gesicht. Sie war nicht mehr so prangend, so sieghaft schön wie früher, für Laienbegriffe vielleicht etwas verblüht. Ihn aber, den Künstler, interessierten die feinen Linien, die der harte Finger des Schmerzes auf ihre blanke Mädchenstirn, um ihren frischen Mund gezogen hatte. Und ein kleines, ritterliches Mitleid stieg in ihm auf: das Mitleid, das der Mann einer Frau zollt, die um einen andern Schweres trägt ...

›Armes Hascherl!‹ dachte er bei sich. ›Du hast denTausendmarkzettel teuer gebüßt!‹ Und dachte weiter: ›Eigentlich sollt' man so einen Kerl mit der Reitpeitsch' hauen, daß er so an Mäderl blamiert und sitzen laßt, wie die nächstbeste Kellnerin ...‹

Während er so dachte, redete er allerlei lustiges Zeug, daß sie beide lachen mußten. Tildes Augen strahlten. Zum erstenmal seit all dem Schrecklichen fühlte sie wieder eine Atmosphäre von Bewunderung, sprach wieder einer zu ihr, in dem übermütigen, leichten Ton von früher, sagten ihr die Blicke eines Mannes, daß sie anmutig und liebenswert sei, wie einst. ... Die kleinen Gereiztheiten, die sonst zwischen ihr und Rothauer gelegen, waren vergessen. Sie unterhielt sich prächtig mit ihm und wußte gar nicht mehr, daß sie ihn einst geizig und unmanierlich gescholten hatte.

Plötzlich brach er das Gespräch ab.

»Jessas, meine Fremden! Die sind mir rein abhanden gekommen! Das gibt an Unglück ... die halten jetzt gleich an Murillo für ein Raffael. ... Jetzt muß ich gleich schau'n, daß ich in die noch a künstlerische Ordnung 'neinbring' und a Disziplin. ... Servus, Fräulein, hat mich sehr gefreut! Sind S' öfters da?«

»Jeden freien Tag von neun bis ein Uhr!«

»So so! Also dann auf Wiederschauen! Ich komm' eh alle Fingerlang 'rein ...«

»Auf Wiedersehen, Herr Rothauer!«

»Servus, Servus, Fräulein!«

Er eilte seinen Fremden nach. Tilde versenkte sich scheinbar wieder in ihre Kopie. Scheinbar. In Wirklichkeit war sie viel zu vergnügt, um arbeiten zu können. War sie doch jetzt mit einem Male der Mittelpunkt der allgemeinen Aufmerksamkeit. An allen Staffeleien sah man nach ihr ... flüsterte man von ihr ... auch einzelne Besucher, die Rothauer kannten, blickten mit Neugier auf das schöne Mädchen, bei dem sich der bekannte Maler so lange verzögert.

Wie ein Verdurstender den ersten Schluck Wasser schlürft, so schlürfte Tilde gierig den kleinen Triumph ein, den sie eben errang, sie, der man daheim in allen Tonarten vorblies, daß sie blamiert sei, daß kein Mann anders als mit Geringschätzung an sie denken könne. Ein prachtvolles Selbstgefühl straffte plötzlich ihre Muskeln – ja, trotz allem, was geschehen war, blieb sie doch immer die alte Tilde von Merk, die gefiel, der man huldigte, wo sie sich nur blicken ließ ...

So rosig und heiter wie heute war sie noch nie von der Pinakothek weggegangen. Sie fuhr auch nicht mit der Elektrischen, sondern schlenderte zu Fuß und machte sogar unterwegs einen kleinen Exzeß: von einer kleinen Blumenhändlerin kaufte sie für eine Mark frische Veilchen. Mama würde natürlich Zetermordio schreien ob solcher Verschwendung; sie war jetzt schon imstande, über ein Straßenbahnbillett Szenen zu machen. … Sonst befiel Tilde Ekel vor diesen erbärmlichen Ausbrüchen der Kleinlichkeit, heut lachte sie nur im stillen, wenn sie daran dachte. Sie überlegte: ›Ich steck' sie unter meinen Mantel und schmuggle sie so hinein! Und dann schenk' ich sie der Franzel! Die arme Haut hat so keinen Menschen mehr, der an sie denkt!‹

Es kam ihr gar nicht in den Sinn, daß sie selbst nur mit Wut an die zerbrochene Schwester gedacht und sich gefürchtet hatte vor der Ansteckungskraft ihres Unglücks …

Niemand sah die Veilchen, unangefochten brachte Tilde sie in ihr Zimmer. Sie löste den Faden, der sie zusammenband, und ging leise hinüber zu Franzi, deren Stube neben der ihren lag. Die junge Frau saß untätig in ihrem Lehnstuhl, die Hände auf den Knieen gefaltet, den Kopf tief darauf herabgebeugt.

Tilde schlich auf den Zehenspitzen hinüber und schüttete ihr die Veilchen übers Haar.

»So, jetzt weißt du doch wenigstens wieder einmal, wie eine Blume ausschaut … und wie sie riecht. So was verlernt man ja bei uns«, setzte sie mit der plötzlich aufwallenden alten Bitterkeit hinzu.

Franzi hob bei dem kleinen Blumenregen den Kopf, griff mit beiden Händen nach den Blüten und ließ sie langsam durch die mageren, weißen Finger gleiten. Sie wandte sich um, nahm die Hände der Schwester und drückte sie an ihre Augen. Tilde fühlte, daß sie naß waren.

Sie beugte sich auf den dunklen Kopf der Schwester.

»Geh, Franzel, sitz nicht immer so 'rum! Wenn man noch so gutgelaunt heimkommt, wenn man dich so sieht, vergeht einem der Humor.«

Franzi sagte nichts. Sie sammelte die Veilchen zusammen, die auf ihrem Haar und auf dem Fußboden lagen.

»Wie süß sie duften! Ach, wie süß!« Und es war, als ob eine Ahnung, eine fern-ferne Ahnung von Freude über ihrem bleichen Gesicht dämmere.

Tilde schlang den Arm um Franzels Taille und so gingen sie zusammen ins Speisezimmer. Beim Fleischgericht bemerkte Frau von Merk, daß in Franzis Haar ein oder zwei vergessene Veilchen lagen. So gab es doch noch eine Szene, bei der die Worte »Verschwenderinnen«, »Eure Mutter zugrunde richten« und so weiter eine bedeutende Rolle spielten. Franzi blieb, wie immer bei solchen Auftritten, der Bissen im Halse stecken. Jede Ahnung von Freude war aus ihrem Gesicht geschwunden ... sie hatte nur den Wunsch, wieder in ihrem Zimmer zu sein und ins Uferlose zu grübeln.

Tilde aber, die heute in jeder Hinsicht aggressiv gestimmt war, warf die Serviette auf den Tisch und verließ das Zimmer, indem sie äußerst vernehmlich die Tür hinter sich zuschlug.

Frau von Merk war so perplex über diesen ungewohnten Ausbruch, daß sie Veilchen, ungeratene Töchter und Geldmisere vergaß und in schweigender Verwunderung weiter aß.

Vierzehntes Kapitel

Tilde hatte von der Begegnung mit Rothauer zu Hause nichts erzählt. Warum sie darüber schwieg, wußte sie selbst nicht genau, aber sie schwieg. ›Schließlich,‹ dachte sie, ›was gibt's da auch zu erzählen? Ein so flüchtiges Zusammentreffen ... Gott weiß, wann ich ihn wiedersehe. Vielleicht in Jahren nicht.‹ So ungefähr dachte sie, hoffte aber im Tiefinnern, daß es nicht ganz so lange dauern möchte. –

Tage gingen vorbei, eine oder zwei Wochen – Rothauer hatte sich nicht mehr in der Pinakothek blicken lassen. Tilde zog jeden Morgen mit einem prickelnden, kleinen Erwartungsgefühl aus und kehrte mittags mit einer leisen Enttäuschung heim. Schließlich gab sie's auf, ihn noch zu erharren. Der bittere Zug um ihren Mund schien noch ein bißchen tiefer. ›Mein Gott, einer ist wie der andre ... im großen und im kleinen immer das gleiche! Sie versprechen das Blaue vom Himmel oder auch nur eine lächerliche Kleinigkeit, aber halten? Ans Halten denken sie nie!‹

Verbissen pinselte sie an ihrem Jordaens weiter, setzte ihr messerscharfes Blau auf und wollte nicht weiter an Rothauer denken.

Eines Tages aber hörte sie neben sich eine Stimme, die »Servus, Fräulein!« sagte, eine Stimme, bei deren Klang sie leicht errötete und auch ein wenig Herzklopfen bekam. Sie streckte ihm die Hand entgegen: »Das ist nett, daß Sie kommen!«

»Ja, ich muß ja doch schau'n, was der Jordaens macht! Ich hätt' ja sonst keine Nachtruh' mehr!«

»Sie, lassen S' Ihre böse Zunge nicht so spazieren gehen!« sagte sie lachend und stellte sich schützend vor ihr Bild.

»Ich glaub', Fräulein, Sie sind die letzte, die sich vor einer bösen Zung' fürchtet!«

»O, das kommt darauf an!«

Ein Schatten flog über ihr Gesicht.

»Wissen S', ein Giftmaul mein' ich net! So was kann ich selber net leiden! Aber so eine nette, kecke Bosheit, die ist mir lieber als alles ›G'fühl‹. Denn wissen S', Fräulein, G'fühl ist meist nur eine Ausred' von die andern Leut', daß sie einen mit ihre verblasenen Lügen quälen können ...«

»Sie sind ja ein großer Menschenfreund, Herr Rothauer!«

»Menschenfreund können die Leut' sein, die nix z' tun haben. Ich hab' kein' Zeit dazu!«

Während all der Zeit, da ihre lustigen Reden flogen, ließen die zwei jungen Leute kein Auge voneinander und ihre Blicke sagten einander hübsche, helle Dinge. Dinge, die zwar aus keinem Abgrund der Leidenschaft stiegen, aber aus einem warmen Wohlgefallen.

Nun kam Rothauer öfters in die Pinakothek; er und Tilde wurden schon an allen Staffeleien eifrig besprochen. Bald genügte ihnen auch nicht mehr, vor dem Jordaens, gleichsam in der Öffentlichkeit, zu plaudern, sondern wenn er kam, verließ Tilde ihr Bild und schlenderte mit ihm hinüber zu den kleinen Kabinetten, wo die Holländer hingen, die Hals, Teniers, Breughels und andere mehr. Da setzten sie sich dann auf eine der roten Samtbänke und verplauschten Stunden lang, ohne daß sie's merkte. Nie aber erzählte Tilde zu Hause von den Begegnungen in der Pinakothek ...

Das kleine Geheimnis, das sie da hütete, war für sie unsäglich reizend, war schon deshalb so reizend, weil man bei Merks ja nie Geheimnisse gekannt, sondern immer gleich nach allen Windrichtungen trompetet hatte, was man eben erst erlebte. Die Süßigkeit einer halb zufälligen, halb gewollten Begegnung ... das entzückte, erste Aufglimmen einer Empfindung ... all die scharmanten und verschwiegenen, ja kaum wahrnehmbaren Schattierungen einer beginnenden Neigung – von alledem hatten die Merkschen Mädchen nichts geahnt, wenigstens Olga und Tilde nicht. Ihr Ziel war nie die Liebe, immer nur die Ehe gewesen und nicht im stillen hatten sie glücklich sein wollen, sondern vor aller Welt, umbraust von den Silberglocken des Neides ...

Diese flüchtigen Begegnungen mit Rothauer waren Tildes erste Heimlichkeit. Sie blieb davon wie berauscht, schritt voll froher Neugier in eine Welt hinein, die ihr fremd war. Ach, wie anders, wieviel hübscher war dies Erwarten, dies Plauschen bei den Holländern und in Eile heimfahren, als das protzige, lächerliche sich und seinen Erfolg zur Schau stellen, das noch vor einem Jahr für sie den Glücksbegriff erschöpft hatte. ... Nie war zwischen ihr und Rothauer je ein Wort von Liebe gefallen, und doch war's ihr, als hüteten sie gemeinsam einen köstlichen, geheimen Besitz. Ob er sie liebte? Nein, sie glaubte es nicht, denn bei all seinen zahlreichen Liebeleien, die stadtbekannt waren, schien er gar nicht dazu geschaffen, sich leicht zu verlieben. Was ihm an Tilde gefiel, war ihre heitere, schlagfertige Art, die gar nichts von Sentimentalität wußte, – Sentimentalität war ihm verhaßt. Er sah sie gern an, als Mann und als Künstler, und nebenbei hegte er ein aus Mitleid und Respekt gemischtes Gefühl für sie. Das Mitleid galt der unglückseligen Affäre Saranoff und den Linien, die sie in das schöne Mädchengesicht gegraben hatte. Respekt aber hatte er vor dem tapferen Mädchen, das mit keiner Silbe verriet, was es erlitten, das sich sogar jede billige, allgemeine Bemerkung über Weltenlauf und Männerfalschheit sparte, die doch sonst den Verlassenen und Enttäuschten geläufig sind ... Tilde fragte sich nie, ob sie ihn liebe. In ihrem grauen Dasein waren die Kabinette der Holländer ein heimlicher, traulicher Lichtblick, dem sie von Tag zu Tag mit Freude entgegenging. Es stärkte ihr gesunkenes, zertretenes Selbstbewußtsein, daß ein gefeierter Mann ihr zuliebe stundenlang in der Pinakothek statt in seinem Atelier saß, sie kam sich gehoben, im Wert gestiegen vor, da dieser hier sie hoch hielt. Und noch ein andres kam dazu, das wunderliche Gefühl, einen Menschen neben sich zu haben, dem man trauen, auf den man sich verlassen konnte, dessen Leben, Sein und Wesen klar ausgebreitet lag vor ihren Augen, vor denen der ganzen Stadt. Kein Lügner und Schwindler wie ... wie ...

Sie jagte den Namen fort, wenn er in ihre Gedanken treten wollte. Saranoff – Rothauer – man konnte sich keine größeren Gegensätze denken. Das Mädchen, das der eine verraten, m u ß t e zu dem andern flüchten, mußte ein Gefühl des Geborgenseins haben, bei seinen ungezierten Worten, bei seinen geraden Ansichten, mußte in ihm den M a n n ausfinden, eben weil der andre nur ein B u b e gewesen ... Sonne und Heiterkeit strahlte für Tilde aus den Kabinetten und während ihr Auge gedankenlos über die jubelnden Kirmessen, die leidenschaftlichen Kartenspieler, die verschwenderischen Stilleben glitt, war es, als ob die toten Meister des Lebensgenusses noch über Jahrhunderte und Verwesung hinaus einem jungen Menschenkind verkünden wollten, daß das Dasein immer ein herrlich Ding ist, wert, allzeit mit allen Fibern erfaßt und ausgelebt zu werden ...

In ihre junge Heiterkeit fiel aber schon gleich wieder ein Schatten: Franzis Gesundheit begann der Familie ernstlich Sorge zu machen. Sie schlief unnatürlich viel, aß fast gar nichts mehr und hatte schon einigemal tiefe Ohnmachten gehabt. Der Hausarzt, der seit Jahrzehnten die Krankheiten im Merkschen Haus behandelte, riet Luftveränderung, gute Pflege, ein wenig Zerstreuung, am liebsten ein Sanatorium …

Da rückte Olga allmählich mit einem Plan heraus, den sie sofort, beim ersten Klang des Wortes »Zerstreuung« gefaßt hatte.

»Weißt du, Mami, ich hab' mir gedacht, ich geh' mit Franzel ein bißchen an die Riviera … Nizza … Monte Carlo … irgend so etwas. … Allein reisen lassen kann man Franzel ja doch nicht.«

Frau von Merk seufzte tief.

»Ach, Olgerl, zur Riviera reicht's bei uns nicht mehr! Denk bloß, was das kosten möchte', ihr zwei Wochen lang in Nizza!«

»Das ist sicher gar nicht so schlimm, Mama! Ich verpflichte mich, für uns beide nicht mehr auszugeben, als wir für Franzel allein in einem erstklassigen Sanatorium zahlen müßten.«

»Ja, ja, aber ich könnte auch das nicht aufbringen. Franzel müßte schon in ein bescheidenes gehen!«

Olga überlegte ein wenig. Der Rivieraplan war zu schön, zu aussichtsreich …

»Weißt du, Mama, was wir machen? Wir schreiben an Benedikt um einen Extrazuschuß für die Krankenkosten. Das ist er Franzi schuldig! Die ist ja doch nur durch den Verdruß um ihn so heruntergekommen!«

»Aber, Olga, das geht doch nicht!«

»Doch, Mama, nur solchen Menschen gegenüber kein überflüssiges Zartgefühl an den Tag legen! … Und schau, so eine Rivierareise, das sieht nach was aus! Da kriegen die Leute wieder Respekt vor einem! Denk nur, wie viele sich ärgern täten, wenn's hieße: ›Die Hertling und die Benedikt sind in Nizza!‹ Ganz anders stünden wir wieder da! Und wer weiß …« (sie lächelte verschmitzt) »was sich da nicht alles findet und anknüpfen läßt. … Du kennst doch meinen Scharfblick für Menschen, Mama! Schließlich läßt man Tilde für eine Woche nachkommen und die Sache ist in Ordnung!«

Sie redete noch lange auf ihre Mutter ein, denn sie war ganz erfüllt von dem Gedanken an die Rivierareise. Was sie Mama erzählte, war ja noch nicht die Hälfte von dem, was sie träumte. Zunächst in Monte Carlo spielen, natürlich gewinnen. Mit Kaltblütigkeit und Glück gewinnen, bis sie ein kleines oder auch ein nicht ganz kleines Vermögen beisammen hatte. In den Zwischenpausen allen Männern die Köpfe verdrehen (Kinderspiel! Hatte nicht Lenbach sie gemalt?), sich den reichsten, vornehmsten auszusuchen ... heiraten ... München in Staunen und Neid versetzen. ... Und der Mama, den Schwestern unwiderleglich bewiesen haben, daß eine bedeutende Frau, wie sie, alles, einfach alles zustande bringen konnte ...

Der schöne Plan hatte aber leider das Schicksal aller Olga-Pläne: er scheiterte. Scheiterte an einem Hindernis, mit dem man gar nicht gerechnet hatte: an Franzis Widerstand. Als der Arzt von Luftveränderung sprach, erblühte zwar auf ihrem abgezehrten Gesicht ein schwacher Schimmer von Freude, so wie damals, als Tilde Veilchen auf sie niedertropfen ließ. Sie preßte die Hände auf die Brust.

»Ach ja, fort! Ich möchte' ganz fort! Ganz weg von allem, was bis jetzt war! Ich hab' so deutlich das Gefühl, daß ich draußen auf dem Land ganz gesund werden könnt'!«

»Naturfreundin?« fragte der Arzt.

Sie wurde rot ... stammelte ...

»Ich glaube ... in Jena hab' ich angefangen. ... Hier ... hier –«

Sie brach ab. Sie schämte sich zu sagen, daß sie und ihre Schwestern sich kaum je um Natur gekümmert hatten, daß in ihrem auf Äußerlichkeiten gestellten Leben dazu keine Zeit und keine Stimmung geblieben war. Erst in der Ruhe des eigenen Heims, in der Lieblichkeit Thüringens hatte sie gelernt, auf die große Stimme zu lauschen, die auch dem Elendesten bleibt, den alle Menschen verlassen haben ...

Als sie aber Olgas Rivieraplan hörte, sagte sie entschieden nein.

»Nach Nizza? Um keinen Preis der Welt! Ich muß Ruhe haben – absolute Ruhe! Und ich will auch allein fort. Ich will einmal eine lange Zeit ganz allein sein!«

Vergebens ließ Olga Phantasie und Überredungskünste spielen. Sie erreichte nur, daß Franzi gereizt und erschöpft vom Streit in eine neue Ohnmacht fiel. Da sagte Olga ihrem schönen Traum Lebewohl und fand nur, daß Franzi ein unzärtliches Gemüt habe, das die Opfer gar nicht anerkenne, die Mama und sie ihr gerne gebracht hätten ...

Tilde freute sich aufrichtig, daß aus Nizza nichts wurde. Sie hatte Olgas »Opfer« von Anfang an richtig erkannt, und es hätt' ihr um

Franzi leid getan, wenn sie mit ihrer wunden Seele Tag für Tag in der Fremde mit der blonden Nichtigkeit hätte beisammen sein sollen. Sie fuhr mit der Hand über Olgas Haar, das gerade sehr nachlässig gefärbt war und an den Schläfen dunklere, fahle Strähnen zeigte.

»Also, Dame Olga, bleiben wir halt hier! Schau, wir brauchen ja hier auch schöne Frauen. ... Übrigens, wenn du einmal an die Riviera fährst, rat' ich dir entschieden, ein besseres Blond zu nehmen; die deutschen Wässer taugen doch nichts.«

»Impertinent!« sagte Olga mit wundervollem Hochmut.

Tilde lachte und ging.

Franzi fuhr allein nach dem Süden, aber nicht an die Riviera, sondern nach einem hübschen, kleinen Sanatorium in der Nähe von Gries. Man war erst im Frühwinter, der sogar auf der bayrischen Hochebene noch eine milde Herrschaft ohne Frost und Schnee führte; Franzi würde also jenseits des Brenners einen heiteren Himmel finden, der Treue hielt.

»Und wenn dir irgendwas ist, Franzi, nachher brauchst ja nur zu telegraphieren, dann ist gleich eins von uns bei dir!« meinte die Mama beim Abschied.

Franzi nickte stumm; sie wollte etwas sagen, schluckte es aber hinunter und küßte die Mama.

Tilde verstand sie auch so.

»Hab' nur keine Angst!« flüsterte sie ihr zu. »Wenn was sein sollt', komm' ich, verstehst?! Ich – ich leid's schon nicht, daß dir die Plappermühl' nachreist und dir den Kopf dick redet ...«

Franzi lächelte ein wenig und umarmte die Schwester. Kaum saß sie im Abteil, da fuhr der Zug auch schon aus der Halle, der Bläue des Südens entgegen.

Fünfzehntes Kapitel

Je weiter das Jahr voranschritt, um so seltener sahen sich Tilde und Rothauer. Jetzt im Winter fiel es Tilde allmählich schwer, zu früher Morgenstunde in Regen, Frost und Wind hinauszuziehen, fiel ihr schon deshalb schwer, weil Mama und Olga bereits ein anzügliches Lächeln für ihren plötzlich erwachten Maleifer hatten. Auch fror sie bei dem langen Sitzen oder Stehen vor der Staffelei, denn wenn die Pinakothek natürlich auch geheizt wurde, so genügte die Temperatur doch nur selten für ein Mädchen, das an die Behaglichkeit der Wohnstube gewöhnt war und das nur zum Zeitvertreib, nicht aus Begeisterung oder aus Notwendigkeit malte. Tilde ging ja eigentlich nur noch wegen Rothauer in die Pinakothek; freilich traf er sie jetzt nicht mehr täglich, sondern nur an drei oder vier Tagen in der Woche.

Er war sehr unzufrieden mit diesem neuen Arrangement, aber Tilde ließ sich sein Mißvergnügen nicht anfechten, wenigstens äußerlich nicht. Eigentlich war sie ganz froh, daß diese häufigen Stelldicheins unter dem Druck der Temperaturverhältnisse eingeschränkt werden mußten – denn schon hatte man begonnen, an den Staffeleien ringsum zu tuscheln, zu lächeln. ... Und Tilde, die noch vor kurzem nichts Schöneres gewußt hatte, als neidisch beredet zu werden, Tilde zitterte jetzt davor, ein zweitesmal in den Klatsch zu geraten. Zitterte ganz buchstäblich; heiß und kalt wurde ihr, wenn sie an die gräßlichen, demonstrativen Spaziergänge dachte, die sie schon einmal hatte machen müssen, an die offizielle, unbekümmerte Heiterkeit, mit der sie ein Lächeln auf den Lippen trug, indes ihr das Herz im Leibe fast zersprungen war vor Weh, an die Schadenfreude oder auch an das niederträchtige Mitleid, das sie überall gespürt hatte.

›Nur das nicht mehr!‹ schrie's in ihr auf. ›Nur nie mehr ins Gerede kommen! Ein zweites Mal hielt ich's nicht aus! Wenn ich je wieder ein Glück hab', will ich's verstecken, so tief eingraben will ich's, daß keiner was davon ahnt. ... Was man herzeigt, wird abgegriffen und schmutzig!‹

Es tat ihr ja leid, daß sie Rothauer nun so selten sah. Die Stunden bei den Holländern waren ihr schon so lieb geworden, daß sie sie ungern entbehrte, und wenn er in seiner drolligen, burschikosen Art sich beklagte und merken ließ, wie sehr ihm ihr Geplauder, ihre lustige Nekkerei fehlte, da wurde ihr so warm vor Freude, daß sie die Kälte der frischen Morgenstunde nicht mehr fühlte. Sie blieb aber trotzdem klug.

»Nein, Herr Rothauer, Sie sind zwar ein sehr netter Mensch, aber deswegen kann ich mich hier doch nicht zur Eisjungfrau ausbilden!«

Sie hauchte in ihre Hände und versuchte, sie warm zu reiben.

Er zog seine warmgefütterten, dunklen Dogskins ab.

»Schlupfen S' amal da 'nein, bis d' Pfoterln wieder warm sind; der Jordaens wart' schon derweil ... Wir Maler sind ja ans Warten g'wöhnt!«

»Wenn Sie sticheln, sind Sie himmlisch.«

»So! Das ist immerhin etwas! 's gibt Leute, die nie himmlisch sind!«

Sie sah ihn lachend an.

»Meinen Sie mich, verehrter Herr?«

»Da müssen S' erst noch fragen?! Sie sind aber hart von Begriffen! Natürlich sind S' nicht himmlisch ... gräßlich sind S' ... unausstehlich ... unpünktlich ... unzuverlässig ...«

»Schreiben S' mir's auf, was noch alles! Sonst kann ich mir's nicht merken!«

»Jetzt ziehen S' amal die Handschuh an, sonst erfrieren Ihnen d' Händ' und nachher hab' ich noch d' Schuld!«

»Ach, Sie Armer! Sie sehen schon so aus, als ob Sie sich schuldbeladen fühlen ...«

»'neinschlupfen!«

Ihre Hände versanken in den mächtigen Handschuhen, die noch einen leisen Hauch seiner Handwärme bewahrt hatten. Tilde spürte ihn wie ein kleines, sanftes Prickeln, reizvoll und beunruhigend zugleich. Sie wurde rot ... wollte ihre Hände von den ledernen Ungeheuern befreien.

»B'halten S' doch noch an!«

Er legte seine Rechte fest auf ihre beiden Hände, so daß alle drei auf ihrem Knie ruhten und sie die ihren nicht rühren konnte. Sie blieb einen Augenblick ganz still, ohne Gedanken, ohne Überlegung, nur in dem wohligen Gefühl, daß ein Wille sie hielt, der stark war und zärtlich zugleich …

Als er seine Dogskins wieder überstreifte, ging es ihm wie vorhin ihr. Er spürte das warme Andenken ihrer Haut gleich einer Liebkosung über seine Tatzen streicheln.

»Also wann sehen wir uns wieder?« fragte er beim Abschied.

»Ich weiß nicht.«

Sie waren aber beide so unzufrieden mit dieser Aussicht, daß Tilde sich entschloß, seiner Bitte nachzugeben und ihn an einem der nächsten Nachmittage, wenn Mama zu Olga ging, tief unten im Englischen Garten zu treffen, wo fast nie Spaziergänger zu sehen sind.

Zwei- oder dreimal gefiel's ihnen gut, durch die Schwermut des dürren, schneearmen Frühwinters zu bummeln, zu schwatzen, zu lachen und zu fühlen, daß sie jung waren. Beim Aumeister tranken sie Kaffee und aßen frische Schmalznudeln, dann, wenn's dunkel war, führte Rothauer Tilde über die kleine Brücke des wildschäumenden Baches zum Radweg hinüber bis an die Haltestelle der Elektrischen. Dort verließ er sie und fuhr erst mit einem späteren Wagen heim, denn sie wollte durchaus nicht mit ihm gesehen werden. Allmählich kam's ganz von selbst, daß er sie fragte, ob es ihr eigentlich nicht sicherer scheine, wenn sie in seinem Atelier blieben, statt auf der Straße herumzulaufen, wo man keinen Augenblick sicher war vor Begegnungen. Ohne sich zu besinnen sagte sie »ja«. Ohne sich zu besinnen fuhr sie schon zwei Tage später in der Dämmerung nach seinem Atelier, das weit draußen lag in einer der stillen Straßen des Westens.

Sie hatte einen dichten Schleier in der Tasche, den sie aber erst umnehmen wollte, wenn sie die Straßenbahn verließ. Während sie in dem ratternden Wagen saß, wartete sie mit einer gewissen Spannung auf sich selbst, wartete, ob wohl auch heute wieder jene Angst kommen würde, die sie damals, im letzten Augenblick von Saranoffs Schwelle gejagt hatte …

Sie kam nicht. Tilde blieb ganz ruhig. Ohne heftige Erregung, nur mit einem ganz kleinen, köstlichen Herzklopfen trat sie bei ihm ein. Er öffnete die Tür, noch ehe sie die Klingel gezogen hatte.

»Schon seit einer Viertelstunde steh' ich am Guckloch da!«

Sie reichte ihm die Hand.

»Das ist lieb von Ihnen! Verrät aber auch Übung in Damenbesuchen!«

Er lachte.

»Wär' noch besser, wenn man die nicht hätt'! Als Maler – in München! Da g'höret man gleich als Sehenswürdigkeit auf die Oktoberwies'!«

Das Atelier war groß und hoch, aber ohne all den Krimskram, den man sonst gerade bei Damenmalern findet. Sein Schmuck bestand fast ausschließlich in Bildern und Skizzen, nur ein paar bequeme Armsessel standen da, ein Tee- und ein Rauchtisch. Nichts von Teppichen, Waffen, Kostümen, Büsten; überall hinter Skizzen und Bildern kam der weiße Bewurf der Wand vor. Gemütlich war's aber doch, denn in einem großen Amerikaner sah man die Glut leuchten und es roch gut nach Farben, Zigaretten und Tee.

Es waren behagliche Stunden, die sie da verbrachten. Wie zwei gute Freunde saßen sie da, rauchten, schwatzten, neckten sich oder versanken auch in recht ernsthafte Gespräche, die sich natürlich zumeist um Kunst und Kunstinteressen drehten. Wie zwei gute Freunde – ja! Das Köstliche war aber, daß sie beide tief innen spürten, wie diese gute Freundschaft nur eine Komödie war, die sie miteinander und füreinander spielten.

Gegen sieben Uhr ging Tilde fort. Er hielt sie nicht zurück. Er wußte, daß sie pünktlich daheim sein wollte, und er hatte ja ihr Versprechen, daß sie in acht Tagen wiederkommen wollte.

Sie kam in acht Tagen wieder und dann abermals in acht Tagen und nochmals nach acht Tagen. Schon war der Nachmittag im Atelier eine feste Einrichtung geworden, an der Rothauer und Tilde mit gleicher Zärtlichkeit hingen.

Immer noch waren sie Freunde – nichts weiter. Nie versuchte der Mann die schmale Brücke zu beschreiten, die das heitere Gefilde ihrer unbefangenen Zuneigung mit schwüleren Gestalten verband. Er strich wohl einmal flüchtig über Tildes Haar, berührte wie zufällig ihre Hand, wenn er ihr das Streichholz für die Zigarette reichte, legte ihr, wenn sie fortging, die Boa fester und langsamer um, als es sonst wohl Brauch ist, aber nie, gar nie mußte jene unerklärliche Angst in ihr aufsteigen, wie damals, als sie neben Saranoff durch den regenschweren Sommerabend geschritten war. Rothauer war ehrlich und war klug. Er dachte nicht im Traum daran, dies schöne Mädchen zu heiraten, dachte überhaupt nicht ans Heiraten, denn vor der Ehe hatte er einen leichten Graus. Zuviel Talente, zuviel Können hatte er schon verflachen und absterben sehen im warmen Nest der Familie oder in der Sorge ums tägliche Brot. Nein, er wollte frei bleiben. Er wollte keine Frau, kein Kind – nur seine Kunst. Es gefiel ihm wohl, mit dieser hübschen, jungen Dame ein wenig zu tändeln, vereint mit ihr ein wenig mit dem Feuer zu spielen, aber heiraten? Nein. Und darum dasselbe energische »Nein« für eine ernste Liebesaffäre. Er begriff sehr wohl, daß er Tilde nicht aufs neue bloßstellen, aufs neue irreführen durfte, und darum blieb er immer Herr seiner selbst, wenn ihm auch manches Mal das Verlangen aufstieg, sie an sich zu reißen und ihre lustigen, kecken Worte mit Küssen verstummen zu machen, die sie noch nicht kannte. ... – Übermenschlich schwer wurde ihm übrigens diese Selbstbeherrschung nicht, denn er war gerade mit einer kleinen, blonden Chansonette liiert. Er hatte fast immer Liebschaften untergeordneter Art, er wollte keiner Frau mehr geben, als den Rausch der Stunde, er hatte die ganze, feige, abergläubische Angst des primitiven Mannes vor »Weiberg'schichten«. Er wollte immer nur eine Geliebte haben, die hübsch, nichtssagend und lustig war, die ihn weder mit Gefühlen noch mit geistigen oder moralischen Ansprüchen quälte. Eine, die kam, wenn er winkte, die ohne Tränen und Zorn ging, wenn er keine Zeit mehr für sie hatte oder haben wollte. ... Aber nur keine »G'schichten«! Nur keine Rendezvous, bei denen man stundenlang umsonst wartet, keine Szenen, die einem alle Arbeitslust und -stimmung nahmen. Für so etwas war er, der Anton Rothauer, nicht zu haben ...

Tilde war's wohl zufrieden, daß er immer noch an der Komödie der guten Freundschaft hielt. War's zufrieden und doch auch wieder nicht. ... Mitunter verdroß es ihre Mädcheneitelkeit, daß dieser Mann ihr, der Schönen, Prangenden, immer kühl, wie ein wohlerzogener Vetter gegenübersaß, daß nie auch nur für einen Augenblick die Leidenschaft ihn hinriß. Sie dachte an die Zeit, da Saranoff sie umworben, an die tausend süßen Heimlichkeiten, mit denen er sie, kaum wahrnehmbar, zu betören gesucht hatte. An die stummen Bitten seiner schönen Augen ... wie er sie beim Tanze an sich gepreßt wie er ihre Hände geküßt, ehrfürchtig scheinbar und doch mit Lippen, auf denen das Verlangen brannte ... nur war sie damals noch ein dummes, kleines Mädchen gewesen, das ihn nicht recht verstand oder sich von seiner Glut geniert fühlte. Heute ersehnte sie diese Glut. Der Mann, der sie verlassen, hatte sie ja wachgeküßt zum Verstehen, zum Sehnen. Nun war sie unfroh und unruhig von Sehnsucht, von einem drängenden Begehren nach Zärtlichkeit. ... Und diese Sehnsucht, die immer ungestillt blieb, die sie nie mit einem Wort, auch nur mit einem Blick verraten durfte, machte sie blaß, gab ihren Augen ein trockenes Brennen und ihrem Lachen zuweilen einen falschen, gellen Ton ... –

Franzi schrieb nicht allzuoft, meist nur Karten oder kurze Briefe, in denen sie der Mutter mitteilte, daß sie sich langsam erhole, schon größere Spaziergänge mache und auch ein oder zwei nette Menschen im Sanatorium kennen gelernt habe, eine sehr leidende junge Frau aus Wien, die Gattin eines bekannten Rechtsanwaltes, und einen Hauptmann aus Berlin. Der Hauptmann versetzte Olgas Phantasie alsbald in Schwingungen. Sie wartete nun von Tag zu Tag, ob sich nicht für sie irgend eine Gelegenheit fände, unversehens zu Franzi zu reisen –

»Denn weißt du, Mama, mit der Franzi muß man vorsichtig sein, das wissen wir leider aus Erfahrung. Die hat gar keinen Instinkt für den rechten Mann – das hat sie ja bei Benedikt bewiesen. ... Ich habe diesem Pseudo-Nietzsche nie über den Weg getraut! Ich begreife ja überhaupt nicht, daß eine Frau nicht fühlt, ob sie geliebt wird oder nicht. ... Aber Franzi hat eben keinen Fraueninstinkt ... sie ist gar keine starke Natur ...«

Und sie warf den hübschen Blondkopf in den Nacken und blähte ihre üppige Büste.

Die Geschichte mit dem Hauptmann (für sie war es bereits eine »Geschichte«, das heißt eine Verlobung!) wurmte sie aber doch ein wenig. Es ging doch wirklich nicht an, daß die häßliche Franzi sich, kaum daß sie aus dem Hause, aus ihrer ersten Ehe trat, verlobte, indes sie, die schöne Olga – von Lenbach gemalt – nicht den leisesten Heiratsantrag bekommen hatte. Nein, so konnte es nicht weitergehen! Sie mußte dem Glück die Hand bieten, es aufsuchen, ihm entgegenlaufen, wenn es nicht gutwillig bei ihr anklopfte ...

Die Trauer war längst zu Ende. Sie fing an, sich hell zu kleiden und suchte die abgerissenen Fäden der Geselligkeit wieder zusammenzuknüpfen. Sie machte eifrig Besuche, ging zu Jours und auch in Konzerte, da sie nach ihrer Meinung sehr musikalisch war.

Eines Nachmittags traf sie bei einem Tee ein paar Damen aus dem Fraueninteressenverein, die erzählten, daß am nächsten Vereinsabend ein Privatdozent vom Polytechnikum über »Modernen Liberalismus« sprechen werde. Olga beschloß, zu dem Vortrag zu gehen.

Mit der gravitätischen Würde der *femme sérieuse* saß sie in der ersten

Reihe und sah den Sprecher mit einem schönen Augenaufschlag an. Doktor Baumann war noch jung und sah ein wenig spießbürgerlich aus mit seinem etwas altmodischen Gehrock und mit seiner scharfen, goldgefaßten Brille. Aber er hatte eine angenehme, dunkle Stimme und was er sagte, klang klug und nicht ohne persönliche Note.

Olga verstand vom modernen Liberalismus natürlich genau so viel, wie sie von Sanskrithandschriften verstanden hätte, aber sie tat so interessiert und wußte ihre Aufmerksamkeit, ihr Interesse so vorteilhaft zu inszenieren, daß der Redner auf den hübschen Blondkopf aufmerksam wurde und ein paarmal über die Brillengläser hinunterblinzelte in die erste Reihe. Als der Vortrag zu Ende war, trat Olga sehr sicher und dennoch bescheiden an den Vorstandstisch und bat dieVorsitzende, sie mit Herrn Doktor Baumann bekannt zu machen.

»Ich muß Ihnen persönlich danken für den großen Genuß, den Sie mir bereitet haben. Es tut so wohl, einmal etwas so Ernsthaftes, Gediegenes zu hören neben all der Talmibildung, die sich uns auf Schritt und Tritt aufdrängt ...«

So abgegriffen die Phrase war – da eine schöne Frau sie sprach, tat sie dennoch ihre Wirkung. Doktor Baumann fühlte sich sehr geschmeichelt, stand, als die Diskussion zu Ende war, trotz seiner Kurzsichtigkeit in der Garderobe neben Olga und fragte höflich, ob er sie nach Hause bringen dürfe. Olga strahlte. Den langen Weg vom »Museum« nach Schwabing redete sie unaufhörlich. Von ihrem tiefen Interesse für Politik ... für die Frauenbewegung ... von den schweren Pflichten, die auf ihr lasteten, und von ihrer geistigen Vereinsamung ...

»Nur ungefähr ahnen kann ich, was Sie meinen und was Sie von der Zukunft erwarten, aber schon dies Ahnen ist so schön. Sie glauben ja nicht, wie hungrig ich war, endlich einmal wieder etwas Tiefes, Bedeutendes zu hören ...«

»Hätten gnädige Frau nicht Lust, Vorlesungen zu hören?«

»Ich habe ja kein Gymnasium besucht –«

»Das tut nichts. Hören können Sie deswegen doch. Sie tragen doch vielleicht manche Anregung nach Hause. Ein so wißbegieriger Geist wie der Ihrige ...«

Nun hörte sie zweimal die Woche das Kolleg Doktor Baumanns, »Geschichte der Fabrikarbeit«, verstand kein Wort davon, unterhielt sich aber köstlich. Zunächst imponierte sie der Mama, wenn sie schon morgens vom Hause wegging, Kollegienheft und Bleistift im

Perlentäschchen. Dann war es sehr nett, unter all den Studenten zu sitzen, die sich in Galanterieen überboten, denn die merkten ja gleich, wie grundverschieden diese blonde, parfümierte, lächelnde Frau war von den ernsthaften, kleinen Studentinnen, die im Hörsaal nur Wissen suchten und allenfalls Kameradschaftlichkeit. O, und dann erst Doktor Baumann selbst! Sein Gesicht leuchtete jedesmal auf, wenn er den Blondkopf tief über das Kollegienheft gebeugt sah, und er spann verwegene Träume um seine Zukunft, die er sich ehedem nur als das sittsame Töchterlein eines Dekans oder Geheimrats hatte denken mögen. So wollte es seine Mutter, seine Karriere, und obschon er gar kein Streber war, hatte ihn dieser Zweibund von Weiblichkeit und Streberei nie unangenehm gedünkt. Seit etlichen Wochen aber war's anders, und argwöhnisch horchte die alte Medizinalrätin Baumann auf, wenn ihr Sohn den Namen der Frau Hertling nannte.

»Max, du wirst doch nicht daran denken ... eine Witwe mit zwei Kindern ...«

»So, hat sie Kinder, das wußt' ich gar nicht! Sie wirkt so fabelhaft jung –«

Die Medizinalrätin schlug die Hände zusammen.

»Jung? Sie ist sicher älter als du. ... Und sie hat nichts oder blutwenig ...«

»Ich hab' ja selbst genug, Mama!«

»Um Himmels willen, Max, verrenn dich doch nicht in diese Idee! Diese aufgedonnerte, geschminkte Person, die fängt dich doch nur ein –«

Er brach das Gespräch ab. Die Mutter aber kam immer wieder darauf zurück und nach Mütterart wußte sie nicht genug Garstiges zu erzählen von der Frau, die ihr Sohn noch nicht liebte, aber vielleicht morgen schon lieben würde. Mit ihren Sticheleien erreichte sie natürlich gerade das Gegenteil von dem, was sie wollte: Doktor Baumanns Gedanken begannen sich ernstlicher mit der jungen Witwe zu beschäftigen. Bisher kannte er sie nur aus seinen Vorlesungen und flüchtigen Gesprächen, jetzt wollte er sie im Umkreis ihres eigenen Heims sehen.

Olga schritt wie im Triumph. Sie machte der Mutter gegenüber Andeutungen wie »mein Leben kann sich von heute auf morgen ändern«, oder »ach, Mama, heiraten kann man alle Tage, wenn man ein bißchen klug ist und ein gewisses *je ne sais quoi* hat, das auf Männer wirkt ...«

Sie begönnerte Tilde: »Ja, kleines Mädchen, kopiere nur fleißig, lege die Hände nie in den Schoß ... denn der Mann von heutzutage will vor allem eine Gefährtin haben, eine Frau, die in allen Dingen des Lebens Bescheid weiß ...«

Das erste- und zweitemal, als sie so redete, erschrak Tilde ein wenig. Sollte sie schon etwas von den Atelierbesuchen wissen oder merken? Später versetzten diese Begönnerungsversuche sie in ein Gefühl, das aus Heiterkeit und Ärger gemischt war. Sie schrieb an Franzi: »... unsre schöne Frau Schwester geht wie auf Stelzen und Geigen zugleich. Sie ist arrogant wie noch nie. Aber sie hat Glück und gefällt Männern – ich möchte' nur wissen, wie sie's macht, daß sie immer gleich geheiratet wird –«

Nach diesem Satz war ein langer Gedankenstrich, bei dem sich die Schreiberin offenbar mancherlei hatte durch den Kopf gehen lassen, und über den Franzi in früheren Tagen gelächelt hätte. Jetzt aber war jede der Schwestern stets so ausschließlich mit sich und mit der Neugestaltung ihrer Existenz beschäftigt, daß sie fast immer nebeneinander redeten und dachten, nie mit- oder füreinander. Dennoch verweilte Franzi in ihrem Antwortschreiben mit ein paar Zeilen bei Olgas künftigem Glück: »Es ist sicher gut, wenn Olga wieder heiratet, sie ist eben nicht dazu geschaffen, ohne Mann, der sie behütet und nebenbei anbetet, zu leben. Dann ist man allgemein wohl in besserer Stimmung bei uns, und dann seid Ihr vielleicht alle einverstanden mit einem Schritt, zu dem ich entschlossen bin, über den ich mich aber schriftlich nicht äußern möchte. Du, liebe Tilde, bist sicher auf meiner Seite, denn schließlich haben wir beide uns immer besser verstanden, als mit Olga. Du wirst auch begreifen, daß ich nicht bis ans Ende meiner Tage so weiterleben will und kann, wie jetzt. Meine Gesundheit hat sich sehr gekräftigt, hier habe ich auch zum erstenmal verstanden, daß die Natur uns eine Freundin sein kann, eine viel bessere als irgend ein Mensch. Ich bin tagelang allein in der Umgebung umhergestreift und immer ruhiger geworden, so daß ich jetzt eigentlich sagen kann: ›Ich habe das Schwerste hinter mir.‹ Lustig bin ich freilich noch lange nicht, ich glaub', ich werd's auch nie mehr, aber ruhig und entschlossen, doch noch irgend etwas aus meinem Leben herauszuholen. So hindämmern und dösen will ich nicht mehr. Und darum eben will ich den Schritt tun, von dem ich oben schrieb. Bitte, bereite Mama und die schöne Frau schonend vor.«

Tilde schüttelte den Kopf, als sie die Zeilen las. Immerhin erzählte sie ihren Angehörigen von dem Brief, las daraus vor, was Franzi und ihren geheimnisvollen Schritt betraf.

Frau von Merk war gleich mißtrauisch.

»Der Franzi ist sicher wieder was Verrücktes eingefallen! Der Franzi fallen immer nur Verrücktheiten ein.«

»Nein, Mama«, rief Olga, »da ist sicher eine Verlobung im Werke! Verlaß dich drauf –«

»Na«, sagte Tilde spöttisch, »auf eine Verlobung braucht man doch bei uns niemand schottend vorzubereiten ...«

»Kind, man weiß doch gar nicht, wie da alle Verhältnisse liegen. Der Hauptmann kann schwer leidend sein ... oder Witwer mit vielen Kindern sein ... oder Schwierigkeiten mit einem Scheidungsprozeß haben ... es gibt da so viele Dinge, an die ein unerfahrenes, junges Mädchen nicht denkt ...«

»Also dann richt' dir halt ein Hochzeitskleid, Olga, du kannst's da dann auch gleich bei deinem Polterabend anziehen. Und ich bin für euch beide Brautjungfer ...«

»Möglich!« sagte Olga und zog die Augenbrauen hoch. Die ganze Sache mit Franzi war ihr im Augenblick sehr gleichgültig, denn heute abend sollte Doktor Baumann bei ihr speisen. Es war das erstemal, daß sie ihn als Gast bei sich empfing. –

Sie ließ ihn absichtlich ein paar Augenblicke in ihrem Wohnzimmer warten. Sie liebte es, ein Entree zu machen, hauptsächlich, wenn sie, wie heute, ein schleppendes, leicht dekolletiertes Hauskleid trug, das ihre schönen Arme und ihren Nacken freiließ, – sie blieb dann immer, ehe sie ins Zimmer trat, eine Sekunde lang auf der Schwelle stehen, um als Bild zu wirken. Sie hörte, wie das Mädchen ihm aus dem Mantel half und ihn ins Zimmer führte. Sie war sehr ruhig und siegesgewiß. Das weiße, einfache Kleid stand ihr gut ... ihre Wohnung präsentierte sich vorteilhaft, denn sie hatte eine gewisse künstlerische Gabe für Zimmer- und Tischarrangements ... nun noch ein paar Tropfen White Rose, gerade um den Ausschnitt herum ... einen Pudertupf ...

Doktor Baumann stand inzwischen bei der gelbverschleierten Stehlampe, die auf ein behagliches Fraueneckchen niedersah. Ein kleiner Tisch stand da mit ein paar bequemen Korbsesseln; auf dem Tisch lag, als hätte man sie eben aus den Händen gelassen, eine Handarbeit, ein halboffenes Nähkörbchen daneben. Auch ein paar Bücher waren aufgestapelt, als läse die Frau, die hier arbeitete, täglich darin. Doktor

Baumann konnte nicht anders, er mußte die Titel studieren. Nickte befriedigt. Der »Faust«, Meininger: »Geschlecht und Charakter« ... Sombart: »Wirtschaft und Mode« und – er errötete ein wenig – ein kleines Werk von ihm selbst. Doktor Baumann: »Ein Beitrag zur Geschichte des Geldwesens.« Alle diese Bücher, außer dem »Faust«, trugen das Zeichen der Staatsbibliothek. Wirklich eine gediegene Frau!

Seine Brille hatte sich von dem raschen Wechsel der Straßen- und Zimmertemperatur beschlagen. Wie er jetzt sein Taschentuch zog, um sie zu putzen, fiel ihm ein Schlüssel aus dem Rock. Schnell, ehe die Brille sich abermals beschlug, setzte er sie auf und bückte sich, mit der Hand tastend, nach dem Schlüssel, den er nicht gleich fand. Dabei stieß er an ein großes Buch, das zwischen Korbsessel und Fenster am Boden eingezwängt steckte ... es konnte hinuntergefallen, es konnte auch in Eile hineingestopft worden sein. Er nahm natürlich das erstere an, hob das Buch und suchte den Titel. Dies schien Hauseigentum zu sein – das Zeichen der Staatsbibliothek fehlte. Er schlug es auf. Sein Mund zog sich ein wenig säuerlich zusammen. Es war ein ganz alter Band »Fliegende Blätter«, des seligen Rittmeisters Lieblingslektüre, die auch sehr dem Geschmack Frau Olgas entsprach, viel besser als die ernste Bücherecke, die erst heute nachmittag *ad usum delphini* aufgeschlagen worden war ...

Doktor Baumann legte die »Fliegenden Blätter« wieder in ihr Versteck zwischen Korbsessel und Wand zurück. Er schämte sich ein wenig. Ihm war's als sähe er seine Mutter spöttisch lächeln ...

Nachher bezauberte Olga ihn natürlich wieder, bezauberte und beschwatzte ihn, denn sie besaß die Gabe, Männern den Kopf so voll zu reden, daß sie sie schließlich, in der Ermattung, für geistreich hielten. Er merkte aber doch, daß die Rehkeule zäh war, und daß die Orangecreme eine kleisterartige Beschaffenheit wies. Und auch die hübschen Mütterlichkeitsposen, die Olga mit den Kindern stellte, als die Kleinen kamen, um gute Nacht zu sagen, die Zärtlichkeit, mit der sie das Mädchen küßte und sich vom Buben auf den bloßen Nacken tätscheln ließ, konnte ihm nicht das Gefühl nehmen, daß hier im Hause dieser Frau etwas ihm Fremdes lag, das er nie bemerkt hatte, wenn er den hübschen Blondkopf über das Kollegienheft gebeugt sah.

Auf dem Heimweg war er nachdenklich und erstaunt, sich in einem Zwiespalt zu befinden. O, gewiß, er war ein Mann, dem die üppige, parfümierte Frau die Sinne umfing, – aber auch der Hätschelsohn einer alternden Dame, bei der eine Rehkeule auf der Zunge schmolz, eine Creme voll Rasse erzitterte und die niemals Bände »Fliegender Blätter« las …

Olga lud ihn noch öfters ein. Einigemal sagte er ab, dann wieder zu, dann trat eine längere Pause in seinen Besuchen ein, die sie sich nicht recht erklären konnte. Eines Morgens lag dann auf dem Frühstückstisch ein großer Briefumschlag, der eine zweiteilige, goldgeränderte Karte enthielt: »Dr. Wilhelm von Rabeis, Kgl. wirkl. Geheimrat und Professor der Philologie a. d. Kgl. Universität, und Frau Anna geb. Handl geben sich die Ehre, die Verlobung ihrer Tochter Hermine mit Herrn Dr. Max Baumann, Privatdozent am Polytechnikum, anzuzeigen. München. Ostern 1905.

Hermine Rabeis
Dr. Max Baumann, Privatdozent
Verlobte.«

Zunächst war Olga völlig geknickt. Sie brach in Weinen aus und ließ sich einen halben Tag nicht bei der Mutter sehen. Und in dieser kleinen Einsamkeit bedachte sie nicht nur, was da geschehen war, sondern wandelte es auch langsam, kaum merklich in ihrer Phantasie um, bis eine für sie schmeichelhafte und rühmliche kleine Geschichte entstand. Der gute Baumann hatte eben doch gefühlt, daß sie, die schöne, elegante Frau (von Lenbach gemalt) nicht für die bescheidene Existenz eines akademischen Lehrers paßte. … Sie war die große Leidenschaft seines Lebens gewesen, das Schöne, Erhabene, Glänzende, das jeden Mann erhebt, das aber zur Ehe nicht taugt, Charlotte von Stein, die nie eine Christiane Vulpius sein kann. Als sie so weit mit ihren Gedanken war, fühlte sie sich schon wieder froh, bereit, einem neuen Glück entgegenzugehen. Und zwei Tage später schleuderte sie die Verlobungsanzeige elegant vor Frau von Merk auf den Tisch hin.

»Siehst du, Mama, den hätt' ich haben können, wenn ich nur s o gemacht hätte.« Dabei streckte sie den molligen kleinen Finger ihrer Linken in die Luft. »Aber eine kluge Frau sieht sich jeden Freier erst dreimal an, und spart sich für den rechten auf.«

Sechzehntes Kapitel

Als über den kleinen Vorgärten Schwabings der erste grüne Hauch samtig schimmerte und die dicken, braunen Knospen an den Bäumen platzten, kehrte Franzi heim. Sie sah gut aus, rosig, stärker geworden, und in jeder Bewegung lag eine ruhige Kraft und Stetigkeit. Die nervöse, blasse, verschlafene Frau, die vor etlichen Monaten in den Zug gestiegen war, hätte keiner mehr erkannt.

Am Abend ihrer Ankunft saß sie noch lange bei Tilde, ganz so, wie sie oft in alten Zeiten beisammen gesessen waren, in ihren langen, weißen Nachtkleidern, die Haare schon für den Schlaf schlicht und lang gezöpft, Wangen und Hände mit Cold-cream eingerieben. Heute gestattete Frau von Merk nur noch den billigen Cold-cream – früher war es Creme Iris oder Simon gewesen.

Sie schwatzten und berichteten, was sie in den Monaten erlebt, da sie getrennt gewesen.

»Wie geht's nun eigentlich hier?« fragte Franzi. »Ist die Stimmung immer noch so miserabel? Oder hat sich Mama ein wenig getröstet über uns?«

Tilde mußte sich einen Augenblick besinnen. Sie wußte eigentlich gar nicht recht, wie's jetzt eben zu Hause aussah. Der Nachmittag im Atelier bei Rothauer war ihr Vergnügen, ihr Triumph, ihr Dasein – zu Hause war nur ein Traumzustand, durch den man etwas gelangweilt hinglitt, ohne sich genau Rechenschaft zu geben, wie er aussah.

»Es geht schon!« entgegnete sie, »die Mama jammert wenigstens nicht mehr so viel ... aber gerechnet und gespart wird, daß einem die Haare zu Berge stehen. ... Und sanft gestichelt. ... Das heißt, jetzt wieder etwas weniger, seit *la bella Olga* sich mit ihrem Privatdozenterl blamiert hat. ... Aber wenn der sie genommen hätt', da wär's nicht mehr zum Aushalten gewesen. ... Jetzt ist man also ein bisserl gedrückt. Der Mama gruselt's nur schon vor deiner Idee –«

»Wovor?«

»Na, vor dem Plan, auf den ich sie hätt' schonend vorbereiten sollen.«

»Ach so! Ja, jetzt merk einmal auf, Tilde!« Und nun enthüllte sie der Schwester ihre Zukunftspläne.

Sie wollte nicht mehr länger müßig und scheel angesehen, als »die arme Frau Doktor Benedikt« zu Hause sitzen bleiben. Sie wollte vor allem los von der finanziellen Abhängigkeit von ihrem geschiedenen Mann –

»Du weißt ja nicht, Tilde, wie schrecklich das ist, wenn jeden Monat die Postanweisung kommt. Das reißt immer wieder alles auf. ... Es ist so erbärmlich, so wie eine abgedankte Maitresse, daß ich ihm nicht das bissel Geld hinwerfen kann und sagen: ›Behalt's, ich will nichts, gar nichts mehr von dir wissen!‹ Und wenn ich denk', daß das ewig so fortgehen sollt', daß ich alt und grau darüber werden kann, nein, nein!

»Ich hab' in Meran viel über alles das nachgedacht und mir vorgenommen, alles ganz ruhig, ganz objektiv anzusehen, aber d a v o n bin ich nie weggekommen: ich m u ß finanziell unabhängig werden. Ich begreif' ja jetzt ganz gut, daß die Mama mich nicht ernähren kann und will, schließlich muß eine erwachsene Person für sich selber sorgen können. Und das will ich auch. Ich gehe zuerst nach Wien, dann nach Paris, um Putzarbeit zu lernen. Dazu hab' ich Freud' und Schick, die Wiener Dame, von der ich euch schrieb, wollt's gar nicht recht glauben, daß ich all meine Hüte und Jabots selbst gemacht habe. Sie ist sehr reich und läßt in Wien nur bei ersten Firmen arbeiten, und sie hat mir versprochen, daß sie mich bei so einer empfiehlt.«

»Und der Hauptmann?«

»Was für ein Hauptmann?«

»Du hast doch von einem netten Hauptmann geschrieben.«

»Ach so, der! Ja, der hat zuerst gemeint, ob ich nicht als Hausdame zu seiner Schwester gehen wollte! Aber dafür dank' ich – so Entsagungsposten lieb' ich nicht! Und die Schwester lebt in Berlin – da mag ich nicht hin, das begreifst du wohl ...«

Sie war rot geworden bei den bloßen Gedanken an die Stadt, wo jetzt der Mann wohnte, der ihr einst so teuer gewesen. Um ihre Gefühlsregung zu bergen, fuhr sie mit den Händen übers Haar, als suche sie eine Nadel. Tilde aber gab gar nicht auf sie acht, sondern fing an zu lachen.

»Du, das ist zu komisch!«

»Was?«

»Das mit dem Hauptmann ... das mußt du der Olga noch extra erzählen ... die hat ja schon so schön geschwefelt von einer Verlobung –«

Sie lachte, bis sie ganz atemlos war. Dann berichtete sie, was für Kombinationen Olga schon an den Hauptmann geknüpft ... lachte wieder, bis Franzel fragte: »Was sagst du zu meinem Plan?«

Tilde besann sich ein wenig.

»Das begreif' ich schon, daß du nicht so weiterleben magst, so für nichts und nur immer den Jammer und den Katzenjammer sehen über unsre verpfuschten Partieen! Meinst denn, ich hielt's aus, wenn nicht –« Sie brach schnell ab, fuhr hastig fort: »Ganz recht hast, 'raus müssen wir, so oder so, wie wir können! Die Olga, weißt, die spürt's nicht, die hat ihre gottgesegnete Einbildung! Die lebt von dem, was sie glaubt und möchte'! Aber du und ich – du, es ist scheußlich! Und wenn man denkt, daß es immer so bleiben könnt', ging' ich lieber heut als morgen in die Isar –«

»Tilde, Mädel, red' nicht so!« Franzi griff zärtlich nach den Händen der Schwester.

»Laß nur, ich geh' ja nicht! Noch nicht!«

Sie sah bleich und ernst aus, ihre Augen waren unnatürlich groß. Ein seltsamer lebensvoller Reiz lag über ihr. Sie preßte die Hände auf die Brust, lachte leise und jung: »Nein, Franzel, noch bin ich mir zu gut für die Isar! Das Leben m u ß doch noch was haben für uns ... das bissel Glück und die vielen Tränen nachher, das kann doch nicht alles gewesen sein! Und ich wett', Franzel, wir holen uns noch, was uns gehört! Und darum hast du ganz recht, wenn du fortgehst. Laß sie nur schimpfen und schreien, sie hören schon wieder auf, wenn sie sehen, daß es ihnen nichts hilft.«

»Das ist lieb, Tildel, daß du zu mir hältst! Gut' Nacht, schlaf wohl!«

Sie küßte die Schwester und erhob sich nun, um in ihr Zimmer zu gehen.

Als sie schon an der Tür stand, rief Tilde: »Du, Franzel, ich muß dir noch was sagen!«

Franzi drehte sich um. »Was denn, Tilde?«

»Ach nein, laß nur ... es war noch so eine Idee ... ein andermal ... Gut' Nacht, Franzel!«

So hatte auch Franzel kein Wort von der neuen Freundschaft Tildes und Rothauers erfahren. –

Frau von Merk war völlig vernichtet, als Franzi ihren Plan darlegte.

»So, also eine Putzmamsell willst du werden, das ist ja nett – das hat uns noch gefehlt!«

»Mama, eine Putzmamsell – das ist doch nur ein Wort! Ich will einfach mir selbst eine Existenz gründen und ergreife eben das, wozu ich Talent und Lust habe! Es gibt sehr vornehme Damen, die Schneiderinnen oder Modistinnen werden, wenn die Not an sie herantritt –«

»Bei dir ist aber von Not keine Rede!«

»Doch, Mama! Meine Not ist, daß ich von einem Mann, den ich verabscheue, Geld nehmen soll! Und außerdem, daß ich keinen Lebenszweck habe!«

»Phrasen! ... Überspannte Ideen!«

»Vielleicht für dich, Mama, für mich nicht. Für mich sind diese ›Phrasen‹ Wahrheit und die ›Überspannten Ideen‹ scheinen mir richtig. Und da ich mein Leben leben muß, nicht du, so werde ich tun, was ich als richtig erkannt habe.«

»Ohne meine Einwilligung?«

»So schwer es mir wird – auch ohne deine Einwilligung, wenn du dich nicht überzeugen läßt, daß ich im Recht bin zu tun, was ich tun will!«

Frau von Merk begann zu weinen.

Auch Olga mischte sich ein und fand Franzis Idee abscheulich.

»Direkt degradierend! Ich begreife nicht, wie eine Dame auf solche unfeine Gedanken kommen kann!«

»Ja, aber eine Dame, die sich von einem Manne ernähren läßt, der sie nichts mehr angeht, das ist feiner, nicht wahr?«

Olga zuckte die Achseln.

»Er ist dazu verurteilt. Recht bleibt Recht. Am Recht braucht man nicht zu mäkeln.«

Es gab da kein Verstehen. Es waren zwei Weltanschauungen, die sich gegenüberstanden. Die eine fußte auf dem geschriebenen, die andre auf dem eingeborenen Recht, – eine Einigung war hier unmöglich. So reiste denn Franzi eines Tages nach Wien ab, ohne daß Frau von Merk und Olga ihr »Lebewohl« sagten. »Sie soll tun, was sie mag. ... Wenn sie uns durchaus Schand' machen will, gut! Aber dann sind wir eben fertig mit ihr!«

Tilde hielt zu Franzi. Es gefiel ihr, eine Gegenpartei gegen Olga zu bilden. Den Arbeitsdrang der Schwester begriff sie ja nicht ganz, sehr gut aber ihr Drängen von Hause fort, in neue Verhältnisse ...

»Ach, Franzel, du hast's gut!« seufzte sie, als sie mit ihr in der dämmerigen Bahnhofshalle stand und auf den Wiener Schnellzug wartete. »Ich wollt', ich wär' auch schon so weit wie du!«

»Tilde, ich bin noch gar nicht weit! Ich tu' gerade den ersten Schritt. Jetzt heißt's erst lernen ... und sich fügen ... das wird alles nicht leicht sein! Und jedenfalls dauert's etliche Jahre, bis ich genug zum Leben verdiene. ... Aber dann, siehst du, wenn ich dann so weit bin, dann darfst du sagen, daß es mir gut geht!«

Tilde sah mit starren Augen hinaus in die Weite, um die das mächtige Rund der Glashalle den durchsichtigen Rahmen spannte.

›Fort, fort!‹ dachte sie, ›muß das schön sein! Fort fahren, ins Unbekannte hinein mit einem, den man lieb hat, Schöneres gibt's gewiß nicht auf der Welt!‹

Franzi sah sie von der Seite her an. Sie fand die Schwester verändert gegen früher. Härter in den Zügen, zärtlicher im Ausdruck.

»Also, Tilde, hab' nur Geduld! Ewig dauert's auch für dich nicht. Eine Arbeit, eine Existenz findet unsereins immer ... vielleicht kannst du mit deiner Malerei allmählich was machen. ... Und wenn du einmal partout fort willst, dann kommst zu mir! Verhungern werden wir wohl nie! Aber ich mein' immer, du bist noch gern in München ... recht gern sogar!«

Tilde überhörte geflissentlich die kleine Frage, die in den Worten lag. Um dieser Frage willen, die sie schon ein paarmal in Franzis Augen zu lesen gemeint hatte, war sie froh, daß die Schwester nicht dablieb. Franzi war ja nicht Olga – es hätte wahrscheinlich nicht lange gedauert und sie wäre ganz von selbst auf Tildes Geheimnis gekommen. Und Tilde wollte dies Geheimnis keinem Menschen preisgeben. Niemand sollte von dem Glück wissen, das ihr in dem entlegenen Atelier aufblühte. Niemand sollte kontrollieren können, wie sie heute mit Rothauer stand und wie morgen, niemand mit Schadenfreude herblicken, wenn morgen vielleicht schon in Scherben am Boden lag, was heute so treu, so holdselig schien. ... »Still sein und warten!« alle Tage sagte sie sich's vor, wurde nicht müde, es sich zu wiederholen, wenn's ihr auch oft schwer wurde, dem eigenen Gebot zu folgen, wenn es sie reizte, den versteckten Renommistereien Olgas den Namen »Rothauer« entgegenzuschleudern, wenn sie ungeduldig werden wollte vom Sehnen, vom Warten auf das eine Wort, das er doch nimmer sprach ...

Nach Franzis Abreise brauchte sie freilich zunächst keine Enthüllungen im Familienkreise zu fürchten. Frau Olga war einem neuen, persönlichen Heiratsplan auf der Spur, und folglich blind und taub für alle andern Interessen.

Sie hatte einen Dichter kennen gelernt, einen wirklichen Dichter; aber einen Dichter, der Geld verdiente, dessen Stücke in Berlin Repertoirestücke waren und auch über alle Provinzbühnen gingen. Olga hatte ihn durch einen anmutigen Zufall kennen gelernt, als sie mit den Kindern im Schloßpark von Nymphenburg spazieren ging. Der kleinen Madlon plumpste, während sie die Schwäne fütterte, ihr Gummiball in den Teich und der Dichter, der unfern auf einer Bank saß, sprang herbei und holte ihn aus dem trüben, von den weißen Sternen der Wasserpest überblühten Gewässer heraus. Es ergab sich dann fast von selbst, daß er mit der hübschen Mama und den Kindern noch weiter im Park umherschlenderte, sich natürlich vorstellte – Hans von Marberg – und ein bißchen von sich erzählte.

Er war eben erst von Berlin gekommen und wollte in München bleiben. München mit seiner Ruhe, seiner Gemütlichkeit, seinen Künstlern, seinen Bergen berauschte ihn, wie es die Norddeutschen immer berauscht, wenn sie es erst kennen lernen. Hier wollte er bleiben, hier mußte sich's herrlich arbeiten lassen. Sobald er erst eine passende Wohnung hatte (er wollte eine Gartenvilla in einer Vorstadt mieten), würde er Frau und Kinder nachkommen lassen …

Als er »Frau und Kinder« sagte, war Olga ein wenig enttäuscht und dachte, daß es eigentlich zwecklos sei, länger mit ihm auf dämmerigen Parkwegen zu wandeln. AIs sie ihn aber im Lauf der Wochen und Monate (er bat gleich, ob er sie nicht besuchen dürfte) näher kennen lernte, begriff sie, daß Frau und Kinder hier weniger eine selige Einheit darstellten, denn eine Fessel.

Hans von Marberg hatte als blutjunger, noch völlig unberühmter kleiner Redakteur seine Jugendliebe geheiratet, ein hübsches, braves Bürgermädchen, das damals sehr gut zu ihm gepaßt hatte. Kinder kamen und engten den ohnehin nicht sehr weiten Horizont der Frau noch mehr ein; der Ruhm kam, der äußere Erfolg an Ehren und Geld hob den Mann hoch empor, weit über seine Familie hinaus, daß sie, obgleich vereint, doch oft meilenweit voneinander getrennt schienen …

Als Marberg seinen ersten großen Erfolg errungen hatte und aus dem thüringischen Städtchen, an dessen Gymnasium er gelehrt, nach

Berlin verzogen war, entwickelte er sich denn auch alsbald zum »unverstandenen Mann«. Er wurde in reiche, große Häuser geladen, sensationsbedürftige, eitle und verlogene Damen umschwärmten ihn und fanden seine erstaunte Unbeholfenheit entzückend. Seine Frau paßte weder in diese Häuser, noch zu diesen Damen und bald wußte man gar nicht mehr, daß Marberg verheiratet war. Er lebte flott, mitunter ein wenig toll, wie ein Junggeselle der Großstadt, behielt aber seltsamerweise trotz gelegentlicher Liebschaften eine tiefe, innere Abneigung gegen das weibliche Berlin, das ihn umdrängte. Er, der aus einer verarmten Adelsfamilie stammte, empfand zu deutlich das Parvenuhafte ihrer Lebenshaltung und ihrer geistigen Bedürfnisse, die in Wirklichkeit gar keine Bedürfnisse, sondern nur Modehaschereien waren, vermißte das bißchen Wärme, das bißchen künstlerische Erbe, das den Süddeutschen eingeboren ist. So wurde es seiner Frau nicht allzu schwer, ihn noch immer zu behalten, wenn sie ihn auch längst nicht mehr fesselte. Er schrie zwar mitunter nach einem »Vollweib« oder nach einem »Vampir«, hatte auch schon etliche Male an Scheidung gedacht (oder vielmehr: einige der Damen, die ihn umdrängten, hatten an Scheidung gedacht!), wenn aber die Vollweiber und Vampire ihn ordentlich ausgebeutet und die heiratslüsternen Millionärinnen ihn wirr gemacht hatten mit ihren Banalitäten und Geziertheiten, dann kehrte er sehr gern wieder in den Schoß der Familie zurück, wo man ihm weder mit finanziellen noch mit geistigen Ansprüchen kam, sondern ihn in Ruhe arbeiten und jene Lyrismen austoben ließ, die eben zum Dichter gehören.

Olga hatte ihm auf den ersten Blick gefallen, wie ihm eben alles gefiel, was er in München sah. Als sie ihm erzählte, daß Lenbach sie gemalt hatte, »nicht auf Bestellung, das hätten wir gar nicht bezahlen können!, sondern weil er meine Farben so malerisch fand«, war er entzückt. War das nicht eine himmlische Stadt, in der irgendeine hübsche Frau, die man traf, gleich von einem großen Meister konterfeit wurde?!

Er war naiv und ein Dichter obendrein. Darum dauerte es gar nicht lange und er hielt Olga auch für eine bedeutende Frau. Sie schwatzte ihm dieselben Phrasen vor, die schon Doktor Baumann gut gefallen hatten.

»Ich war ja mit meinem Mann sehr glücklich. Er hat mich auf Händen getragen. Aber tief innen drin ist doch etwas stumm geblieben in mir. ... Mein Mann hatte eben gar keine literarischen Interessen ... ich dagegen hätte mich gerade für das Drama interessiert – Aber nicht wahr, man paßt sich eben dem Manne an, man wird, selbst wenn man ein geistig starker Mensch ist, doch sein Geschöpf ...«

Marberg seufzte.

»Gnädige Frau, das sagen S i e ! Aber, glauben Sie mir, die Mehrzahl der Frauen denkt gar nicht daran, sich dem Manne anzupassen. Sie haben ihren eigenen, elend kleinen Interessenkreis und aus dem sind sie nicht mehr herauszukriegen. Das Glück, eine freie, entwicklungsfähige, geistig regsame Genossin zu finden, das wird den meisten von uns zu spät. Wenn wir schon gebunden sind ... nicht mehr los können von alten Pflichten ...«

Ihre Gespräche bewegten sich häufig um dies Thema. Marberg kam oft zu Olga, auch als er seine Gartenvilla gefunden hatte und die Familie nachkommen ließ. Er machte seine Frau nicht mit Olga bekannt.

»Sie passen gar nicht zusammen! Sie ist eine brave, kleine Haushenne – Sie dagegen –«

Er vollendete nicht, aber seine Augen sprachen deutlicher, als alle Worte gekonnt hätten.

Bald machte er Olga zur Vertrauten seiner ehelichen Misere, die sich in seiner angeregten Phantasie als ungeheuerlich darstellte. Seine Frau war einfach eine Gans ... eine kleinliche, quengelnde Person, die an all seinen Nerven zog und zerrte und ihm jede Schaffenskraft, jede Lebensfreude lähmte. ... Er reckte wie ein Verzweifelter die Arme zum Himmel.

»O, frei sein, noch einmal frei sein und wählen können! Das Weib an sich reißen dürfen, das für uns geschaffen worden ist, auf uns gewartet hat von Urbeginn an!«

Auch ein klügerer und kühlerer Kopf als der Olgas wäre bei seinen Worten wohl gläubig und heiß geworden. Olga befand sich denn auch bald in einem Zustand des Gehobenseins und der Anmaßung, wie nie zuvor. Sie rekapitulierte: Lenbach hatte sie gemalt – ein reicher Mann hatte sie in erster Ehe geheiratet, ein berühmter in zweiter – (daß Hans von Marberg sich um ihretwillen scheiden lassen würde, stand für sie außer allem Zweifel!). Für eine Zierde Deutschlands war sie aufgespart worden, an seinem Arm würde sie in die Literaturgeschichte einziehen!

So ungefähr dachte Olga, obwohl sie auf die Literaturgeschichte keinen besonderen Wert legte und auch nicht vertraut mit ihr war. Aber sie hatte Marbergs »Die letzte Bilanz« im Schauspielhaus gesehen, erklärte es für das stärkste deutsche Drama seit »Maria Magdalena« (das nach ihrer wirklichen Meinung »ein grausliches Stück« war) und beteuerte Marberg unaufhörlich, daß seit Hebbel kein Dramatiker so wie er »den großen Zug« habe, lauter Phrasen, die sie in Windeseile ihm selber abgelernt, teils aus Zeitschriften, die er ihr brachte, aufgelesen hatte, die aber bei dem naiven und zugleich eitlen Mann stets ihre Wirkung taten. O, freilich hatten sie auch in Berlin solche Redensarten für ihn gedrechselt, aber da war er mißtrauischer gewesen, feinhöriger. ... An die Offenherzigkeit der Münchnerin glaubte er und glaubte gewissermaßen mit Recht daran, denn Olga glaubte selbst an alles, was sie faselte. Wenn sie belog, so belog sie immer zuerst sich selbst – –

Immer häufiger sprach Marberg von seiner unglücklichen Ehe, immer deutlicher von seiner erwachenden Leidenschaft für Olga. Er las ihr vor ... er dichtete sie an ... er machte sie zur Vertrauten seiner literarischen Pläne und Ideen. ... Sie, die ja aus Eigenem gar nichts zu geben hatte, gar nichts wußte, paßte sich ihm schnell an, daß er gar nicht mehr merkte, wie sie nur eine leere, hübsche Frau war, der er allein den Inhalt gab der ihn dann wieder entzückte ...

Doch auch eine ganz persönliche Schattierung ihres Wesens gefiel ihm, und zwar gerade das, was Doktor Baumann zuerst betroffen gemacht hatte. Frau von Marberg war eine jener teuflisch-ordentlichen Wirtschafterinnen, die mit ihrem Drang nach Sauberkeit und Akkuratesse den andern Leuten das Leben schwer machen; wegen eines schiefgerückten Stuhles, eines versengten Küchenlappens, einer zerbrochenen Tasse konnte sie Szenen aufschlagen, die das ganze Haus erschütterten, und sie begriff nie, warum ihr Mann nicht mitten im Satz aufhören konnte zu schreiben, wenn doch schon die Suppe auf dem Tisch stand. Olgas sehr mangelhafter Ordnungssinn erschien ihm daher wie eine Erlösung von der knarrenden Peinlichkeit der Haushaltungsmaschine, wie ein neuer Beweis für ihre geistige Bedeutung. –

»Frau Olga, bei Ihnen ist gar kein Hauswesen!« sagte er wohl scherzend.

»Weshalb nicht?«

»Sie haben mich für ein Uhr zu Tisch geladen, nun ist's schon eineinviertel Uhr!«

Mit einer kleinen, hochmütigen Bewegung warf sie den Kopf zurück.

»Bah, diese Minutenfuchserei überlasse ich den Frauen, die nichts andres zu denken haben, als ihren engen, kleinen Kreis!«

»Bravo, da haben Sie recht. Es gibt nichts Schrecklicheres als diese Zeitpedanten! Sehen Sie, meine Frau behauptet zum Beispiel immer, das Essen würde schlecht, wenn es lange steht ...«

Olga lächelte in milder Herablassung. –

»Ja, das behaupten alle Frauen, die von einer höheren Art der Küchenstruktur (sie betonte dies Wort, das ihr sehr gefiel) keine Ahnung haben! Man stellt die Speisen einfach in heißes Wasser, da halten sie sich stundenlang!«

Da Marberg zu seinem Glück noch nie eine Leber oder ein Soufflé gegessen hatte, die seit Stunden in heißem Wasser standen, so war er überzeugt und entzückt.

»Ich sag's ja immer, eine gescheite Frau weiß alles! Nur die Dummen plagen einen mit diesem vermaledeiten Hauswesen, als ob's Wunder was wäre!«

Als er nun erst beim Speisen im Tischtuch zwei kleine Löcher entdeckte, über die Olga großzügig wegsah, dachte er, daß das Leben mit dieser Frau einem heiteren Maientanz gleichen müßte, über den süße Lieder hinwehen, von denen man nie gewußt, bei dem man alle Erdenschwere vergißt und in seligem Rausch in den Himmel hineinwalzen möchte. Wie's dann kam, wußten sie beide nicht recht, – aber plötzlich lag er vor ihr auf den Knieen, küßte wild ihre Hände, schwor, daß er ohne sie nicht mehr arbeiten noch leben könne, und daß sie die Seine werden müsse –

Olga war hochbefriedigt. Alles war gerade so gekommen, wie sie sich's ausgedacht hatte.

Sie hatte sich im stillen schon alles zurecht gelegt, auch mit Mama öfters davon gesprochen, wenn auch nicht gar zu viel, denn Mama war in gewissen Dingen doch etwas rückständig, glaubte zum Beispiel nicht recht an die Leichtigkeit dieser Ehetrennung. Olga war aber ja, Gott sei Dank, ein moderner Mensch, wußte in Küche und Bürgerlichem Gesetzbuch Bescheid und hatte sich also die Sache wohl überlegt. Wenn die Frau nicht gutwillig zustimmte, so blieb noch der Paragraph von der »Unmöglichkeit, die eheliche Gemeinschaft fortzusetzen«, auf den sich der Dichter stützen konnte. Ein genialer

Mensch konnte einfach keine Gemeinschaft haben mit einer Gans, die nicht einmal wußte, daß Speisen sich im heißen Wasser stundenlang halten –

Während des Scheidungsprozesses wollte Olga fortgehen, vielleicht an die Riviera ... denn es würde natürlich geredet werden und es war besser, wenn man dem aus dem Weg ging. Dann Rückkehr ... Heirat ... glanzvoller Aufstieg ... eine große Wohnung ... Dienerschaft ... Luxus. ... Sie schloß beglückt die Augen und hörte aus weiter Feme wieder ein ach! so lange verstummtes, silbernes Klingen.

Merkwürdigerweise ging's aber mit der Scheidung nicht voran. Marberg war zerstreut und verschlossen, wenn sie vorsichtig davon zu sprechen begann, so daß sie bald den Eindruck gewann: »Er ist dieser Sache nicht gewachsen, er ist schüchtern, zaghaft, wie Dichter eben in praktischen Dingen zu sein pflegen. Hier muß die Hand einer klugen und tüchtigen Frau eingreifen, um ihn zum Glück zu führen!«

Ihre Phantasie, die sie in der letzten Zeit noch mit allerlei verstiegenen Dramen und Romanen genährt hatte, flog wieder einmal mit ihr davon. Sie wollte eine persönliche Aussprache mit Frau von Marberg haben, »von Weib zu Weib«. Es war ja auch gar nichts Ungewöhnliches mehr, daß zwei Frauen sich in leidlicher Güte um einen Mann einigten, es kam nur darauf an, die rechten Worte zu finden, um diese kleine Gans zu rühren und zu überzeugen, daß sie ihremMann nicht länger im Weg stehen durfte.

Olga zog sich ein elegantes schwarzes Kleid an, setzte einen schwarzen Federhut von gigantischem Umfang auf ihr frischgetöntes Blond, warf einige Puderquasten voll Reismehl auf die Wangen, machte über die Augen zwei starke Halbmonde und überstäubte sich mit White Rose. Sie war sehr zufrieden mit ihrem Aussehen. Sie wirkte ernst, wie es zu dem Schritt paßte, den sie da tat, und verführerisch genug, um seine Ursache begreiflich zu machen. –

Sie fuhr mit dem Vorortzug nach der Villenkolonie Gauting, wo Marberg eines der Puppenhäuser gemietet hatte, die wie Spielzeug in einem sauberen Garten vor einem Tuff hoher, schwarzer Tannen liegen. Reizend sah es aus mit seinem roten Dach, den Geranien und Pantoffelblumen auf dem Balkon und dem lustigen, grünen Gitter, das es einzäunte. Der Garten war natürlich noch ganz jung, Bäume fehlten. Aber Beete mit Aurikeln, mit Frührosen und Heliotrop blühten im bunten Dust und hinter dem Haus sah man Gemüsebeete und

Obststauden. Helle Flecke wirbelten drin hin und her – ein paar Kinder, die lachend und schreiend einander jagten ...

Olga betrachtete das Haus eine Weile.

»Sehr nett!« dachte sie, »aber hier bleiben wir nicht! Das ist *petit genre*! Ein Mann wie er gehört in ein andres Milieu ...«

Sie drückte auf den Knopf unter dem spiegelblanken Messingschildchen, auf dem »von Marberg« stand. Ein Mädchen mit erhitzten Wangen, weißer Schürze und Häubchen öffnete, nahm die Visitenkarte in Empfang, führte die fremde Dame über den zierlichen Kiesweg des Eingangs ins Haus.

Das Zimmer, in dem Olga etliche Augenblicke auf die Hausfrau wartete, war eine Art Gartensalon, nur mit roten Bambusmöbeln und Matten eingerichtet. Eine alte japanische Bronzekrone hing von der Decke herab, zartgelber Musselin wallte vor den Fenstern, eine Schale frischer Blumen, wie sie im Garten blühten, stand auf dem Tisch. Daneben ein mit roten Tuchlappen ausgenähter Schlüsselkorb und die Morgenzeitung.

Obschon Olga absichtlich einen Tag gewählt hatte, an dem Marberg in Theaterangelegenheiten verreist war, tat es ihr leid, daß er sie nicht neben seiner Frau sehen konnte.

Ein klein wenig klopfte ihr das Herz, aber sie redete sich mit Erfolg Mut ein. Und dann ging auch schon die Tür auf und Frau von Marberg erschien. Olga war von ihrem Anblick überrascht und enttäuscht, Nach den Schilderungen des Dichters und ihrer eigenen Phantasie hatte sie sich Frau von Marberg so gedacht, wie man sich die unbedeutenden Frauen bedeutender Männer gerne denkt: unansehnlich, verblüht, linkisch, geschmacklos. Statt dessen stand da eine rundliche, vielleicht etwas allzu rundliche Frau mit frischen Farben, stark geschnürt, in einem einfachen, dunkelgrünen Sergekleid, dem Olga aber sofort die erste Firma ansah.

»Sie hat sich für mich zurechtgemacht«, dachte Olga. »Vor zehn Minuten stand sie sicher noch in der Küche und schimpfte.«

Sie verneigte sich ein wenig mit ihrem begönnernden Lächeln.

»Bitte, gnädige Frau, nehmen Sie Platz!« sagte Frau von Marberg mit einer Stimme, die Olga einen leichten Schreck einflößte. Ihr Gönnerlächeln schwand; Frau von Marberg sah einfach impertinent aus mit den kurzsichtigen zugekniffenen Augen und den mokanten Zug um den gewöhnlichen, aber auffallend roten Mund.

»Was verschafft mir die Ehre, gnädige Frau?« fragte Frau von Marberg, als Olga sich auf dem Rande eines roten Korbsessels niedergelassen hatte. Sie saß ihrem Besuch gegenüber und nestelte zwischen den Haken ihres Kleides einen goldenen Kneifer vor.

»Sie erlauben, gnädige Frau, ich sehe sehr schlecht ohne Glas –«

Olga fühlte sich unbehaglich. Die Sache war doch schwerer, als sie gedacht hatte. Aber schließlich mußte sie jetzt sprechen ...

Sie begann zögernd, leise, ganz ohne jene souveräne Beherrschung der Situation, die sie sich selbst zugetraut hatte. Wie, wenn diese Frau ihr eine fürchterliche Szene machte? Schrie, tobte, sich an ihr vergriff? Sie mißhandelte und zum Haus hinauswarf? Daheim hatte sie sich das »von Weib zu Weib« ganz anders gedacht.

Frau von Marberg schrie aber nicht, tobte nicht, sondern sah auf ihren Schoß herab, in dem ihre breiten Hände lagen, von ein paar Smaragdringen köstlich umfunkelt. Sie ließ Olga eine kleine Weile sprechen, dann hob sie die Augen und sah sie durch ihre scharfen Gläser belustigt an: »Ach so! Sie sind die Dame von hier, die meinen Mann heiraten will!«

Olga war verblüfft. Stotterte: »Sie ... Sie wissen ... er ... ich ...«

Frau von Marberg nickte.

»Ja, ja, das kenne ich schon! Das macht er öfters! Und das scheint ja jetzt Mode zu sein, daß die ... die ...« (sie schluckte mühsam ein Wort hinunter) »die Damen zu einem ins Haus kommen und zur Frau sagen: ›Gib mir deinen Mann!‹ Es ist mir in Berlin auch schon passiert. ... Ja, gnädige Frau, (sie zuckte die Achseln) da kann ich Ihnen nur sagen, was ich den Berlinerinnen gesagt habe: ›Nehmen Sie ihn! Meinen Segen haben Sie!‹ Ich bin seit fünfzehn Jahren mit ihm verheiratet. Wenn Sie glauben, daß das ein Vergnügen ist ... nehmen Sie ihn nur, das heißt, wenn er geht! Ich halte ihn nicht. Aber da dürften Sie sich eben täuschen, gnädige Frau, er geht nämlich nicht. Ich weiß schon, er erzählt Räubergeschichten, wie unglücklich er mit mir ist und daß er eine ›Gefährtin‹ und weiß Gott was für neumodische Sachen haben muß. ... Das erzählt er alles – aber wenn's zum Klappen kommt, bleibt er eben doch bei seinen Kindern ...«

Ihr Gesicht nahm jetzt einen müden Ausdruck an.

»Diese dummen Sachen kenn' ich alle von Berlin her ... die Weiber sind nun mal toll mit ihm und glauben ihm, was er schwatzt, aufs Wort. Da ist nichts zu wollen. Also nehmen Sie ihn nur – wenn er geht. Ich gönne auch einer andern das Glück, fünfzehn Jahr lang neben ihm herzulaufen. Das heißt, eine andre hält's so lange gar nicht aus. Auch Sie nicht, gnädige Frau! Den müssen Sie erst in schlechter Laune kennen ... und wenn er dichtet! Nehmen Sie ihn nur – ich halt' ihn heute so wenig wie sonst. Nur für die Kinder muß er sorgen. ... Und wenn er also dann wirklich von den Kindern fortgehen will, dann, bitte, benachrichtigen Sie mich beizeiten, damit ich mich auf den Wegzug einrichten kann. Aber glauben Sie mir – er geht gar nicht. Das sind nur so Einbildungen von ihm. Sie meinen jetzt natürlich, er hängt an Ihnen, kann nicht von Ihnen lassen! Aber glauben Sie mir, er hängt nur an zwei Dingen auf der Welt: an seinen Kindern und an seiner Bequemlichkeit! Dafür ist er ein Dichter ... Die Kinder, die habe ich. Und die Bequemlichkeit, die bin ich. Er bringt sie einem nämlich bei, seine Bequemlichkeit, wenn man fünfzehn Jahre lang mit ihm verheiratet ist! Das ganze Haus ist nur auf ihn gestellt und ich selber dazu. ... Oder glauben Sie etwa, daß es sehr angenehm ist, solche Besuche zu empfangen, wie –? Aber wenn Sie glauben, daß er das alles auch bei Ihnen findet – bitte! Ich halte ihn nicht!«

Sie war bei den letzten Worten aufgestanden. Olga ging ohne ein Wort zu sagen. Mit einer Klarheit, die bei ihr selten war, erkannte sie, daß die Phantasieen eines Mannes die ihren belogen hatten, daß Frau von Marbergs ruhige Nüchternheit diesem Mann gegenüber immer siegreich bleiben würde.

Wie sie nach Hause kam, wußte sie selbst nicht recht. Sie lag einige Tage zu Bett, apathisch, schwach, fast ebenso, wie beim Tode des Rittmeisters. Als sie wieder aufstand, schrieb sie an Marberg einen kurzen Brief, in dem sie ihn aufforderte, entweder unverzüglich die Scheidung einzuleiten oder ihr Haus nie mehr zu betreten.

Er betrat es nie mehr.

Siebzehntes Kapitel

Der Sommer ging vorüber, München gehörte, wie immer um diese Zeit, nicht den Einheimischen, sondern den Fremden. Wagnerfestspiele ... Mozartfestspiele ... Die sonst so behagliche, einfach-heitere bayrische Hauptstadt schien ein Babel in Miniaturausgabe. Alle Sprachen der gebildeten Welt wurden auf den Straßen laut, alle Nationalitäten schienen sich an der Isar ein Stelldichein gegeben zu haben. Schöne Frauen aller Rassen saßen in köstlichen Gewändern, blitzend von Edelsteinen, in den Theaterlogen oder schlichen gelangweilt, verständnislos durch Kunstsammlungen und Museen, weil das eben »dazu gehört«. Die Berichterstatter französischer, englischer, amerikanischer Blätter erzählten ganz ernsthaft zum Hundertstenmal, daß das Hofbräuhaus der Sammelpunkt des geistigen und gesellschaftlichen Lebens in München sei, und die Berliner hofften immer noch, daß sie einmal mitten auf der Straße jodeln oder Juhu schreien hören würden. Alle Gasthöfe hatten sich hochalpine Preise angewöhnt; wenn man in einem Geschäft etwas kaufen wollte, wurde man zunächst französisch oder englisch nach dem Begehr gefragt und rief Enttäuschung hervor, wenn man nur deutsch antworten mußte ...

Die Damen Merk hatten eine der kleinen Sommerfrischen im Isartal zum Landaufenthalt gewählt. Olga hatte zwar zuerst gemeint, ob Mama nicht lieber mit Tilde in der Stadt bleiben wolle. Es kamen doch viele Fremde ... wer weiß, vielleicht sah einer Tilde ... verliebte sich in sie ...

Aber Frau von Merk wollte nichts davon hören; sie hatte, aus begreiflichen Gründen, ein gewisses Mißtrauen gegen Fremde, besonders gegen Ausländer. Sie sehnte sich auch nach ein paar Wochen der Ruhe, nach Ausspannen ... sie war so froh, einmal den täglichen Ansprüchen des großstädtischen Lebens zu entkommen, dem täglichen, kleinlichen Nickelkampf mit Dienstboten, Fleischer, Kohlenhändlern und Milchfrauen. ... Draußen zahlte man seinen festen Pensionspreis – basta! Für etliche Wochen wenigstens würde der schütternde Marschschritt der Zahlenregimenter nur gedämpft in ihrem Hirn erklingen, vielleicht auch verstummen.

Man wäre ja auch gar nicht in der Lage gewesen, die Vergnügungen der reichen Fremden mitzumachen, ihnen an ihren Treffpunkten zu begegnen. Der Theaterplatz zwanzig Mark, dazu große Toilette, Wagen – das ging jetzt über die Verhältnisse hinaus. Einmal hätte man sich's ja vielleicht leisten können, aber was bedeutete einmal?! Besser, man ließ es gleich sein und ging fort, dann tat einem wenigstens das Herz nicht weh vom Zusehen und Danebenstehen …

Tilde war ganz der Ansicht ihrer Mutter. Sie spürte nicht die geringste Lust, sich wieder herzeigen, zur Schau stellen zu lassen, wie eine schöne Ware. Die erzwungenen Spaziergänge damals, nach Saranoffs Abreise, standen ihr noch so deutlich im Gedächtnis, daß ein Zittern sie überfiel, wenn sie dachte, daß sie, wenn auch unter andern Voraussetzungen, noch einmal in ihrem Leben einer Absicht zuliebe straßauf straßab laufen sollte. Und Rothauer war auch nicht in München. – Man ging also ins Isartal, und Olga war's schließlich auch so recht. Mit einer halben Stunde Bahnfahrt war München zu erreichen – alle Glücksmöglichkeiten des Fremdenstromes blieben also in greifbarer Nähe.

Einstweilen ging sie im Isartal in etwas phantastisch-schmutzigen Aufzügen einher. Sie fand es praktisch und bequem, auf dem Lande alte Gesellschaftsblusen von abgenutzter, zerfetzter Eleganz zu einem dicken, grauen Lodenrock zu tragen, den sie »ländlich« nannte. Unter einem grünen Hütchen quollen ihre Haare schlechter gefärbt als sonst hervor, denn ein Mann, der in Betracht kam, war weit und breit nicht zu sehen, höchstens an Sonntagen etliche mittelmäßige Ausflügler. Wozu also sich in Unkosten stürzen?! Besser, man sparte das teure Eau d'or für die Fahrten nach München auf. Und unweigerlich saß eine Augenbraue höher und stärker auf der Stirn als die andre.

Die Kinder, früher elegant und gepflegt wie englische Babies, liefen jetzt sonnenverbrannt, in ausgewaschenen Leinen- oder Lodenkitteln mit nackten Füßen umher.

»Auf dem Land sollen sie Freiheit haben!« sagte Olga. In Wahrheit war es ihr nur bequem, nichts nachsehen und flicken zu müssen. Wenn ihr Mittagsgäste in der »Post« Freundliches sagten über die gesunden, braunen Kinder, die jetzt fast Bauernrangen glichen, lächelte sie überlegen: »Wir hätten viel mehr gesunde Kinder, wenn wir vernünftige Mütter hätten! Aber wo sind, selbst unter den modernen Frauen, kluge Mütter?!«

Frau von Merk saß fast den ganzen Tag im Garten, machte eine Handarbeit, las und atmete auf, daß keine unerwarteten Rechnungen und Forderungen an sie kamen. Tilde spielte hier vollkommen »Malerin«, saß mit einer angefangenen Skizze halbe Tage lang an einsamen Waldlichtungen oder Flußbiegungen, malte wenig, las aber dafür um so eifriger Briefe und Postkarten, die unter einer Chiffre für sie ankamen, aber nicht etwa auf dem Postamt ihrer Sommerfrische, sondern auf der nächsten Station, die nur vierzig Gehminuten entfernt lag ...

Oft oder viel schrieb Rothauer ja nicht; er war nicht gewandt mit der Feder. Er war zunächst nach Hause gegangen, in sein Heimatsdorf, und lebte mit seinen Eltern wie ein echter Bauer. Früh vier Uhr stand er auf, ging mit aufs Feld zum Schneiden oder Heuen. »Da merkt man erst, wie man alles verlernt. Am Anfang ist mir die Sense jedesmal im Boden stecken blieben, daß a Schand' war vor die andern; aber jetzt tut's es wieder ...« Malen tat er gar nicht. Er trieb sich in den Ställen umher, handelte und schwindelte beim Pferdeverkauf wie nochmal ein Bauer, aß voll Appetit Knödel und Kraut aus der gemeinsamen Schüssel und legte sich um neun Uhr schlafen. »Nur wenn s' mir mit ihre Rosenkränze beten daherkommen, werd' ich wild! So was kann ich nimmer. ... Aber mit der Mutter geh' ich natürlich alle Sonntag in die Mess', weil s' da a Mordsfreud' davon hat.

»A paar Wochen halt' ich's schon aus, länger nimmer, nachher muß ich a bisserl Meer baden und arbeiten, obwohl ich's Meer sonst nicht leiden kann. Mögen Sie's vielleicht? Ich find's langweilig, nur zum Rumplantschen wunderschön. ... Ich geh' nach Scheveningen, da sieht man sonst auch noch was. Im Oktober bin ich wieder in München. Juhu! Ich freu' mich schon auf die Stadt und auf Sie. Freuen Sie sich auch ein bissel, gelt?! Es ist viel netter, wenn man sich zu zweit freut.

»Ich grüße Sie schön, liebes Fräulein Tilde (darf ich's nächste Mal schreiben: ›liebe Tilde‹?) als Ihr getreuer

Anton Rothauer, Kunstmaler.

NB. Hier heiß' ich ›Toni‹. Scheußlich, nicht?!«

Das war so ziemlich der einzige längere Brief, den sie von ihm erhielt; sonst fast nur Ansichts- und Postkarten. Sie war aber sehr zufrieden und hoffnungsfroh. Spürte sie doch aus den wenigen, und nicht eben sehr geschickten Zeilen, daß Rothauer ihrer gedachte, vielleicht sich sogar ein wenig nach ihr sehnte. Sie schloß die Augen, preßte den Kopf in die Hände und blieb einige Minuten regungslos. Glück floß in breiten, warmen Wellen auf sie nieder –

Nach seinem bäuerlichen Idyll verlebte Rothauer etliche Wochen in Scheveningen. Er hoffte, dort elegante Damen zu sehen, malerische Toiletten, fand sich aber ziemlich enttäuscht. Das Publikum bestand zum großen Teil aus Holländerinnen, deren schwere Gestalten, ruhige Gesichter und solide Geschmacklosigkeit wenig Reiz für den Maler zierlicher, pikanter Frauen hatten. Eines Tages aber fiel ihm eine am Strande auf. Sie ging langsam schlendernd vor ihm her, klein und schmächtig, ganz versunken in rosenfarbenen Chiffon, wie eine kleine Venuswelle glitt die weiche Schleppe über den von Muscheln buntglitzernden Sand. Er ging rascher, um ihr Gesicht unter dem breiten, weißen Spitzenhut zu sehen, – es kam ihm bekannt vor. Ein blasses Kinderoval mit tiefschwarzen Haaren und schwermütigen dunklen Augen. Wie sie ihn sah, huschte ein reizendes Hexleinlächeln um ihre Lippen. Sie erkannte ihn sofort, sprach ihn an: »Sie erinnern sich wohl meiner gar nicht mehr, Herr Rothauer? Das ist nicht hübsch von Ihnen …«

Wie sie sprach, nein, noch ehe sie sprach, als er sie nur erst in der Nähe sah, wußte er, daß es Marie Cholevius war. Er ging nun mit ihr am Strand entlang, und sie erzählte ein wenig.

»Mein Mann ist nur zeitweise hier, er arbeitet im Archiv in Amsterdam … aber er besucht mich natürlich öfters …«

Rothauer, der durch Tilde die Ehegeschichte Benedikt Cholevius kannte, hätte zu gerne gewußt: ›Wer ist jetzt eigentlich Ihr Mann, der in Amsterdam arbeitet? Cholevius oder Benedikt?‹ Fragen konnt' er natürlich nicht; diplomatische Aushorcherei war seine Sache auch nicht. Er mußte also auf eine zufällige Erhellung warten, die auch nicht ausblieb.

Nachdem sie etwa eine halbe Stunde spazieren gegangen waren und von allem möglichen geredet hatten, sagte Marie: »Ich muß nach Hause! Der Arzt kommt …«

»Sind gnädige Frau krank?«

»Ach nein … nur ein bißchen nervös. … Und im Seebad muß man doch schließlich einen Arzt haben …« Sie erwartete aber gar nicht den Arzt. Es war die Zeit für die Morphiumeinspritzung.

»Bringen Sie mich bis an mein Hotel, ja? Wir wohnen in der ›Königin von Holland‹ ...«

»Wenn Sie's erlauben, gern!«

Er fand sie unverändert, wie damals auf dem Basar oder später, wie er die Skizze von ihr gemacht hatte. Sie hatte immer noch ihren gefährlichen Kindercharme und ihr seelenloses Auflachen. Immer noch folgten ihr die Blicke der Vorübergehenden in Erstaunen, Neid und Bewunderung.

Vor dem Hotel verabschiedete sie ihn.

»Besuchen Sie mich doch einmal, zwischen drei und vier Uhr vielleicht! Ich würde mich sehr freuen, einmal von München mit Ihnen zu schwatzen ... O, ich habe München nicht vergessen!«

Sie sah ihn an. Der Blick hieß: ›Ich habe Dich nicht vergessen!‹

Er verneigte sich.

»Ich komm' natürlich sehr gern, Frau Professor ...«

Er wartete einen Augenblick. Wenn sie einen anderen Namen trug als früher, mußte sie es jetzt doch sagen. Sie sagte aber nichts, verabschiedete sich und begann, die Treppe hinanzusteigen.

Sie war in der Tat immer noch Cholevius' Gattin. Trotz des ungeheuren Skandals, der ein paar Tage lang in Jena auflodern wollte, hatte ihr Mann sich nicht scheiden lassen, sondern sie zunächst in eine Nervenheilanstalt und dann auf Reisen geschickt, so daß sie in ihrem Bekanntenkreis ein wenig in Vergessenheit geriet. Wenn erst lange Zeit über die peinliche Angelegenheit weggegangen war, würde allmählich alles ins alte Geleise kommen, dachte Cholevius. Hätte er ganz frei nach seinem Herzen gehandelt, er hätte, so unglaublich es auch scheinen mochte, Marie nimmer von sich gelassen, denn er hing nach seiner Art an diesem krankhaften, buntschillernden Geschöpf, dessen perverse Kindlichkeit den Herbst des gelehrten Mannes mit Süße und Glut erfüllt hatte und ihm auch jetzt noch, da schon echten Winters Schnee auf seiner Stirn lag, für Augenblicke die Illusion entschwundener Jugend vorzauberte. – Es gab einzelne Tage, an denen er Marie mit der schrecklichen, unheimlichen Leidenschaft der Greise küßte, aber an allen Tagen, gleichviel ob sie ihm oder einem anderen im Arme lag, blieben ihr sein Mitleid und seine bange Sorge treu. Er wollte sie keinem anderen lassen, das heißt, er wollte sie keinem andern zu dauerndem Besitz überantworten, denn er wußte wohl, daß kein zweiter tragen, lieben und sorgen würde, wie er. »Bleib bei mir,

Marienkind, bei mir bist du geborgen! Glaub mir, ein anderer kennt dich nicht, richtet dich gewiß zugrunde ...«

Oft hatte er's, halb im Scherz, halb im Ernst gesagt, wenn er, der alte Mann, sah, wie man seiner jungen Frau huldigte. Sie hatte sich dann immer wie ein Kätzchen an ihn geschmiegt: »Lieber Professor, du bist doch der liebste, beste Mensch auf der Welt! Ich denk' doch an gar keinen andern!« Und mit diesen Worten auf den Lippen schlüpfte sie aus seinem Arm und ging zu einem andern.

Sie war mit der vorläufigen Trennung sehr einverstanden. Sie ging gerne von Jena und gerne von Benedikt fort, dessen sie schon längst müde war. Er hatte sie nur ganz zu Anfang ihrer Bekanntschaft gefesselt, als er, der welterfahren schien und Frauen gegenüber doch so naiv war, willenlos ihrem Zauber erlag, sich ein Leben ohne Marie nicht mehr denken konnte. Es war ihr damals eine grausame Freude gewesen zu erproben, wie weit ihre Macht über ihn reichte: weil sie es wollte, hatte er sich an den Genuß des Morphiums gewöhnt, obwohl sein gesunder Organismus und sein Verstand dem schrecklichen, süßen Gift widerstrebten. Aber sie hatte nicht abgelassen zu bitten: »Nur einmal eine kleine Spritze voll, Liebster! Damit du es doch kennst ... damit du einmal, nur ein einziges Mal die schönen Träume weißt und sie mir erzählst. ... Du, es ist doch so süß in demselben Rausch, in derselben Wonne unterzutauchen ... einmal nur laß mich dir eine Einspritzung machen, ein einziges Mal! Dann nie wieder, ich schwör's! So, siehst du, ich setz' mich auf deine Kniee, du streifst den Ärmel ein wenig zurück – da! War's nun so schlimm?«

Zwei-, dreimal hatte sie gebettelt und überredet, dann verlangte er von selbst nach der feinen Silbernadel. Für etliche Zeit hing sie nun an ihm mit der zweifachen Liebe des Weibes, das liebt und das sich einen heimlichen Lastergenossen geschaffen hat, – dann wurde sie seiner müde, um so müder, je wilder, je ausschließlicher er an ihr hing. Erst Franzels Erscheinung hatte das Verhältnis dann wieder verschoben, denn Menschen zu quälen war die letzte Genußmöglichkeit, die den kranken, schon halb gestorbenen Sinnen und Nerven Mariens blieb ...

Rothauer sah Marie in Scheveningen nicht allzuoft. Sie gefiel ihm hier weniger, als damals in München, »'s Meer steht Ihnen nicht gut«, sagte er einmal scherzend zu ihr, »da passen S' nicht her! Das ist alles zu mächtig, zu gewalttätig für Sie ... München steht Ihnen, so die g'wisse Münchner Luft, die weich ist und bunt und wo so ein Eidechsel überall künstlerisch wirkt, wo's auch hinschlupft! Hier, wenn's am Strand 'rumlaufen, d'erbarmen's einen … ich weiß nicht warum!«

Sie sah ihn von unten herauf mit ihren schwarz-blauen Samtblicken an, daß er dachte: ›Also anschauen kann's einen, daß einem ganz anders wird …‹

Sie sagte: »Ach ja, München! Da muß ich doch wieder einmal für längere Zeit hin! So schön wie's damals war – nie in meinem Leben hab' ich's so gut gehabt! Ich komm' sicher wieder nach München …«

Auch als er sich von ihr verabschiedete, um noch ein wenig die holländische Provinz zu bereisen: »Grüßen Sie München von mir! In München sehen wir uns wieder!«

Er hatte Tilde nichts von dem Zusammentreffen schreiben wollen, ohne daß er wußte warum. Dann überlegte er sich, daß es doch ganz töricht wäre, etwas zu verheimlichen, was gar nicht die Mühe des Verheimlichens lohnte. Er erwähnte also einmal nebenbei: »In Scheveningen war ich etliche Male mit einer Dame zusammen, die Sie auch kennen, die Frau Professor Cholevius aus Jena. Wissen S' noch, sie war damals auch beim Basar.« Als er's geschrieben hatte, zerriß er den Bogen. Er mochte Tilde nicht an früher, besonders nicht an den Basar erinnern. Er wußte, daß sie rot wurde und ein seltsam-schmerzhaftes Gesicht machte, wenn je zufällig die Rede darauf kam.

Im Herbst kehrte Rothauer nach München heim, von Tilde schon mit zehrender Ungeduld erwartet. Endlos lang und langweilig waren ihr die Tage im Isartal dahingegangen, aufgelebt hatte sie nur, wenn sie eine postlagernde Sendung erhielt. Sie war froh, daß es einen ziemlich verregneten Sommer gab und alle Welt doch früher in die Stadt zurückkam, als man beabsichtigt hatte. Obgleich sie wußte, daß Rothauer noch nicht da war, ging sie einige Male an seinem Atelier vorüber und sah hinauf. Es war ihr, als wehe um das Haus ein leiser Duft verschwiegener, schöner Stunden –

Das erste Wiedersehen nach dem Sommer war beinahe stürmisch. Ein tropfnasser, grämlicher Herbsttag, der einem die Lust benahm, ins Freie zu gehen. Tilde kam mit feinen Sprühtropfen besät, daß sie aussah, als hätte ein mutwilliger, kleiner Amor tausend Glasperlen über sie hingeblasen. Der Wind hatte ihr den Hut ein wenig verweht und die lange, schwarze Boa gelockert, ihre Wangen waren rot vom Kampf mit dem Sturm und vor Freude. Sie hielt ein paar Blumen in der Hand, die sie für den Teetisch im Atelier gekauft hatte, weil Rothauer an so Zartes nie dachte. Kaum hatte er die Tür geöffnet und sie wieder hinter ihr geschlossen, da packte er schon ihre Hände und zog sie ins Atelier.

»Mäderl … Mäderl … weil d' nur wieder da bist!«

Er nahm ihre Hände und küßte sie beide zugleich, nicht wie ein Verehrer, nicht wie ein Begehrer, sondern mit der süßen Zärtlichkeit eines Mannes, der sein Gefühl verrät, ohne daß er's weiß, ohne daß er's will. … Von jenem Tag an sagten sie sich »du«. –

Achtzehntes Kapitel

Es war Winter geworden, Adventzeit, in der man im katholischen Land nicht tanzen darf. Doch in die stillen Monate ernster Ruhe warf schon der künftige Fasching die Spiegelung von tausend buntglitzernden Lichtern. Schon kündigten die Studentenkorps, die großen industriellen, kaufmännischen und gelehrten Vereine ihre Bälle an, in Künstlerkreisen plante man wieder allerlei Redouten und Maskenbälle von phantastischem, aber einheitlichem Charakter.

Im Hause Merk wurde lebhaft erwogen, ob man dies Jahr Bälle besuchen wolle oder nicht. Tilde war nicht sehr dafür eingenommen, sie wollte eigentlich nur ein paar Künstlerbälle mitmachen, die Rothauer ebenfalls besuchte, oder bei denen er gar im Komitee saß. Sie konnte das zu Hause natürlich nicht sagen, meinte also nur so nebenhin: »Mama, ich mach' mir nicht mehr viel aus dem Tanzen!«

Frau von Merk biß ärgerlich die Lippen.

»Nicht mehr! Wenn man das hört, könnt' man meinen, du wärst wirklich schon eine alte Jungfer!«

»Vielleicht bin ich's bald, Mama!«

»Rede doch keinen Unsinn!« mischte sich Olga ein. »Natürlich machen wir dieses Jahr etwas mit. Ich auch. Man ist nur einmal jung und man muß seine Chancen nützen ...«

»Also ja, nützen wir sie halt! Aber bleiben wir doch wenigstens von den Offiziers- und Korpsbällen weg. Die kosten doch nur ein Heidengeld an Toiletten und Soupers und schließlich –«

Sie zuckte die Achseln. Mama und Olga verstanden, was sie damit sagen wollte.

Eine kleine, trübe Pause entstand.

»Ach!« seufzte Olga, »wenn ich an die Künstlerfeste zu Lenbachs Zeit denke! Wie herrlich war das alles ... So etwas gibt's jetzt nicht mehr!«

»Bitte«, entgegnete Tilde schnippisch, »du kennst sie ja gar nicht!

Wir haben doch seit Jahren keines mehr gesehen! Und ich fänd' es sehr vernünftig, wir gingen hin! Die kosten nicht die Hälfte eines Toilettenballes und man amüsiert sich sicher zehnmal besser. Es kommen auch viel nettere Leute hin, nicht nur so Tanzbuberln, denen man erst Walzer und Konversation beibringen darf. Und schließlich –«

Sie zuckte abermals die Achseln. Abermals verstanden Mama und Olga.

Nach etlichem Hin und Her beschloß man also, daß Tilde mit Olga einige Künstlerbälle besuchen sollte; Mama als Gardedame war überflüssig, wenn die verwitwete Schwester mitging. Darüber war Frau von Merk sehr froh. Tilde war zwar anfangs nicht sehr entzückt, daß sie unter dem Schutz Olgas stehen sollte, aber sie besann sich bald.

›Mein Gott, die Olga!‹ dachte sie und sagte sie auch zu Rothauer. ›Wenn der Olga einer den Hof macht, denkt sie an nichts andres mehr! Die stört einen nicht!‹ – Da war aber doch ein Punkt, in dem Tilde sich täuschte, in dem sie die blonde Schwester für argloser und einfältiger hielt, als sie war. Olga wußte ja allerdings nichts von den heimlichen Atelierbesuchen, auch nichts von der postlagernden Korrespondenz im Isartal, aber als Tilde mit eins so warm für Künstlerfeste sprach, hatte sie hoch aufgehorcht und sofort die deutliche Empfindung gehabt: ›Dahinter steht ein Mann!‹ und sie beschloß alsbald auszuforschen, wer dieser Mann war ...

Tilde kam wieder wie früher in Rothauers Atelier. Wie früher tranken sie Tee, redeten bald ernsthafte, bald lustige Sachen, neckten sich oder waren auch, wie Rothauer sich ausdrückte, »kunstbeflissen«, das heißt, er machte dann und wann eine flüchtige Skizze von Tilde. Hauptsächlich liebte er, sie mit halbabgewendetem Kopf zu zeichnen, weil sie einen sehr schönen Halsansatz hatte.

»Wie a Maiglöckerl auf 'm Stengl sitzt bei dir 's Köpferl droben! Ich begreif' gar net, wie a Münchnerin zu so was kommt! Hier hat doch 's dritte Mädel an Blähhals.«

Alles schien wie früher, nur noch vertrauter, herzlicher – aber es war doch alles anders. Nicht für Rothauer, dem diese Nachmittage eine entzückende Zerstreuung boten, die er nicht mehr hätte missen mögen, aber für Tilde war alles anders, denn nun hing ihr Herz an dem Mann, mit dem sie zuerst nur der Reiz des Geheimnisses verbunden hatte ...

Rothauer unterhielt sich köstlich an diesen Nachmittagen, für Tilde waren sie der einzige Tag der Woche, an dem sie wirklich lebte, Leben genoß mit allen Pulsen ihrer jungen, freudehungrigen Seele. Die andern sechs Tage waren nur ein Hindämmern, nur ein Erwarten dieser flüchtigen Stunden in der Nymphenburgerstraße ... Wenn sie das Atelier verließ, ging sie immer wie im Traum, durchhastete erregten Sinnes noch einmal, was eben gewesen, versuchte in süßwirbelnden Gedanken sich zu entsinnen, ob sie auch nichts vergessen, nichts überhört hatte von dem, was er gesagt. Wiederholte sich jedes Wort, beklopfte, behorchte es, spähte gierig aus, wie ein Mineraloge Gestein ausspähen und beklopfen mag, und kam schließlich jedesmal mit dem jähen Ruck zur Wirklichkeit zurück: ›Auch heute nichts! Er hat nichts gesagt! Gar nichts.‹

Seit Wochen, seit Monaten wartete sie ja auf dies eine Wort, das sie unlöslich mit Rothauer verbinden sollte, auf das Wort: ›Willst du meine Frau werden?‹ Nichts andres dachte sie mehr, träumte und wollte sie mehr vom Leben, als Tilde Rothauer heißen. Ehedem, in Saranoffs Tagen, hätte sie verächtlich gelacht, wenn einer ihr's zugemutet hätte. ... Später, bald nach den allerersten Atelierbesuchen, war ihr der Gedanke mehr wie ein Rache- denn wie ein Liebesgedanke gekommen. Als Triumph hatte sie sich's ausgemalt, am Arm des Mannes von morgen an der Menge vorüberzuschreiten, die jetzt hinter ihr tuschelte und höhnte: ›Das ist die Merk ... wißt Ihr ... die schöne Merk, die die Geschichte mit dem russischen Schwindler gehabt hat!‹ Wie eine lang gedemütigte und schließlich doch siegreiche Königin hatte sie an ihnen vorübergehen wollen, bestrahlt von dem Glanz des Mannes, der neben ihr ging und der gutmachen sollte, was ein andrer verschuldet ...

Geraume Zeit hatte sie Rothauer nicht anders angesehen, denn als gute Partie. Langsam waren dann ihre Sinne wach geworden, die Saranoffs Leidenschaft aufgeküßt hatte aus jungfräulichem Schlaf. Sie hatte angefangen, sich nach dem Mann zu sehnen, neben dem sie scheinbar unbefangen in heiterem Gespräch allein saß. Ganz allein. Ganz seinem Begehren, seiner Glut, seinem Wunsch preisgegeben. ... Je gleichmäßiger er blieb, um so mehr steigerte sich ihr Verlangen. Es machte ihr die Züge lang und schmal, weitete ihr die Augen in trockenem, brennendem Glanz, ließ sie, die Kühle, Stolze erschauern, wenn zufällig seine Hand die ihre streifte ...

Als sie dann im Sommer getrennt von ihm war, als sie ihn nur in seinen flüchtigen Briefen spürte, da meinte sie die ersten Tage: ›Das halt' ich nicht aus! Ich suche irgendeine Ausrede und fahre 'heimlich zu ihm, mag dann werden, was will!‹

Natürlich dachte sie das nur, redete sich's selbst ein, um sich zu beruhigen; im letzten Winkel ihres Verstandes wußte sie doch ganz genau, daß sie niemals so Sinnloses, Unwürdiges täte …

Die bloße Vorstellung des *coup de tête* aber war ihr schon wohltätig und während sie mit wilden, unausführbaren Gedanken den Brand ihrer Sehnsucht nährte und scheinbar immer höher aufflammen machte, verglomm er dennoch langsam vor dem Glanz eines hellen, weithin strahlenden Gestirns, das zum allererstenmal über diesem Mädchenleben leuchtete. In Tildes Seele rauschte es mächtig, dunkel und erschütternd, wie das Meer im Dämmer wogt, ehe der Tag ihm die ersten Rosen als Liebesgruß in den Schoß wirft, und wie in einem Meer versanken die kleinen Einzelgefühle, die sie bis heute beherrscht hatten: Tändellust, Mädchenspiel und -stolz, Mädchensehnsucht und Mädchens Triumphverlangen. … Mächtig, dunkel, erschütternd rauschte es über sie hin, daß ihr die Tränen über die Wangen liefen und sie wie zerbrochen saß unter dem geheimnisvollen Wogenschlag, der über sie hinbrauste. Dann warf der Tag die ersten Rosen in die dämmerige Brandung, Tilde lag langausgestreckt im Moosboden des Waldes, sah das neue Gestirn in ihrem Leben aufgehen und wußte, daß nicht nur mehr Begehr in ihr lebte, sondern Liebe …

Nun wartete sie mit neuer, schmerzlicher Sehnsucht auf Rothauers Heimkehr und auf das eine Wort. Als er ihr beim ersten Wiedersehen so stürmisch die Hände geküßt, als ihm die Freude an ihr so süß aus den Augen geleuchtet hatte, da war sie schwach vor Glück und Hoffnung geworden, daß sie ihm nichts, gar nichts hätte weigern können, auch wenn er viel mehr gefordert hätte, als das kameradschaftliche »Du« und den Kuß, der dazu gehört …

Wie besinnungslos war sie ihm eine Sekunde lang im Arm gelegen. Rothauer hatte seine ganze, eiserne Selbstbeherrschung zu Hilfe rufen müssen, um sich nicht zu vergessen, um nicht in einem Atemzug seliger Leidenschaft zu tun, was ihn vielleicht ein Leben lang reuen mußte. Aber er bezwang sich. Er vergaß nicht, daß sie eine Familientochter war, ein Mädchen, mit dem man wohl flirten konnte, aber nicht mehr. … Solch ein Mädchen betören, hieß Verantwortlichkeiten auf sich nehmen. Anton Rothauer aber wollte keine Verantwortlichkeit, keine »Weiberg'schichten« und keine Frau ...

Tilde wartete indes von einem Ateliernachmittag zum andern auf das Wort. Sie dachte: ›Das kann doch nicht ewig so fortgehen! Wir können doch nicht jahraus, jahrein beisammen sitzen, Tee trinken, und damit basta! Wenn er sich nichts aus mir machte, wäre doch alles längst zu Ende ... aber wenn er sich etwas aus mir macht, wenn er mich gern hat, warum, spricht er denn nicht? Lieber Gott, warum spricht er denn nicht?‹ Sie zerrieb sich im Warten, Hoffen und Verzagen. Wie alle Verliebten lebte sie in einer Phantasiewelt, in der jedes Wort, jede Geste eine besondere Bedeutung hatte, in der Schimären und Spiegelungen spukten, in der alles verändert, verzerrt oder auch verlieblicht aussah, wie im Spiegel einer Hexenküche. An Worten, die Rothauer ganz gleichgültig gesprochen und gemeint hatte, konnte sie daheim stundenlang basteln und drehen, bis sie einen ganz besonderen Sinn herausgetüftelt hatte. ... Über eine freundliche oder eine trübe Laune von ihm (er war sehr launenhaft) machte sie sich so lange Gedanken, bis sie in eine persönliche Beziehung zu sich gesetzt hatte, was in Wahrheit nur einem gelungenen Lichteffekt galt oder einem Brief von daheim, in dem der alte Rothauer über eine umgestandene Kuh jammerte ...

Ein wenig, ein ganz klein wenig glichen die Tage wieder den andern, in denen sie auf Saranoffs Werbung gewartet hatte. Ach! und doch war alles ganz anders! So jung und keck war sie damals noch gewesen, hatte so selbstverständlich ihr Teil Glück vom Leben gefordert und unter »Glück« nichts andres verstanden, als den reichen Mann, den Neid der Welt. Jung war sie wohl ihren Jahren nach auch heute, aber die Keckheit zu fordern besaß sie nimmer wie einst. Von der ersten Enttäuschung, dem ersten Gram war eine tiefe Falte in ihrer Seele geblieben, die nicht mehr glatt werden konnte. Sie hatte damals unter blutigen Tränen gelernt, was eitel ist ... nun hatte sie ein grenzenloses Verlangen, an der Seite Rothauers auszuruhen von dem Dornenweg, durch den ein andrer sie gejagt. Denn ihre Liebe war vor allem Vertrauen. Sie fühlte, daß Rothauer der Mann war, eine Frau vor allem zu schützen, auf guten Händen durchs Leben zu tragen, wenn die Hände gleich bäuerisch waren und nicht gewohnt, so zart zu streicheln, zu liebkosen, wie Saranoff gekonnt hatte. Ausruhen können von der trübseligen Hatz dieser letzten Jahre – der Gedanke war so schön, daß Tilde ihn kaum zu denken wagte. Stillsitzen in Behagen neben einem Mann, der einen lieb hat, für den man sorgt, dem man jedes Sternchen aus dem Wege räumt, daß er ganz seiner Arbeit leben kann – Glück, das sie früher nie gedacht und das ihr jetzt die Krone des Lebens schien. Sie war so müde von dem Dasein, das sie jetzt führte, von diesen Tagen, an denen sie von früh bis spät nichts hörte, nichts erfuhr, als Geldjammer, Olgas lächerliche Flunkereien und auf dem Grunde von allem die gierige Frage: ›Wo ist ein Freier?‹ So klein war dies alles, so arm, so ekelhaft. … Nur wenn Franzel schrieb, erklang ein andrer Ton. Heiter war er ja nicht, aber wenigstens zufrieden und hoffnungsvoll. Sie stand eben in Unterhandlung mit einem der großen Putzgeschäfte der *Avenue de l'opéra* – es war Aussicht, daß sie dort als Volontärin eintreten konnte. ›Ich wäre sehr froh darüber; ich habe hier in Wien schon viel gelernt und bin überzeugt, daß ich in Paris bald zu einer netten Stellung komme. Es gibt gar nichts Schöneres, als den ganzen Tag zu arbeiten; wir haben das früher nur nie gewußt, Tilde. Man kommt dann gar nicht erst ins Denken und hat man selbst einmal Zeit dazu, so merkt man, daß man vieles ehedem zu schwer genommen, sein Leben wohl auch allzu sehr auf einen einzigen Menschen gestellt hatte – Das soll man nicht. Ich weiß jetzt, daß man es nicht soll. Und obwohl Du mir nie etwas anvertraut hast, liebe Tilde, muß ich es Dir doch sagen … Stell' Dein Leben nicht ausschließlich auf einen, behalt' noch etwas von Dir für Dich selbst übrig. Man ist dann vielleicht nie so überschwenglich glücklich, aber auch nie so namenlos elend. Und es ist ein Punkt da, von dem aus man immer wieder zurückfindet ins Leben …‹

Tildes Herz zog sich zusammen, als sie es las. Die Resignation Franzels tat ihr weh. Sie dachte: ›Armes Ding! Was hast du nun von deinen jungen Jahren?! Was ist geblieben von allem, was du einst erträumt hast? Arbeit Und man soll sein Leben nicht ausschließlich auf einen stellen! Ja, wenn man nur immer könnte, wie man sollte! Ich, ich hab' nun mein Leben auf den einen gestellt – ich kann nicht mehr anders! Ich bin wie ein toller Spieler, der alles auf eine Karte setzt. Gewinnt sie, hab' ich alles gewonnen, verliert sie –‹

Verliert sie – was dann? Sie konnte es nie zu Ende denken. Es fiel ihr ein, wie sie sich als Kinder mitunter ausgedacht hatten, wie das wohl sein müsse, wenn man bis an den äußersten Rand der Erde fährt, der im Äther schwimmt. ›Dann fällt man eben ins Nichts hinein,‹ hatten sie damals gemeint und gelacht über das ›ins Nichts fallen‹. Heute wehte es sie eiskalt aus der Vorstellung an –

Ein paarmal hatte sie versuchen wollen, Rothauer mit List aus seiner kameradschaftlichen Gleichmäßigkeit aufzujagen, ihn mit Gleichgültigkeit zu reizen, ihn eifersüchtig zu machen. Vielleicht, daß er in der Angst, sie ganz zu verlieren, sie ganz an sich band. Sie wußte von früher her, von andern Mädchen, wie sie mit scheinbar harmlosen und doch raffinierten Künsten einen Bedächtigen zu stacheln, einen Zagen zum Ungestüm treiben konnten. ... Wie viele der jungen Ehepaare, die jetzt in Glück schwammen, wären nie zusammengekommen, wenn das Mädchen nicht pfiffig und keck unversehens in die Situation eingegriffen hätte ... Tilde wollte auch pfiffig und keck ihres Glückes Schmied sein, aber sie hatte gar kein Talent dazu. Ihre Kühle, die ehedem schon Saranoff gereizt hatte, blieb immer das Mächtige in ihrer Natur ... auch wenn Leidenschaft heiß in ihr brannte, hielt eine innere stolze Keuschheit sie vor Leidenschaftsäußerungen zurück. Es war dies der Punkt, in dem sie Franzel glich, wenn schon Tildes Art nicht eigentlich verschlossen war, sondern nur unfähig, alle Schranken zu sprengen, um auch das Letzte ihrer Seele zu offenbaren.

Sie war auch nicht kleinlich, nicht verschlagen genug, um einen Mann irre zu führen, zu locken, zu reizen, zu gängeln ... sie konnte nur lieben oder sich weigern – nichts weiter. Ein paar Versuche, es den pfiffigen Mädchen mit den kleinlichen, klugen Rechenköpfen gleichzutun, schlugen kläglich fehl. Einmal wollte sie so tun, als ob sie durch die Atelierbesuche ins Gerede käme.

»Weißt du, ich glaube nicht, daß ich auf die Länge das mit den Besuchen hier machen kann ... die Leut' sehen einen schließlich doch. ... Es tät' mir ja schrecklich leid, wenn unser nettes Verhältnis aufhören müßt', aber schließlich, das wirst du einsehen, mein Ruf – –«

Er stupste ruhig die Asche seiner Zigarette ab.

»Ja, Mäderl, mir tät's auch sakrisch leid, aber das seh' ich schon ein: den Ruf darfst dir meinetwegen nicht verderben. Ist gut, daß über die andre Sach' Gras g'wachsen ist, eine zweite darfst nicht haben. Und meinetwegen schon gar nicht ...«

Sie wurde blutrot, als er das sagte. Es war zum allerallerstenmal, daß er, wenn auch nur flüchtig, von Vergangenem sprach. Sie verstand die leise Warnung und die Abwehr, die in seinen Worten lag ...

Dennoch riskierte sie einen zweiten Vorstoß, fragte später, nach Wochen: »Toni, was tätest du sagen, wenn ich mich jetzt verheiratete?«

Eine Sekunde lang war er verblüfft. In seinem prachtvollen Männeregoismus war ihm noch nie der Gedanke gekommen, daß dies junge, schöne Geschöpf vielleicht doch noch andres vom Leben fordern und erhalten könnte, als die heimlich-vorsichtigen Süßigkeiten einer nachmittäglichen Teestunde. ... Er war einen Atemzug lang fassungslos ...

»Ja, Tildel, was sagst denn da? Was ist denn da los? Hat wer um dich ang'halten?«

Sie triumphierte. Wäre sie pfiffig gewesen, nur soweit pfiffig und verlogen wie Olga, wer weiß, ob sie heute ihr Ziel nicht erreicht, ihn nicht zu der ersehnten Frage gedrängt hätte. Sie war aber nicht pfiffig und verlogen, sondern nur verliebt. Wie sie sein erschrockenes Gesicht sah, tat er ihr schon leid und sie sagte obenhin: »Ach Gott, es wär' doch möglich!«

Da wußte er sofort, daß es nur ein *ballon d'essai* gewesen, ein »Leim«, wie er's innerlich nannte. Jetzt meinte er gelassen: »Ja, schau, Mäderl, es tät' mir ja schrecklich leid, wenn ich dich herlassen müßt', aber deinem Glück darf ich natürlich nicht im Wege stehen. Das ist ja grad das Schöne an unserm Verhältnis: du bist mir nichts schuldig und ich dir nichts. Ich werd' g'wiß nie vergessen, wie schön das war, wenn du so heimlich da bei der Tür hereing'witscht bist und mit deinem frechen Schnabel so nett g'lacht hast. ... Nie, gar nie. ... Aber das soll dich von nichts zurückhalten. Du weißt, Mädel, ich bin dir gegenüber immer ein anständiger Kerl gewesen –«

Sie hatte nichts mehr gesagt. Sie war nur ein wenig blaß geworden und biß die Lippen. Ihre Augen starrten geradeaus. Am liebsten hätte sie laut geweint, aber sie beherrschte sich, lachte und schwatzte wie sonst und ging nicht einmal früher weg.

Als sie auf der Straße stand, mußte sie sich einen Augenblick an die Wand des Hauses lehnen. Alles tanzte ihr vor den Augen ... sie fühlte sich so zerbrochen, so müde, so verlassen. ... O, wenn sie jetzt einen Menschen gehabt hätte, zu dem sie hinlaufen konnte und sich ausschluchzen. ... Sie hatte niemand. Daheim durften sie ja nicht einmal wissen, wo sie herkam. Ganz mechanisch, gedankenlos ging sie dahin, sie vergaß die Elektrische zu nehmen. Sie ging dahin und in ihrem Herzen stand Haß –

»Mich hast du heute zum letztenmal gesehen! Nie mehr komm' ich zu dir! Nie mehr!«

Es tat gut, das zu denken, besser noch, es ihm vor dem nächsten Atelierbesuch zu schreiben. Sie freute sich schon darauf, malte sich sein verdutztes Gesicht aus, wenn er's lesen würde.

»Ja, mein Lieber, das ›Mäderl‹ muckt endlich auf. Hat's satt, für dich ein Zeitvertreib zu sein ... dankt für alle weiteren Teestunden und vergißt, daß es Herrn Rothauer je gekannt hat –«

Mittwoch erwartete er sie wieder. Montag schrieb sie den Brief: »Lieber Anton, erwarte mich, bitte, heute nicht, ich bin verhindert, zu kommen. T.M.« Sie wollte ihn aber erst am Dienstag abschicken, damit es nicht aussieht, als ob ich's nicht erwarten könnt', ihm abzusagen ...' Dienstag ließ sie ihn gleichfalls liegen. Sie gedachte, um den Effekt zu erhöhen, ihn Mittwoch nachmittag, gerade, wenn Rothauer wartete, mit einem roten Radler zu schicken.

Weder der Brief noch der rote Radler wurden jemals abgeschickt. Mittwoch nachmittag klingelte sie pünktlich wie immer zweimal an Rothauers Tür – –

So und ähnlich ging es nun geraume Zeit. Fast nach jedem Atelierbesuch schwor sie sich zu »nie wieder« und kam doch immer wieder pünktlich, freudig, gebunden durch eine Hörigkeit, die sie nur empfand, nicht verstand und die sie oft mit Groll erfüllte, mit nervösem Ärger auf sich und auf Rothauer.

Der merkte nichts von den wechselnden Stimmungen in Tildes Brust. Im Gegenteil. Er fand es angenehm, daß er nach seiner Auffassung die Situation geklärt, dem Mädchen gezeigt hatte, daß er nicht zu den Männern gehörte, die man »einfing«. Von der Stärke ihres Gefühls für ihn, von ihrer Sehnsucht nach Geborgensein hatte er keine Ahnung. Er glaubte sie so, wie sie sich ihm zeigte: heiter, keck, lebensfroh. Er glaubte übrigens jeder Frau, was sie ihm sagte oder zeigte, für die Schwingungen der weiblichen Seele hatte er gar keine Fühler. Er steckte jetzt auch tief in Arbeit und war, wie immer in solchen Zeiten, kaum für andres zu haben.

Zerquält, enttäuscht von Hoffen und Warten ging Tilde einsam durch die Tage hin. Sie war immerfort wie in einem kleinen Fieber, fragte sich bei jedem Klingelzug: ›Steht das Glück draußen oder das Unglück?‹ Wurde heiß und rot, wenn sie einen Brief empfing, dessen Handschrift sie nicht gleich erkannte, oder wenn jemand unvermutet eine Frage an sie stellte.

Bald quälte sie noch etwas andres, als nur die Pein innerer Ratlosigkeit: sie merkte oder glaubte zu merken, daß das Geheimnis der Atelierbesuche durchlöchert war, daß bereits über sie und Rothauer gemunkelt wurde. Es gab so gewisse Blicke ... Bekannte, die scheinbar harmlose Fragen in so merkwürdigem Ton stellten: »Fräulein Tilde, haben Sie im Kunstverein den neuen Rothauer schon gesehen? Nicht? Ach so, ich dachte ...« Oder: »Merkwürdig, den Rothauer sieht man jetzt so wenig ... der scheint ganz solid geworden zu sein ... oder was Besonderem auf der Spur ...«

Das erste Mal, da sie's hörte, meinte sie, das Herz müßte ihr stillstehen vor Schreck. Da war's wieder, was sie so sehr gefürchtet, was sie mit aller Kraft und aller List hatte vermeiden wollen: zum zweitenmal kam sie ins Gerede. Nun würden sie wieder alle mit neugierigen Blicken auf sie schauen, warten, forschen, wie alles sich entwickle, wispern, vermuten, indiskret fragen, hetzen, bis sie zum Schluß triumphieren konnten: ›Der hat sie auch nicht genommen!‹

Und ein neues Spießrutenlaufen würde beginnen, bei dem jeder sie mit falschem Mitleid oder verstecktem Hohn traf, bis sie zum zweitenmal gerichtet am Boden lag. ›Das ist ja die schöne Merk, ihr wißt schon. ... Schad' um das Mädel! Aber heiraten kann die nicht mehr ...‹ Und dann kam auch eines Tages noch Olga, tänzelnd, lächelnd, begönnerte von oben herab: »Na, Tilde, was ist denn eigentlich mit dir los? Ich höre da und dort so Anspielungen ... Lieber Gott, du brauchst nicht gleich so ein Gesicht zu machen! Ich bin diskret und Mama weiß von nichts. Wird auch nichts wissen, denn sie kommt so wenig unter Menschen. ... Sag mal, woher kennst du denn eigentlich diesen Rothauer?«

»Ich hab' ihn vor Jahren, als Franzel noch ledig war, auf einem Basar kennen gelernt«, sagte Tilde kurz.

»Und seit der Zeit?«

»Olga, ich bitte dich, quäl' mich nicht!« schrie Tilde und hielt sich die Ohren zu.

»Sei doch nicht gleich so gereizt! Was ist denn an der ganzen Sache weiter?! Ich bin doch wahrhaftig zu klug, um engherzig zu sein! Jeder sucht sein Glück wie er kann, – die Hauptsache ist, daß du's erreichst!«

Tilde nickte und schwieg. So wie Olga sprachen wohl bald alle: »Die Hauptsache ist, daß du's erreicht!« Wenn sie's nicht erreichte – wehe ihr! Wenn sie's nicht erreichte – sie wagte nicht, es auszudenken. Und wußte doch um Gottes Barmherzigkeit willen nicht, wie sie's erreichen sollte.

Wie einst Franzel, so saß jetzt Tilde stundenlang untätig in ihrem Zimmer und zergrübelte sich den Kopf. »Was wird aus mir, wenn er mich nicht heiratet?«

Und ihr war's, als gleite sie bei diesem Gedanken über den letzten, schmalen Erdstreif, den sie unter den Füßen spürte, hinunter ins bodenlose Nichts.

Neunzehntes Kapitel

Schwabinger Bauernkirchweih. Der große Saal der Schwabinger Brauerei ist wie zu einem ländlichen Fest geschmückt mit dicken Tannengirlanden und bunten Tüchern. In der Mitte steht ein gezierter Maibaum, um den sich Hunderte von Paaren nach den schmetternden Klängen der Blasinstrumente drehen. Ausnahmslos sind alle als Bauern und Bäuerinnen gekleidet; andre Masken oder Toiletten haben hier keinen Zutritt. Alle Länder, alle Rassen scheinen vertreten zu sein: neben dem breiten »Datschi« des Dachauer Moosbewohners ragen die Lammfellmützen der Balkanbauern, das samtene Diadem der Russin neben der glitzernden Goldhaube der Linzerin und dem dunklen Spitzenrad der Schwäbin. Hier gibt's keinen Kitsch, keine Maskengarderobe; all diese Kostüme sind echt, urecht, zum Teil mit großer Mühe, mit Überwindung alles körperlichen Ekels von wirklichen Bauern erhandelt. Niemand, auch die Frauen nicht, wollen hier schön sein, aber jeder will echt sein, jeder will, wenn möglich, für einen richtigen »G'scheerten« gehalten werden. G'scheert sein, sich g'scheert benehmen, ist das Programm, die Luft dieser Nacht. Alle wollen vergessen, daß sie Stadtmenschen sind, mit städtischen Gewöhnungen und Bedürfnissen, alle wollen sich für diese eine Nacht dem uralten Ideal des Städters nähern, wollen Bauern sein. Sein, nicht bloß spielen. Sie erfinden alle möglichen bäuerlich-komischen Tönungen. Der eine schminkt sich ein blauumrändertes, geschwollenes Auge an und erzählt stolz: »Sixt, dös is vom Raffats am Sunnta'! I hab' eam aba aa drei Ripp'n einig'haut, daß nur so kracht hat!«

Wieder ein andrer streicht um die »Deandln« als Freier umher und erzählt jeder treuherzig: »Woaßt, Madl, mei' Basl is g'sturb'n, von dera hab' i a Hennastoag'n g'erbt und drei Hendln … also überleg' d'r's …«

Nach jedem Tanz klatschen alle in die Hände und schreien »Juhu« vor Freude, »weil's so gut gangen is«!

Wie die Fiedeln und Hörner ineinanderschmettern, junge, heiße

Menschen in bäuerlichen Trachten sich in leidenschaftlichem Tanz um den Maibaum drehen, wie die Fröhlichkeit, die jubelnde Lust dieser einen bunten Nacht immer unbändiger, immer wilder emporflutet, da ist die Bauernkirchweih anzusehen wie die Kirmessen auf den Bildern der alten Holländer. Derbe, trunkene Lust am Leben, an all seinen einfachen, starken Genüssen ... Lust, die dem Leben selber gleicht und die darum schön ist, wie das Leben selbst. Lust, die jauchzt und springt und lacht und küßt, als gäb's kein Morgenrot und keinen Tod auf der Welt ...

Tilde tanzte, seitdem sie gekommen war, fast nur mit Rothauer. Sie sahen hübsch zusammen aus. Er in der »kurzen Wichs« seiner Heimat, in den vertragenen Lederhosen, den Wadelstrümpfen, dem prächtig gestickten, dunklen Gürtel und dem abgenützten Grünhütel mit der drohenden Gickelfeder; sie in der ernsten schwarzen Sonntagstracht der Salzburgerin, mit der weiten, rosaseidenen Schürze, auf den Zöpfen den breitrandigen, schwarzen Filzhut, der innen köstlich mit Gold und Flittern gestickt ist und die Taffetbänder bis auf den Rocksaum niederfallen läßt. Sie fielen nicht besonders auf, denn das Gewühle war zu groß und jeder zu sehr mit sich, seiner G'scheertenrolle und der eigenen Unterhaltung beschäftigt. Wenn ihnen aber der eine oder andre einmal nachsah, dann nickte er ihnen wohl zu oder patschte in die Hände, zum Zeichen, daß sie ihm gefielen ...

Tilde war glücklich, wie seit langem nicht. Gewiß, diese verschwiegenen Teestunden, die ihnen beiden ganz allein gehörten, waren wunderschön gewesen, aber wunderschön war's auch, mit dem Liebsten sich hier im Tanze zu drehen, oder in einer grünen Tannenecke Hand in Hand mit ihm sitzend all die süßen Nichtigkeiten zu reden, die Verliebten einfallen. ... Der Freudenton ihres Herzens schwang mit in den Tönen der Lust, die hier überall erklangen und war er von ihr auch nur als eine arme einzige Note ausgegangen, im Chorus der andern sang er so stark, so betörend, so fortreißend, daß Tilde jedes Gefühl des Irdischen verlor und nichts mehr dachte, wollte, als eine Nacht lang so fortjubilieren und tanzen, ohne Bewußtsein, ohne an den Tag zu denken, der unerbittlich, mit unhörbaren Schritten durchs Dunkel herangeschlichen kam – –

Auch Olga war sehr zufrieden. Auf ihrem frischgefärbten Blondkopf spannte sich das große Goldrad einer schwäbischen Bäuerinnenhaube und stand ihr so gut, daß sie Aufsehen machte. Sie ging von Arm zu

Arm, hörte Schmeicheleien und empfing G'scheertenhuldigungen in der Form von Lebkuchenherzen und Pfeffernüssen. Ein alter Bauer, der im gewöhnlichen Leben ein junger Akademiker war, sagte ihr: »So a Weiberl wia du, di kunnt' mi alt'n Depp'n a no zum Heirat'n bring'n ...« und ein Arzt, der trotz seiner Jugend schon eine gute Praxis hatte: »Bäuerin, Ös derft's net in d' Sprechstund' zu mir kumma ... sunst vergiß i di andern und tua nix als Enk o'gaff'n.«

Olga war einfach bezaubert.

Um Tilde kümmerte sie sich gar nicht mehr, nur als die Schwester einmal mit Rothauer auf sie zukam, setzte sie sich in Positur, um den künftigen Schwager (das war er für sie bereits) zu besichtigen. Rothauer, den Tilde schon einigermaßen über Olga unterrichtet hatte, forderte sie natürlich gleich zum Tanzen auf und sagte ihr, daß sie schön sei, obwohl er eigentlich ihre Schönheit »kitschig« fand. Olga war daraufhin entzückt von ihm, flüsterte Tilde zu, daß er ein reizender Mensch sei.

Auch die norddeutsche Hoheit war da, als »Bua«, so wie er es eben verstand: im blütenweißen, feinen Hemd, mit tadellos schwarzen Kniehosen und hellroten Hosenträgern und einem spinatgrünen Hut auf sorgfältig gescheitelten Haaren. Er sah »schön« aus, wie das Bild auf einer Seifenschachtel, aber er war ehrlich begeistert von dieser Kirchweih, deren Sprache er nicht meisterte, deren Wesen ihm ganz fremd blieb, so daß keiner über ihn spotten konnte, sondern ihn nur gutmütig anlachen.

»Also, wissen Sie, es ist einfach himmlisch«, sagte er zu Rothauer. »Dies München ist in solchen Sachen einzig, geradezu einzig, meinen Sie nicht auch?«

»Geh, fader Lackl, sag net all'weil ›Sie‹!« entgegnete Rothauer, der heut nicht nur äußerlich, sondern auch innerlich »kurze Wichs« trug.

Der Prinz brüllte vor Lachen.

»Famos! Famos! Rothauer, Sie ... pardon, du bist ein kapitaler Kerl!«

»Wos bin i? Woaßt, heut muaßt boarisch red'n, sunst verstenga ma di net, du Preiß, du windiger!«

Der Prinz patschte ihm entzückt auf die Schulter. Probierte ganz ernsthaft, seine norddeutsche Zunge unerbittlich und unter Schwierigkeiten zum süddeutschen Dialekt zu zwingen.

»Wo–aßt, das is sehr schwer für mi. ... Aba, weil du so a echta Bu–a bist, versuch' ich's halt!«

Er war sehr stolz auf diese sprachliche Leistung, besonders auf das »halt« und sah Rothauer triumphierend an. Der nickte wohlwollend: »Na also! 's geht scho! Nur g'scheert sein ... Hoheiten, die oan siezeln, kenna ma heunt net brauch'n!«

Der Prinz strahlte vor Vergnügen. Er strahlte, wenn ihm einer »du« sagte, er strahlte, wenn er mit einem »Deandl« tanzte und er strahlte noch, als ihm ein Holzknecht, den er beim Walzer anraunte, zuschrie: »Sakra du, reim' deine Hax'n aussi, wo's hi'g'hör'n und net zu fremde Leit' hi'!«

Er tanzte sehr schlecht, erinnerte im Tanze lebhaft an ein Schaukelpferd, das sich steif vor- und rückwärts wiegt und vom »drahn« hatte er keine Ahnung. Er genierte sich auch, seine Tänzerin nach Bauernart aufzuheben und in der Luft herumzuwirbeln, als er aber seine Scheu überwunden und es fertig gebracht hatte, kam er sich direkt hochalpin vor. Nun wurde er sehr lustig, amüsierte sich und die andern königlich mit seinen Versuchen »g'scheert« zu sprechen und zu sein und hatte nur noch einmal einen leichten Rückfall ins Salonmäßige, als er Rothauer, der neben Olga stand, bat: »Bitte, stellen Sie mich der gnädigen Frau vor!«

Rothauer sagte zu Olga: »Du, dem Rammel da g'fallst! Tanz halt mit eahm!«

Und Olga tanzte mit ihm gerne und stolz, obwohl es keine Kleinigkeit war, dies menschliche Schaukelpferd durchs Gedränge durch zu einem rechten, taktmäßigen und doch ausgelassenen Walzer zu gängeln. Aber sie wußte, daß er eine Hoheit war, und seine blauen Augen lachten sie so selig an, daß sie ihm gönnerhaft zulächelte und dachte: ›Ärmster! Auch du!‹

Fröhlich lachend standen die Schwestern beisammen. Alle Sticheleien, die sie sonst tauschten, alle Zänkereien waren vergessen; es kam ihnen plötzlich vor, als ob sie sich zärtlich liebten und einander bewunderten. Tilde fragte: »Ist's nicht entzückend hier?«

»Aber reizend, einfach reizend! Nie hätt' ich gedacht, daß ein Bauernball so amüsant sein kann! Und du, Rothauer gefällt mir sehr –«

Tilde nickte und sah von der Schwester weg, dem Maler nach, der sich eben durchs Gewühl wand, um eine finnländische Kollegin zum Tanz zu holen, deren Heimatkostüm ihm schon lange aufgefallen war. Jetzt wurde ihm der Weg versperrt durch ein Niederländerpaar, das langsam und wuchtig schritt, wie's zu seiner Tracht paßte. Er wandte den Kopf, sah ihnen nach und merkte zuerst gar nicht, daß ihn von hinten eine sanft am Ärmel zupfte. Tilde aber merkte es und ihre Augen weiteten sich unnatürlich, als sie erkannte, wer neben Rothauer stand. Sie packte die Schwester beim Arm: »Olga! Schau, das ist sie doch?«

»Wer?«

»Die kleine Spanierin da … mit der Ant… mit der Rothauer spricht …«

»Wer ist das denn?«

»Unglaublich! Das ist doch die Cholevius!«

»Cholevius … Cholevius … wo hab' ich denn den Namen schon gehört?«

»Olga, das ist die Cholevius aus Jena … das schreckliche Weib, das mit Benedikt …«

»Die ist's? Die muß ich mir genau ansehen! Ich kenn' sie ja gar nicht!«

Mit hartem Gesicht, von dem jede Spur der Freude geschwunden war, blickte Tilde auf Rothauer und Marie. Sie konnte nicht hören, was sie sprachen, aber sie merkte an Rothauers etwas befangenem Lachen, daß Marie ihm Schmeichelhaftes sagte. Marie trug eine Art Carmenkostüm, in den tief gescheitelten Haaren rote Granatblüten, die schmale Gestalt fest eingewickelt in einen reichgestickten, gelben Schal, der sie zerbrechlich erscheinen ließ, wie eine Rokokostatuette. Mit ihren schwimmenden, irisierenden Augen sah sie zu dem stattlichen Manne empor. »Du, das ist recht garstig von dir, daß du mich heut gar nicht kennen magst! In Scheveningen hast mich doch erkannt. … Weißt nicht mehr, wie wir am Strand gegangen sind?!«

»Jesus, Sie … du! Ja, Kind, wo kommst denn du her?«

Sie zog ihren Schal noch enger um die Schultern, lächelte ein wenig, ließ für eine Sekunde die Lider über die Pupillen fallen … öffnete sie schnell wieder. Ihre Stimme klang wie leises Locken.

»Woher ich komm'? Dummer Bub, frag' doch lieber, warum ich komm'.«

Er sah sie an. Schön war dies Weib, schön, heiß, voll geheimer Gedanken und Lüste, die er nur ahnte, nicht kannte. … Ohne ein Wort zu sagen, nahm er sie in die Arme und tanzte mit ihr davon. Die Finnländerin, die er eigentlich hatte haben wollen, stand zwei Schritte von ihnen weg; er sah sie nicht einmal.

Mit einem kleinen Wohligkeitsschauer, wie ein Vogel, der vom Regen durchnäßt, endlich ins warme Nestchen fliegt, schmiegte sich Marie an Rothauers Brust. Durch das Bauernhemd fühlte sie seine starken Herzschläge, die Hand, die die ihre hielt, war heiß und hart, die Hand eines jähen, kräftigen Menschen, unter der Mariens zermorschte Nerven in kleinen Wonneschauern erzitterten. ... Einmal zog sie während des Tanzens seine Linke sanft zu sich her und preßte sie um ihren Hals. Er war erstaunt.

»Was tust denn?«

Sie ließ seine Hand los, lachte.

»Nichts ... ein Spiel ... deine Hände müßten gut erdrosseln können!«

Sie drängte sich noch fester an ihn.

»Geh ... red' net so damisch daher ... so a Halserl wia dein's, dös is zu ganz andre Sachen da, als zum Abmurksen ...«

»Meinst du?«

Der Tanz war zu Ende. Er blieb noch eine Weile bei Marie stehen, verließ sie dann, um Tilde aufzusuchen. Jetzt, da er die zärtliche, kleine Gestalt nicht mehr in den Armen hielt, kam's ihm vor, als hätt' er für Augenblicke im Rausch gelegen, oder in einem seltsamen Fieber. ... Nun war's wieder vorbei, – nur die Hand, die vorhin den Frauenhals umspannt hatte, brannte und zuckte – –

Tilde empfing ihn mit finsterem Gesicht. Das verdroß ihn. »Das war doch die Cholevius, gelt?«

»Ja.«

»Woher kennst du denn die?«

»Ich kenn' sie schon lang. Ich hab' sie doch gemalt!«

»Ach ja! Na, was tut denn die freche Person wieder hier?«

»Dös hab' i net g'fragt! Was hast denn übrigens mit ihr, daß d's a freche Person heißt?«

»Aber Toni, weißt du denn nicht mehr?«

Nein, er wußte wirklich nicht mehr oder wollte es nicht mehr wissen. Da erzählte ihm Tilde aufs neue von der Ehetragödie in Jena, erzählte mit einer wutbebenden Stimme, aus der allzu deutlich die Eifersucht klang. Alles, was sie da sagte, paßte auch so schlecht in die Stimmung dieses Festes hinein, daß Rothauer sich einer leisen Verdrießlichkeit nicht erwehren konnte und die ganze Sache langweilig fand. Er sagte etliche Male: »So! ... Nein, so was! ... Schau, schau!«

Als Tilde aber zu dem Schluß kam: »Also, gelt, das begreifst du doch, daß wir dieses Weib hassen?« entgegnete er zwar: »Ja, ja, das versteh' i schon!« Als sie jedoch weiter in ihn dringen wollte: »Und ich kann's gar nicht sehen, wenn du mit der Person tanzst!« entgegnete er gelassen: »Ja, Tildel, dös geht mi nix an! Eure Familieng'schichten sind mir wurscht! Ich kenn' die Cholevius, ich hab's gemalt, vielleicht mal' ich's sogar noch a mal! Ich werd's jetzt doch net auf einmal schneiden, weil's deiner Schwester ihren Mann abspenstig g'macht hat! Wär' ja zum Lachen! Und jetzt sei nett, Mäderl, und mach' kein so fuchtigs G'sicht! Dös steht dir gar net.«

Er zog sie zum Tanzen fort, da war sie wieder hell und froh und wollte nicht mehr an die schreckliche Frau denken, die zum zweitenmal die Hände nach dem Glück der Merk ausstreckte.

Da flog Rothauer schon wieder mit Marie dahin; wie eine blaßgelbe Blüte, die der Wind verwehte, lag sie in seinen Armen. Ihre schmalen Finger spielten ein leises Sehnsuchtsspiel in seiner Linken, die heiß und hart war, wie Marie Cholevius die Hände der Männer wollte – –

Tilde drehte sich mechanisch mit ihrem Tänzer weiter, verfolgte mit den Augen unablässig die gelbe Blüte, die der Wind in ihres Liebsten Arm verweht hatte. Lief zur Schwester: »Olga! Es ist spät! Wir wollen gehen!«

Aber Olga, die sich eben wieder anschickte, das prinzliche Schaukelpferd durch die Irrgänge der Polka durchzusteuern, dachte nicht ans Heimgehen: »Aber Tilde, um drei Uhr kommen doch erst die Weißwürst'! Wir werden doch nicht vorher gehen! Da wird's ja grad erst nett!«

Sie war so beschäftigt mit sich und der Hoheit, daß sie von der Verzweiflung Tildes nichts merkte.

Man blieb also noch da. Mechanisch drehte sich Tilde noch stundenlang von einem Arm zum andern, auch Rothauer kam noch öfters und holte sie zum Walzer und Landler.

»Bist jetzt wieder g'scheit, Mäderl?«

»Ja, ja, bin g'scheit!«

»Lieb's Ding du!«

Ohne daß es einer sah, beugte er sich rasch im Tanz über sie und küßte ihre Schläfe.

Da schwebte in tollem Wirbel die gelbe Blüte vorüber. Tilde fuhr mit einem Ruck aus der seligen Vergessenheit des Walzers empor.

Rothauer, der immer noch auf die feine, blaugeäderte Schläfe sah, auf der sein Kuß brannte, fragte: »Was hast denn? Ist dir was?«

»Nein … gar nichts … es war ganz unwillkürlich …«

Sie log nicht. Sie war in der Tat unwillkürlich emporgefahren, denn sie hatte für eine Sekunde die Empfindung gehabt, als stieße sie einer über den letzten schmalen Erdstreif, auf dem sie stand, hinunter ins bodenlose Nichts. –

Zwanzigstes Kapitel

Dann war es gekommen, wie Tilde gefürchtet hatte. Marie Cholevius streckte die Hände aus und willig, fast ohne Zögern folgte Rothauer dem Winke dieser weißen Finger. Nicht auf einmal, nicht gewalttätig nahm sie ihn, sondern mit all den langsamen kleinen, heißen Schmeichelkünsten, die einen Hauptreiz ihres Wesens bildeten.

Zunächst enzückte sie den Künstler in ihm. Er wußte selber kaum mehr, wieviel Skizzen er schon von ihr gemacht hatte und immer wieder sah er einen Lichtreflex, der ihm vorhin entgangen war und der jetzt auf ihrem Nacken spielte, oder von ihren Fingern zu tropfen schien. Nicht die Linien ihrer Gestalt oder ihres Gesichtes waren es, die ihn immer wieder aufs neue fesselten, sondern ihre lässigen halb kindlichen, halb leidenschaftlichen Bewegungen, die seltsame Harmonie, in der ihr Haar, die Farbe ihrer Haut, die Schatten um ihre Schläfen mit jedem Hintergrund zusammenflossen, vor den er sie stellte. Sie war auch als Modell von bewundernswerter Ausdauer; sie, die Verzärtelte, Kränkliche, sonst nur mit dem Kult des eigenen Ichs beschäftigt, harrte stundenlang regungslos, jedem seiner Blicke, ja schon jedem Zucken der Augenbrauen folgend, in ermüdenden Stellungen aus, wenn sie sah, daß sie ihm so gerade gefiel. Jedes Zeichen seiner Hand, jedes kaum merkliche Neigen oder Heben des Kopfes verstand sie, gab ihm nach, daß er niemals von der Staffelei wegzutreten brauchte, um ihre Stellung zu verändern oder zu richten, wie er es wollte.

Weder Liebe noch Kunstsinn machten sie so gefügig, aber sie hatte schnell ausgespürt, daß man den Mann in Rothauer am leichtesten gewann, wenn man zuerst den Künstler in ihm gewonnen hatte. Ihn zu gewinnen, war sie ja vor allem wieder nach München gekommen. Mit einem Gemisch von Sehnsucht und Perversität schleppte sich diese kranke, von allen möglichen Opiaten erschöpfte Frau zu dem robusten Mann hin, der den Lebensborn selber in seinen Bauernhänden zu halten schien.

Er sah sie zuerst mit einer Art verblüffter Neugier an. Auf dem Basar, in Scheveningen war sie immer nur flüchtig an ihm vorüber geglitten, jetzt, da er ihr zum erstenmal viele Stunden lang allein, ohne den hemmenden Apparat geselligen oder internationalen Lebens gegenüber saß, begriff er zunächst gar nichts von ihr, sie kam ihm kurios vor, ein bißchen lächerlich, ein bißchen erbarmungswert. Gab's denn so was in Wirklichkeit, so eine schmächtige, zerbrechliche, kleine Person, die bei starkem Wind nicht ausgehen konnte, weil sie sonst umgeblasen wurde und die tausend kleine Bedürfnisse hatte, auf tausend Nervenreize reagierte, von denen er gar nichts wußte?! Eine Frau, die nur Batist- oder Seidenwäsche tragen, nur in stark parfümiertem Wasser baden, nur in überheizten Zimmern sich wohl fühlen konnte und allen Ernstes behauptete, daß sie sterben müsse, wenn sie nicht täglich dreimal ihre Morphiuminjektion bekäme?! Die Morphiumgeschichte war in Rothauers Augen die lächerlichste Sache von der Welt.

»Also, so was g'wöhnt man sich halt wieder ab«, meinte er ganz naiv und er lauschte mit ungläubigem Lächeln, als hörte er ein Gruselmärchen, wenn sie ihm erzählte, wie sie in früheren Jahren von einer Anstalt zur andern gezogen sei, immer für ein paar Wochen geheilt, um aufs neue der alten Leidenschaft in die Arme zu sinken. Und sie erzählte ihm von den Menschen, die sie in diesen Anstalten getroffen hatte, von Männern, deren Namen Deutschland mit Ehrfurcht und Stolz nannte, und die dort hilflos, erbärmlich waren, wie verlogene Kinder. Weinten, schrieen, auf den Knieen vor den Ärzten rutschten oder in rasenden Zornesausbrüchen alles zertrümmerten, wenn die gewohnte Stunde kam und die Morphiumdosis ausblieb oder wenigstens so gering geworden war, daß sie ihren verhetzten Nerven keine Linderung mehr bot.

»Mitunter, aber nur ganz, ganz selten hat sich's einer wirklich abgewöhnt, einer mit einer ungeheuren Energie. Die meisten aber haben sich immer wieder heimlich Morphium verschafft und sich nachher, wenn sie heraus waren, doppelt entschädigt, für all das Wasser, das man ihnen eingespritzt hatte. Gott, die Ärzte sind ja so dumm! Sie bilden sich immer ein, uns zu düpieren, statt dessen düpieren wir sie.« Und sie erzählte weiter, haarsträubende und komische Anstaltsgeschichten, deren Angelpunkt immer wieder war, wie man die Ärzte belügen und auf Schleichwegen, deren kein geriebener Verbrecher sich zu schämen brauchte, das geliebte Gift heimlich herbeischaffen und mit den andern teilen konnte.

Rothauer begriff das gar nicht.

»Aber wenn die Leut' doch wissen, daß ihnen das schon schadet, wie können's denn nachher so dumm sein?!«

»Ach, Lieber, du redest wie der Blinde von der Farbe! Hast du denn eine Ahnung, wie wonnig dieser Rausch ist, wie man für Stunden, für halbe Tage ein ganz andrer Mensch wird, wie die Welt dann so schön aussieht, so heiter, so rosig und wie man allen Jammer vergißt?«

»Aber ich dank' schön, ich will gar kein andrer Mensch werden, mir ist die Welt alle Tag' schön genug und vom Jammer weiß ich nichts.«

Ihre Augen verschwammen ein wenig, begannen zu flimmern, eine böse Lust stieg in ihr auf.

»Hast du nie eine Morphiuminjektion bekommen?«

»Nein, keine Idee davon.«

»Auch nicht, wenn du krank warst?«

»Ich war nie krank.«

»Hättest du nicht einmal Lust, es zu probieren?«

»Fallt mir net ein!«

»Ich möchte' es aber so gern ...«

»Ach, hör' mit dem Unsinn auf ...«

»Aber Lieber, wenn ich dich recht schön bitte –«

Sie legte schmeichelnd ihre Hand auf seinen Arm. Er schüttelte sie ab.

»Weißt, laß mich mit dem Teufelszeug in Ruh', wenn's dir Spaß macht, dich zugrund' zu richten, ist das deine Sach', aber mich laß in Ruh'.«

Sie stritten noch ein wenig, halb im Scherz, halb im Ernst. Dann fing sie plötzlich ohne Grund zu weinen an, denn es ging auf die gewohnte Stunde hin, und ihre Nervenkraft war zu Ende.

Wenn sie so weinte, tat sie ihm unsäglich leid und sie weinte oft, weil sie jede kleine Mißhelligkeit des Lebens wie ein Unglück ansah und ihr keine Widerstandskraft mehr entgegenzusetzen hatte.

Wenn ein Mann Mitleid mit einer schönen Frau hat, so ist er schon halb verliebt in sie. Bald hatte denn auch Marie Cholevius nicht nur den Künstler, sondern auch den Mann in ihm gewonnen, hatte ihn gewonnen, gerade weil sie schwach und hilfsbedürftig erschien und weil sie tausend Verfeinerungen kannte, brauchte, die ihm fremd waren. Als sie seiner erst sicher war, ließ sie sich immer mehr gehen, wurde immer egoistischer, immer anspruchsvoller, verfügte über ihn, seine

Zeit, wie es ihr gerade paßte, und er ließ es geschehen, lachend, voll Staunen über sich selbst und in dem Wahn, daß dies alles sein freier Wille sei, daß er von heut auf morgen sich ohne Schuld und Blut von ihr lösen konnte, wenn's ihm gerade einfiel. Einige Male war der Prinz ins Atelier gekommen, während Rothauer Frau Cholevius malte. Das erste Mal hatte ihn der Zufall geführt, später kam er mit Vorbedacht, fragte wohl auch, wann die nächste Sitzung sei und ob er nicht dabei störe. Marie sah Rothauer fragend an, und dieser lächelte geschmeichelt: »Kommen S' nur, Hoheit, Kollegen stören net.«

Der Prinz war entzückt über »Kollegen«, Marie war entzückt über den Eindruck, den sie offenbar auf den Prinzen gemacht hatte, und Rothauer lächelte mit der Eitelkeit des Mannes, der es gern sieht, daß die Frau seiner Wahl auch andern den Kopf verdreht.

Marie Cholevius hatte eine kleine, hübsch möblierte Wohnung gemietet, in der sie auch die wenigen Menschen empfing, die sie von ihrem früheren Aufenthalt her kannte oder jetzt neu kennen lernte. Es dauerte nicht lange, da war der Prinz fast ein täglicher Gast, spielte bei ihr zugleich die Rolle eines Pagen und eines Haushofmeisters, zwei Fächer, zu denen Rothauer jede Begabung fehlte und deren richtige Besetzung im Leben einer hübschen Frau doch so wichtig ist. Willig übernahm der Prinz all die kleinen Dienste, erwies all die Liebenswürdigkeiten, für die der Münchener Maler ganz untauglich gewesen wäre. Er besorgte die neuesten Bücher, bestellte rechtzeitig die Billetts, wenn ein Star im Theater oder im Konzert auftrat, entdeckte die ersten Delikatessen der Saison, wußte sehr bald, daß Frau Marie Orchideen- und Heliotropparfüm von Houbigant bevorzugte und war unermüdlich unterwegs, um ihr Perltäschchen wieder aufzufinden. Denn das verlorene Perltäschchen gehörte zu den feststehenden Einrichtungen in Mariens Leben; es gab keine Gelegenheit, kein Theater, keinen Laden, keine Elektrische, kein Auto, in dem es nicht liegen geblieben wäre. Der Prinz, der in unermüdlicher Langmut dem Flüchtling nachlief, war bald bekannt in den Fundbureaus der Polizei und wurde von den Beamten lächelnd gegrüßt, wie ein liebgewordener Besuch, den man nicht mehr missen mochte.

Rothauer sah dem Prinzen zu und lachte.

»Schad', daß ich kein Genremaler bin, sonst müßt' ich entschieden einmal ein Bild malen: Der Prinz und das Perlentascherl.«

Der Prinz lachte ein wenig gezwungen, Marie sah ihn aus flimmernden halb geschlossenen Augen von unten herauf an und sagte mit kokettem Schmollen zu Rothauer: »O, Herr Rothauer, Sie sollten sich über die Liebenswürigkeit Seiner Hoheit nicht lustig machen, Sie könnten sogar ein bißchen von ihm lernen …«

»So was lern' ich nimmer, das muß man von Jugend auf g'wöhnt sein.«

»Und es gibt ja auch Menschen, die vielleicht ausschließlich für die verlorenen Perltaschen auf der Welt sind«, sagte der Prinz.

Seine blauen Augen sahen verträumt und ein wenig ausdruckslos in die Ferne, so daß niemand wissen konnte, welche Gedanken hinter seiner Stirne saßen. –

Ein Gespräch, das Marie, sobald sie allein mit Rothauer war, immer wieder heranzog, war Tilde von Merk. Widerwillig nur folgte ihr Rothauer, wurde verdrossen, einsilbig, sobald sie von dem Mädchen zu reden begann. Marie aber kümmerte sich darum nicht, ja, es bereitete ihr große Freude, ihn mit Fragen und Äußerungen zu quälen, die sich auf Tilde bezogen. Obgleich sie erst wieder einige Wochen in München lebte, hatte sie schnell herausgefunden, daß zwischen dem Maler und dem schönen Mädchen etwas war; Redensarten, versteckte Anzüglichkeiten, die sie da und dort aufgefangen, ein paar unvorsichtige Bemerkungen von ihm selbst, hatten sie zuerst auf die Fährte gelenkt. Dann kramte sie einmal in seiner Skizzenmappe und fand Zeichnungen von Tildes Profil, auch ein paar Momentaufnahmen, wie sie am Teetisch saß oder mit aufgestütztem Kopf auf der Ottomane lag. Marie hatte Tilde natürlich nicht wiedererkannt, aber sie hatte dann doch bald herausgebracht, daß das Modell dieser Zeichnungen und Photographieen die Schwester der Frau Professor Benedikt war. Diese Erkenntnis störte ihre Gemütsruhe nicht im geringsten, sie dachte nur: ›Diese Schwestern haben kein Glück mit mir; jedesmal geraten sie an einen Mann, der mir gehört.‹ Sie forschte Rothauer immer weiter aus. Wie lang er Tilde schon kenne … ob sie sehr hübsch sei … ob sie seine Geliebte sei … ob er die Absicht gehabt habe, sie zu heiraten … Rothauer wurde so ungeduldig, daß er sie am liebsten aus dem Zimmer gejagt hätte.

»Jetzt hör' einmal auf mit den ewigen Quengeleien, du kennst das Mädel nicht, du siehst sie nicht, sie geht dir sicher aus dem Weg, wo sie kann, also kümmer' dich nicht weiter um sie, sie geht dich nichts an.«

»Aber deine frühere Geliebte geht mich natürlich etwas an, du siehst, ich bin so liebenswürdig, anzunehmen, daß es nur eine frühere war ...«

»Aber Herrgott, es ist keine frühere Geliebte, es ist überhaupt keine Geliebte, das hab' ich dir doch schon hundertmal gesagt.«

»So, was ist sie denn?«

Rothauer schwieg.

»Also, sie war nicht deine Geliebte?«

»Nein, nein, dreitausendmal nein!«

»So, nun dann war sie eben sehr klug; du kannst von Glück sagen, daß ich dazwischen gekommen bin, sonst würdest du eines Tages rettungslos aufgeheiratet worden sein.«

Rothauer war wütend.

»Jetzt will ich aber nix mehr hören von der dummen G'schicht. Du hast, weiß Gott, keinen Grund, das Mädchen zu verlästern; sie geht dich nix an. Was ich mit ihr g'habt hab', geht dich auch nix an. Nur eins muß ich dir noch sagen: so herumspioniert und gefragt, wie du, hätt' sie nie und so sektiert hat sie mich auch nie.«

Sie trennten sich, ohne Frieden geschlossen zu haben und Rothauer ließ ein paar Tage nichts von sich hören, obwohl Marie ein Billett nach dem andern schickte.

Solche und ähnliche Szenen gab es öfters zwischen ihnen und jedesmal ließen sie in Rothauer tiefen Mißmut zurück. Die kleine, schmächtige Person fing an auf ihm zu lasten. Ihr naiver Ichkult, der wie selbstverständlich alles beiseite schob oder verletzte, was ihn gestört hätte, machte den Maler ungeduldig. Er, der nie eine andre Herrin über sich gehabt hatte als seine Kunst, sollte jetzt mit den Launen, den Nervenkrisen einer kranken, verwöhnten Frau rechnen. Sein Tag, der immer so klar und ordentlich ausgebreitet gelegen, an dem es keine andern Stürme gegeben hatte, als die ringende Arbeit, sein Tag war jetzt angefüllt von Verabredungen, die sie meist vergaß oder nicht einhielt, von Besorgungen, die sie ihm aufbürdete und die ihm lächerlich vorkamen und von ihren Nerven- und Morphiumzuständen, für die er nicht das geringste Verständnis hatte. Zuweilen überkam es ihn wie ein körperliches Unwohlsein, wenn er in ihre überheizten Zimmer trat, die stets verdunkelt und stark parfümiert waren. Er hatte oft das Gefühl, als ob er in einem stehenden, trübselig-lauen Gewässer säße und verschmachten wollte nach der harten, klaren Welle eines Bergsees. Vor allem wieder arbeiten, arbeiten wie früher, ohne Störung, ohne Verpflichtung, wenns ihm gefiel auch ohne Mahlzeit, rastlos, restlos, alles vergessend, wenn die Leidenschaft über ihn kam. So, wie er noch vor einem Jahre gearbeitet hatte und auch noch, als Marie ihm zuerst so geduldig Modell stand. Jetzt war ihre Geduld längst verschwunden. Tagsüber lag sie in ihren verdunkelten Zimmern, stöhnte, klagte, wurde erst gegen Abend munter und vergnügt. Dann zog sie sich hübsch an und empfing den Prinzen, der meist schon vormittags sich nach ihrem Befinden erkundigte und sich der gnädigen Frau zur Verfügung gestellt hatte. Abends ging sie dann mit Rothauer aus oder sie lud ihn und den Prinzen zu sich ein. Aber all diese Tage, die sie verstöhnte und verjammerte, ließ sie Rothauer nicht in Ruhe. Sie fand unzählige Mittel, um ihn in jeder Stunde zu erinnern, daß er nicht mehr sein eigener Herr war. Sie verstand es meisterhaft, ihn mit ihren tausend kleinen Interessen zu stören, zu verwirren, daß ihm keine ruhige Stunde mehr für sich und seine Arbeit blieb. Er fluchte wohl innerlich, wurde ungeduldig, heftig, nahm sich zwanzigmal vor, seine Beziehungen zu Marie Cholevius zu lösen und blieb dennoch machtlos, als Mann wie als Künstler gleich ergriffen, wenn sie ihm am Abend in all ihrer kranken Schönheit schmeichelnd die Arme um den Hals legte: »Ach, Lieber du! Wenn ich dich nicht hätte, wäre ich schon lange nicht mehr auf der Welt!«

An Rothauers Verhältnis zu Tilde hatte sich äußerlich nichts geändert, nur daß sie vielleicht ein wenig seltener kam als sonst. Immer noch hatten sie ihre Teestunde im Atelier, saßen beisammen, plauderten, tauschten wohl auch ein paar Zärtlichkeiten, aber es war doch alles anders als früher …

Seit Marie Cholevius wieder in München aufgetaucht war, brachte jeder Tag für Tilde ein neues Martyrium. Sie litt nicht nur mit dem Herzen, das den geliebten Mann an eine andre verlor, sie wurde auch gejagt vom Hohn, von der Schadenfreude, die sie überall witterte, von der neuen, schmählichen Niederlage, der sie unaufhaltsam entgegenschritt.

Über Rothauer und die Cholevius wurde ja schon eifrig gemunkelt. Die beiden gaben sich auch gar keine Mühe, bösem Gerede aus dem Weg zu gehen. Selbst der Prinz, der das Paar öfters begleitete, vermochte nicht durch seine Gegenwart den Spürsinn der Klatschmäuler zu täuschen. Alle Hälse reckten sich, alle Operngläser wurden aufgeschraubt, wenn bei den Premieren des Schauspielhauses Rothauer und Frau Professor Cholevius in einer Proszeniumsloge erschienen.

Eine der ersten, die Tilde eine freundliche Bemerkung über die neue Konstellation hinwarf, war Olga.

»Na, Kleine, deinen Maler scheinen sie dir gründlich ausgespannt zu haben; deswegen brauchst du aber nicht gleich so verzweifelt auszusehen, Frauen unsrer Art finden jeden Tag einen Mann, wenn sie nur wollen.«

Pünktlich und grausam berichtete sie nun alles, was sie über Rothauer und Marie hörte. Frau von Merk sagte nie ein Wort; offiziell hatte es für sie nie eine »Angelegenheit Rothauer« gegeben, und sie hielt es für geraten, auch jetzt, da Tilde sich abermals zu blamieren schien, ihre mütterliche Zurückhaltung zu bewahren. Aber wenn Tilde beim Essen oder von der Handarbeit unversehens den Blick hob, merkte sie, daß die Augen der Mutter hart und mit verbissenem Hohn auf ihr ruhten. Diese harten, höhnischen Augen waren gräßlich – –

›Lieber in die Isar gehen, als mich mein Leben lang so anschauen zu lassen,‹ dachte Tilde und der Bissen quoll ihr im Munde.

Alles, was sie seit Jahren gelitten, erschien ihr wie ein Kinderspiel gegen die Qual dieser Tage. Wo sie ging und stand, quälte sie sich müde mit der Frage: ›Was soll ich tun, mein Gott, was soll ich tun?‹

Nicht mehr hingehen? Ihn nicht mehr sehen? Ja, das wäre das Einfachste gewesen, das was am nächsten lag und was ihrem beleidigten Stolz am meisten entsprochen hätte. Das Schluchzen der gepeinigten Liebe war aber stärker, als die mahnende Stimme des Stolzes. … Nicht mehr hingehen – sie schloß die Augen und fühlte, daß bei dem Gedanken alles um sie her schwankte. Wenn sie nicht mehr hinging, war alles zu Ende, unwiderruflich zu Ende. Dann gab es kein Morgen mehr, kein Hoffen, kein Vielleicht, dann hatte sie selbst mit eigener Hand jede Glücksmöglichkeit zerstört, die ihr geblieben war …

Und schließlich, warum sollte sie nicht mehr hingehen? War Rothauer ihr zur Treue verpflichtet? Hatte er eine Schuld gegen sie abzutragen? Eine Verantwortung übernommen, der er sich entzog, wenn er eine andre liebte? Nein. Tilde hatte kein Recht, ihm zu grollen oder Forderungen an ihn zu stellen. Wie Kameraden hatten sie sich gefunden, nichts war zwischen ihnen von der banalen, kläglichen Liebestragödie zwischen dem Mann und dem Mädchen. Tilde war keine Betörte, keine Verführte; was sie gegeben, das hatte sie aus freiem Antrieb gegeben. Immer noch durfte sie mit klarem Blick, ohne Reue, einem andern Mann in sein Haus folgen …

Weil es so war, scheute sie auch vor jeder Szene, vor jeder Erörterung zurück. Sie erinnerte sich zu deutlich der Worte, die er ihr früher einmal gesagt hatte, als sie ungeduldig und mit kindischen Mitteln ihn zu einem entscheidenden Wort hatte drängen wollen. Ein zweites Mal wollte sie sie nicht wieder hören. Sie schwieg also, nannte nicht einmal den Namen der Cholevius. Zu Anfang kam sie's hart an und es drängte sie, ihm den Namen ins Gesicht zu schreien: ›Ich weiß alles, und was du da tust, ist erbärmlich!‹

Sie beherrschte sich aber immer und empfand es schließlich wie eine Wohltat, wie eine letzte Abfindung, die sie ihrem Stolz bot, daß sie schwieg. Solange sie schwieg, war alles nicht, brauchte wenigstens nicht zu sein. Diese Frau brauchte nicht für sie zu existieren, solange sie ihren Namen nicht aussprach. Erst wenn sie ihre Erscheinung in Worte gebannt hatte, wurde sie zur Wirklichkeit, die keinen Platz mehr ließ, mit der man kämpfen mußte, gemein und niedrig werden wie sie, und der man schließlich doch unterlag.

So dachte und grübelte Tilde, log sich selber allerlei Spitzfindigkeiten vor und merkte nicht, daß sie sich nur belog, um den entscheidenden Schritt nicht tun zu müssen, um sich immer noch eine elende, kleine Hoffnung wachzuhalten. Außer diesem armseligen Bißchen Hoffnung besaß sie ja nichts mehr – was für ein Leben lag vor ihr, wenn sie selbst das letzte Lichtchen löschte, das aus weiter Feme, aus unergründlicher Zukunft herzuleuchten schien?

Eines Nachmittags saß sie bei Rothauer im Atelier. Sie tranken Tee und führten ein gequältes Gespräch über Dinge, die ihnen gleichgültig waren. Rothauer war verstimmt und einsilbig. Er fühlte sich in Tildes Gegenwart unfrei, und wenn er ihr blasses Gesicht mit den unnatürlich großen Augen ansah und ihren Mund, der zuweilen in leisem Schmerz bebte, dann konnt' er's nicht hindern, daß etwas wie Schuldbewußtsein über ihn kam. Hätte sie geweint, ihm Vorwürfe gemacht, sich als Opfer aufgespielt – das wäre ihm lieber gewesen. Aber dieses Mädchen ohne Klage, dem man nur am Gesicht die innere Zerfahrenheit anmerkte, bedrückte ihn, machte ihn klein vor sich selbst. Wenn er doch nur endlich den Mut gefunden hätte, ihr zu schreiben, daß sie nicht mehr kommen sollte. … Zwanzigmal hatte er's sich schon vorgenommen, wie er sich's schon zwanzigmal vorgenommen hatte, mit Marie Cholevius zu brechen. Er hatte auch wirklich schon etliche Briefe an Tilde geschrieben, die er allemal wieder zerriß, wie er schon in heftigen Szenen Marie zugeschrieen hatte, daß er sie nie mehr sehen wollte, gar nie mehr. Und war dann doch immer wieder gekommen, wenn sie bat und lockte. So pendelte er unfroh, sich selber unverständlich, zwischen den beiden Frauen hin und her, wurde innerlich müde, lässig in der Arbeit und konnte sich doch zu keinem Entschluß aufraffen. Er, der Kraftmensch, der geflissentlich alle »Weiberg'schichten« von seinem Leben ferngehalten hatte, saß jetzt in einem Zwiespalt, wie ihn nur ein moderner Ästhet ausdenken konnte und schien daran zugrunde zu gehen, als wäre er einer jener schwächlichen Männer, über die er sonst verächtlich gelacht hatte.

Als es dämmerte, versickerte das Gespräch fast völlig. Rothauer ging nachdenklich im Atelier auf und ab, Tilde starrte mit schmerzenden Schläfen in das weiche Dunkel hinein, das langsam auf alle Gegenstände des Raumes niederglitt. Plötzlich horchten sie beide auf. Von der Haustür her kam ein leise scharrendes Geräusch, wie wenn jemand vorsichtig einen Schlüssel einsteckt und umzudrehen versucht. Rothauer blieb stehen und lauschte, Tilde neigte den Kopf vor und horchte gespannt. Einen Augenblick sahen sie sich ratlos, erschrocken an. Wer konnte das sein? Wer drang hier zu ungewohnter Stunde heimlich ein?

Rothauer wollte hinauseilen, kam aber schon zu spät. Die Türe des Ateliers ging langsam auf, wie von einer zögernden Hand geöffnet. Eine zierliche Frau mit lang fallendem Schleier stand, scheinbar überrascht, fast ein wenig erschrocken auf der Schwelle – Marie Cholevius. Sie weidete sich eine Sekunde lang an der Überraschung der beiden. Trat nun völlig herein, schloß die Tür hinter sich, ließ aber die Klinke nicht aus der Hand, als wollte sie gleich wieder gehen.

»Pardon, wenn ich störe, aber ich konnte natürlich nicht ahnen, daß du Besuch hast, Damenbesuch ...«

Sie sprach es mit einem kleinen Lächeln, betonte das »Du« ein wenig und sah Tilde dabei fest an. Tilde war halb aufgestanden, sie griff nach ihren langen schwedischen Handschuhen, die vor ihr auf dem Teetisch lagen und hob sie mit einer scheinbar spielerischen Geste, als wollte sie sie Marie ins Gesicht schlagen. Die duckte sich ein wenig und sah hilfesuchend zu Rothauer hin.

Über Tildes Gesicht huschte es wie ein ganz kleines Lächeln, als sie die ängstliche Bewegung der andern sah. Sie ließ die erhobene Hand mit den Handschuhen sinken, stand auf und ging zu dem Stuhl, auf dem ihr Jäckchen und ihr Hut lagen.

»O, mein Fräulein, es täte mir sehr leid, wenn Sie sich durch mich vertreiben ließen. Ich gehe gleich wieder und übrigens kennen wir uns doch schon, erinnern Sie sich nicht? Vor ein paar Jahren auf einem Basar …«

Tilde, die eben mit zitternden Händen ihren Hut festnadeln wollte, entgegnete sehr ruhig, mit einem bösen Lächeln: »O ja, gnädige Frau, wir sind alte Bekannte; meine Schwester und ich, wir kennen Sie genau und wir vergessen Sie nicht. Bekanntschaften wie Sie vergißt man nicht.«

Sie verließ das Atelier, ohne die Cholevius noch einmal anzusehen, sagte nur flüchtig: »Guten Abend, Herr Rothauer!«

Sie lief die Treppen hinunter, so schnell sie konnte, lief auch auf der Straße noch, weil sie hörte, daß er ihr nacheilte. Ohne Mantel, ohne Hut, rannte er hinter ihr her. Was er wollte, wußte er selber nicht, er fühlte nur, daß er sie nicht so gehen lassen durfte. Sie lief aber so schnell, daß er sie nicht einholen konnte, sprang schließlich ganz besinnungslos in den Wagen einer Elektrischen, die gerade daherkam und fuhr, sie wußte selber nicht wohin. Irgendwo stieg sie aus. Sie fror, fühlte sich todmatt und wußte nicht genau, wo sie war. An einem erleuchteten Lokal las sie die Aufschrift »Café«, sie trat ein, setzte sich an einen kleinen Tisch, ließ sich ein Glas Melange und eine Zeitung geben. Um sie her schwebten blaue Rauchschwaden, rannten die Kellner mit ihren blitzenden Kannen, lachten und schwatzten junge Männer, schlugen mit leisem Knall die Billardkugeln aneinander. In all dem behaglichen, lebensfrohen Gewirre saß das junge Mädchen, blickte über die Zeitung hinaus in die dunkelnde Straße und dachte: ›Die Isar … jetzt bleibt mir wirklich nichts mehr als die Isar …‹

Als Rothauer außer Atem heiß und abgehetzt vom Laufen ins Atelier zurückkam, gab's eine große Szene zwischen ihm und Marie. Sie wollte zuerst die Unbefangene spielen.

»Ich begreife nicht, Schatz, wie du so bös auf mich sein kannst, ich habe doch gar nichts gewollt, ich ging unten vorbei und dachte mir, schaust einmal nach, ob er da ist. Hätt' ich eine Ahnung gehabt, daß du das Mädchen bestellt hast, so wäre ich natürlich nicht heraufgekommen.«

Er trommelte vor Wut mit den Fäusten auf den Tisch.

»Red' nicht so dumm daher ... herbestellt! Meinst vielleicht, das ist eine, die man einfach herbestellt? So was verbitt' ich mir! Und außerdem geht's dich nix an ... du hast mir nicht nachzuschnüffeln ...«

»Mein Gott, ich schnüffle dir doch nicht nach ...«

»Natürlich schnüffelst du mir nach, in unmögliche Lagen bringst mich.«

Er war wütend auf und ab gerannt, blieb jetzt wie von einem neuen Gedanken gepackt vor ihr stehen.

»Überhaupt, wie kommst du da 'rein? Wo hast du denn den Atelierschlüssel her?«

Sie lachte ihr seelenloses Lachen, sagte ganz naiv: »Ich hab' mir einen Nachschlüssel machen lassen.«

»Einen Nachschlüssel?! Ohne meine Erlaubnis? Das ist stark!«

»Aber ich bitte dich, wegen so einer Kleinigkeit spricht man doch gar nicht.«

»Was, das ist eine Kleinigkeit, wenn du ohne mein Wissen in meine Wohnung einbrichst.«

»Schatz, erstens ist hier nicht deine Wohnung, sondern dein Atelier. Und ›einbrichst‹! Wie sich das anhört, als ob ich eine schwere Verbrecherin wäre.«

»Ja, Herrgott, begreifst du denn nicht, daß das nicht geht, daß ich nicht will, daß ein fremder Mensch jeden Augenblick zu mir kann.«

»Ich bin dir doch kein fremder Mensch.«

»Ja, ja, ja«, schrie Rothauer auf, »du bist mir ein fremder Mensch, so fremd wie irgendeiner. Ich will nicht, daß du jeden Augenblick zu mir kommen kannst, daß ich gar nicht mehr Herr hier bin. Ich will's nicht, hörst du?! Und jetzt gib augenblicklich den Schlüssel her.«

Sie wehrte sich zuerst. Sie wollte den Schlüssel durchaus behalten. Erst als er schrie: »Gut, behalt' ihn, dann zieh' ich eben aus«, legte sie den Schlüssel schmollend auf den Tisch. Durch ihre Nachgiebigkeit besänftigt, versuchte er, ihr zuzureden, ihr klar zu machen, daß sie im Unrecht gewesen sei. Seine Bemühungen blieben ganz fruchtlos. Sie hörte wohl seine Worte, aber den Sinn begriff sie nicht. Sie verstand durchaus nicht, weshalb die Geschichte mit dem Schlüssel häßlich und unrecht gewesen sein wollte. War Rothauer denn nicht ihr Liebster? Hatte er denn noch ein Recht, irgend etwas für sich, für sich allein behalten zu wollen? Hatte nicht sie, Marie Cholevius, von ihm Besitz ergriffen?

Sie legte ihm schmeichelnd die Arme um den Hals und sah mit blitzenden Augen auf den blitzenden Schlüssel hin. Diesmal hatte sie nachgegeben, hatte sie erkennen müssen, daß der Mann, in dessen Armen sie lag, ihr noch nicht restlos verfallen war. Er widerstrebte noch, wollte noch etwas für sich allein behalten. Sie lächelte kaum merklich vor sich hin. O, sie würde diesen Widerstand brechen; eine festere, geheimere Gemeinschaft wußte sie, als der alberne Schlüssel da bedeutete ... Und während sie sich immer fester an den Geliebten schmiegte, ihn immer heißer küßte, raunte sie ihm von Wonnen, die er nie erlebt, von Ekstasen, die er nie gekannt, von einem Wunderland, das er nie betreten hatte. Und das alles barg sich in dem kleinen wasserhellen Tropfen,der an einer Silbernadel zitterte ...

Einundzwanzigstes Kapitel

Rothauer wollte noch an demselben Abend an Tilde schreiben, besann sich aber und tat es nicht. Was hätte er ihr auch sagen sollen? Es war ja doch eine verfahrene Geschichte, die weder erklärt, noch entschuldigt werden konnte. Besser also, man ließ die Dinge, wie der Zufall sie gefügt hatte. Marie nannte Tildens Namen nicht mehr. Jetzt gehörte Rothauer ihr ganz allein. Nur das Letzte blieb noch zu tun, das ihn ihr wie unter einem Freimaurerzeichen geheim und unlöslich zu eigen geben sollte, wie es ihr früher Benedikt geeint und zu eigen gegeben hatte. Auch Benedikt hatte sich anfangs gesträubt und war dann doch ihrer Verführung erlegen … ›Es wird mir hier gelingen, wie es mir damals gelang‹, dachte sie.

Eines Abends, als sie vom Theater heimkamen und Rothauer besonders gut gelaunt war, gelang es denn auch. Halb ärgerlich, halb lachend streifte er den Hemdärmel bis zur Schulter zurück. Er streckte ihr den entblößten Arm hin.

»Also her mit dem Teufelszeug, damit die arme Seel' endlich ihre Ruh' hat und ich auch!«

Sie lachte jubelnd aus, küßte ihn und begann dann eifrig, alle Vorbereitungen zu treffen. Er sah ihr verständnislos und belustigt zu; wie sie vorsichtig die feine Nadel unter seine Haut führte, sah er sie an. Ihr Gesicht sah seltsam aus. Die Augen waren wieder halb geschlossen, nach oben gedreht, so daß fast nur das Weiße zu sehen war. Das Kinn hatte sie ein klein wenig vorgeschoben, die Lippen waren geöffnet, daß man ihre kleinen weißen Unterzähne blitzen sah. Wie ein Schatten glitt ein Lächeln um die zwei kleinen Vertiefungen, in denen ihre Mundwinkel endeten.

Rothauer blickte sie lange an; ein leises Frösteln kroch ihm den Rükken herauf.

›Wie eine Trud' sieht sie aus! Wie eine Trud', die sich auf die Menschen hockt und ihnen das Blut aussaugt!‹

Schon zog ihm Marie vorsichtig den Ärmel wieder herunter.

»So, mein Schatz, nun schlafe und träume wie noch nie zuvor!«

Das war die merkwürdigste Nacht, die Rothauer je erlebt hatte. Zuerst lag er in seinem Bett wie sonst, fühlte sich sehr leicht und heiter und freute sich aufs Einschlafen. Dann gingen seltsame Dinge vor. Die Nacht begann aufzuwachen, zu leben, zu klingen. Das Zimmer füllte sich mit Geräuschen, die er niemals gehört hatte, deren Ursprung er nicht kannte. Mitunter war es wie gedämpfte Musik, dann wie fernes Stimmengewirr oder wie ein Räderwerk, das irgendwo draußen, weit weg, sausend dahinflog. Er vernahm alles deutlich und empfand es weder unheimlich noch unangenehm. Er hatte nur immer das Gefühl, als ob er in einem Vorsaal stünde und schon im nächsten Augenblick durch eine Tür zu dem Wundersamen schreiten sollte, für das er keinen Namen wußte, das aber klingend in der Luft umherschwirrte und ihn mit einer köstlichen Aufregung erfüllte.

Immer bunter, immer lauter wurde die Nacht. Alle Gegenstände im Zimmer schienen zu leben, eine eigene Sprache zu sprechen. Und jetzt lag er auch gar nicht mehr in seinem Bett; er fühlte sich mit einemmal emporgehoben, aber nicht wie von Menschenarmen oder von der Kraft einer Maschine; nein, ganz von selbst schwebte er in die Luft empor, wie vom Gesetz der Schwerkraft entbunden. Er fühlte seinen Körper nicht mehr, denn der lag wie eine abgestreifte, schwere, dunkle Masse in den Kissen, indes ein leichter, schillernder, durchsichtiger Rothauer gleich einer Feder im Zimmer umherschwebte, durch ein Meer von süßen, geheimnisvollen Tönen, das vor ihm ebbte und rauschend wieder hinter ihm zusammenfloß. Die köstliche Aufregung wuchs. Er fühlte sein Herz schlagen und meinte sein Blut im Kreislauf strömen zu sehen, als wäre er selber von Kristall. Seine Lebenskraft schien ins Ungeheure zu wachsen. Immer höher schwebte er, die Decke des Zimmers dehnte sich empor, als ob auch für sie jedes natürliche Gesetz verstummt wäre. Das Allerschönste aber, das Lustigste an all dem Spuk war, daß Rothauer nie die Besinnung völlig verlor, daß er in all den wundersamen Stimmen der Nacht auch noch die der Wirklichkeit vernahm und verstand. Da schlug zum Beispiel die Wanduhr mit ihren langsamen, etwas schnurrenden Schlägen und er zählte sie mit, gerade als ob er wach wäre, schwebte dann ein wenig näher zu ihr hin, weil ihre Zeiger mit dem Schlagwerk nicht übereinstimmten und er sie richten wollte. Als er aber ungefähr in der Höhe des Chronometers war, hätte er fast laut aufgelacht: oben auf dem Uhrgehäuse saß der Prinz, winzig klein, mit bunten Papageienflügeln an den Schultern. Rothauer merkte jetzt auch, daß die Uhr gar nicht geschlagen, sondern daß der Prinz rhythmisch mehrmals nacheinander gekrächzt hatte. Rothauer wollte rufen: ›Aber, Hoheit, was machen Sie für Geschichten!‹ da breitete der Prinz seine Schwingen aus und begann in großen Runden das Zimmer abzufliegen. Rothauer wollte ihm nach, aber der Prinz flog schnell und immer schneller, so daß er ihn nicht erreichen konnte. Einmal mußte er auch innehalten: er spürte plötzlich einen kleinen, aber schrecklichen Schmerz, so, als ob für einen Augenblick sich flüssiges Blei in seinen Adern wälzte, gleich war's aber wieder vorbei und er setzte aufs neue dem Prinzen nach, dessen Schnelligkeit immer rasender wurde, bis er sich als wirbelnder, bunter Punkt in der klingenden Nacht verlor. Da flog Rothauer allein weiter, selig und leicht. Seine köstliche Erregung minderte sich aber jetzt ein wenig. Er hatte Angst, daß der jähe Bleischmerz sich wiederholen könnte. Da kam er auch schon zum zweiten Male und dann wieder und dann – o grauenhaftes Dämmern! – dann war's kein kleiner Schmerz mehr, sondern ein schrecklicher, schwerer Fall. Die Schwerkraft bekam wieder Macht über ihn, er war nicht mehr aus Kristall, sondern aus Knochen und Fleisch und fiel aus der Luft mit dumpfem Aufschlagen auf sein Bett nieder.

Aber ich will nicht, ich will noch ein wenig hinauf, ich will wieder fliegen!‹

Abermals lösten sich uralte Formeln, stieg er als körperloses Wesen in die Luft hinein. Wie zuvor rauschte und klang die Nacht, schien eine neue Welt herabgesunken zu sein, die die alte verschlang. Dann kam der schreckliche Fall zum zweitenmal. Rothauer hatte nicht mehr die Kraft zu denken: ›Ich will!‹ Ohnmächtig, vergehend in schlaftrunkenem Weh bettelte er zu der unsichtbaren Macht der neuen Welt: ›Nur noch einmal! Einmal nur noch laß mich fliegen!‹

Die Macht gestattete ihm, sich zum drittenmal seiner Menschlichkeit zu entäußern. Wieder schwebte er körperlos empor, aber nicht mehr so hoch wie zuerst. Er fühlte sich auch nicht mehr so köstlich erregt und frei, sondern empfand eine kindische Angst, daß er sich irgendwo anstoßen könne. Die seltsamen Geräusche des Dunkels begannen abzuklingen, die Gegenstände hörten auf zu leben. Seine eigene Schwungkraft reichte kaum mehr, ihn zwei Meter hoch über dem Erdboden zu halten, über dem Bett, auf dem er jetzt noch als schwere, dunkle, leblose Masse lag. Die Spuknacht ging zu Ende, mit hellen, nüchternen Augen sah der Tag sie an. Da tat Rothauer den dritten, schrecklichen Sturz, von dem er sich nicht wieder erheben sollte. Kein Wollen, kein Betteln half. Er hörte, wie er bleischwer, krachend auf sein Lager niederschlug. Unfähig, ein Glied zu rühren, mit der Empfindung, daß er sechs Zentner schwer sei, blieb er röchelnd liegen –

Die Sonne schien schon hell ins Zimmer, da wachte er endlich auf. Er erinnerte sich an gar nichts, er wußte nichts, konnte nichts denken, als daß Sterben leichter sein müsse, als das Aufwachen nach solcher Nacht. Er wußte nicht, ob er schwer krank sei, ob vergiftet oder irrsinnig. Er hatte das Gefühl, daß es so keine Stunde mehr weitergehen könne, er hatte aber keine Vorstellung, was kommen oder werden sollte und warum es so nicht weitergehen könne. Ihm war's, als läge ihm die ganze Welt auf der Brust, als könnte er vor Not und Elend nie mehr in seinem Leben aufstehen. Er hatte früher auch schon nach tollen Nächten tollen Katzenjammer gespürt, aber nie in seinem Leben war ihm ein solch entsetzlicher Morgen heraufgedämmert, wie die Frühröte nach diesem Giftspuk. Er wollte sich erheben, läuten, sich schwarzen Kaffee bringen, einen Arzt holen lassen, aber er war unfähig, auch nur den Fuß aus dem Bett zu strecken. Wie gelähmt blieb er liegen und begann jämmerlich zu weinen, er, der seit seinen Kindertagen keine Träne mehr vergossen hatte. Er schluchzte, als ob er sich in Schmerz auflösen wollte, schluchzte weiter, bis ihn ein heftiges Erbrechen befiel, das sich in Zwischenräumen stundenlang wiederholte. Gegen Mittag endlich wurde ihm ein wenig leichter und besser. Er schlief nochmals ein, diesmal ohne Spuk und Traum und erwachte erst, als Mittag schon vorüber war. –

Als Rothauers Kopf wieder ganz klar war, hatte er nur eine einzige Empfindung, einen ungeheuren Zorn auf Marie. Er verstand jetzt, daß sie ein verlorener Mensch war, und daß sie ihn als Gefährten ihres zerstörten Daseins hatte mitziehen wollen. Der Entschluß mit ihr zu Brechen, stand nun unwiderruflich fest. Er wollte nicht mehr hingehen, wenn sie kam – nicht aufmachen, wenn sie schrieb – nicht antworten. Wenn's sein mußte, würde er sogar eine Weile verreisen, bis sie München verlassen oder wenigstens eingesehen hatte, daß zwischen ihnen beiden alles zu Ende war.

Als ein Tag verging, ohne daß Rothauer ein Lebenszeichen von sich gegeben hätte, setzte Marie den ganzen Apparat in Bewegung, den er von früheren Szenen her schon kannte. Eilbriefe kamen ... Stadttelegramme ... rote Radler. Er blieb standhaft und stumm. Als die Versuche, ihn durch Freunde zu erreichen, fruchtlos blieben, machte sie sich selbst auf den Weg. Sie fand Rothauer, wie er an der Ateliertür gerade mit einem Modell verhandelte. So mußte er sie wohl oder übel einlassen.

Es kam zu einer furchtbaren Szene zwischen ihnen. Rothauer vergaß das bißchen Schliff, das bißchen Beherrschung, das ihm, dem Landkind, die Stadt in vielen Jahren mühsam beigebracht hatte. Er tobte, wehrte sich mit der ganzen Rücksichtslosigkeit eines Mannes, der von einer Frau loskommen, mit der verzweifelten Brutalität des Gesunden, der sein rotes Blut vor schwächenden Giften schützen will.

Marie begriff den rasenden Unband seines Wesens nicht. Sie starrte ihn mit großen, ängstlichen Augen an, stotterte. Versuchte sich zu rechtfertigen. Mein Gott, an diese Morgen gewöhnt man sich ... sie waren nur die ersten Male so schrecklich, schwächten sich später ab. Nur der Zauber der Nacht blieb, das prachtvolle Gefühl der Körperlosigkeit. Und übrigens, wenn er nicht wollte, so brauchte er's ja nicht mehr zu tun. Es blieb ein Versuch, ein mißlungener Versuch, nichts weiter.

»Deswegen bleibt doch zwischen uns alles, wie es war, das kann doch nichts ändern. Deshalb kannst du mich doch nicht plötzlich hassen!«

Tränen strömten über ihr Gesicht. Sonst hatte ihr Weinen ihn stets gerührt, entwaffnet. Heute reizte es ihn zu neuer Wut.

»Ja, ja, ich hasse dich! Oder nein, ich hass' dich nicht. Du bist mir viel zu erbärmlich dazu, ich will nur nichts mehr von dir wissen, ich will nichts mehr von dir hören, dich nicht mehr sehen. Ich will endlich einmal einen Atemzug tun, ohne daß du dabei stehst und ihn mir mit deinen Ränken und Schwänken verdirbst.«

Sie eilte auf ihn zu, wollte ihn umschlingen.

»Lieber, Liebster, das ist doch nicht dein Ernst, so abscheulich kannst du doch nicht sein. Ich habe ja doch niemand und nichts mehr auf der Welt, als dich.«

Er schüttelte ihre Hände ab, die auf seinen Armen lagen.

»Laß mich, es muß jetzt endlich einmal aus sein, ich ging' zugrunde, wenn ich noch länger bei dir bliebe! Ich kann schon nimmer arbeiten, wie früher. Bald wär' ich auch nicht mehr g'sund wie früher. Ich muß frei sein von dir, ich müßt' ersticken, wenn ich länger mit dir zusammen atmen sollt'!«

Sie schrie auf.

»Wenn ich dich nicht mehr habe, muß ich sterben; dann bring' ich mich um!«

Er lachte höhnisch auf.

»Das sagt jede. Die Melodie kenn' ich schon. Du selber hast mir's schon so und so oft g'sagt!«

»Ich sag's nicht nur, ich tu's auch. Du wirst es sehen, daß ich's tue!«

Sie brach in einem Stuhl zusammen, schluchzte so bitterlich, daß ihr die Tränen durch die Finger rannen.

Er fühlte ein Fünkchen Mitleid, ein Fünkchen Schwäche in sich aufglimmen und wollte es mit um so größerer Härte ersticken.

»Aus ist's!« sagte er, »geh jetzt und schau, daß wir uns nie mehr im Leben treffen, das wird für dich und für mich das Beste sein.«

Und da sie sich nicht rührte, sondern regungslos sitzen blieb, ihn mit entgeisterten Augen anstarrend, riß er die Tür des Ateliers auf und wies sie mit polternden Worten und Gesten hinaus …

Er drehte zweimal den Schlüssel hinter ihr im Schloß herum, reckte die Arme wie ein Befreiter. Sie war noch immer nicht gegangen, stand draußen vor der verschlossenen Tür, klopfte, weinte, bettelte. Er rührte sich nicht. Dann hörte er endlich, wie sie die Treppe hinunter ging. Vorsichtig öffnete er die Tür zu einem kleinen Spalt. Gott sei Dank, sie war fort, er war allein.

Am nächsten Morgen stand er schon in aller Frühe an der Staffelei. Er hatte alte Skizzen hervorgeholt und malte inbrünstig voll Gier und Lust, wie in früheren Tagen. Die Stunden flogen dahin, daß er erstaunt aufsah, als die Glocken der Stadt Mittag läuteten. Er ging in eine Gastwirtschaft, die in der Nähe lag, denn er wollte keine Zeit verlieren. Er aß eine abscheuliche Suppe und einen zähen Braten. Während er aß, fiel ihm ein, daß der ganze Vormittag vergangen war, ohne daß Marie sich irgendwie gemeldet hätte. Das wunderte ihn, denn er war fest überzeugt gewesen, daß sie, trotz allem, immer noch versuchen würde, ihn wieder zu gewinnen. Er kannte ihre skrupellose Zähigkeit von früher her. Er hatte nicht gedacht, daß sie diesmal an einen endgültigen Bruch glauben würde; nun, wenn sie's tat, um so besser! Um so besser, wenn sie endlich einsah, daß er sich selber gehören wollte und nicht ihr. Um so besser, wenn er endlich Ruhe hatte vor ihr.

Er arbeitete noch den ganzen Nachmittag, ging auch abends in seine Künstlerkneipe, die er lange vernachlässigt hatte und freute sich mit den andern, daß er wieder da war. Erst da er wieder mit Männern, mit Kollegen beisammen saß, merkte er, wie gezerrt, wie verzettelt ihm die letzte Zeit hingegangen war. Nun aber war das Leben wieder sein. Die Tage lagen wieder vor ihm wie frischgewaschen, strahlend in Klarheit und Freude, als harrten sie nur seiner tüchtigen Hand, die sie zum Bilde formen sollte.

Auch am nächsten Morgen sah ihn die frühe Sonne schon bei der Arbeit. Wiederum blieb Marie stumm. Rothauer atmete tief auf. Er hatte immer noch gefürchtet, daß sie sich nicht zufrieden geben, ihn in neue Szenen verstricken möchte. Nun aber, nach achtundvierzig Stunden, durfte er wohl unbesorgt sein – sie hatte wohl Vernunft angenommen und blieb seinem Wege dauernd fern.

An diesem Nachmittage wurde einmal ziemlich heftig an Rothauers Türe geklingelt. Er fuhr zusammen, hielt im Malen inne und horchte hinaus. Da er nicht öffnete, klingelte man nach einigen Minuten zum zweiten Male. Als sich auch dann noch im Atelier nichts regte, ertönte die Klingel kein drittes Mal … Rothauer trat vorsichtig ans Fenster. Unwillkürlich ging er auf den Zehenspitzen, als konnte man sonst draußen seinen Schritt hören und er drückte sich hinter einen Fensterpfeiler, um nicht gesehen zu werden, wenn etwa von der Straße her jemand forschend nach seinen Fenstern zurückblickte. Er war fest überzeugt, daß Marie geklingelt hatte, kein andrer Mensch sonst –

Wie er vorsichtig auf die Straße hinabspähte, sah er etwas, was ihn erstaunte. Vor dem Hause hielt ein Auto, in das eben der Prinz einstieg. Sie war also schamlos genug, den Prinzen als Vermittler zu schicken. Wie gut, daß er nicht aufgemacht hatte! Das wäre eine nette Unterredung geworden …

Er malte weiter und redete sich ein, daß er sehr zufrieden sei. Tief innen aber bohrte und nagte ein kleiner Wurm. Was hatte der Prinz gewollt? War er wirklich nur gekommen, um Versöhnung zu stiften? Rothauer fand diese Voraussetzung plötzlich unwahrscheinlich. Der Prinz hatte es offenbar sehr eilig gehabt, sonst wäre er nicht im Auto gekommen. Auch seine Art zu klingeln, hatte Hast und Erregung verraten. Wenn er Rothauer sonst aufgesucht hatte, war er stets zu

Fuß gekommen, hatte fein und bescheiden auf den elektrischen Knopf gedrückt. Was lag heute vor? Was hatte er heute gewollt?

Solche Fragen gingen Rothauer immer länger im Kopf herum, machten ihn nervös, unlustig zur Arbeit. Früher als er's gewollt hatte, legte er den Malstock beiseite und ging fort. Auf der Treppe traf er die Hausmeisterin, die sehr erstaunt war, als sie ihn sah. Sie hatte gemeint, er sei nicht daheim, denn der Herr, der vorhin da war, hatte ja geklingelt; ohne daß ihm geöffnet worden wäre. Er hatte aber eine Karte dagelassen, die sie Herrn Rothauer sofort übergeben sollte, falls er nochmal ins Atelier zurückkäme.

Hastig griff Rothauer nach der Karte. Es war eine Visitenkarte des Prinzen, auf der mit Bleistift geschrieben stand: »Kommen Sie sofort zu Frau Ch. Ein Unglück ist geschehen.«

Ohne sich zu besinnen, eilte Rothauer nach Mariens Wohnung. Das Dienstmädchen öffnete ihm mit verweintem Gesicht. Im Vorzimmer schwebte ein bittersüßer Duft von Medikamenten. Es roch nach Kampfer und Äther.

Die Tür des Vorzimmers öffnete sich. Der Prinz, trat heraus. Er sah blaß und verstört aus, so daß Rothauer nicht mehr zu fragen brauchte –

Marie Cholevius war tot, an einer Morphiumvergiftung gestorben, jeder Wiederbelebungsversuch erfolglos. Der Arzt hatte erklärt, daß sie eine Dosis genommen habe, die genüge, um sechs Menschen zu töten. Rothauer war wie betäubt. Er hörte kaum, was der Prinz sprach. Willenlos folgte er ihm ins Schlafzimmer, das gleichfalls nach Kampfer und Äther roch. Wäschestücke und alle möglichen Instrumente lagen umher, Stühle waren verrückt, Teppiche verschoben, Wasser auf dem Fußboden verschüttet. In dumpfer Besinnungslosigkeit stand dann Rothauer vor dem Bett, auf dem die Leiche unter der gelbseidenen Atlasdecke lag. Auf der andern Seite stand der Prinz. Sein verstörtes Gesicht zuckte, aber er blieb tadellos in der Haltung. Rothauer stand da und starrte mit fliegenden Pulsen die Tote an. War das wirklich die Frau, die ihm vor kaum einer Woche lachend und verliebt, blühend in ihrer seltsamen, kranken Schönheit im Arm gelegen hatte? Erst jetzt im Tode konnte man ermessen, wie verwüstet die Unselige schon im Leben gewesen sein mußte. Keine Spur von Reiz, kein Hauch von der Majestät des Todes war über sie gebreitet. Klein und verfallen lag das Gesicht in den Kissen, die Nase stand unheimlich lang und spitz daraus hervor. Die Augen waren nicht ganz geschlossen, sondern ließen durch eine kleine Ritze ein weißes Streifchen des Augapfels sehen. Das Kinn war sehr weit vorgeschoben, die Lippen wieder ein wenig geöffnet wie damals, als sie sich über Rothauers nackten Arm gebeugt hatte. Und wie damals schien in den Vertiefungen der Mundwinkel ein unheimliches, kleines Lächeln zu spielen. Mit dem hämischen, unerlösten Gesicht einer toten Trud lag sie da.

Rothauer aber merkte das nicht. Er sah nichts, hörte nichts von dem, was um ihn her war. Sein Hirn war ganz außerstande, die Eindrücke, die seine Sinne empfingen, zu Gedanken zu formen. Er begriff nichts von allem, was er da erlebte. Er hatte überhaupt nicht das Gefühl, daß er selbst es erlebte. Ihm war's, als hätte ein Fremder sein Wesen als Maske angelegt, als wäre er, Rothauer, nur noch ein teilnahmloser Zuschauer für den Mummenschanz des andern. Er war weder bestürzt noch erschüttert, noch bekümmert, – nur gelähmt. So gelähmt und betäubt, daß er kaum etwas fragte und nicht verstand, was der Prinz zu ihm sprach.

Als er fortging, wollte er wie sonst dem Prinzen die Hand reichen. Die Hoheit ließ jedoch die Arme schlaff herabhängen, verbeugte sich nur förmlich.

Der Prinz ging ins Schlafzimmer zurück; nun, da er ohne Zeugen war, brauchte er keine Selbstbeherrschung mehr zu üben. Er legte die Hand über die Augen und weinte. – Als er sich etwas gefaßt hatte, telegraphierte er an Professor Cholevius, der unverzüglich eintraf und am Totenbett schluchzte wie ein Kind. Gemeinsam mit dem Prinzen brachte er die Leiche nach Ulm, wo sie in aller Stille verbrannt wurde.

Zweiundzwanzigstes Kapitel

Der Selbstmord der schönen Frau rief natürlich das größte Aufsehen hervor. Tagelang wurde in allen Kreisen von nichts anderm gesprochen, die Zeitungen brachten vorsichtige Mitteilungen, die die Neugierigen um so stärker reizten. Groß war das Interesse für die Tote, aber noch viel größer für den überlebenden Helden des geheimnisvollen Dramas – für Rothauer. Er stand im Mittelpunkt aller Fragen, aller Vermutungen. Wer ihn, wenn auch nur flüchtig, kannte, rühmte sich dessen mit wichtiger Miene. Sie erzählten Anekdoten von ihm, die sich nie in der Wirklichkeit zugetragen hatten, erlogene Züge von seiner Brutalität oder von seiner Kindlichkeit. Man bemühte sich, ihn zu sehen, zu beobachten. Es gab Leute, die mehrmals täglich um das Haus strichen, in dem er wohnte, die Straße abgingen, in der sein Atelier lag. Die Bilderpresse brachte sein Porträt, das ihn mit der Physiognomie eines Metzgerburschen darstellte. Ein berüchtigtes Revolverblatt teilte ihm mit, daß es »sensationelle Enthüllungen aus einem Maleratelier« bringen würde, wenn er nicht fünftausend Mark Schweigegeld zahlen wollte. Sensationsbedürftige Damen, die sich an der blutrünstigen Salome berauscht hatten, schrieben parfümierte Briefe. Betäubt, befangenen Geistes schritt Rothauer durch all den Tumult, den er plötzlich verursacht hatte. Er verstand jetzt erst, was geschehen war und diese seltsamen Wirkungen des Geschehenen verwirrten ihn. Was die Leute sagten, was die Blätter schrieben, war ihm, an sich betrachtet, ganz gleichgültig. Aber der Zusammenhang der Dinge, auf den sie allesamt hinwiesen, den sie als feststehend betrachteten, quälte ihn, trieb ihn zu Gedankengängen, zu Selbsterforschungen, die ihm sonst ganz fremd gewesen waren. Er war ja gar kein brutaler Mensch, wie die Salondamen mit gruselndem Entzücken vermuteten; er war einfach und robust, aber weder roh noch zynisch, und darum lag ihm der Tod Mariens wie eine Last auf dem Gewissen. Mochte ihm sein Verstand auch immer wieder sagen, daß er diesen

Tod ja nicht gewollt, also auch nicht verschuldet hatte – er kam doch von den Stimmen seines Innern nicht los. Er war völlig aus der Bahn geworfen, verstand sein Leben, Schicksal und Verhängnis seines Lebens nicht mehr recht.

Oft sann er nach: ›Es war doch eigentlich alles so einfach gewesen, so selbstverständlich. Kein Mensch konnte ihm einen Vorwurf machen. Er hatte nichts andres getan, als was tausend, hunderttausend andre täglich straflos tun. Er hatte sich mit einer leichtfertigen Frau eingelassen und sich von ihr getrennt, als er merkte, daß sie ihn zugrunde richten wollte. War das nicht sein gutes Recht gewesen? Ja, es wäre sein Recht gewesen, sein unbestrittenes, gutes Recht, aber da war der Tod dazwischen gekommen. Weil der Tod zwischen ihm und seinem Recht stand, sah mit eins alles anders aus.‹ Gleich einer verlorenen Insel der Seligen schwamm weit draußen in unerreichbarer Ferne die frohe, die leuchtende Zeit, da er ein unbeschwertes Herz gehabt und kaum andres vom Leben gewußt hatte als seine Kunst und seine harmlose Fröhlichkeit.

In der Familie Merk hatte die Katastrophe natürlich die größte Bewegung hervorgerufen. Tilde verlor kein Wort darüber, bewahrte mit übermenschlicher Anstrengung der Mutter und der Schwester gegenüber eine gleichmütige Miene. Aber Frau von Merk und Olga saßen mit heißen Köpfen beisammen, überlegten, malten sich aus, wie nun alles kommen würde. Frau von Merk zwar war still und müde geworden. Ihr Glaube an das Glück ihres Hauses war verschwunden und hatte jammerndem Mißtrauen Platz gemacht.

»Ach nein, Olga, die Tilde hat sich's ein für allemal verdorben. Seit der dummen Geschichte damals mit dem Saranoff haben wir kein Glück mehr. Du wirst sehen, bei der Tilde geht's immer wieder wie damals und wie heute: jedesmal meint man, sie holt sich einen Stern vom Himmel und jedesmal ist sie blamiert, und wir mit ihr. Da ist nichts zu wollen, das ist ihre Bestimmung.«

»Aber, Mama, gar keine Rede davon! Im Gegenteil. Und an Franzl hast du noch gar nicht gedacht!«

»Franzl, ja, was hat denn Franzl mit der ganzen Sache zu tun?«

»Sehr viel hat sie damit zu tun. Ich wette mit dir, daß sie jetzt zu Benedikt zurück geht. Gott sei Dank, daß diese schreckliche Frau endlich tot ist. Nun steht doch eigentlich nichts mehr zwischen Benedikt und ihr. Solange die andre lebte, war das ja so eine Sache. Die arme

Franzl, die ja so wenig hübsch ist, hat eben die andre doch immer gefürchtet und hat nicht vergessen können, solange sie lebte. Aber jetzt wird sich Franzl besinnen. Über eine tote Erinnerung muß eine kluge und tüchtige Frau wegkommen. Glaube mir, sie hat gewiß auch schon genug von ihrer Selbständigkeit. Sie wird sehr froh sein, wenn sie aus ihrem Putzsalon zu ihrem Mann zurückkehren kann.«

Die Hoffnung, daß wenigstens die Ehe Benedikt wieder heil werden und der Familie ein gewisses Relief geben könnte, war für Frau von Merk ein wirklicher Trost. An dem guten Willen des einstigen Schwiegersohnes zweifelte sie nicht. Er hatte ihr dann und wann immer noch geschrieben und immer die Hoffnung ausgedrückt, daß Franzl einst milder über ihn urteilen möchte. Von der Tochter freilich wußte sie wenig genug. Eigentlich nur, was Franzl an Tilde schrieb, denn seit Franzl eigensinnig und eigenmächtig ihr Schicksal in die Hand genommen, hatte Frau von Merk jede direkte Verbindung mit ihr aufgegeben.

»Und wenn erst die Franzl untergebracht ist, dann kommt auch die Tilde dran, paß nur auf, Mama. Jetzt, wo die andre nicht mehr da ist, hat sie's doch ganz in der Hand, ihren Maler zu lenken, wie sie will. Lieber Gott, eine Frau kann doch einen Mann um den kleinen Finger wickeln, wenn sie's nur versteht.«

Und Olga reckte sich in den Schultern, warf den blonden Kopf zurück und blickte lächelnd auf ihre trägen Hände, als wären sie eben beschäftigt, ein halbes Dutzend Männer um die Finger zu wickeln.

Ihre Prophezeiungen erwiesen sich aber leider wieder einmal als unzulänglich. Der Fall Cholevius war noch nicht zu Ende, sondern zog noch Kreise. Kaum begann ein wenig Gras über die Sache zu wachsen, kam aus Berlin eine neue Sensationsnachricht: Professor Benedikt war plötzlich gestorben. Der Gashahn in seinem Schlafzimmer war aufgedreht, ob aus Zufall oder aus Absicht, mußte dahingestellt bleiben. Irgendwelche Anhaltspunkte, die ein bestimmtes Urteil gestattet hätten, ergaben sich nicht. Er hatte keinerlei Aufzeichnungen, keinerlei Verfügungen hinterlassen. Neben dem Toten lag die Nummer einer Zeitung, die einen genauen Bericht über den Tod von Marie Cholevius enthielt. In der Brieftasche steckte neben andern Papieren auch ein aus Paris datierter, nur wenige Wochen alter Brief seiner geschiedenen Frau. Den Inhalt dieses Briefes mitzuteilen, erschien den Blättern indiskret. Sie deuteten nur an, daß dieser Brief offenbar dem Verstorbenen jede Hoffnung auf eine Wiedervereinigung mit seiner früheren Gattin genommen habe …

Der Tod Benedikts war noch der letzte Schlag, der Frau von Merk treffen konnte. Jetzt war alles zu Ende. Jetzt hatte Franzl nicht einmal mehr den Mann, der gezwungen war, für sie zu sorgen. Jetzt mußte die Familie für sie einspringen, denn an Franzls Fähigkeiten, sich selbst ihr Brot zu schaffen, hatte Frau von Merk nie geglaubt. Frau von Merk sagte gar nichts. Sie ächzte nur ein wenig und ließ den Kopf auf die Tischplatte sinken. Als sie ihn wieder hob, sah sie Tilde mit einem Blick an, der das Mädchen erschauern machte. Es lag nicht nur mehr Härte in dem Blick, sondern auch soviel Jammer, soviel stumpfe Trostlosigkeit, daß Tilde meinte, sie müßte verzweifeln, weil sie doch mit gebundenen Händen dasaß und nicht helfen konnte.

Später, als die Schwestern allein waren, sagte Olga sehr von oben herab: »Die Franzl ist schon ein ausgesuchter Pechvogel, aber du, Tilde, von dir erwarten wir immerhin noch etwas. Ich wollt', ich wär' an deiner Stelle …«

Sie lächelte und wiegte sich selbstgefällig in den Hüften. Tilde hatte einen Augenblick den brennenden Wunsch, der Schwester ins Gesicht zu schlagen. Sie lachte aber nur höhnisch auf, sagte: »Ja du, Olga, wenn man deinen Verstand hätte!« und lief in ihr Zimmer.

Ein prachtvoller Frühlingssturm jagte über die Stadt hin. Er fauchte die Pappeln in der Leopoldstraße grimmig an, daß sie ihre kerzengerade, hochmütige Haltung vergaßen und sich erschrocken vor ihm verneigten. Er blies auf die Kastanienbäume, daß die Regentropfen, die in der Nacht auf sie gefallen waren, hurtig von den hellgrünen Blättern heruntersprangen und sich vor dem Grobian in den Erdboden flüchteten. Er wirbelte die Kaskaden der Zierbrunnen nach allen Richtungen über ihr Steinbecken hinaus, daß sie anzusehen waren wie flatternde, zerrissene Schleier. Überall roch es herb nach jungem Grün, nach Veilchen, die noch niemand sah, nach feuchter Baumrinde, nassem Gras und aufgerissener Erde. In der Luft brauste es wie von Verheißungen. Wenn der Sturm über die Dächer hinfuhr, meinte jeder, er sähe an der Seite der Windsbraut das Glück selber einherreiten …

Tilde lief in der Stadt umher, zuerst in den Straßen, denn es tat ihr wohl, Menschen zu sehen, Schaufenster, das ganze bunte Getriebe des Tages, dessen Lärm ihre eigenen Gedanken überschrie. Allmählich aber trieb es sie immer weiter hinaus, bis sie in die Anlagen kam, burch die sich die Isar breit und majestätisch wälzt. Sie schlug den untersten der drei Wege ein, der dicht am Fluß hinführt und nur durch eine Steinböschung von ihm getrennt ist. Es war schon spät am Nachmittag; zu dieser Stunde und bei diesem Wetter gingen hier nur wenige Fußgänger. Sie gaben nicht sonderlich acht auf das blasse, verstörte Mädchen, dem der Wind die Haare ums Gesicht wehte.

Die Dämmerung sank leise hernieder. Vom sonnenlosen Himmel, der seltsam licht war, hoben sich spitze Türme, Kuppeln von Barockkirchen scharf ab, daß die Stadt beinahe anzusehen war wie eine Spiegelung von Florenz. Einzelne Bogenlampen flammten schon auf, aber über den rosenfarbenen Mandelblüten in den Anlagen lag noch ein sanfter Schimmer vom Tag.

Tilde sah weder die Stadt noch die Blüte. Sie starrte hinunter in den Fluß. Jäh, mit gurgelndem Rauschen zog er dahin; es kam ihm sicher nicht darauf an, ein müdes Menschenkind mitzunehmen. Es würde ganz schnell zu Ende sein; die Kraft und Schnelligkeit seiner Wogen würden sie begraben, noch ehe sie recht zur Besinnung kam, ehe eine unerwünschte Hilfe vom Ufer stoßen konnte.

Ihre Kniee zitterten, ihre Zähne schlugen aneinander. O, nur nicht feige sein, sondern bedenken, was man bei diesem Sprung eintauscht. Zu Ende alle Quälerei, alles Warten, Stöhnen und Verzweifeln. Kein Tag mehr, vor dem einem graute, keine Nacht mehr, in der einen schreckliche Träume jagten. Ruhe, tiefe, unendliche, bewußtlose Ruhe. Nur ein klein wenig Mut gehörte dazu, nichts weiter … und ein paar schwere Steine, die gleich in die Tiefe ziehen, damit einem auch der unwillkürliche Kampf des Lebensinstinktes erspart bleibt.

Sie kletterte über die bewachsenen Abhänge ein paar Schritte in die Höhe. Drunten am Fluß war alles festgemauert, weder Kiesel noch Fels in greifbarer Nähe. Oben, auf dem höheren Weg mochte man eher derlei finden. Sie zitterte so heftig, daß sie ein paarmal ausglitt, sich an Buschwerk und Ranken festhalten mußte, um nicht hinzufallen. Erschöpft lehnte sie sich an einem niederen Stamm, dessen Zweige über und über mit Blütenkätzchen behangen waren. Ohne daß sie's merkte, streute er ihr die samtigen Räupchen in die Haare, als wollte er sie nicht ohne Schmuck gehen lassen … Nur Mut, ein klein wenig Mut! Tausend andre bewiesen solchen Mut täglich, selbst die erbärmliche Frau, die sie immer noch haßte, hatte ihn besessen. Wollte sie kleiner, feiger sein, als Marie Cholevius? Sie raffte an Kieseln zusammen, was in ihre Tasche ging, stopfte auch noch ihr Taschentuch, wie ein Bündel, ganz voll. Das wollte sie sich im letzten Augenblick um den Hals binden. Als stünde einer hinter ihr, der sie jagte, eilte sie dann hinunter zum Fluß. –

Dann stand sie da, sah in die gurgelnden Wellen hinein und wußte, daß sie es nie tun würde. Und mit dieser Erkenntnis schoß ein warmer Strom von Lebenskraft, von Lust am Dasein, von Sehnsucht nach Glück in ihr empor. Ein rauher Laut drang aus ihrer Kehle, sie wußte selber nicht, ob sie lachte oder weinte. Wie im Triumph streute sie die eingesammelten Kiesel auf die Erde, in den Fluß. Sie lief zurück in die Maximilianstraße. Sie merkte gar nicht, wie sie aussah: den Hut schief geweht, die Haare voll Blütenkätzchen, die Hände braun von Erde, den Rocksaum schwer und schmutzig von Feuchtigkeit. Ein paar Arbeiter, die nach Hause gingen, riefen sie frech an. Sie hörte es gar nicht ... andre Menschen drehten sich nach ihr um, schüttelten die Köpfe, lachten. Sie wußte es nicht. Sie rief eine Droschke an, nannte dem Kutscher eine Adresse und fuhr dahin in dämmerndem Halbbewußtsein, bis der Wagen vor Rothauers Tür hielt.

Rothauer war kaum erstaunt, als er sie sah. Er fragte nicht, wieso sie kam. Er führte sie wie sonst ins Atelier hinein, nahm ihr gleichmütig Hut und Mantel ab und rückte den kleinen Teetisch zurecht. Er ging nach dem Wandschrank, in dem sie sonst ihre kleinen Vorräte aufbewahrt hatten, kramte ein wenig darin herum und stellte schließlich eine Büchse mit etlichen alten, zerbröckelten Cakes vor sie hin. Er sagte: »Ich hab' nichts andres, aber wenn du willst, gehe ich fort und hol' was!«

Sie entgegnete müde: »Nein, laß nur, ich hab' gar keinen Hunger.« Sie saß auf der Ottomane, die Ellbogen auf die Kniee gestützt, das Gesicht in den Händen verborgen. Hier in diesem Raum schien alle Lebenslust, alle Glückssehnsucht von ihr gewichen zu sein. Sie hörte nichts von den Stimmen der Verheißung, die draußen brausten. Hier, in diesem Raum, der voll von Erinnerungen war, drang ein Chorus von Enttäuschungen, Demütigungen, Bitternissen auf sie ein, daß sie zu weinen begann, ohne daß sie selber recht wußte warum. Sie weinte nicht um sich und um den Mann. Sie weinte um die blühende Kraft ihrer jungen Jahre, um ihre mißhandelte Liebe, deren Folterkammer dies Atelier geworden war. Sie weinte aus Erschöpfung in einer natürlichen Depression all ihrer Nerven, die sie vorhin, als sie am Flusse stand, aufs äußerste angespannt hatte.

Rothauer ging unablässig mit schweren Schritten auf und ab. Zuweilen sah er mit abwesendem Blick über das weinende Mädchen hin, aber er sagte ihr kein Wort. Wie hätte er, der selber an einer Last trug, einem andern Menschen Trost geben sollen? Wenn sie zuweilen stärker aufschluchzte, dachte er mechanisch, während er auf und ab schritt: ›Was muß ich eigentlich für ein infamer Kerl sein. Die eine bringt sich um, die andre sitzt da und weint sich das Herz aus dem Leib. Warum? Ich weiß nicht. Ich werd's auch nie in meinem Leben verstehen.‹

Einmal blieb er bei ihr stehen, sah die Blütenkätzchen in ihren wirren Haaren, zupfte etliche der gelben Samtraupen heraus und fragte: »Mäderl, wo warst denn? Du hast ja den halben Englischen Garten auf dem Kopf.«

»Ich war in den Anlagen, unten am Isarkai.«

»Bei dem Sturm?«

Sie schwieg einen Augenblick, sagte dann trotzig und beschämt zugleich: »Ich wollt' nicht länger leben ... ich wollt' ins Wasser gehen.«

Er prallte einen Schritt zurück. Das Bild von Marie Cholevius stieg in ihm auf.

Da sie sein Erschrecken sah, lächelte sie höhnisch über ihn und über sich, sagte mit einer kleinlauten Geste der Hilflosigkeit: »Ich hab' nicht gekonnt, *ich* nicht. *Sie* hat den Mut dazu gehabt. So ein jämmerliches Geschöpf bin ich, daß ich mich jetzt eigentlich vor ihr schämen muß.«

»Geh, red doch keine solchen Dummheiten!«

Er ging wieder auf und ab. Seine Gedanken wirbelten immer noch wild durcheinander, aber er spürte jetzt doch dunkel, daß irgendwo ein Punkt war, an dem sie zur Ruhe kommen konnten. Tildes Unfähigkeit, das Leben fortzuwerfen, ihre »Feigheit«, wie sie es nannte, war für ihn wie ein Stützpunkt, von dem aus er die Dinge, die geschehenen und die künftigen, mit klarerem Sinn betrachten konnte, als all die schrecklichen Tage her. Die Leichtigkeit, mit der Marie das Dasein abgeschleudert, hatte ihn verwirrt, unsicher gemacht an sich selbst, seinem Wesen und seinem Handeln. Die Zähigkeit, mit der Tilde am

Leben hing, gab ihn sich selbst zurück. Hier war eine Empfindung, die er verstand, und die er darum ehrte. Zum erstenmal fiel ihm ein, daß Marie wohl mehr an sich als an ihm gestorben war. Zum erstenmal konnte er sich wieder in einem andern Verhältnis zu Frauen denken, als in der Rolle des Verderbers.

Er trat ans Fenster, öffnete es und ließ sich den Frühlingssturm um den Kopf brausen. Seine Stirn wurde kühl und klar. Sein Ohr vernahm die Verheißungen, die draußen über der nächtlichen Stadt in der Luft erklangen. Er ging zu Tilde hin, die immer noch krampfhaft weiterschluchzte: »Geh, hör auf zu weinen, das hat ja alles gar keinen Sinn!« Da sie nicht gleich folgte, zog er ihr die Hände herunter, trocknete ihr mit dem naßgeweinten Taschentuch das erhitzte Gesicht, strich ihr die zerzausten Haare zurück.

»So, jetzt redest keine Dummheiten mehr und probierst keine mehr. Was g'schehen ist, wird nimmer ungeschehen. Aber daß es künftighin anders wird, dafür können wir sorgen. Jetzt zieh dich an und geh heim, sonst wissen die zu Haus ja gar nicht, wo du bist. Vorher aber sag noch: Wann soll das Aufgebot sein?«

Dreiundzwanzigstes Kapitel

»Nun, Mama, hab' ich nicht recht gehabt?« fragte Olga triumphierend und glitt wohlgefällig mit der Hand über ihre etwas unordentlichen Haare, die in frischgefärbtem Goldblond erglänzten. Dann griff sie nach dem Brief, den sie eben hatte in den Schoß sinken lassen, und las ihn nochmals laut vor. Er war zwar weder an Frau von Merk noch an Olga gerichtet, aber doch für sie bestimmt, und darum hatte ihn Tilde, gleich nachdem er aus Paris angekommen war, an die beiden Damen weitergegeben.

»Liebe Tilde, eine Anzeige der Familie Benedikt macht mir Mitteilung von dem jähen Tode meines früheren Mannes. Du kannst Dir wohl denken, daß ich trotz allem, was vorgefallen ist, von seinem Ende tief erschüttert worden bin. Ich habe im Geist noch einmal alles durchlebt, was mir meine kurze Ehe gebracht hat, und bin von den Erinnerungen ein paar Tage lang krank gewesen.

Selbstverständlich schreibe ich Dir diese Zeilen aber nicht, um Dich von meinen Gefühlen zu unterhalten, denn mit ihnen wird man wohl am besten allein fertig. Ich schreibe Dir vielmehr, weil ich fürchte, daß gelegentlich dieses Todesfalles durch die Familie Benedikt oder auch auf anderm Wege allerlei falsche Mitteilungen, Indiskretionen und so weiter an Euch gelangen könnten, die mich in ein falsches Licht setzen und Mama in gewisser Hinsicht beunruhigen können. Da ist zunächst – bei uns immer das Wichtigste! – die Geldfrage. Mama wird sich gewiß ängstigen, daß nun die Subvention von Benedikt, auf die sie ja immer so viel Wert legte, aufhört, und daß ich ihr am Ende doch noch zur Last fallen könnte. Darüber möchte ich sie in erster Linie beruhigen. Ich habe schon seit etlichen Monaten nichts mehr von Benedikt angenommen, weil meine Stellung hier, obgleich sie äußerst bescheiden ist, doch genügt, mich vor Not zu schützen.

Die zweite Mitteilung, die ich Dir zu machen habe, hätte ich zwar lieber noch verschwiegen, aber da ich aus einem Brief der Familie Benedikt entnehme, daß sie durch Briefe, die sich im Nachlaß des Toten fanden, bereits davon unterrichtet ist, so hielte ich für unrichtig, Euch gegenüber länger davon zu schweigen. Also: Benedikt hat mir mehrmals den Vorschlag gemacht, wieder zu ihm zurückzukehren; ich hatte es aber nie getan, weil ich kein Vertrauen mehr zu einem Mann haben konnte, der mich vom ersten Tage an mit Vorsatz belogen hatte. Auf seinen letzten Brief, der schon fast ein halbes Jahr zurückliegt, teilte ich ihm kurz mit, daß ich nicht mehr frei sei, sondern mich mit einem deutschen Arzt, der augenblicklich hier bei Professor Charcot Assistent ist, verlobt habe. Sobald er nach Deutschland zurückgekehrt ist, was in etwa ein bis zwei Jahren geschehen dürfte, werden wir heiraten und uns irgendwo daheim eine Existenz gründen. Bis er so weit ist, bleibe ich in meiner Stellung (ich werde vom 1. Januar an um fünfzig Franken monatlich aufgebessert) und bin sehr zufrieden mit dem Los, das mir nach so viel Schwerem noch zugefallen ist. Wenn ich an die entsetzlichen Zeiten denke, die wir beide früher einmal miteinander erlebt haben, kommt mir meine jetzige Existenz mit allen ihren Zukunftsaussichten wie ein Märchentraum vor …

Ich hätte Euch, wie gesagt, meine Verlobung gern erst später mitgeteilt, wenn sie sozusagen spruchreif ist, aber ich möchte eben doch nicht, daß Ihr sie etwa auf ungeschickte Weise durch Fremde erfahrt. Bitte, mache also Mama von alledem Mitteilung, vielleicht entschließt sie sich nun doch, da ein Schwiegersohn mein ›unmögliches Benehmen‹ wieder gutmachen will, einmal an die verlorene Tochter und Putzmacherin zu schreiben. Ich sage das ohne alle Bitterkeit, Tilde, ich bin so froh, so glücklich, daß ich über Dinge, die mir früher weh getan haben, nur noch lache und wünsche, daß Du, Liebste, die einst gelitten hat wie ich, nun auch ebenso froh und glücklich werden mögest wie

Deine Franzl.

PS. Ich sehe eben, daß ich gar kein Nationale meines Bräutigams gegeben, und auch sonst allerlei versäumt habe. Ich hole es demnächst nach. Heute wollte ich nur Tatsachen mitteilen, Details behalte ich mir also vor.«

Frau von Merk sah Olga mit großen, ungläubigen Augen an. Sie konnte gar nicht recht begreifen, was die Tochter da vorlas. War es denn möglich? In ihr seit Jahren vom Mißgeschick verfolgtes Haus fiel endlich wieder ein erster, kleiner Glücksstrahl?! Es war ja keine stolze Sonne, kein mächtiges Freudenfeuer, das mit weithin leuchtenden Zungen verkündet hätte, daß den Merks endlich eine frohe Botschaft geworden sei, – aber es war eben doch ein Strahl, der Licht und Wärme gab und einen milden Glanz in die Zukunft warf.

Es war ja gewiß nicht das große Los, das Franzl gezogen hatte. Zunächst blieb sie, zum Schmerz der Mutter, immer noch deklassiert und Putzmamsell. Aber in kurzer Zeit würde sich ja alles ändern. Sie würde heiraten, »Frau Doktor« heißen und wieder gesellschaftsfähig sein. »Frau Doktor« – es war, weiß Gott, alles mögliche für eine geschiedene Frau, die obendrein nicht einmal hübsch aussah!

»Ach, Mama! Paris! Paris ist die Stadt der Frauen. In Paris hat jede die größten Chancen. Nach Paris muß unsereins gehen, wenn man sich ein Glück holen will. Ich überlege mir eben, ob man nicht Tilde vielleicht zu Besuch nach Paris schicken könnte! ... Franzls Bräutigam hat vielleicht Freunde ... die Schwester einer Braut ist eigentlich immer begehrt. Wer weiß, vielleicht macht sie in Paris noch eine große Partie. Die Geschichte hier scheint sie ja doch einigermaßen verpatzt zu haben.«

Olgas Phantasie raste unaufhaltsam weiter. Frau von Merk hörte ihr lächelnd zu. Wenn sie auch nicht alles glaubte, was die optimistische Tochter fabelte, so blieb doch e i n e süße Gewißheit bestehen: Franzls Verlobung.

Tilde, der Olga bereits in Andeutungen, die sie für zart hielt, von ihren Pariser Plänen sprach, ging scheinbar darauf ein, denn sie sparte sich einen letzten Triumph auf für all die Anmaßung und Selbstgefälligkeit, mit der Olga sie seit langem geärgert hatte. Sie war mit Rothauer übereingekommen, daß ihre Verlobung erst in einigen Wochen veröffentlicht werden sollte, wenn Klatsch und Gerede verstummt waren. Sie wollten auch erst noch die Eröffnung der Sezession abwarten, in der Rothauer neben anderen Damen aus der Gesellschaft auch ein Porträt Tildes ausstellte.

So wartete sie denn geduldig Tag auf Tag, ließ sich lächelnd von Olga Vermahnungen geben über die Kunst, Männer zu fesseln und sich, wie Mama sich ausdrückte, einen »Stern vom Himmel zu holen«. Sie lächelte, war freundlich, scheinbar gelehrig, bis sie eines Abends, eine halbe Stunde ehe sie ins Theater ging, in Gegenwart der Schwester ganz beiläufig zu der Mutter sagte: »Nicht wahr, Mama, morgen vormittag bleibst du zu Hause und nimmst dir nichts Besonderes vor?

Morgen vormittag kommt nämlich der Maler Anton Rothauer und hält bei dir um mich an!«

Im Salon der Frau von Merk saßen vier glückliche Menschen, das Brautpaar am Fenster, Frau von Merk und Olga im Hintergrund an einem Tisch, der mit Papierblättern, Wohnungsplänen und Stoffmustern bedeckt war. Olga fuchtelte mit einem Bleistift in der Luft herum und kam sich sehr wichtig vor. Sie hatte natürlich von Anfang an alles gewußt, Punkt für Punkt hatte sie die neue Ära vorhergesehen; nie hatte sie daran gezweifelt, daß aus Rothauer und Tilde ein Paar werden würde; ihre Vorschläge von Paris hatte sie nur gemacht, um Tilde zu einem Geständnis zu bewegen. Die Zukunft sah rosig aus, wie kaum je zuvor. Die zwei Schwestern, die doch in jeder Hinsicht hinter Olga zurückstanden, waren gut, die eine sogar recht gut verlobt. Nun würde es ein leichtes sein, dem Hause durch sie, Olga, den großen Glanz zu geben, den es ihr schon einmal zu danken gehabt hatte. Sie sah träumerisch zu dem Bilde Lenbachs empor und fand, daß sie ihm noch immer glich. Nur reifer war sie geworden, üppiger, verführerischer. ... Darum würde nun sie an Stelle Tildes nach Paris gehen und die Schwester besuchen. Welche Möglichkeiten boten sich da einer Frau ihrer Art! Vor ihren Augen erstand ein Palast mit Marmortreppen, eine Schar von Dienerschaft, Autos, Feentoiletten, verjubelte Hunderttausende. Herr über all diese Herrlichkeiten war irgendein Geldmagnat, der nichts andres mehr vom Leben wollte, als sein Dasein, seinen Namen und seine Millionen der verwitweten Frau Rittmeister Hertling, geborene von Merk zu Füßen zu legen ...

Frau von Merk saß da und wärmte sich am Glück, wie ein Erfrierender, den man aus eisiger Nacht neben ein loderndes Kaminfeuer gesetzt hat. Sie hatte sich in diesen letzten Tagen um zehn Jahre verjüngt. Vor ihr lagen jetzt nur noch Ruhe und Freude. Die zwei Töchter waren versorgt, die Blamagen, die sie einst übers Haus gebracht, getilgt und vergessen. Die Mutter konnte jetzt nicht nur ihre Zärtlichkeit, sondern auch ihr Geld ausschließlich für Olga verwenden, für dieses schöne, kluge und über alles geliebte Kind, dem sicher noch ein Haupttreffer im Leben beschieden war. Daran glaubte die Mutter ebenso fest wie Olga selbst ...

Einstweilen konnte man aber auch mit Tilde sehr zufrieden sein. Ihre Verlobung machte großes Aufsehen, wurde sogar von Berliner

Blättern mitgeteilt. Wie erschöpft vom Glück ließ Frau von Merk den Kopf ein wenig nach hinten sinken und schloß die Augen. Mit verklärten Blicken sah Olga durchs Fenster hinaus in fernste Weiten. Die Züge der beiden Frauen sahen aus, als ob sie gespannt lauschten. Nach Jahren der Stille vernahm ihr Ohr endlich wieder das leise Schwirren silberner Glocken ... die silbernen Glocken des Neides ...

Tilde und Rothauer besprachen indes allerlei für ihr künftiges Leben. Dies war und blieb ja ein großer Schmerz für die Mutter und für Olga: die jungen Leute wollten weder eine große Hochzeit, noch eine prunkvolle, für glänzende Geselligkeit eingerichtete Wohnung. Sie würden nur eine ganz stille Trauung haben, dann für etliche Monate nach Holland gehen und nach der Rückkehr ein kleines Mietshaus in einem der Vororte beziehen.

»Denn weißt du, Tonerl, die Lotterwirtschaft hört jetzt auf ... wie's bei euch in den Ateliers zugeht, das weiß man schon und auch sonst ... das hört aber jetzt auf ... jetzt wirst du fest zur Arbeit eing'spannt, dafür werde ich schon sorgen ...«

Tilde sagte es lachend, aber es war doch ein Klang in ihrer Stimme, der ihm verriet, daß seine Frau wohl ein festes Regiment im Hause führen würde. Das war ihm aber gar nicht unangenehm. Er wußte schon, daß er kein Zeug zum Pantoffelhelden hatte, aber eine Frau, die energische Hände hatte, war ihm gerade recht. Die würde ihn nicht bedrängen mit Kleinigkeiten, mit jener kindischen Unselbständigkeit, die zu Anfang einer Ehe entzückt und später ungeduldig macht. Im Gegenteil: sie würde alles Peinliche, alles Alltägliche, alles, was ihn in seinem starken Künstleregoismus störte, beiseite räumen, damit er frei, nur seiner Arbeit hingegeben, an der Staffelei stehen konnte.

»Tilde, ich glaub', du wirst ein rechter Drach'«, sagte er scherzend.

»Kann schon sein, ich hab' ja auch einen Schatz zu behüten.«

Mit glänzenden Augen sah sie in die Ferne. Das demütigende Leid vergangener Jahre, die starke Liebe zu diesem Manne hatten eine ganz andre aus ihr gemacht, als sie früher gewesen. Was kümmerte sie jetzt der naive Stolz von Mutter und Schwester?! Was das Gerede der Leute?! Sie hatte ganz andres im Kopf. Ihr war ein Los beschieden, das sie weit über die Durchschnittsfrauen, auch über die glänzendsten, hinaushob. Sie würde die Frau eines Mannes sein, dessen Namen bald zu den ersten in Deutschland, vielleicht zu den ersten der Welt gehören sollte. Ihr schönes Tagewerk war es, als Wegmacherin vor ihm herzugehen, daß kein Stein ihn aufhielt, kein Gestrüpp ihn straucheln machte. Alle Widerwärtigkeiten würde sie ihm fernhalten, ihm jetzt, für die ersten Jahre, die absolute Ruhe geben, deren er zum Schaffen bedurfte, später vielleicht auch die glänzende Geselligkeit, die einst für Meister Lenbach einen prunkvollen Hintergrund gebildet hatte. Unermüdlich würde sie vor ihm gehen und neben ihm stehen, bis er auf jene Höhe gelangt war, in der das Klingklang der silbernen Glokken nur mehr wie Mückenschwirren klingt neben den erzenen Glokken des Ruhmes.

Visitenkarte von Carry Brachvogel

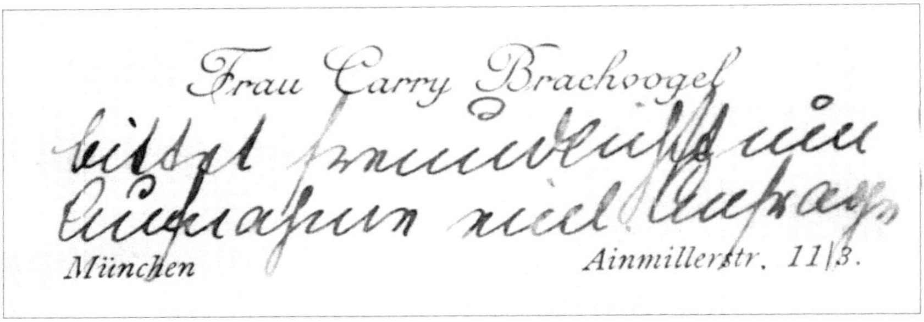

Vorderseite:
»Frau Carry Brachvogel bittet freundlichst um Aufnahme einl. [vermutlich: einliegender oder einlaufender] Anfrage. München Ainmillerstr. 113
[Von 1903–1910 wohnte sie in der Ainmillerstraße 11 / 3 und verfasste in diesem Zeitraum auch den Roman »Kampf um den Mann«.]

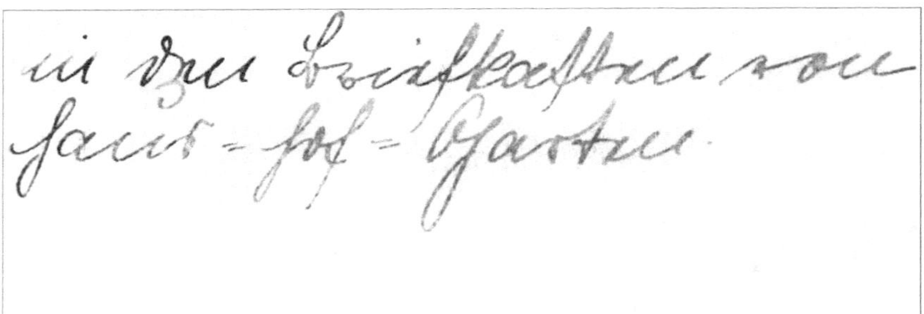

Rückseite:
»in den Briefkasten von Haus-Hof-Garten.« [Haus Hof- Garten« war eine Zeitschrift, die der Berliner Verleger Rudolf Mosse (1843–1920) gegründet hatte.]

Nachwort
Ingvild Richardsen zu »Der Kampf um den Mann«

Es gibt gar nichts Schöneres, als den ganzen Tag zu arbeiten; wir haben das früher nur nie gewußt, Tilde. Man kommt dann gar nicht erst ins Denken und hat man selbst einmal Zeit dazu, so merkt man, daß man vieles ehedem zu schwer genommen, sein Leben wohl auch allzu sehr auf einen einzigen Menschen gestellt hatte – Das soll man nicht. Ich weiß jetzt, daß man es nicht soll. [...] *Stell' Dein Leben nicht ausschließlich auf einen, behalt' noch etwas von Dir für Dich selbst übrig. Man ist dann vielleicht nie so überschwenglich glücklich, aber auch nie so namenlos elend. Und es ist ein Punkt da, von dem aus man immer wieder zurückfindet ins Leben.*

Carry Brachvogel

Die Münchnerin Carry Brachvogel (1864–1942) war eine herausragende Frau ihrer Zeit: modern und fortschrittlich, emanzipiert und engagiert. Als ihr Roman »Der Kampf um den Mann« 1910 in der Reihe »Engelhorns Allgemeine Roman-Bibliothek. Eine Auswahl der besten modernen Romane aller Völker« erschien,[1] war Carry Brachvogel 46 Jahre alt und eine in Deutschland namhafte und erfolgreiche Schriftstellerin, Feuilletonistin und Frauenrechtlerin. 1895 war sie mit ihrem Debütroman »Alltagsmenschen« auf einen Schlag deutsch-

[1] Carry Brachvogel: Der Kampf um den Mann. 2 Bände. Engelhorns Allgemeine Roman-Bibliothek. Stuttgart 1910. Eine Auswahl der besten modernen Romane aller Völker. 27. Jahrgang. Band 5. Verlag von J. Engelhorns Nachfolger. Stuttgart 1910. Engelhorns Allgemeine Roman-Bibliothek war neben Reclams Universal-Bibliothek und Kürschners Bücherschatz die umfangreichste Unterhaltungsliteraturreihe der Jahrhundertwende.

landweit bekannt geworden. Zu diesem Zeitpunkt gründete sie auch einen literarischen Salon, der über 30 Jahre in Schwabing Anziehungspunkt für die gehobene Gesellschaft wurde. Seit 1903 engagierte sie sich an vorderster Front der bürgerlichen Frauenbewegung und kämpfte im »Münchner Verein für Fraueninteressen« für die Rechte der Frauen. 1913 gründete sie mit ihrer Freundin Emma Haushofer-Merk den ersten Schriftstellerinnenverein Münchens. Ricarda Huch, Annette Kolb, Helene Böhlau, Isolde Kurz und viele andere prominente Autorinnen ihrer Zeit traten ihm bei. Bis Ende der 20er–Jahre gehörte Carry Brachvogel mit Franziska zu Reventlow, Ricarda Huch und Annette Kolb zu den populärsten Münchner Schriftstellerinnen und noch 1924, zu ihrem 60. Geburtstag, feierte man die erfolgreiche Schriftstellerin in Deutschlands Zeitungen. 1933 erhielt sie wegen ihrer jüdischen Herkunft Berufs- und Publikationsverbot. Die Herrschaft des Nationalsozialismus drängte Carry Brachvogel ins Abseits und führte schließlich dazu, dass sie am 22. Juli 1942 mit ihrem Bruder, dem Historiker und abgesetzten Universitätsprofessor Siegmund Hellmann, der zuletzt bei ihr in Schwabing lebte, ins Konzentrationslager Theresienstadt deportiert wurde. Beide starben dort wenige Monate später.

Carry Brachvogel war eine ungeheuer produktive und vielseitige Autorin. In den Jahren zwischen 1895 und 1932 veröffentlichte sie 40 eigene Werke und mehrere Übersetzungen. Ihr Gesamtwerk umfasst Romane, historische Romane, Monografien und Frauenbiografien, Novellen, Legenden, Erzählungen, Theaterstücke, einen Kriminalroman, zahlreiche Feuilletons und Essays. Zu Lebzeiten war sie berühmt für ihren eleganten und geschliffenen Schreibstil, für eine ganz außergewöhnliche psychologische Charakterisierungs- und erzählerische Darstellungskunst, aber auch für ihren bissigen Humor und Witz, ihre feine Ironie und ihre große Schlagfertigkeit.

»Der Kampf um den Mann« wurde im Verlag J. Engelhorns Nachfahren veröffentlicht. Der Engelhorn Verlag war 1860 von Johann Christoph Engelhorn (1818–1897) gegründet worden und hatte in den Anfangsjahren zunächst nur natur-, handelswissenschaftliche sowie kunstgewerbliche Werke aufgelegt. Als 1876 Sohn Carl Engelhorn (1849–1926) aus den Vereinigten Staaten mit der Idee zurückkehrte, eine Romanbibliothek zu begründen, verpflichtete der Verlag fortan die beliebtesten deutschen Autoren der Zeit. Und so erschien ab 1884 alle zwei Wochen ein neuer Roman, der in zwei Varianten angeboten wurde: als Taschenbuch für 50 Pfennig und mit festem Einband für 75 Pfennig. Die Reihe, deren Markenzeichen ein roter Einband war, wurde ein Erfolgsschlager und machte das Unternehmen weithin bekannt. Über die Beliebtheit von »Engelhorns Allgemeine Roman-Bibliothek« schrieb der »Hamburgische Correspondent«: »Fast kein Haus, keine Familie, wo die soliden Bände nicht ihren Einzug gehalten hätten; fast keine, noch so klein angelegte Privatbibliothek möchte die sich so freundlich präsentierenden roten Freunde aus ihrer Mitte missen«.[2]

Der Verlag selbst warb für Carry Brachvogels Roman »Der Kampf um den Mann« in seinen roten Bänden mit folgenden Worten: »Die fesselnde Schilderung verschiedener Wege, auf denen moderne Frauen Glück suchen, finden oder verlieren. Generationen, Weltanschauungen treten einander gegenüber, ringen verzweifelt miteinander, bis nach Erschütterungen und Entsagungen aller Art Stärke und geduldige Liebe zugleich den Sieg davontragen. Den Hintergrund des reichbewegten Romans bilden farbige Bilder aus dem Münchner Atelier- und Gesellschaftsleben, das die Verfasserin aus langjähriger Beobachtung gründlich kennt.«[3]

Carry Brachvogel bietet in »Der Kampf um den Mann« ein Sitten- und Charaktergemälde der bürgerlichen Welt um die Jahrhundertwende. Der Roman behandelt humoristisch-satirisch ein die Zeitgenossen heiß beschäftigendes Thema: das Verhältnis der Geschlechter zueinander. Die Autorin inszeniert damalige Geschlechterbeziehungen, männliche und weibliche Verhaltensmuster und Rollenbilder, entlarvt sie oder führt sie ad absurdum. Dabei werden unterschiedliche Sichtweisen deutlich.

Carry Brachvogel zeigt, wie und warum sich das Leben der bürgerlichen Frauen zu Beginn des 20. Jahrhunderts vor allem darum drehte, einen Mann zu ergattern, dabei das große Los zu ziehen und die perfekte Partie zu machen. Doch zugleich dokumentiert sie auch die Suche bürgerlicher Frauen nach einem neuen Selbstverständnis.

[2] Siehe Text im Inneren des vorderen Klappendeckels von »Der Kampf um den Mann«. Stuttgart 1910.

[3] Siehe Text im Inneren des hinteren Klappendeckels von »Der Kampf um den Mann«. Stuttgart 1910.

Zum Titel »Der Kampf um den Mann«

Den Titel »Der Kampf um den Mann« hatte bereits Clara Viebig (1860–1952) für einen von ihr 1905 im Verlag Egon Fleischel & Co. veröffentlichten Dramenzyklus verwendet. In unterschiedlichen Milieus und Konstellationen in Berlin spielend behandelte sie hier in vier Einaktern satirisch die Geschlechterordnung des Fin de Siècle mit den sie kennzeichnenden ökonomischen und psychosozialen Bedingungen.[4] Im ersten Einakter tritt das Leitmotiv vom »Kampf um den Mann« am deutlichsten zutage: Die alternde Frau, eine »Bäuerin«, kämpft um den »Besitz« des geliebten sterbenden jüngeren Mannes. Der jedoch hat sie nur des Geldes wegen geheiratet, tatsächlich hat er ein Verhältnis mit einer Jüngeren. Doch auch diese muss am Sterbebett noch um seine Liebe kämpfen. Im Berliner Kellerakt »Mutter« streitet Lene um den Vater für ihr uneheliches Kind und in »Zuflucht«, einer Szene aus dem Arbeitshaus, kämpft eine 19-Jährige um ihre Freiheit, die letztlich nur darin besteht, zu ihrem Freund zu kommen, dem sie mit Haut und Haar angehören will. Im satirischen Blick entlarvt sich der »Kampf um den Mann« hier als verzweifeltes »Abarbeiten« der Frauen an einem männlichen Ideal. Der Mann ist das begehrte Objekt, um seinen Besitz streben die Frauen aus verschiedenen Gründen. Von ihm erwarten sie ihr Glück und ihr Heil.

Demgegenüber bearbeitete Carry Brachvogel das Thema vom »Kampf um den Mann« in Romanform. Das Geschehen war bei ihr im bürgerlichen Milieu Münchens angesiedelt. Doch auch sie stellte dar, wie um die Jahrhundertwende vehement um den Mann »gekämpft« wird und der Kosmos der Frauen sich nur eben um diesen dreht:

Alles Sinnen und Trachten der Protagonistin Frau von Merk und ihrer Töchter, Olga, Tilde und Franzi, kreist darum, eine gute Partie zu machen. Je mehr Geld oder Ansehen der zukünftige Mann hat, desto besser. Marie Cholevius, die verheiratete Morphinistin, will nicht nur versorgt und beschützt werden, sondern sie will den Mann auch bedingungslos beherrschen. Außer Franziska suchen alle Frauen auch in Carry Brachvogels Roman das Glück und den Lebenssinn ausschließ-

[4] Vgl. Viebig, Clara: Der Kampf um den Mann. Dramenzyklus. 2. Aufl. Berlin 1905.

lich im Mann. Ihm kommt auch hier die erste Stelle im dargestellten Geschlechterverhältnis zu.

Eine Frau ohne Mann erscheint in der vorgeführten bürgerlichen Welt als unwert, bemitleidenswert und als »unnormaler« Zwischenzustand. Aus dem Besitz eines Mannes, aus seiner beruflichen und finanziellen Stellung, ziehen die Frauen ihr Selbstwertgefühl und erhalten ihr gesellschaftliches Ansehen. Franziska ist die Einzige, die nach einer tiefen Demütigung aus dem vorgegebenen Schema ausbricht und sich ein neues Lebensziel sucht: finanzielle Unabhängigkeit, die Entwicklung ihrer Talente und Selbstverwirklichung durch Arbeit. Anhand von Franziska wird eine weibliche Neuorientierung konzipiert und ein neues Rollenbild präsentiert.

Wie sah das Geschlechterverhältnis in der bürgerlichen Welt des 19. Jahrhunderts aus? Warum spielte eine gute Partie damals eine so große Rolle? Welche ökonomischen und psychosozialen Bedingungen standen dahinter? Die Romangeschehnisse müssen im historischen Kontext gesehen und insbesondere vor dem Hintergrund der zeitgenössischen Emanzipationsbewegung interpretiert werden, die das patriarchalische Rollenverständnis des Mannes ins Wanken brachte und in der Carry Brachvogel an vorderster Front seit 1903 engagiert mitwirkte.

Die bürgerliche Frauenbewegung im 19. Jahrhundert – Suche der Frau nach einem neuen Selbstverständnis

Im Zuge der Aufklärung und der Französischen Revolution geriet der Wunsch der Frau nach Gleichberechtigung erstmals in die öffentliche Diskussion.[5] Dieser Anspruch fiel jedoch – als Folge des Sieges über Napoleon – dem erwachenden deutschen Nationalgefühl zum Opfer. Da der deutsche Nationalismus von einem Männlichkeitskult geprägt war, hatte dies paradoxe und negative Folgen für das weibliche Geschlecht: Während Patriotismus von Männern und Frauen gleichermaßen erwartet wurde, stand fest, dass Frauen im öffentlichen Leben der Nation und im Rahmen der Politik nicht gleichberechtigt waren.

5 Eine Darstellung der gesamten Frauenbewegung bietet Ute Frevert. In: Frauen-Geschichte. Zwischen bürgerlicher Verbesserung und neuer Weiblichkeit. Frankfurt am Main 1986. Die folgende Darstellung folgt ihr in den wesentlichen Zügen.

Auch das Ideal der Romantik widersprach jeglichen emanzipatorischen Bestrebungen: Emotionalität, Verklärung der Mütterlichkeit und das Wunschbild eines ordentlichen sicheren Heims mit einer harmonischen Familie unter einem wohlhabenden patriarchalischen Vater und Ehemann waren geltende Werte und Ziele. Damit einher ging ein spezifisches Frauenbild mit entsprechenden Rollenerwartungen.

Ein zweiter Anlauf zur rechtlichen Gleichstellung der Frau erfolgte im Zuge der Revolution von 1848. Mit ihrem Scheitern unterblieb ein weiteres Mal die Umsetzung der weiblichen Forderungen. Gerade die Schicht der bürgerlichen Frauen war weiterhin vom öffentlichen Leben ausgegrenzt, das nach wie vor dem Mann vorbehalten war. Bürgerlichen Frauen war wohltätiges Engagement, zweckfreie künstlerische Betätigung in Form von Musizieren, Malen, Sticken oder auch die Lektüre von schöngeistiger Literatur und Unterhaltungsillustrierten wie der »Gartenlaube«, oder »Von Fels zum Meer« erlaubt. Die Fortsetzungsromane der Illustrierten, zugleich Privileg und Statussymbol ihrer Klasse, behandelten vornehmlich Liebes- und Eheleid. Nach außen wurde so der zelebrierte Müßiggang der Frau zum Ideal erhoben. Dieses Leitbild der Frau war das soziale Charakteristikum des Bürgertums. Attribute, die der Frau in diesem Geschlechterverhältnis zukamen und die über Generationen weitergegeben wurden, waren Ergebenheit, Bescheidenheit, und Abhängigkeit.[6] Kennzeichnend war eine stark auf häusliche Arbeit ausgerichtete höchstens zehnjährige Schulausbildung mit Schwerpunkt auf Handarbeits- und Hauswirtschaftsunterricht. Gebildet waren eher die deutschen Jüdinnen infolge der Assimilationsbestrebungen des deutschen Judentums im 19. Jahrhundert. Nach der Schule hieß es dann, auf einen Ehemann zu hoffen, wobei das Heiratsalter damals bei circa 25 Jahren lag. Alles Streben der Frauen richtete sich demzufolge auf einen guten Ehemann. Eine Selbstverwirklichung durch Arbeit und Erwerbstätigkeit kam in diesem Geschlechterverhältnis nicht infrage. Wie so ein bürgerliches Frauenleben im Fin de Siècle aussah, wird sehr anschaulich und witzig geschildert in einem Buch, das den Titel »Evas Töchter« trägt und 1893 mit kunstvollen Illustrationen von Emanuel Spitzer erschien.

6 Siehe zur Kultivierung des Weibes als einer Drohne und zur Pflege und Antrainierung weiblicher Eigenschaften im Bürgertum auch: Bruns, Brigitte: Das dritte Geschlecht von Ernst von Wolzogen. In: Herz, Rudolf / Bruns, Brigitte (Hg.): Hof-Atelier Elvira 1887–1928. München 1985, S. 171–190, S. 183.

Der Text stammt von Emma Merk (1854–1925), der späteren zweiten Vorsitzenden des »Münchner Vereins für Fraueninteressen« und ersten Vorsitzenden des »Münchner Schriftstellerinnenvereins«, der späteren Ehefrau von Max Haushofer (1844–1907) und zudem Carry Brachvogels engster Freundin. Emma Merk beschrieb hier das herkömmliche Leben und die Schritte, die bürgerliche Frauen typischerweise von der Geburt an bis zur Reife durchliefen, in höchst amüsanter Weise. Die Darstellung endete bezeichnenderweise mit der Heirat und der Geburt eines Kindes.[7] Wie diese Rollenvorstellungen im Bürgertum das Denken der Männer und auch das der Frauen prägten, wie sich das Denken der Frauen eben dann auch vor allem nur darum drehte, eine gute Partie zu machen, steht im Mittelpunkt von Carry Brachvogels Roman »Der Kampf um den Mann«.

Nach 1850 bekam die Frauenbewegung durch die Industrialisierung, die damit verbundenen sozialen Umwälzungen und den damit einhergehenden Anstieg der weiblichen Erwerbstätigen Aufwind.
1865 begann die organisierte Form der Frauenbewegung mit der Gründung des »Allgemeinen Deutschen Frauenvereins« (ADF) durch Louise Otto Peters und Auguste Schmidt in Leipzig. Seine Trägerinnen waren vor allem bürgerlicher Herkunft. Sie griffen die traditionellen Rollenvorstellungen im Bürgertum an und traten für mehr Rechte für Frauen ein, für das Recht auf Bildung und Erwerbstätigkeit für bürgerliche Mädchen und Frauen, für gleichberechtigte Teilhabe am öffentlichen Leben und der Berufswelt und für gleiche und gerechte Entlohnung. Das Mädchen-Schulwesen wurde zu einem der elementarsten Felder der Frauenbewegung.[8]

Für die bürgerliche Frauenbewegung war es schwer, Ende des 19. Jahrhunderts in Bayern Fuß zu fassen. Der »Münchner Verein für Fraueninteressen« hatte einen großen Anteil daran, dass diese sich auch in Bayern etablieren konnte.[9] Unter dem unverfänglichen Namen »Gesellschaft

[7] Vgl. Merk, Emma / Spitzer, Emanuel: Evas Töchter. Text von Emma Merk. Illustrationen von Emanuel Spitzer. Hanfstaengl Verlag [1893]. »Es soll eine Naturgeschichte der Frau werden, aber nicht in schwerem philosophischen Gewande, sondern in bunt hinflatternden Worten, in flüchtigem Umrissen« (Vorwort).

[8] Vgl. Frevert, Ute: Frauen-Geschichte. Zwischen bürgerlicher Verbesserung und neuer Weiblichkeit. Frankfurt am Main 1986.

[9] Zur Frauenbewegung in Bayern und München vgl. Lindemann, Renate:

zur Förderung geistiger Interessen der Frau« gründete Anita Augspurg 1894 den späteren »Verein für Fraueninteressen«.[10] Seit 1887 betrieb sie zusammen mit Sophia Goudstikker das Fotostudio »Elvira« in der Von-der-Tann-Straße 15. Als unverheiratete Geschäftsfrauen verkörperten beide den Typus der emanzipierten Frau.[11] Erste Vorsitzende wurde Ika Freudenberg (1858–1912).[12] Im Verein fanden sich Frauen aller Konfessionen des gebildeten Münchner Bürgertums zusammen, die sich allesamt zur modernen Frauenbewegung bekannten.[13] Der Verein wurde zum Fürsprecher erwerbstätiger Frauen, er vertrat den Anspruch der Mädchen auf gleiche Bildungschancen und verlangte die gleichberechtigte Teilnahme von Frauen an den Institutionen des öffentlichen Lebens.

Am 18. Januar 1901 hielt Ika Freudenberg auf der Generalversammlung des Vereins für Fraueninteressen einen Vortrag, in dem sie die Ziele des Vereins programmatisch umriss. Im Mittelpunkt stand die Förderung der geistigen Selbstständigkeit der Frauen mit dem Ziel, auf eigenen Füßen stehen zu können, auch finanziell: »Eines müssen wir bei jeder Art von gemeinnütziger Thätigkeit, die wir in unseren Vereinen ausüben, fest im Auge behalten: diese Thätigkeit muss von einem wahrhaft und im guten Sinne m o d e r n e n Geiste erfüllt und getragen sein; sie muss geeignet sein ›die Frauen zum Verständnis volkswirtschaftlicher Interessen und zur Mitwirkung an der allgemeinen

100 Jahre Verein für Fraueninteressen. In: Verein für Fraueninteressen e.V. (Hg.): 100 Jahre Verein für Fraueninteressen. München 1994, S. 1–102.

[10] Vgl. Kinnebrock, Susanne: Anita Augspurg (1857–1943): Feministin und Pazifistin zwischen Journalismus und Politik. Eine kommunikationshistorische Biographie. Herbolzheim 2005, S. 121ff. Demzufolge war Anita Augspurg von 1894 bis 1896 Gründungspräsidentin. Seit 1891 hatte sie die Vereinsgründung vorbereitet, wie ihr Briefwechsel mit Hedwig Kettler beweist; vgl. Bruns, Brigitte: Weibliche Avantgarde um 1900. In: Herz, Rudolf/Bruns, Brigitte (Hg.): Hof-Atelier Elvira 1887–1928. Ästheten, Emanzen, Aristokraten. Ausstellung des Fotomuseums im Münchener Stadtmuseum 1985/1986, München 1885, S. 191–219.

[11] Zur Gründergeneration und ihrer Verknüpfung mit den Literaten und Künstlern der Moderne siehe: Elferich, Christa: Aus dem Vereinsarchiv. In: Verein für Fraueninteressen e. V. (Hg.): Jahresbericht 2007. München, S. 21–23.

[12] Vgl. ebd., S. 3f., S. 21–23.

[13] Christa Elferich (Verein für Fraueninteressen) verweist darauf, dass Frauen jüdischen Glaubens oder jüdischer Herkunft die ersten 40 Jahre des Vereins und der Frauenbewegung entscheidend mitgestaltet haben. Vgl. Elferich, Christa: Aus dem Vereinsarchiv. In: Verein für Fraueninteressen e.V. (Hg.). Jahresbericht 2006. München, S. 23f.

bürgerlichen Wohlfahrtspflege zu erziehen‹ […]. Wir müssen ferner die Tendenz, die unserer ganzen Frauenbewegung die Richtung gibt, auch auf diejenigen ausdehnen, für welche wir arbeiten; wir müssen auch bei den Mädchen und Frauen, die unsere Kurse und Schulen besuchen, denen unsere Heime, Asyle und Rechtsschutzstellen zu gute kommen, in erster Linie die geistige Selbstständigkeit zu wecken und zu stärken suchen. Auf eigenen Füssen stehen können, wenn es sein muss; aus eigener Tüchtigkeit sich eine menschenwürdige Existenz schaffen können; dann aber auch verlangen, als reifer, selbstverantwortlicher Mensch geachtet und für voll angesehen zu werden – das ist's, was die Frauen aller Stände lernen müssen, und was uns als oberster Grundsatz bei allen unseren Erziehungs- und Fortbildungsbestrebungen umschweben sollte.«[14]

Eine Dame der älteren Generation schickte am 23. Januar 1904 einen Brief an die »Allgemeine Zeitung«, in dem sie Befremden und »Unmut« äußerte über das, was sie alles auf Vorträgen in einem Münchner Frauenverein gehört hatte. Die ältere Dame stellte fest, sie selbst blicke auf ein »schönes, voll ausgefülltes Dasein als Frau und Mutter zurück,« die sich »niemals ihrer Unselbstständigkeit und Abhängigkeit« bewusst geworden sei.[15] Die alte Dame fragte, ob »die jungen fanatischen Predigerinnen des neuen Frauenevangeliums denn wirklich glaubten, daß nur die äußeren Verhältnisse, die ökonomische und gesetzliche Abhängigkeit der Frau vom Mann der inneren Selbstständigkeit der Frau bisher im Wege standen.« Emma Haushofer-Merk, die zweite Vorsitzende des »Vereins für Fraueninteressen«, antwortete ihr: »Ja, verehrte gnädige Frau! Die ökonomische Unabhängigkeit der Frau wäre allerdings ein Riesenschritt zu deren Befreiung! Und nicht blos der Frau aus dem Volke! Wenn erst jede Frau und jedes Mädchen in der Lage wäre, für die eigene Existenz zu sorgen, wie viel schwerlastender Druck müsste dann fortfallen.«[16]

[14] Verein für Fraueninteressen e. V. (Hg.): Jahresbericht vom Januar 1901 über das zurückliegende Vereinsjahr, 7. Jb., S. 5f. Den Hinweis darauf verdanke ich Christa Elferich (Verein für Fraueninteressen e. V.).

[15] Emma Haushofer-Merk: Antwort auf einen »Frauenbrief«. In: Mitteilungen aus der bayrischen Frauenbewegung. 2. Jahrgang, Nr. 8 vom 15. Februar 1904 und Nr. 9 vom 1. März 1904. Im Vereinsarchiv des Münchner Vereins für Fraueninteressen e. V. unter der Rubrik »Emma Haushofer-Merk«.

[16] Ebd.

1899 fand in München der erste »Bayerische Frauentag« statt,[17] den der »Verein für Fraueninteressen« organisiert hatte. Aus ganz Bayern trafen hier erstmals Frauen zu einem Kongress zusammen, um ihre Rolle in der Gesellschaft, sowohl in der Vergangenheit als auch in der Gegenwart, zu erörtern. Eine Novelle des bayerischen Vereinsgesetzes hatte den ersten »Bayerischen Frauentag« möglich gemacht. 1889 war der frauenfeindliche Artikel 15 geändert worden, der bis dato weiblichen Personen die Mitgliedschaft in politischen Vereinen und die Teilnahme an politischen Veranstaltungen untersagte. Diese Liberalisierung nutzten die Veranstalterinnen des Frauentags sofort für ihre Interessen. Auch wenn der erste »Bayerische Frauentag« vorerst nicht viel an der Lebenssituation der Frauen veränderte, so fand er in der Folge nun doch alle zwei Jahre statt und war ein bedeutender Anstoß für eine Gleichberechtigungsbewegung in Bayern. Die Hauptziele der Frauenbewegung wurden jedoch erst im 20. Jahrhundert erreicht: die Errichtung von Mädchengymnasien und der offizielle Zugang zu Universitäten. Bis 1912 gab es in München nur eine öffentliche höhere Mädchenschule, die Luisenschule. Das Immatrikulationsrecht wurde zwischen 1900 und 1909 in den Ländern durchgesetzt. In Bayern wurden Frauen 1903 zu bayerischen Universitäten zugelassen. Die Suche der Frauen nach einem neuen Selbstverständnis in der Emanzipationsbewegung und das Verhältnis der Geschlechter zueinander wurden auch in der Literatur thematisiert. Um die Jahrhundertwende erschienen Romane Münchner Autorinnen, die sich mit den traditionellen Rollenvorstellungen und Geschlechterbeziehungen auseinandersetzten, die wilhelminische Töchtererziehung anklagten und großes Aufsehen erregten: so zum Beispiel Carry Brachvogels »Alltagsmenschen« (1895), Gabriele Reutters (1859–1941) »Aus guter Familie« (1895) oder »Halbtier« (1899) von Helene Böhlau (1865–1940).[18] In »Alltagsmenschen«[19] stellte Carry Brachvogel satirisch das Münch-

[17] Vgl. Lindemann, Renate: 100 Jahre Verein für Fraueninteressen. In: Verein für Fraueninteressen e. V. (Hg.): 100 Jahre Verein für Fraueninteressen. München 1994, S. 20–22.

[18] Vgl. auch Bruns, Brigitte: Das dritte Geschlecht von Ernst von Wolzogen. Berlin 1899. In: Herz, Rudolf/Bruns, Brigitte (Hg.): Hof-Atelier Elvira 1887–1928. München 1985, S. 171–190, S. 184.

[19] Brachvogel, Carry: Alltagsmenschen. Berlin 1895; Brachvogel, Carry: Alltagsmenschen. Herausgegeben von Ingvild Richardsen. München 2013; siehe zu

ner Bürgertum des ausgehenden 19. Jahrhunderts dar und führte die gravierenden Folgen der bürgerlichen Erziehung der Mädchen für die Charakterbildung und das weitere Leben anschaulich vor Augen. Sie erzählte, wie die Münchnerin Elisabeth nach ihrer Heirat das typische Leben einer bürgerlichen Frau vor der Jahrhundertwende führt und schließlich, aus Langeweile und Verlangen nach Aufbruch und Abenteuer, Ehebruch begeht. Mit der satirischen Darstellung von Elisabeths Kindheit, Jugend und ihrem späteren Dasein als Ehefrau übte Brachvogel Kritik an der Rolle, die der Frau in der damaligen bürgerlichen Gesellschaft zugewiesen wurde. Damit lag sie auf einer Linie mit der in Bayern beginnenden bürgerlichen Frauenbewegung.

Wer war Carry Brachvogel?

Carry Brachvogel wurde am 16. Juni 1864 als Karoline Hellmann in eine wohlhabende Familie des Münchner jüdischen Großbürgertums hineingeboren.[20] Mit ihren Eltern und ihrem acht Jahre jüngeren Bruder Siegmund wohnte sie zunächst in der Residenzstraße, später in der nicht minder vornehmen Brienner Straße.[21] Von frühester Jugend an besaß sie eine Vorliebe für fremde Sprachen, Theater und Literatur. Mit 19 Jahren verfasste sie den Entwurf zu einem Roman, in dem sie die Gleichberechtigung von Frau und Mann in der Ehe verlangte.[22] 1887 heiratete sie den katholischen Münchner Schriftsteller und Redakteur der »Münchner Neuesten Nachrichten«, Wolfgang Emil Brachvogel. 1888 wurde Tochter Feodora geboren, 1889 Sohn Heinz Udo.[23] Während ihrer Ehe soll sie kleinere Feuilletons für Zeitschrif-

dem Roman auch Meyer, Anne-Rose: Brachvogel Carry, Alltagsmenschen. Roman (1895). In: Loster-Schneider/Gudrun, Pailer, Gaby (Hg.): Lexikon deutschsprachiger Epik und Dramatik von Autorinnen (1730–1900). Tübingen/Basel 2006, S. 59f.

20 Vgl. Polizeimeldebogen Karoline Hellmann (Stadtarchiv München, PMB B341); Polizeimeldebogen Siegmund Hellmann (Stadtarchiv München, PMB H204).

21 Vgl. Polizeimeldebogen Heinrich Hellmann (Stadtarchiv München, PMB H204).

22 Vgl. Pataky, Sophie (Hg.): Lexikon deutscher Frauen der Feder. Eine Zusammenstellung, der seit dem Jahre 1840 erschienenen Werke weiblicher Autoren, nebst Biographien und einem Verzeichnis der Pseudonyme. Band 1. Berlin 1898, S. 91f.

23 Vgl. Polizeimeldebogen Karoline Brachvogel (Stadtarchiv München, PMB

ten geschrieben und den Entwurf für ein Schauspiel mit dem Titel »Vergangenheit« verfertigt haben.[24] Als Wolfgang Brachvogel 1892 tragischerweise im Tegernsee ertrank, stand Carry Brachvogel mit 28 Jahren plötzlich als alleinerziehende Mutter da.[25] Und erstaunlicherweise begann nun – nach diesem Schicksalsschlag – eine große Karriere als Schriftstellerin, Frauenrechtlerin und Feuilletonistin. Statt sich in eine neue Versorgungsehe zu begeben, wie es damals im Bürgertum üblich gewesen wäre, machte sie ihren Jugendtraum wahr: Sie arbeitete fortan als Schriftstellerin, gelegentlich auch als Schauspielerin, und sicherte den Lebensunterhalt selbst. Sie entschied sich also bewusst für Selbstbestimmung und Selbstverwirklichung durch Arbeit. Mit ihrer Existenz als arbeitende Witwe widersprach sie dem gängigen Ideal der Frau im Bürgertum des Kaiserreiches. Geheiratet hat sie nie mehr. 1919, in einem Brief an die Münchner Schriftstellerin und Porträtmalerin Helene Raff, schrieb sie anlässlich der aufgelösten Verlobung ihrer Tochter Feodora: »Nein eine Ehe ist ein zu schwieriges Ding, als daß man in sie hineingeht wenn man nicht wenigstens glaubt, daß sie ein Paradies sein kann. Sie ist ja selbst dann in den meisten Fällen keines«.[26]

1894 zog Carry Brachvogel mit ihren Kindern zu ihrer Mutter neben das Münchner Siegestor.[27] Hier eröffnete sie einen literarischen Salon, den sie auch in ihren späteren Schwabinger Wohnungen weiterführte.[28] Parallel dazu erlebte sie 1895 mit »Alltagmenschen« ihr

B341); Polizeimeldebogen Wolfgang Brachvogel (Stadtarchiv München, PMB B341).

[24] Vgl. Pataky, Sophie (Hg.): Lexikon deutscher Frauen der Feder. Eine Zusammenstellung, der seit dem Jahre 1840 erschienenen Werke weiblicher Autoren, nebst Biographien und einem Verzeichnis der Pseudonyme. Band 1. Berlin 1898, S. 91f.

[25] Vgl. Meldung vom Tod Wolfgang Brachvogels unter »Lokale und vermischte Nachrichten«. In: Seegeist. Tegernseer Anzeiger, Nr. 81, 1892; Todesanzeige Wolfgang Brachvogel in: Münchner Neueste Nachrichten, Nr. 307 vom 9. Juli 1892, S. 8.

[26] Vgl. Brief vom 4. September 1919 an Helene Raff (Staatsbibliothek München, Handschriftenabteilung, Raffiana VI, Brachvogel).

[27] Vgl. Polizeimeldebogen Wolfgang Brachvogel (Stadtarchiv München, PMB B341). Die frühere Ludwigstraße 17b ist heute Ludwigstraße 33; vgl. Schiermeier, Franz: Stadtatlas München. München 2003. Kartenbeilagen: Ludwigstraße 17 (1908/1909).

[28] 1896 zieht sie in die Wilhelmstraße 9a, von 1903 bis 1910 wohnt sie in der Ainmillerstraße 11; von 1910 bis 1942 dann in der Herzogstraße 55.

Debüt als Autorin im S. Fischer Verlag und wurde dadurch deutschlandweit so bekannt, dass Christian Morgenstern sie noch im gleichen Jahr zusammen mit Ernst Rosmer (Elsa Bernstein), Fannie Gröger und Elsbeth Meyer zu dem »vierblättrigen Kleeblatt moderner Frauenliteratur« [29] zählte. Rezensenten lobten ihr ungewöhnliches Darstellungstalent, ihre psychologische Scharfsichtigkeit, attestierten ihr bedeutende erzählerische Fähigkeiten und prophezeiten eine große Karriere auf dem Gebiet der Sitten- und Charakterisierungskunst.[30] Bis 1901 veröffentlichte Carry Brachvogel noch fünf weitere Bücher im S. Fischer Verlag. Sowohl in der Wahl der Genres als auch hinsichtlich der Themenwahl offenbarte sie sich dabei als eine unglaublich produktive und vielseitige Schriftstellerin. Zum einen fährt sie darin fort, die Frauenwelt sowie die Beziehungen zwischen Mann und Frau darzustellen, etwa in der Novellensammlung »Der Erntetag und Anderes« (1897) oder im Roman »Die große Pagode« (1901). Zum anderen wandte sie sich aber nun auch geschichtlichen Themen und Persönlichkeiten und dem Genre des historischen Romans zu. Unter dem Titel »Die Wiedererstandenen« kamen im Jahr 1900 fantastische Legenden heraus: Berühmte historische Gestalten und mythische Figuren versetzte Carry Brachvogel hier in einen neuen zeitlichen und räumlichen Zusammenhang, in spätere Epochen und einen anderen geschichtlichen Kontext. Dadurch und durch die erst allmähliche Enthüllung der Identität dieser historischen Gestalten schlagen die zunächst realistisch anmutenden Erzählungen ins Surreale um.[31] Ein Jahr später wird »Der kommende Mann«, eine Komödie über Napoleon, die sie zusammen mit Oskar Mysing geschrieben hat, 14-mal in Berlin aufgeführt und erhält zahlreiche Rezensionen.[32] Als große

[29] Morgenstern, Christian: 119. Wie moderne Frauen schreiben. Schriften aus dem Nachlass 1894–1913. Fragment eines Ausschnitts aus einer Pressekonferenz, 1895. In: Gumtau, Helmut (Hg.): Morgenstern, Christian: Werke und Briefe (Stuttgarter Ausgabe). Kritische Schriften Band 6. Stuttgart 1987, S. 303–309.

[30] Vgl. Anhang: Geistige Stimmen der Presse über Carry Brachvogels Roman »Alltagsmenschen«. Als Beigabe am Ende des Buches vom Verlag angehängt: Brachvogel, Carry: Die Wiedererstandenen. Frankfurt am Main 1900.

[31] Siehe zu »Die Wiedererstandenen« auch Meyer, Anne-Rose: Brachvogel. Carry: Götter a. D. (1900). In: Loster-Schneider, Gudrun / Pailer, Gaby (Hg.): Lexikon deutschsprachiger Epik und Dramatik von Autorinnen (1730–1900). Tübingen / Basel 2006, S. 60ff.

[32] Rezensionen zum Beispiel in: Vossische Zeitung vom 29. September 1901; Die

Kennerin des Theaters wird sie sich auch künftig zeigen und noch 1923 heißt es: »Heimisch wie kaum eine andere ist Carry Brachvogel im Theatermilieu«.[33] 1902 erscheint der altbyzantinische Roman »Der Nachfolger«, 1904 der Roman »Die Erben«. In einem Zeitungsartikel über Münchner Dichterinnen von 1907 werden Carry Brachvogels um die Jahrhundertwende veröffentlichten historischen Romane sehr bewundert: »Carry Brachvogel bietet in ihren ›Zäsarenlegenden‹, in den Romanen ›Die Erben‹, ›Der Nachfolger‹, ›Die große Pagode‹ großangesehene geistvoll pointierte und herb gestaltete historische Gemälde von nicht geringer Kraft der Wirkung.«[34]

Carry Brachvogel als Frauenrechtlerin und Feuilletonistin

1903 wurde Carry Brachvogel Mitglied im »Verein für Fraueninteressen«. Dass sie hier hochengagiert war, zeigt sich auch an ihren Positionen: 1910 wurde sie Mitarbeiterin der »Rechtsschutzstelle«,[35] 1912 Vorsitzende der neugegründeten »Kommission für Bühnenangelegenheiten«[36] und 1913, als Luise Kiesselbach erste Vereinsvorsitzende wurde, erfolgte am gleichen Abend auch Carry Brachvogels Wahl in den Vorstand des Vereins. Nicht unerwähnt bleiben darf, dass von allen Künstlern und Literaten des Vereins explizit erwartet wurde, dass sie dessen emanzipatorische Ideen auch in ihren Werken verbreiten.[37] Und so verwundert es nicht, dass dem Leser der Verein auch

Literatur vom 30. September 1901; Kölnische Volkszeitung vom 1. Oktober 1901; Frankfurter Zeitung vom 2. Oktober 1901; Berliner Börsen-Zeitung vom 29. September 1901; Berliner Nachtausgabe vom 29. September 1901; Berliner Tageblatt vom 29. September 1901 etc.

33 Dr. Ella Mensch: Deutsche Gegenwartsschriftstellerinnen. Carry Brachvogel. In: Hannoversches Tageblatt vom 28. August 1923.

34 Wilhelm Wichtel: Münchner Dichterinnen. In: Über Land und Meer. Band 98, 49. Jahrgang., Nr. 33. Stuttgart 1907.

35 Verein für Fraueninteressen München. e. V. (Hg.): Jahresbericht 1910. München, S. 25; Mitgliederverzeichnis 1910.

36 Verein für Fraueninteressen München e. V. (Hg.): Jahresbericht 1913. München, S. 17, 19; Mitgliederverzeichnis 1912/1913.

37 Vgl. Lindemann, Renate: 100 Jahre Verein für Fraueninteressen e.V. In: Verein für Fraueninteressen e.V. (Hg.): 100 Jahre Verein für Fraueninteressen. München 1994, S. 9–18.

in Carry Brachvogels Roman »Der Kampf um den Mann« begegnet: »Eines Nachmittags traf sie bei einem Tee ein paar Damen aus dem Fraueninteressenverein, die erzählten, daß am nächsten Vereinsabend ein Privatdozent vom Polytechnikum über ›Modernen Liberalismus‹ sprechen werde. Olga beschloss zu dem Vortrag zu gehen.«[38]

Mit dem Einritt in den »Verein für Fraueninteressen« begann Brachvogel, auch historische Biografien über einflussreiche Frauen und mächtige Herrscherinnen zu schreiben. 1905 erscheint »Marquise der Pompadour«, 1909 »Madame Mère«, ein Buch über Napoleons Mutter, 1911 dann »Maria Theresia« und 1913 »Katharina die Große«.[39]

1904 wurde Carry Brachvogel von Dr. Kanner, Redakteur der Wiener »Zeit«, als Feuilletonistin entdeckt. Er ließ sie in den Spalten seiner Zeitung schreiben, was sie wollte. Auch im »Wiener Tagblatt« veröffentlichte sie fortan Feuilletons.[40] Diese Artikel machten sie so bekannt, dass nun auch reichsdeutsche Blätter auf sie aufmerksam wurden.[41] Als Wiener Feuilletonistin war sie schließlich so erfolgreich, dass 1908 in der Wiener »Arbeiterzeitung[42] ihr 1907 publizierter Roman »Der Abtrünnige« als Fortsetzungsroman veröffentlicht wurde.[43] Dieser spielt um 1870 in Oberbayern und führt in die Zeit der Unfehlbarkeitserklärung des Papstes. Die Hauptprotagonisten,

[38] Brachvogel, Carry: Der Kampf um den Mann. Band 2. Stuttgart 1910, S. 35.

[39] Brachvogel, Carry: Die Marquise de Pompadour. Leipzig 1905; Madame Mère [Lätitia Bonaparte]. Bielefeld/Leipzig 1909; Maria Theresia. Bielefeld/Leipzig 1911; Katharina II. von Rußland. Bielefeld/Leipzig 1913.

[40] Das Neue Wiener Tagblatt war eine Tageszeitung, die von 1867 bis 1945 in Wien erschien. Sie war eine der auflagenstärksten Zeitungen Österreichs vor 1938.

[41] Vgl. Brachvogel, Carry: Wie ich zur Literatur kam. In: Münchner Neueste Nachrichten, Nr. 160, Beilage: Frauen–Zeitung 1924, S. 24 (Stadtarchiv München/Vereine 2168).

[42] Die Wiener Arbeiterzeitung war das Zentralorgan der österreichischen Sozialdemokraten bzw. der Sozialistischen Partei Österreichs. Sie war von Victor Adler 1889 in Wien begründet worden. Seit 1885 war sie eine Tageszeitung.

[43] Brachvogel, Carry: Der Abtrünnige. Vita Deutsches Verlagshaus Berlin-Ch. 1907. Arbeiterkammer für Wien Dokumentation, Arbeiterzeitung Nr. 31. Vom 1. Februar 1908: »An unsere Leser! Wir beginnen morgen mit der Veröffentlichung des Romanes ›Der Abtrünnige‹. [...] Wir hoffen, mit diesem Roman unseren Leserinnen eine genußreiche und anregende Lektüre zu geben. Die Redaktion.«

zugleich Kontrahenten, sind zwei Brüder, der eine Pfarrer, der andere hoher Würdenträger im Vatikan.

Als Feuilletonistin widmete sich Brachvogel verschiedensten Themen aus Politik, Geschichte, Kunst und Literatur. Doch wichtiger thematischer Schwerpunkt waren nach wie vor die Verhaltensweisen von Frauen, die Darstellung von Geschlechterverhältnissen in Vergangenheit und Gegenwart und die Präsentation verschiedenster Typologien. In »Die gute Hausfrau« (1904) führte sie verschiedene Arten von Hausfrauen[44] an, in »Die Mizzi, die Hansi und die Pepi« verglich sie die Österreicherin mit der deutschen Frau[45] und in »Wenn sie shopping gehen« schilderte sie unterschiedliche Frauentypen beim Einkaufen.[46] In »Ich liebe dich« wiederum skizzierte sie die Kulturgeschichte der Liebeserklärung[47] und in »Die weiße Legende« ließ sie sich über die Geschichte und Bedeutung der Aussteuer für die Frau aus.[48]

Immer wieder porträtierte Carry Brachvogel auch die arbeitende Frau, Schauspielerinnen und Opernsängerinnen ebenso wie Kellnerinnen oder Hutmacherinnen. In »Am Kamin« beschrieb sie Frauen, die sich durch Erwerbstätigkeit selbst finanzieren, wenn auch mit einfachen Berufen wie Kellnerin oder Köchin.[49] Auf den hohen Wert der Arbeit als Lebenssinn für die Frau zu verweisen, war Carry Brachvogel immer wieder wichtig. Die Selbstverwirklichung durch Beruf und Arbeit – für den Mann und für die Frau – wird auch im folgenden Roman zu einem der zentralsten Themen: Der historische Roman »Weißes Gold«[50] (1923) singt explizit ein Loblied auf die Arbeit. Er erzählt die Geschichte des Apothekerlehrlings Fritz Böttger [Johann

[44] Vgl. Feuilleton von Carry Brachvogel. In: Die Zeit (Wien) vom 14. Januar 1904.

[45] Vgl. Feuilleton von Carry Brachvogel. In: Die Zeit (Wien) vom 31. Dezember 1905.

[46] Vgl. Feuilleton von Carry Brachvogel. In: Neues Wiener Tagblatt vom 30. Mai 1907.

[47] Vgl. Feuilleton von Carry Brachvogel. In: Neues Wiener Tagblatt vom 8. November 1918.

[48] Vgl. Feuilleton von Carry Brachvogel. In: Neues Wiener Tagblatt vom 13. April 1912.

[49] Vgl. Feuilleton von Carry Brachvogel. In: Neues Wiener Tagblatt vom 22. Dezember 1906.

[50] Brachvogel, Carry: Weißes Gold. Eine seltsame aber dennoch wahre Geschichte von Carry Brachvogel. Stuttgart/Berlin/Leipzig 1923.

Friedrich Böttger], der eigentlich den Stein der Weisen finden will, stattdessen aber das Porzellan in Europa entwickelt. Der wahre Stein der Weisen, so das Fazit der Geschichte, ist nicht Reichtum, sondern Arbeit: »Glaube mir, nur eines erlöst die Menschheit: Arbeit und der Glaube an Großes.«[51] Genau dies ist es, was Carry Brachvogel –als Schriftstellerin und im Mittelpunkt der Frauenbewegung stehend – immer gelebt und propagiert hat.

Carry Brachvogel: »Modernsein« – und woher die Festlegung der Frau auf das Gefühl und auf die Liebe kommt

Unermüdlich beschäftigte sich Carry Brachvogel kulturgeschichtlich mit der Stellung der Frau in der Ehe, im öffentlichen Leben, in Politik, Kunst und Literatur. Sie präsentierte Frauentypen und analysierte die mit ihnen einhergehenden Werte, Rollenerwartungen und Ideale des Mannes.

1911 hielt sie im Verein für Fraueninteressen den Vortrag »Hebbel und die moderne Frau«.[52] Aufgrund seiner programmatischen Relevanz wurde er 1912 auch im Münchner Steinicke Verlag veröffentlicht.[53] Brachvogel ging hier der Frage nach, woher die Reduktion der Frau auf das Gefühl, die Liebe und den Mann als alleinigen Lebenssinn eigentlich kommt. Diesem Frauenbild stellte sie als Gegenbild nun den Typus der modernen, selbstbestimmten Frau entgegen: Carry Brachvogel lieferte in ihrem veröffentlichten Vortrag eine psychologische Analyse der Frauendarstellung im klassischen Drama. Die Stationen ihres »literarischen Spaziergangs« sind Lessing (1729–1781), Goethe (1749–1832), Schiller (1759–1805), Kleist (1777–1811) und Hebbel (1813–1863). Eloquent und ohne Tabus legt sie ihre Ansichten zur Psychologie der Frauencharaktere im klassischen deutschen Drama dar,[54] dies auch mit einem Seitenblick auf die Ehen von Lessing, Goethe, Schiller, Kleist und Hebbel. Anhand verschiedener Frauen-

[51] Ebd., S. 137f.

[52] Vgl. Verein für Fraueninteressen e. V. (Hg.): Jahresbericht 1913. München 1913, S. 9.

[53] Vgl. Brachvogel, Carry: Hebbel und die moderne Frau. Vortrag von Carry Brachvogel. München 1912.

[54] Vgl. ebd., S. 5f.

figuren argumentiert sie, dass die urklassischen Dichter als Lebenszweck der Frau immer nur die Liebe gesehen hätten:

Nachdem Lessing im ausgehenden 18. Jahrhundert aus der französischen Heldentragödie das bürgerliche deutsche Drama schuf, habe mit Lessing das »Gefühl« auf Deutschlands Bühnen Einzug gehalten. Fortan habe eine »Gefühlschwelgerei« eingesetzt und die Festlegung der Frau auf Liebe und Emotion stattgefunden: »Und welch schöneres Gefühl könnte es wohl geben, als die Liebe, und welch edleres Gefühl für dies Gefühl, als die Frau?!« Mit dem klassischen Drama beginnt für Carry Brachvogel der »Reigen der Frauen«, »die ganz Liebe, ganz auf Liebe gestellt sind, die Gretchen, Klärchen, Luisen, Kätchen und wie sie noch alle heißen, die verschiedene Namen tragen und doch immer den gleichen Typ darstellen. Liebe erfaßte, verzehrte, verbrannte diese Mädchengestalten, daß nichts von ihnen bleibt als immerfort Liebe. Wenn aber doch einmal in einer Gestalt ein Unverbrennbares, Unlösliches bleiben wollte, dann erschien es nicht wie ein wertvoller, astbestener Kern, sondern wie eine garstige Schlacke, welche die Frau, die nicht restlos in Liebesflammen aufging, vom höchsten Erdenglück, der Mannesliebe, ausschloß. Das ganze Wesen der Frau durfte nur aus e i n e r Quelle fließen, der aus der Liebe. [...] Liebe war das Schicksal, Jungfräulichkeit der höchste Wert, der einzige, der nicht in den Liebesflammen zugrunde gehen durfte, dessen Verlust nur mit dem Tode gebüßt werden konnte.«[55] Und so lastet Carry Brachvogel denn auch der Klassik das überkommene realitätsferne Frauenbild an, dass sie in deutschen Familienblättern wie der »Gartenlaube« weiterhin kultiviert sieht. Einzig Friedrich Hebbel sei mit seinen Dramen der modernen Frau gerecht geworden. Dem Frauenbild der urklassischen Dichter – Reduktion der Frauen auf Liebe als Lebensinhalt – stellt Carry Brachvogel programmatisch den Typus der modernen, selbstbestimmten Frau entgegen. »Modernsein« bedeutet für die Frau, sich nicht auf die Liebe zu reduzieren, nicht bis zur Selbstzerstörung zu lieben, einen Teil des eigenen Wesens für sich selbst zu bewahren und die eigene Persönlichkeit zu entwickeln: »Modern sein heißt für die Frau ja nicht etwa, nur einen Beruf haben, promovieren oder an Wahltagen einen Stimmzettel abgeben wollen, nein, modern sein heißt für die Frau, ihr Leben nicht ausschließlich auf die Liebe festle-

[55] Ebd., S. 7f.

gen, heißt, dem Manne nicht die Gewalt zu binden und zu lösen zugestehen. Modern sein heißt für die Frau ein eigenes Gesetz in der Brust tragen, dessen Erfüllung ihr vielleicht nicht banales Glück, gewiß aber das höchste Glück der Erdenkinder gewährt: die Persönlichkeit. Modern sein heißt für die Frau, wohl lieben bis zum höchsten Opfermut, nicht aber bis zur Selbstvernichtung, heißt, ein Unlösbares in sich tragen, das nie zerstört werden kann, heißt, sich nur fürstlich, nie aber närrisch verschwenden, heißt, ein Unlösbares in sich tragen, das nie zerstört werden kann, sozusagen ein Fideikommiß der Seele, das ewig unveräußerlich bleibt.«[56] In »Der Kampf um den Mann« ist es Franziska, die am Ende des Romangeschehens dann genau diese Position propagieren wird. Carry Brachvogel zufolge hat es zu allen Zeiten Frauen gegeben, die in diesem Sinne »modern« waren. Auch den Klassikern sei der Typ bekannt gewesen, aber es hätte nicht ihrer Weltanschauung entsprochen, ihn ins Drama aufzunehmen.[57] Ihre Favoritinnen seien die »sentimentale Liebesselige« und die »Liebesunselige«, die unglücklich liebende Gegenspielerin, gewesen. Hebbel sei der Erste, der Frauenfiguren geschaffen habe, die nicht »nur um L i e b e ringen, sondern um s i c h s e l b s t, die leiden und sterben, weil man ihnen das Gesetz in der eigenen Brust zerschlagen hat, ohne daß sie nicht leben können«.[58] Im Gegensatz zu den Klassikern sei er auch der Erste, der den Konflikt in der Ehe gestaltete und Dramen der Ehe schrieb, wohl deshalb, weil er auch als Erster eine »kongeniale Frau« in sein Leben führte.[59] Und so sieht Carry Brachvogel nicht nur Hebbels Dramen, sondern auch dessen Ehe mit Christine als vorbildhaft für alle an, die sich zur »modernen Frau« bekennen: »Modern im besten Sinn war dieser Ehebund. Modern nicht etwa insofern, als man sich gegenseitig das Recht auf Untreue zugestand und sich mit Liebschaften anrenommierte, sondern modern, indem zwei Menschen, die das Leben nach allen Seiten, besonders in seiner Härte kennen gelernt hatten, sich rücksichtlos ohne Verschweigen und Heuchelei einander offenbarten.«[60] Eine »moderne Frau« ist für Carry Brachvogel letztlich also eine Frau, die sich nicht auf die Liebe und den Mann

[56] Ebd., S. 11f.
[57] Vgl. ebd., S. 12.
[58] Ebd., S. 22f.
[59] Vgl. ebd., S. 30f.
[60] Ebd., S. 19.

reduziert, sondern eine, die ihre eigene Persönlichkeit entwickelt, die finanziell selbstständig ist, berufstätig im Leben steht und die Verantwortung für alles, was sie tut und lässt, selbst trägt.[61]

»Der Kampf um den Mann« Das Romangeschehen – Die Protagonisten

Im Mittelpunkt des Romangeschehens steht das Leben der drei Töchter von Frau von Merk, Olga, Tilde und Franziska, die alle die perfekte Partie machen sollen, was schließlich scheinbar auch gelingt. Doch dann folgt ein Schock, eine Ernüchterung nach der anderen. Der Mann der ältesten Tochter Olga, Rittmeister Hertling, stirbt bei einem Reitunfall und es stellt sich heraus, dass die Familie weit über ihre Verhältnisse gewirtschaftet hat. Der Freier von Tilde, der Russe Saranoff, entpuppt sich als Spieler, der Mann von Franziska, Professor Benedikt, als Ehe-Betrüger. In einem zweiten Anlauf geht der »Kampf um den Mann« zwar weiter, doch nun treten auch andere, neue Ziele ins Blickfeld, zum Beispiel die Arbeit als möglicher Lebenssinn, so wie bei Franziska. Gegenspielerin im »Kampf um den Mann« ist Marie Cholevius, eine verheiratete Morphinistin, die die Rolle der femme fatale übernimmt und deren größte Freude darin besteht, Menschen zu quälen. Zuerst zerstört sie die Ehe von Franzi, dann spannt sie Tilde den Maler Anton Rothauer aus.

Die vorgeführte Männerwelt besteht aus Wladimir Saranoff, einem jungen, vermeintlich reichen Russen, der vorgibt zu studieren. Tatsächlich ist er ein unverbesserlicher Spieler, der das Geld der Eltern verschleudert. Frauen sind für ihn nur zum Spielen und Küssen da. Auch Anton Rothauer, ein bekannter Münchner Maler, will nicht heiraten und erst recht keine »Familientochter«. Er will frei sein und bevorzugt unverfängliche Beziehungen mit leichtfertigen Frauen. Professor Benedikt aus Jena ist Dozent der Nationalökonomie und hat langfristig eine Professur in Aussicht. Er versucht, Ehe und Liebschaft zu vereinen. Doch auch die Pläne der männlichen Protagonisten gehen nicht auf. Saranoff, der das Leben als Spiel sieht und nichts wirklich ernst nimmt, ist plötzlich verlobt. Professor Benedikt, der

[61] Vgl. ebd., S. 22.

Franzi als Paravent missbraucht, um sein Verhältnis zu Marie Cholevius zu decken, verliert letztlich beide Frauen. Und auch Anton Rothauer, der frei sein wollte, verliert die Kontrolle und wird im Kampf zweier Frauen um ihn schließlich eingefangen. Weitere männliche Protagonisten sind Rittmeister Hertling, der zwar durchschnittlich glücklich mit Olga verheiratet ist, sich aber tatsächlich nach zehn Jahren Ehe mehr für sein Pferd interessiert als für seine Frau; des Weiteren Doktor Baumann, ein Muttersöhnchen, der bei der Wahl seiner Zukünftigen lieber auf seine Mutter und deren Werte vertraut, und der Schriftsteller Franz von Marberg, der zwar ständig Verhältnisse mit anderen Frauen hat, letztlich aber dann doch lieber bei seiner ihn langweilenden Ehefrau verharrt, weil er es dort am bequemsten hat.

Mit großem psychologischem Scharfblick, ungewöhnlicher Charakterisierungs- und Darstellungskunst und bemerkenswertem poetischem Können porträtiert Carry Brachvogel die bürgerliche Frauen- und Männerwelt um die Jahrhundertwende. Sie entlarvt die traditionellen bürgerlichen Rollenvorstellungen und führt die Ziele und Werte der bürgerlichen Welt mit bissigem Humor und Ironie zynisch, ironisch und sehr vergnüglich ad absurdum.

Die gute Partie als Ziel

Die 55-jährige Frau von Merk, Witwe eines wohlhabenden Direktors einer Versicherungsgesellschaft, hat als Tochter einer armen Offizierswitwe ihre Jugend in Not und brennender Eifersucht auf die Reichen verbracht. Als ihre drei Töchter heranwachsen, ist sie nur noch von einem Ziel beherrscht: Nun will sie mit ihren Töchtern Neid erregen. Das Mittel dazu ist eine perfekte Partie und so erzieht sie ihre Töchter auf »glänzende Heiraten« hin. Die Töchter Olga und Tilde spielen das Spiel mit. Olga ist die Erste, die für die Mutter die »Legende des Neides« verwirklicht. Sie ist mit einem gut situierten Mann verheiratet, ist von Franz von Lenbach gemalt worden und ihr Bild hängt in der Münchner Schönheitsgalerie. Die Welt der bürgerlichen Frauen wird im Roman als eine von Neid regierte Welt präsentiert: Die Mütter sind neidisch auf die Erfolge der Töchter anderer Mütter und auch unter den Merk-Schwestern selbst herrscht zuweilen Eifersucht. Die gute Partie ist für Frau von Merk das einzig erdenkliche Mittel,

Neid zu erregen. Allein davon hängt für sie das Lebensglück und auch der Wert ihrer Töchter ab: »Ja, wenn sie einmal mit einer Tatsache kämen, mit einer guten Heirat, dann würde Mama wieder, wie ehedem, strahlend auf dem Posten sein, aber jetzt, da die ganze Familie heruntergedrückt, gesunken im Wert war, kam's vor allem darauf an, daß die Töchter gehorchten, schwiegen und trachteten, möglichst bald ihre Lage und so die der ganzen Familie zu verbessern, das heißt eine vorteilhafte Partie zu machen«.[62]

Der »Wert« der Frau in der bürgerlichen Welt – Der Mann als Lebenssinn

Das Romangeschehen führt nicht nur vor Augen, wie die Frauen ihren persönlichen und gesellschaftlichen Wert in der bürgerlichen Welt durch einen Mann erhalten, sondern auch wieder gänzlich verlieren können, wenn sie als Lebenssinn nur auf einen solchen setzen. Nicht nur das Selbstbewusstsein der vorgeführten Frauen, sondern auch ihre gesellschaftliche Anerkennung hängen davon ab, ob sie hofiert werden oder eine gute Partie ergattert haben. Ohne Mann sind die Frauen in der bürgerlichen Welt wertlos. Besonders deutlich wird dies bei Tildes Erlebnissen mit der Männerwelt: Als sich herausstellt, dass Saranoff ein Betrüger ist, ist Tilde nicht nur gesellschaftlich bloßgestellt, sondern hat auch in der Familie an »Wert« verloren: »Sie bäumte sich innerlich auf, daß sie durch das Tun eines Buben entwertet sein sollte, und konnt' es doch nicht hindern, daß sie im Hause keine Rolle mehr spielte, mußte es schweigend ertragen, wenn die Mutter oft mit leiser Geringschätzung zu ihr sprach«.[63] Als Tilde dann später von dem Maler Anton Rothauer hofiert wird, fühlt sie sich wieder »in ihrem Wert gestiegen«: »Es stärkte ihr gesunkenes zertretenes Selbstbewusstsein, daß ein gefeierter Mann ihr zuliebe stundenlang in der Pinakothek statt in seinem Atelier saß, sie kam sich gehoben, im Wert gestiegen vor, dass dieser hier sie hoch hielt.«[64] Und so sieht Tilde für sich denn auch keine andere Perspektive als eine Heirat: »›Was wird aus mir, wenn er mich nicht heiratet?‹ Und ihr war's, als gleite sie bei diesem

[62] Brachvogel, Carry: Der Kampf um den Mann. Band. 2. Stuttgart 1910, S. 8.
[63] Ebd., S. 123.
[64] Brachvogel, Carry: Der Kampf um den Mann. Band 2. Stuttgart 1910, S. 21.

Gedanken über den letzten schmalen Erdstreif, den sie unter den Füßen spürte, hinunter ins bodenlose Nichts«.[65] Ihr Lebensglück sieht sie allein im Mann: »Stillsitzen im Behagen neben einem Mann, der einen lieb hat, für den man sorgt, dem man jedes Steinchen aus dem Wege räumt, daß er ganz seiner Arbeit leben kann – Glück, das sie früher nie gedacht und daß ihr jetzt die Krone des Lebens schien.«[66] Tilde will in einer Beziehung an zweiter Stelle stehen, Arbeit und Wohlergehen des Mannes befördern und ihm bedingungslos dienen.

Zwar macht sie im Verlauf des Romangeschehens eine Entwicklung durch, kommt weg von Eitelkeit, Oberflächlichkeit und Hochmut und lernt, einen Mann wirklich zu lieben. Doch trotz ihrer demütigenden Leidensgeschichte setzt Tilde weiterhin auf den alleinigen Lebenszweck »Mann«. Als sie letztendlich doch noch den Maler Rothauer ergattert hat und sich ihre künftige Lebensperspektive als seine »Wegmacherin« ausmalt, mit dem Ziel, dadurch auch eigenen Ruhm zu erlangen, wird Tildes Sichtweise denn auch entsprechend ironisch von der Erzählerin präsentiert: »Mit glänzenden Augen sah sie in die Ferne [...]. Ihr war ein Los beschieden, das sie weit über die Durchschnittsfrauen, auch über die glänzendsten, hinaushob. Sie würde die Frau eines Mannes sein, dessen Namen bald zu den ersten in Deutschland, vielleicht zu den ersten der Welt gehören. Ihr schönes Tagewerk war es, als Wegmacherin vor ihm herzugehen, daß kein Stein ihn aufhielt. [...] Alle Widerwärtigkeiten würde sie ihm fernhalten, ihm jetzt, für die ersten Jahre, die absolute Ruhe geben, deren er zum Schaffen bedurfte, später vielleicht auch die glänzende Geselligkeit, die einst für Meister Lenbach einen prunkvollen Hintergrund gebildet hatte. Unermüdlich würde sie vor ihm gehen und neben ihm stehen, bis er auf jene Höhe gelangt war, in der das Klingklang der silbernen Glokken nur mehr wie Mückenschwirren klingt neben den eigenen Glokken des Ruhmes.«[67]

Doch nicht nur Tilde, sondern auch Olga schöpft ihren Wert nur aus der Anerkennung der Männer: Sie fühlt sich deshalb bedeutend, weil sie geheiratet wurde und von Männern als Schönheit anerkannt und bewundert wird: »Olga befand sich denn auch bald in einem Zustand des Gehobenseins und der Anmaßung, wie nie zuvor. Sie rekapitu-

[65] Ebd., S. 92.
[66] Ebd., S. 84.
[67] Ebd., S. 154f.

lierte: Lenbach hatte sie gemalt – ein reicher Mann hatte sie in erster Ehe geheiratet, ein berühmter in zweiter – (daß Hans von Marberg sich um ihretwillen scheiden lassen würde, stand für sie außer allem Zweifel!). Für eine Zierde Deutschlands war sie aufgespart worden, an seinem Arm würde sie in die Literaturgeschichte einziehen.«[68]

Tildes und Olgas Positionen repräsentieren die herkömmliche bürgerliche Rolle und Haltung der Frau gegenüber dem Mann. Franziska ist die Einzige, die aus dem vorgegebenen Schema ausbricht und als neuen Lebenssinn auf finanzielle Unabhängigkeit und Selbstverwirklichung durch Arbeit setzt.

Die Arbeit und die Frau in der bürgerlichen Welt – Franziska und die Arbeit

Franzis Verhalten, die Abkehr vom Mann als alleinigem Lebenszweck und die Hinwendung zur Arbeit als neuem Lebenssinn, entspricht nicht nur der Sichtweise Carry Brachvogels, sondern auch der Programmatik und den Zielen des Vereines für Fraueninteressen. Und so wird denn auch im Roman genau vorgeführt, wie Franziska die Arbeit für sich als neuen Lebensinhalt entdeckt. Sie, die im Gegensatz zu ihren Schwestern wirklich geliebt hat, aber infam von ihrem Ehemann betrogen worden ist, gibt den ›Kampf um den Mann einfach auf. Ihr neues Ziel besteht darin, finanziell unabhängig zu werden und zu arbeiten. Dies stößt bei Frau von Merk auf heftigsten Widerstand: »Das fehlte gerade noch! Meine Tochter für Geld arbeiten!«[69] Und auch ihre Schwester Olga findet dies unpassend: »Und vor allem soll sie sich die dummen Sachen von der Arbeit aus dem Kopf schlagen! Eine künstlerische Begabung hat sie nicht, also was bliebe ihr dann? Zu tippeln oder Buchhalterin? Nein Mama, sie darf nicht vergessen, was sie uns und unserem Stand schuldig ist! Bis jetzt haben wir nur Unglück gehabt – aber wenn wir anfangen fürs tägliche Brot zu arbeiten, ist es degradierend!«[70] Diese Dialoge machen deutlich, dass bezahlte Arbeit für die bürgerliche Frau keine Option ist. Für Geld und das tägliche Brot zu arbeiten, gilt als peinlich und nicht standesgemäß.

[68] Ebd., S. 56.
[69] Brachvogel, Carry: Der Kampf um den Mann. Band 1. Stuttgart 1910, S. 130.
[70] Ebd., S. 132.

Erlaubt sind nur Tätigkeiten, die nicht mit Geld bezahlt werden, wie etwa künstlerische Betätigung, Handarbeiten oder wohltätiges Wirken. Und so werden Frau von Merk und ihre Töchter auch wie selbstverständlich auf wohltätigen Bazaren gezeigt. Doch als sich Tilde als »Malweibchen« betätigt und sich aufs »Kopieren verlegen« will, weist Frau von Merk diese Überlegung empört ab: »So ein Unsinn! Gerade jetzt! Das sieht doch ganz aus, als ob wir schon nicht mehr das Salz in die Suppe hätten ... als ob meine Töchter arbeiten müßten ... als ob die Tilde überhaupt schon ganz resigniert hätte.« Tochter Olga hingegen wertet diese Ansicht als »antiquiert«. Sie findet: »Kunst ist doch keine Arbeit«.[71] Doch Franzi lässt sich von den Einwänden nicht abhalten. Ihrer Meinung nach muss eine erwachsene Person für sich selbst sorgen können. Daher besinnt sie sich auf ihr Talent zu schneidern.«[72] Sie möchte selbstständig werden, ihren Fähigkeiten entsprechend arbeiten und ihre Talente als Schneiderin und Modistin in Wien entwikkeln: »Ich will einfach mir selbst eine Existenz gründen und ergreife eben das, wozu ich Talent und Lust habe! [...] Meine Not ist, daß ich von einem Mann, den ich verabscheue, Geld nehmen soll! Und außerdem, daß ich keinen Lebenszweck habe! [...] Und da ich mein Leben leben muß, nicht du, so werde ich tun, was ich als richtig erkannt habe!«[73] Franzi beruft sich auf ein ureigenes, dem Menschen eingeschriebenes Recht auf Selbstbestimmung. Aus Wien berichtet sie bald in einem Brief an Tilde, sie habe Aussicht auf ein Volontariat und sei zuversichtlich, später auch eine gute Anstellung in Paris zu erhalten. Sie propagiert nicht nur die Arbeit als neuen Lebenssinn, sondern warnt Tilde auch davor, ihr ganzes Leben nur auf einen Mann auszurichten. So rät sie ihrer Schwester, einen Teil ihrer Persönlichkeit für sich selbst zu bewahren: »Es gibt gar nichts Schöneres, als den ganzen Tag zu arbeiten; wir haben das früher nur nie gewußt, Tilde. Man kommt dann gar nicht erst ins Denken und hat man selbst einmal Zeit dazu, so merkt man, daß man vieles ehedem zu schwer genommen, sein Leben wohl auch allzu sehr auf einen einzigen Menschen gestellt hatte – Das soll man nicht. Ich weiß jetzt, daß man es nicht soll. Und obwohl Du mir nie etwas anvertraut hast, liebe Tilde, muß ich es Dir doch sagen ... Stell' Dein Leben nicht ausschließlich auf einen, behalt'

71 Brachvogel, Carry: Der Kampf um den Mann. Band 2. Stuttgart 1910, S. 9.
72 Ebd., S. 46.
73 Ebd., S. 49.

noch etwas von Dir für Dich selbst übrig. Man ist dann vielleicht nie so überschwenglich glücklich, aber auch nie so namenlos elend. Und es ist ein Punkt da, von dem aus man immer wieder zurückfindet ins Leben ...«[74] Die von Franzi vertretene Position entspricht letztlich genau dem, was Carry Brachvogel 1912 in dem Vortrag »Hebbel und die moderne Frau« als »Modernsein« beschreibt. Am Ende des Romangeschehens hat Franzi nicht nur einen hervorragenden Arbeitsplatz in Paris gefunden, sondern auch einen Arzt kennengelernt, den sie zu heiraten beabsichtigt. Womit im Roman vorgeführt wäre, dass das »alte« Ziel Mann auch mit dem »neuen« Ziel Arbeit vereinbar ist. Franzis Entwicklung im Romangeschehen und ihre neue Position spiegeln ganz klar Brachvogels Einstellung und die Programmatik des Vereins für Fraueninteressen wider: Selbstverwirklichung durch Arbeit, die Förderung der eigenen Persönlichkeit und die Entwicklung von Selbstständigkeit, um finanzielle Unabhängigkeit als Frau zu erlangen.

Doch Carry Brachvogel präsentiert auch noch einen ganz anderen Frauentyp im Roman: die dämonische Frau.

Marie Cholevius – die Dämonische

In dem kulturgeschichtlichen Feuilleton »Die Unverstandene und die Dämonische« von 1912 beschreibt Carry Brachvogel verschiedene Frauen- und Männertypen, die seit dem 19. Jahrhundert in Erscheinung getreten sind.[75] Dieser Artikel ist insofern für den »Kampf um den Mann« aufschlussreich, als man Grundzüge der hier geschilderten Typen auch in den Romanfiguren ausmachen kann. Als eine symptomatische Frauenerscheinung des 19. Jahrhunderts führt sie die »Unverstandene« an: Weil man von ihr immer nur Gefühl verlangt habe, waren Sentimentalität und Empfindsamkeit kennzeichnende Charaktereigenschaften. Sie besaß Schmachtlocken, las gefühlvolle Romane, schrieb Tagebuch und Gedichte und war auf der Suche nach einem Seelenfreund. Heutige Vertreterinnen dieses passiven Frauentyps seien »sensitiv«, »differenziert«, und »überkultiviert«.

[74] Ebd., S. 85.

[75] Vgl. Feuilleton von Carry Brachvogel. In: Neues Wiener Tagblatt vom 2. Februar 1912.

Seit der Jahrhundertwende sei dann die bei Männern sehr unbeliebte »Aggressive« auf den Plan getreten, womit Brachvogel jene Frau meint, die sich emanzipiert und ihren eigenen Weg geht. In »Der Kampf um den Mann« vertritt Franziska diesen Typus: »Ganz unpopulär freilich sind die Aggressiven, das heißt diejenigen, die meinen, daß ein gescheites Frauenzimmer immerhin noch so viel wert sei, wie ein dummes Mannsbild, und die sichs darum zutrauen, ihr Leben in die eigene Hand zu nehmen. Die Unpopularität dieses vermeintlichen Typs ist so groß, daß alle Männer sämtlicher Kreise und Weltanschauungen sich gegen ihn zusammenschließen«.[76] Brachvogel zufolge ist das Ideal der meisten Männer immer noch die Frau, »die in schöner Abwechslung kocht, küßt, stillt, flickt und wäscht.«[77] Den »modernen Mann« allerdings sieht sie gerade im Begriff, einer neuen Spezies von Frau zu verfallen: »Der moderne Mann aber, der wie er sagt, die Kulturfragen seiner Zeit löst [...], hält Ausschau nach einer jungen Frau, die ein bißchen anders ist als die Gattin des Spießbürgers und ganz anders als die verhaßte Neue. Und siehe! Da naht sich die Nachfolgerin der Unverstandenen [...]. In der Hand trägt sie ein flatterndes Banner, auf dem prahlerisch geschrieben steht ›Ich bin dämonisch!‹ Und weil sie dämonisch ist, braucht sie eben keinen Seelenfreund, sondern nur einen Mann, mit dem sie nicht auf Höhen, sondern im Gegenteil in Tiefen und Untiefen steigt, also wo sie ihn mit wilder Lust, saugenden Küssen und anderem Larifari, das wir aus der erotischen Literatur kennen, zugrunde richten wird.«[78] Brachvogel nennt sie auch »Wasserkopf der Weiblichkeit« und beschreibt sie als eine Frau, die gezielt auf das Tier- und Instinkthafte setze und den Mann mit allerlei »Taschenspielerkunststücken der Dämonischen« einfange. Sie charakterisiert sie als »kindliche Verderberin«, die von Selbstsucht und einem massiven Ich-Kult beherrscht sei. Und so stelle der mit ihr liierte Mann dann meist auch fest, dass sie letztlich spießbürgerlich, ungebildet und dumm sei und sich nur für sich selbst interessiere. Folglich fühle er sich als der »unverstandene Mann«. Die Figur der Marie Cholevius weist viele Züge der im besagten Feuilleton beschriebenen dämonischen Frau auf: Marie ist Morphinistin und mit dem alten Professor Cholevius in Jena verheiratet, den sie ständig betrügt. Sie ist klein und

[76] Ebd.
[77] Ebd.
[78] Ebd.

zierlich, hat ein schmales blasses Gesicht mit schwermütigen dunklen Augen, besitzt einen »gefährlichen Kindercharme« und eine »perverse Kindlichkeit«. Mit dem Schein ihrer Hilflosigkeit bindet sie die Männer in Sorge und Mitleid an sich, erst den alten Cholevius, dann Professor Benedikt und schließlich den Maler Rothauer. Auch Marie versucht, die Männer in Abgründe zu ziehen. Mit ihrer erotischen Verführungskraft macht sie sich zunächst die Männer hörig, um sie dann in einer weiteren Stufe zum Morphiumgenuss zu verführen. Sie besitzt sadistische Züge und es bereitet ihr Freude, die mit ihr liierten Männer zu quälen. Sie will ihnen kein Eigenleben zugestehen, sondern sie mit Haut und Haar besitzen. Ihr Ziel ist die totale Macht über den Mann. Bei Professor Benedikt gelingt ihr dies auch: »Und schließlich klang's wie der Aufschrei eines Verzweifelten: ›Ich tue, was Du willst! Dich und Dein Glück – nichts andres kann ich mehr wollen‹.«[79] In ihrem Feuilleton schrieb Carry Brachvogel, dass besonders der »moderne Mann«, der die Kulturfragen seiner Zeit löse, anfällig sei für die Reize der Dämonischen. Genau dies wird auch im Roman vorgeführt: Professor Benedikt und der Maler Rothauer sind diejenigen, die ihr verfallen. Mit ihr leben sie unbekannte Lüste und Laster aus. Auch der Maler Rothauer fühlt sich von ihrer unterschwelligen Erotik sofort angezogen. Marie geht gezielt und schrittweise vor. Weil sie merkt, dass man den Mann nur über den Künstler bekommt, sitzt sie ihm Modell und spielt ihre optischen Reize aus. Nachdem Rothauer sie wegen ihrer Morphiumgeschichte erst lächerlich findet, bekommt er bald Mitleid mit ihr. Und schon hat Marie auch diesen Mann erobert, »gerade weil sie schwach und hilfsbedürftig erschien und weil sie tausend Verfeinerungen kannte, brauchte, die ihm fern waren.«[80] Doch als Marie beginnt, Rothauer zu tyrannisieren, besinnt er sich wieder: »Die kleine, schmächtige Person fing an, auf ihm zu lasten. Ihr naiver Ichkult, der wie selbstverständlich alles beiseite schob«.[81] Er wünscht sich, wieder so arbeiten zu können wie früher. Rothauers Reaktion entspricht dem, was Brachvogel auch in ihrem Feuilleton über den mit der Dämonischen verbundenen Mann schreibt: Letztlich merke er, dass sich die Dämonische nur für sich selbst interessiere und werde ihrer überdrüssig. Marie kann nicht begreifen, dass Rothauer noch

[79] Brachvogel, Carry: Der Kampf um den Mann. Band 1. Stuttgart 1910, S. 141.
[80] Brachvogel, Carry: Der Kampf um den Mann. Band 2. Stuttgart 1910, S. 107.
[81] Ebd., S. 111.

ein Eigenleben haben will: »Hatte er denn noch ein Recht, irgend etwas für sich, für sich allein behalten zu wollen? Hatte nicht sie, Marie Cholevius, von ihm Besitz ergriffen?«[82] Mit einer Morphiumspritze versucht sie, ihn gefügig zu machen. Bei ihrem Anblick treten für Rothauer nun ganz deutlich ihre dämonischen Züge zutage: »Wie eine Trud sieht sie aus! wie eine Trud', die sich auf die Menschen hockt und ihnen das Blut aussagt!«[83] Das Dämonische ist dann auch der Wesenszug, der bei der Toten, nach ihrem Selbstmord, noch dominant hervortritt: »Mit dem hämischen, unerlösten Gesicht einer toten Trud lag sie vor ihm«.[84]

Das überkommene Frauenideal der deutschen Männer: Bequemlichkeit – die klavierspielende Köchin mit Muttergefühlen

In »Der Kampf um den Mann« werden einerseits Männer vorgeführt, die gar nicht heiraten, nur unverfängliche Liebschaften mit Frauen pflegen und es letztlich einfach bequem haben wollen: Für Saranoff bedeutet Leben Spielen. An Frauen reizt ihn vor allem deren Schönheit oder deren Geld. Verantwortung übernehmen will er keine. Auch Rothauer will frei sein, nur für seine Kunst leben und lediglich emotional nicht beanspruchende Liebschaften führen. Er will keinerlei Verantwortung für eine »Familientochter« wie Tilde übernehmen: »[D]enn vor der Ehe hatte er einen leichten Graus. Zuviel Talente, zuviel Können hatte er schon verflachen und absterben sehen im warmen Nest der Familie oder in der Sorge ums tägliche Brot. Nein, er wollte frei bleiben. Er wollte keine Frau, kein Kind – nur seine Kunst. Es gefiel ihm wohl mit dieser hübschen jungen Dame ein wenig zu tändeln, vereint mit ihr ein wenig mit dem Feuer zu spielen, aber heiraten? Nein. [...] Er hatte fast immer Liebschaften untergeordneter Art, er wollte keiner Frau mehr geben, als den Rausch der Stunde, er hatte die ganze, feige abergläubische Angst des primitiven Mannes vor ›Weiberg'schichten‹. Er wollte immer nur eine Geliebte haben, die hübsch, nichtssagend und lustig war, die

82 Ebd., S. 121.
83 Ebd., S. 123.
84 Ebd., S. 134.

ihn weder mit Gefühlen noch mit geistigen oder moralischen Ansprüchen quälte. Eine, die kam, wenn er winkte, die ohne Tränen und Zorn ging, wenn er keine Zeit mehr für sie hatte oder haben wollte.«[85]

Wenn die dargestellten Männer verheiratet sind – Ausnahme ist der Rittmeister –, haben sie kein Problem damit, neben ihrer Ehe Liebesverhältnisse zu unterhalten, wie etwa Professor Benedikt oder auch Hans von Marberg. Die Ehe schließt in der vorgeführten Welt Verhältnisse mit anderen Frauen nicht aus. Von der Ehefrau wird wie selbstverständlich erwartet, dass sie in der Partnerschaft an zweiter Stelle steht, dem Ehemann in jeder Hinsicht zu Diensten ist, seine Arbeit befördert und ihn allein im Glanze dastehen lässt. Letztlich hat die Ehefrau hauptsächlich die Funktion, der Bequemlichkeit des Mannes zu dienen. Nachdem Professor Benedikt Franzi geheiratet hat, aber dennoch sein Verhältnis zu Marie Cholevius fortsetzt, versucht er, Klarheit darüber zu gewinnen, was beide Frauen für ihn bedeuten. Während er dabei die Morphinistin Marie glorifiziert, sieht er seine Ehefrau Franzi vor allem als Dienerin, die der Beförderung seines Alltagsglücks und seiner Selbstverwirklichung nützt: Franzi war »die Ruhe … die Reinheit … das Glück. Nein, Franzi war das Glück, das ein Mann der Geistesarbeit und zukünftiger Berühmtheit brauchte: eine sorgende, diskrete Gefährtin, die zu ihm aufsah, ihn anbetete, die sich auslöschte vor ihm und nichts vom Leben forderte, als s e i n Behagen, s e i n e n Frieden, s e i n e n Ruhm«.[86]

Auch Doktor Baumann sucht als Ehefrau eine Gattin, die nicht nur seiner Bequemlichkeit dient, sondern auch zu seinem Beruf passt: Bei einem Vortrag im »Verein für Fraueninteressen« lernt Olga den etwas spießbürgerlichen Doktor Baumann kennen. Um ihn anzulokken, spielt sie ihre weiblichen Reize aus und gibt sich als intellektuell interessierte Dame. Und so hält Baumann Olga denn auch bald für eine gediegene, für ihn passende Partnerin, obwohl seine Mutter ihn vor ihr warnt. Auch von ihrer Weiblichkeit fühlt er sich angezogen. Bei einem Abendessen fliegt Olgas Theaterspiel jedoch auf: Baumann stößt zufällig auf ein Buch, dass Olgas vermeintlicher Intellektualität Lügen straft, sodass ihm direkt der Appetit vergeht: »Er merkte aber

85 End., S. 32f..
86 Brachvogel, Carry: Der Kampf um den Mann. Band 1. Stuttgart 1910, S. 140.

doch, daß die Rehkeule zäh war, und daß die Orangecreme eine kleisterartige Beschaffenheit wies.«[87] Und so entscheidet Baumann sich dann doch lieber für die Werte, die seine Mutter verkörpert und bietet Bequemlichkeit, besseres Essen und bessere Lektüre: »O, gewiß, er war ein Mann, dem die üppige parfümierte Frau die Sinne einfing, – aber auch der Hätschellohn einer alternden Dame, bei der eine Rehkeule auf der Zunge schmolz, eine Creme voll Rasse erzitterte und die niemals Bände ›Fliegender Blätter‹ las.«[88]

Und genau wie bei Baumann siegt auch bei dem Dichter Hans von Marberg letztlich die Bequemlichkeit über das Vollweib: »Er schrie zwar mitunter nach einem ›Vollweib‹ oder nach einem ›Vampir‹, hatte auch schon etliche Male an Scheidung gedacht [...]. [W]enn aber die Vollweiber und Vampire ihn ordentlich ausgebeutet und die heiratslüsternen Millionärinnen ihn wirr gemacht hatten mit ihren Banalitäten und Geziertheiten, dann kehrte er sehr gerne wieder in den Schoß der Familie zurück, wo man ihm weder mit finanziellen noch mit geistigen Ansprüchen kam, sondern ihn in Ruhe arbeiten und jene Lyrismen austoben ließ, die eben zum Dichter gehören.«[89]

Letztlich wollen alle vorgeführten Männer weder wirkliche Verantwortung in einer Beziehung übernehmen, noch wollen sie eine gleichberechtigte Partnerin in der Ehe dulden. Bei allen steht dagegen die eigene Bequemlichkeit im Vordergrund. Diese Darstellung deckt sich mit dem, was Carry Brachvogel 1905 in einem Wiener Feuilleton über das Frauenideal der deutschen Männer berichtet: »In ungefähr diesem Sinn, nur mit Recht viel gröber, schimpfen die deutschen Frauen schon seit Jahrzehnten, um klarzumachen, daß ihnen das überkommene deutsche Männer-Frauenideal – die klavierspielende Köchin mit Muttergefühlen – nicht mehr genügt und daß sie etwas ganz anderes sind und sein wollen, als die Männerbequemlichkeit ihnen mit geschwollenen Phrasen als ›echt weiblich‹ empfehlen möchte. Sie bemühen sich, auch äußerlich, in Kleidung, Frisur und Bewegung, ihre Besonderheit zu zeigen, und wenn dabei die Entgleisungen auch häufiger sind als der vollendete Ausdruck einer neuen Aesthetik, so spricht doch noch jedes Mißlingen von dem erfreulichen Versuch, den Typ ins Ich zu verwandeln.«[90]

87 Brachvogel, Carry: Der Kampf um den Mann. Band 2. Stuttgart 1910, S. 42.
88 Ebd., S. 43.
89 Ebd., S. 54.
90 Feuilleton von Carry Brachvogel: Die Mizzi, die Hansi, die Resi, die Pepi. In: Die Zeit (Wien) vom 31. Dezember 1905.

Warum man den »Kampf um den Mann« noch lesen sollte: München um die Jahrhundertwende

»Den Hintergrund des reichbewegten Romans bilden farbige Bilder aus dem Münchner Ateliers- und Gesellschaftsleben, das die Verfasserin aus langjähriger Beobachtung gründlich kennt.« Schon 1910 warb der Verlag mit diesen Worten für das Buch. Und in der Tat: Im »Kampf um den Mann« erfährt man viel über die gesellschaftlichen Gepflogenheiten, Sitten und Gebräuche im München der Jahrhundertwende.[91]

Den »Kampf um den Mann« hat Carry Brachvogel in Schwabing geschrieben. Während seiner Entstehung wohnte sie in der Ainmillerstraße 11.[92] Es gibt kaum eine andere Straße in München, mit der sich so viele große Namen verknüpfen wie mit der Ainmillerstraße.[93] Schon kurz nach der Eingemeindung der einst eigenständigen Stadt Schwabing nach München im Jahr 1890 entdeckte die künstlerische und intellektuelle Avantgarde dieses Viertel für sich. In bürgerlichen Kreisen bekam es bald den zweifelhaften Ruf der Boheme-Hochburg. Bewohner der Ainmillerstraße hatten daran erheblichen Anteil. Seit 1888 waren hier viele Künstler, Maler und Schriftsteller, doch auch Wissenschaftler und Gelehrte ansässig. Kandinsky und Gabriele Münter wohnten hier von 1908 bis 1914, also in den Jahren, in denen auch der »Blaue Reiter« entstand. Paul Klee lebte hier von 1906 bis 1921, Carry Brachvogel von 1903 bis 1910 und Isolde Kurz von 1911 bis 1943. In J. Bielefelds Buch »München und die Münchener. Leute. Sitten. Dinge. Winke«[94], das noch heute von großer Bedeutung für

[91] Siehe zu alten Münchner Sitten und Gebräuchen auch: Wolf, Georg Jacob: Die Münchnerin. Kultur- und Sittenbilder aus dem alten und neuen München. München 1924.

[92] Hier wohnte sie von 1903 bis 1910. Danach zog sie in die nahe gelegene Herzogstraße 55.

[93] Dazu und zu den Bewohnern jedes Hauses seit 1888 bis heute siehe: Bellinger, Gerhard J. und Regler-Bellinger, Brigitte: Schwabings Ainmillerstraße und ihre bedeutendsten Anwohner. Ein repräsentatives Beispiel der Münchner Stadtgeschichte von 1888 bis heute. Norderstedt 2013.

[94] J. Bielefeld (Hg.): München und die Münchener: Leute, Dinge, Sitten, Winke. Karlsruhe 1905; »München und die Münchner! Der Titel sagt alles. Dies Buch

Münchens Stadt- und Kulturgeschichte ist, kann man nachlesen, welche Persönlichkeiten um 1905 alle in der Ainmillerstraße wohnten. J. Bielefeld wollte ein »Kulturbild« von »Deutschlands künstlerischer Hauptstadt« und seiner Bevölkerung zu Beginn des 20. Jahrhunderts bieten. Unter der Rubrik »Literatur und Journalistik« findet man hier Carry Brachvogel in einer Liste mit Schriftstellern und Schriftstellerinnen wie Ludwig Ganghofer, Frank Wedekind, Josef Ruederer, Max Halbe, Paul Heyse, Thomas Mann, Maria Janitschek, Helene Böhlau und Elsa Bernstein.[95] Nicht nur die damaligen Wohnadressen aller Autoren, sondern auch das Hauptgenre, in dem sie tätig waren, werden angeführt. Unter »Frau Carry Brachvogel« findet sich beispielsweise der Eintrag »Ainmillerstr. II/III. Novellen. Romane«. Da auch Thomas Mann einige Monate in der Ainmillerstraße verbrachte, ist unter seinem Namen verzeichnet: »Ainmillerstr. 32/III. Romane. Novellen. Buddenbrooks«. Weitere Persönlichkeiten, die um 1905 in der Ainmillerstrasse wohnten, waren unter anderem der Schriftsteller Eduard Graf von Keyserling, Ministerialrat Anton Freiherr von Hirschberg, Dr. Friedrich Hirth, Professor der Sinologie, Dr. Walter Lotz, Professor der Finanzwissenschaften, oder der Schlachten- und Panaromamaler Professor Louis Braun.

Carry Brachvogel hat den »Kampf um den Mann« also in einer intellektuellen und künstlerischen Hochburg Münchens geschrieben, die ihr sicher viele Anregungen für das im Roman geschilderte Münchner Gesellschafts- und Ateliersleben bot. Und so verwundert es auch nicht, dass ihre Protagonisten, Frau von Merk und ihre Töchter, ebenfalls im Schwabing der Jahrhundertwende wohnen und ein Großteil des Romangeschehens hier spielt. Münchner Straßen und Lokalitäten wie die Schelling- und die Türkenstraße, die Pinakothek und der Englische Garten begegnen immer wieder. Doch der Leser erfährt

soll ein Kulturbild sein: Deutschlands künstlerische Hauptstadt, ihr Anblick, ihr Inhalt, ihre Bevölkerung am Anfang des 20. Jahrhunderts. Dies Buch soll ein Nachschlagewerk sein. Es enthält alles Sehenswürdige, alles Wissenswerte über das heutige Isar-Athen und die vielen interessanten Menschen, welche dem äußerlichen und geistigen, dem politischen und gesellschaftlichen Münchner Leben seinen eigenartigen Charakter verleihen. Dieses Buch soll ein Führer sein für Einheimische und Fremde an allen Orten, in allen Lagen, bei allen Fragen. Ein Führer durch Natur und Kunstwelt, in der Münchner Gesellschaft und auch außerhalb derselben« (S. 1).

[95] Ebd., S. 44–50.

auch, wofür München damals legendär war: für seine Malerei und sein Ateliersleben, für seine »Malweibchen« und die »Schönheitengalerie« von Ludwig I. Münchens Bedeutung als Stadt der Malerei und Kunst wird immer wieder hervorgehoben. Doch berühmt ist München auch für sein Gesellschaftsleben, für seine Bazare und zahlreichen Feste, Künstler- und Faschingsfeste, Redouten und Maskenbälle. Die »Schwabinger Bauernkirchweih« wird dem Leser malerisch vor Augen geführt[96] und auch das Treiben auf einem Bazar, der »zum Besten des Säuglingsheimes« organisiert worden ist, mit der Losung »Ein Fest in Alt-Nymphenburg«, wird anschaulich geschildert. Weil jede der Festbuden ein Stück Alt-Nymphenburg oder Alt-München darstellt, lernt der Leser, was damals alles als typisch für »Alt-München« galt, zum Beispiel eine »altmodische Lebzelterei mit Metausschank«, in der die Damen im goldenen Riegelhäubchen und silberverschnürten Mieder der Alt-Münchener Kellnerinnen bedienten. Doch auch über das alljährlich stattfindende Frühjahrsrennen in Riem, ein bedeutendes gesellschaftliches Ereignis, wird der Leser unterrichtet und erfährt, wen man dort damals so alles treffen konnte: »[N]icht nur Sportsleute und Uniformen sah man, sondern auch Zeichner von den ›Fliegenden Blättern‹, der ›Jugend‹ und dem ›Simplizissimus‹ waren gekommen, um hier Modelle zu suchen und zu finden.«[97]

Wie Carry Brachvogel sich aus ihrer unmittelbaren Umgebung hat inspirieren lassen, veranschaulicht ein Beispiel besonders deutlich: Olga, die älteste Tochter von Frau von Merk, ist von Franz von Lenbach gemalt worden. Ihr Gemälde hängt nun in der Münchner »Schönheitsgalerie«. Tatsächlich hat Franz von Lenbach eine Lily Merk (1902) porträtiert, die Frau des damaligen Hofjuweliers Paul Merk. Und dieser wiederum war der Großvater von Carry Brachvogels Freundin Emma Merk, spätere Emma Haushofer-Merk.

Immer wieder werden im Roman auch Loblieder auf München gesungen, bei denen man fragen kann, ob sie noch heute Geltung haben: So bedauert Saranoff zutiefst, München verlassen zu müssen, denn »es gefiel ihm doch so gut hier; es lebte sich so behaglich in dieser Stadt, in der kein Mensch den andern nach Woher und Wohin, nach Rasse

[96] Das große Faschingsfest der Kunstakademiker in der Schwabinger Brauerei, das mit den Künstlerbällen für das Kulturbild Schwabings von Bedeutung war.

[97] Brachvogel, Carry: Der Kampf um den Mann. Band 1. Stuttgart 1910, S. 83.

und Klasse fragte, sondern nur, ob einer ein netter Mensch sei«.[98] Und auch der aus Berlin kommende Hans von Marberg will für immer in der Residenzstadt verweilen: »München mit seiner Ruhe, seiner Gemütlichkeit, seinen Künstlern, berauschte ihn, wie es die Norddeutschen immer berauscht, wenn sie es erst kennen lernen. Hier wollte er bleiben, hier mußte sich's herrlich arbeiten lassen.«[99]

Der hinreißend witzig-humorvoll geschriebene und vergnüglich zu lesende Roman ist, abgesehen von seinem großen Unterhaltungswert auch kulturhistorisch bedeutsam. Und wenn Carry Brachvogel die Verhaltensweisen der Frauen im »Kampf um den Mann« schildert oder die Reaktionen, Vorstellungen und Frauenideale der Männer präsentiert, dann erscheint dies dem Leser oder der Leserin vielleicht auch heute noch manchmal gar nicht so fern, sondern sogar seltsam vertraut.

[98] Ebd., S. 72.
[99] Brachvogel, Carry: Der Kampf um den Mann. Band 2. Stuttgart 1910, S. 52.

Editorische Notiz

Der Roman »Der Kampf um den Mann« von Carry Brachvogel erschien 1910 im Verlag J. Engelhorn, Stuttgart in der Reihe »Engelhorns Allgemeine Roman-Bibliothek. Eine Auswahl der besten modernen Romane der Völker«, 27. Jahrgang, Band 5 und Band 6. Das vorliegende Buch folgt dieser Ausgabe und korrigiert nur offensichtliche Druckfehler stillschweigend.

Hebbel und die moderne Frau

Vortrag von Carry Brachvogel
München 1912 / Verlag von G. C. Steinicke

Ich muß diesem Vortrag ein kleines Vorwort voransenden, das sich mit dem Titel »Hebbel und die moderne Frau« beschäftigt. Dieser Titel deckt sich nämlich nicht völlig mit dem Inhalt des Vortrags und hätte eigentlich lauten müssen: »Die moderne Frau im klassischen Drama« oder »Die Klassiker und die moderne Frau«. Ich habe die Wahl dieses Titels auch erwogen, bin aber aus verschiedenen Gründen wieder davon zurückgekommen. Zunächst klang er mir zu gelehrt, zu schwerfällig, hätte wohl auch gleich die Frage aufgerollt, was denn die Klassiker mit der modernen Frau zu tun hätten, da sie doch selbstverständlich gar keine moderne Frau gekannt haben konnten. Auf den Begriff »moderne Frau« werde ich später noch zurückkommen; zunächst möchte ich nur meine Ansichten über die Psychologie der Frauencharaktere im klassischen deutschen Drama darlegen, Ansichten, die nicht als literarhistorisches Dogma, sondern nur als ganz subjektive Anschauung empfunden und dargebracht werden. Und nun lassen Sie uns zu einem kleinen literarischen Spaziergang jene köstlichste Provinz deutschen Dichtergeistes betreten, an deren Eingang Lessing und an deren Ausgang Hebbel steht.

Ehe wir uns zu den klassischen Frauengestalten wenden, müssen wir einen Blick auf das klassische Drama selbst tun, müssen uns daran erinnern, dass die Klassiker, auch die Urklassiker, Lessing, Goethe, Schiller, nicht immer Klassiker waren, sondern zur Zeit ihres ersten Auftretens als literarische Revolutionäre galten. Bis zu Lessing war das deutsche Drama ja eigentlich das französische Drama gewesen: mit der Perücke und dem Purpurmantel stolzierte es auf dem Kothurn einher, erkannte als würdige Helden oder Heldinnen nur Götter und Königinnen, und seine Empfindungen waren wohltemperiert, durchbrachen nie in Leidenschaft den schönen Rhythmus der Gefühle und Alexandriner, der sich für erlesene Menschen und eine erlesene Sprache ziemt. Erst Lessing empfand sich, sein Volk, seine bürgerliche Kaste, seine eigene Sprache stark genug, um aus der französischen Heldentragödie das bürgerliche deutsche Drama vor die erstaunte Kritik und das nicht minder erstaunte Publikum hinzuführen. So wirkten denn damals das Fräulein von Barnhelm, die Oberstenstochter Emilia Galotti oder die Luise Millerin nicht weniger realistisch als etwa in den neunziger Jahren des vorigen Jahrhunderts die Alma aus der Erde, die Hanne Schäl oder die Rose Berndt gewirkt haben. Und wie man in den neunziger Jahren begeistert war von dem sozialen Moment, das in diesen Dramen steckte, so war man hundert oder hundertdreißig Jahre früher hingerissen von dem Gefühl, das die neuen Dichter in ihren Stücken offenbarten. Gefühl war die allerletzte Mode, nein, war mehr denn Mode, war eine neue Erkenntnis, die ergreifend in den Gemütern aufleuchtete. Leise zuerst, dann lauter und immer lauter erscholl allerorten die betörende Botschaft »zurück zur Natur«, und gerade weil man das Gefühl so lange verschnürt, geknebelt, verleugnet und mißachtet hatte, gerade darum hub jetzt eine Gefühlsschwelgerei an, die keine Grenzen mehr kannte. Lange ehe Goethe es niederschrieb, schluchzte schon die ganze gebildete Welt betränten Auges und gehobenen Herzens: »Gefühl ist alles.« Und welch schöneres Gefühl könnte es wohl geben, als die Liebe, und welch edleres Gefäß für dies Gefühl, als die Frau?! Da beginnt denn im klassischen Drama der Reigen jener Frauen oder vielmehr jener Mädchen zu schreiten, die ganz Liebe, ganz auf Liebe gestellt sind, die Gretchen, Klärchen, Luisen, Kätchen und wie sie noch alle heißen, die verschiedene Namen tragen und doch immer den gleichen Typ darstellen. Liebe erfaßte, verzehrte, verbrannte diese Mädchengestalten, daß nichts von ihnen bleibt als immerfort Liebe. Wenn aber doch einmal in einer Gestalt ein Unverkennbares, Unlösliches bleiben wollte, dann erschien es nicht wie ein wertvoller asbestener Kern, sondern wie eine garstige Schlacke, welche die Frau, die nicht restlos in Liebesflammen aufging, vom höchsten Erdenglück, der Mannesliebe, ausschloß. Das ganze Wesen der Frau durfte nur aus einer Quelle fließen, aus der Liebe. Dualismus ihrer Seele bedeutete nicht etwa Reichtum, sondern Zwiespalt, denn niemals konnten sich, so schien es den Dichtern, in der Frauenseele mehrere Quellen zu einem Strom verbinden, der ein Frauenbild widerspiegelte, das zugleich ganz Liebe und ganz Selbstbewußtsein, ganz Hingebung und ganz Eigenwille war. Liebe war das Schicksal, Jungfräulichkeit der höchste Wert, der einzige, der nicht in den Liebesflammen zugrunde gehen durfte, dessen Verlust nur mit dem Tode gebüßt werden konnte. Ein einziges Mal nur, in Egmonts Klärchen, hat Goethe ein Mädchen geschildert, das sich dem Geliebten so selbstverständlich temperamentvoll und reuelos hingibt, wie ein junges Ding sich dem geliebten Mann zu allen Zeiten hingegeben hat. Aber schon Luise Millerin, die doch auch ein Bürgermädel ist, fällt in Ohnmacht, weil der Präsident Walther vermutet, daß Ferdinand nicht immer platonisch geblieben sei. Im »Faust« muß der Höllenfürst selbst auf dem Plan erscheinen, damit Herr Dr. Faust bei einer Sechzehnjährigen erreicht, was jedem kleinen Studenten im ersten Semester unschwer gelingt. Die anämische Prinzeß im »Tasso« weiß vor Schreck nicht aus noch ein, als sie merkt, daß Tasso, ein Mann, ein junger Mann, von ihr vielleicht doch noch anderes begehrt, als nur den Titel »Hofpoet«. In »Emilia Galotti« regt sich zwar auch die rote Welle, die in Klärchens Adern pulst, aber kaum merkt Emilia, daß ihre eigenen Wünsche dem unheiligen Begehren des Prinzen entgegenlaufen, so überrömert sie noch ihre literarische Ahnfrau, die klassische Virginia, gibt nicht Ruhe, bis der eigene Vater sie erdolcht. Das Seltsamste an Überkult der Jungfräulichkeit erleben wir aber im »Fiesko«, da Bertha Verrina von einem Schurken vergewaltigt wird. Da nimmt der alte Verrina die schuldlose Tochter nicht etwa tröstend und liebevoll ans Herz, nein, er wickelt das beklagenswerte Opfer eines Bubenstreichs in einen schwarzen Schleier, als wäre sie eine große Verbrecherin, und spricht einen so schrecklichen Fluch über sie aus, daß allen die Haare zu Berge stehen, die ihn hören oder lesen.

Jungfräulichkeit und Liebe – kaum eine von ihnen hatte mehr zu geben; man braucht sich all diese Mädchengestalten, die uns rühren und entzücken, nur als Ehefrauen vorzustellen, um zu begreifen, wie wenig sie sonst eigentlich bedeuten. Denken wir uns Gretchen als Frau Dr. Faust, Luise als Frau Major Walther, Thekla als Frau Oberst Piccolomini, Emilia Galotti als Gräfin Appiani, Kätchen von Heilbronn als Gräfin Wetter von Strahl, so ergeben sich die Bilder anmutiger, jedoch völlig uninteressanter Durchschnittsfrauen. Die klassischen Dramen sind, mit Ausnahme des Kätchens von Heilbronn und der Minna von Barnhelm, nun freilich nie zu einem fröhlichen Ende – bis zur Ehe – gediehen, und nie ist eine verheiratete Frau als Heldin, als tragende, weibliche Gestalt darin aufgetreten. Hierin vor allem unterscheidet sich das Drama der Urklassiker so wesentlich von dem der Spätklassiker oder gar der modernen Dichter. Das Frauenschicksal jenseits der Hochzeitsnacht schien keinen Menschen zu interessieren, ja, es schien überhaupt nicht vorhanden. Nirgendwo finden wir einen Konflikt, der in dem Augenblick beginnt, wo Mann und Weib nicht mehr verzückt nacheinander begehren, sondern ernüchtert, prüfend und erkennend einander betrachten und abwägen, was sie bei der Umarmung gewonnen oder verloren haben. Selbst wo das stille Ehedrama da ist, da sein muß, wird es uns nicht völlig entschleiert und vertieft, sondern nur beiläufig, als Episode erzählt oder angedeutet. Und doch, welch ein eheliches Frauendrama offenbart sich im »Wallenstein« in den Worten der Herzogin:

»O der unbeugsam unbezähmte Mann!
Was hab' ich nicht getragen und gelitten
In dieser Ehe unglücksvollem Bund!
Denn gleich wie an ein feurig Rad gekettet,
Das rastlos eilend, ewig, heftig treibt.
Bracht ich ein angstvoll Leben mit ihm zu,
Und stets an eines Abgrunds jähem Rande
Sturzdrohend, schwindelnd riß er mich dahin.«

Und wiederum, welch ein Ehedrama liegt, muß im »Don Carlos« liegen, zwischen dem mißtrauischen, finsteren, alternden König Philipp und der jungen La-France-Rofe, die er vom heiteren Hofe der Valois in sein düsteres, von Litaneien, Grandezza und verhaltener Lüsternheit erfülltes Gemach getragen hat. Aber wir erfahren kaum etwas davon, obgleich uns die Ehegeschichte der Wallensteins gewiß ebensosehr, wenn nicht mehr interessieren würde als Theklas himmelblaue Schwärmerei, und obwohl es uns menschlicher berühren würde, wenn die blasse Königin nicht so fest in Tugend und Pflichtbewußtsein festgebunden wäre, daß sie überhaupt gar kein Drama zu erleben scheint, oder wenn, dann nur ein mondscheinfahles, wie von Maeterlinck, nicht aber ein blutheißes, wie von Schiller ...

Neben den Liebesseligen voll Sentimentalität und Edelmut treten dann natürlich die Gegenspielerinnen hervor, die Leidenschaftlichen, die Unedlen, die in allem der Widerpart der Liebesseligen zu sein scheinen, in Wahrheit aber wie sie ausschließlich auf Liebe gestellt sind. Nur lieben sie unglücklich, und dieselbe Liebe, durch die die Beglückte zum hingebenden Engel wird, macht diese hier zum Teufel, der vor nichts zurückschreckt, um sich an der Bevorzugten zu rächen. Das ist in Miß Sampson die Marwood, im Fiesko die Imperiali, im Don Carlos die Eboli und noch andere mehr, deren Aufzählung zu weit führen würde und überflüssig wäre, weil sie doch alle, wenn auch mit entsprechenden Variationen, denselben Typ repräsentieren. Zu diesen beiden gesellt sich dann noch ein dritter Reigen von Frauen, die ungleich mehr interessieren als die Liebesseligen und die Liebesunseligen, Frauen, die moderne Züge tragen, wenn nicht gar selbst eine moderne Frau darstellen. Modern sein heißt für die Frau ja nicht etwa nur einen Beruf haben, promovieren oder an Wahltagen einen Stimmzettel abgeben wollen, nein, modern sein heißt für die Frau, ihr Leben nicht ausschließlich auf die Liebe festlegen, heißt, dem Manne nicht die Gewalt zu binden und zu lösen zugestehen. Modern sein heißt für die Frau ein eigenes Gesetz in der Brust tragen, dessen Erfüllung ihr vielleicht nicht banales Glück, gewiß aber das höchste Glück der Erdenkinder gewährt: die Persönlichkeit. Modern sein heißt für die Frau, wohl lieben bis zum höchsten Opfermut, nicht aber bis zur Selbstvernichtung, heißt, sich nur fürstlich, nie aber närrisch verschwenden, heißt, ein Unlösbares in sich tragen, das nie zerstört werden kann, sozusagen ein Fideikommiß der Seele, das ewig unveräußerlich bleibt.

Frauen, die in diesem Sinne modern waren, hat es natürlich zu allen Zeiten gegeben, und auch die Klassiker haben sie gekannt, haben sie vielleicht sogar geliebt und umworben, aber es entsprach eben nicht ihrem Geschmack, ihrer Weltanschauung, sie ganz so, wie sie waren und wie sie sie sahen, in das Drama aufzunehmen. So sehen wir denn, daß die entzückende geistvolle und leidenschaftliche Gräfin Orfina, die in ihrem kleinen Finger mehr Geist, Menschenkenntnis und Philosophie hat als der Prinz samt seinem ganzen Hof, den Verstand verliert; warum? Nur weil der recht nette aber doch ganz unbedeutende Prinz sie nicht mehr liebt! Zu den klassischen Frauengestalten, die weder liebesselig noch liebesunselig find, sondern einen hohem Typ repräsentieren und dazu ein hochgemutes Herz besitzen, müßte eigentlich die Goethesche Iphigenie gezählt werden. Aber dieses priesterliche Mädchen, das in persönlichem Verkehr mit den Himmlischen steht, bleibt unserer Seele, unserem Empfinden doch völlig fremd. Vornehm und kühl schreitet sie durch die marmorne Säulenpracht der Verse und Tempel, gleicht mehr einer bloßen Spiegelung denn einer lebendigen Frau. Zwei andere Königstöchter und Königinnen scheinen dann stärker, nachdrücklicher Selbstbewußtsein und Weiblichkeit miteinander zu verbinden: Maria Stuart und ihre Gegenspielerin, die englische Elisabeth. Aber so glücklich der Griff auch war, mit dem die geniale, in dramatischen Dingen fast unfehlbare Hand Schillers diesen Basen- und Herrscherinnenzwist aus der Geschichte hervorzog, so geschickt auch die beiden Frauen rassenmäßig einander gegenübergestellt sind, die ungestüme Hochländerin Maria und der englische Cant Elisabeths, so meisterhaft der Gegensatz zweier Bekenntnisse und zweierlei Macht, der ererbten und der eroberten, dargestellt ist, schließlich basiert doch wieder alles auf Liebe und Liebesgeschichten. Ich will hier noch gar nicht von den grundlegenden Episoden mit Leicester und Mortimer sprechen, die jedenfalls dazu dienen, den Gang des Dramas zu stützen und zu beleben, obgleich dieser Stoff, gerade von Schiller gepackt und behandelt, keinerlei sentimentaler Zutaten bedurft hätte, um ein grandioses Drama zu werden. Ich denke jetzt vor allem an die große Szene der Königinnen in Fotheringhay, wo Maria der Elisabeth alles ins Gesicht schleudert, was sie an jahrelangem Groll in sich aufgespeichert hat, wo das Wort fällt, das in der Historie wie im Drama der Angelpunkt des ganzen Dramas ist, das Wort, das Elisabeth nicht hören kann noch darf, ohne die letzte Rache dafür zu nehmen, das Wort, das die Krone von Elisabeths Stirne reißt und sie auf die blonden Locken der Maria drückt:

> »Der Thron von England ist durch einen Bastard
> entweiht,
> Der Briten edelherzig Volk durch eine listige Gauklerin
> betrogen,
> Regierte Recht, so lägt Ihr jetzt im Staub vor mir,
> Denn ich bin Euer König!«

Da sie ihr dies ins Gesicht wirft, hat sie sich, wir alle wissen es und alle, die um die Königinnen stehen, wissen es, banal ausgedrückt, um den Hals geredet. Aber während auf der Bühne noch die Lohe ihres königlichen Zornes stammt, während die Luft noch bebt von den elektrischen Entladungen, die über alle hingewettert sind, während aus der Ferne schon das Beil blinkt, dem dieser weiße Hals verfallen ist, steigt Maria von der Höhe ihres majestätischen Zorns schon wieder in die Niederung kleinbürgerlicher Gefühle und – denkt an einen Mann:

»Vor Leicesters Augen hab' ich sie erniedrigt,
Er sah es, er bezeugte meinen Sieg,
Wie ich sie niederschlug von ihrer Höhe
Er stand dabei, mich stärkte seine Nähe.«

Das entsprechende Gegenstück zu dieser absoluten und unglaubhaften Liebesseligkeit bildet dann die Tirade, die Mortimer an einer andern Stelle Elisabeth nachschleudert:

»Das Höchste, Schönste, was das Leben schmückt,
Wenn sich ein Herz entzückend und entzückt
Dem Herzen schenkt in süßem Selbstvergessen,
Die Frauenkrone hast du nie besessen.
Nie hast du liebend einen Mann beglückt.«

An diesen Worten, die in ihrem jugendlichen Ungestüm sehr schön sind, merkt man deutlich, wie verwirrend auf die Begriffe die Forderung der absoluten Liebesseligkeit wirkt! Es ist nämlich gar nicht wahr, wenn Mortimer sagt, daß Elisabeth nie einen Mann liebend beglückt hat, im Gegenteil, sie beglückt ja doch vor unsern Augen mehr als einen! Sie steht im Begriff, sich mit dem König von Frankreich zu verloben, liebt den englischen Lord Leicester und zeigt sich gar nicht abgeneigt, zugunsten Mortimers diesen Zweibund zu einem Dreibund zu erweitern. Aber weil sie nicht *immerfort* an einen Mann denkt, weil sie noch ein klein bißchen Ordnung in ihren Gefühlen halten und eine Staatsaffäre von einer Liebesaffäre unterscheiden kann, darum eben: »Die Frauenkrone hast du nie besessen!« Trotz solcher gelegentlicher Rückfälle ins absolut Liebesselige können wir aber die beiden Königinnen doch insofern als moderne Frauentypen in Anspruch nehmen, als sie beide Persönlichkeiten darstellen, die nicht mit dem gewöhnlichen Maßstab der Liebesweibchen gemessen werden dürfen, sondern eben durch die Macht und die Stärke ihrer Persönlichkeit sich über den gewöhnlichen Moralbegriff erheben, Männer lieben, narren, verraten und verlassen konnten, ohne dadurch an wirklichem Wert und an unserem Interesse einzubüßen. Noch moderner ist vielleicht die Lady Milford in »Kabale und Liebe«, die Frau, die sich nicht aus Liebe verschenkt, sondern aus Armut verkauft, die sich nicht mehr entehrt vorkam, weil sie meint, die Not des Landes, durch ihren Einfluß mildern zu können und die den ungeliebten Fürsten verläßt, als sie erfährt, daß er sie in diesem Punkt betrogen hat. Wenn die Lady im allgemeinen nicht so modern wirkt, wie sie in der Tat ist, so liegt das natürlich zum Teil an der pathetischen Sprache, die sie redet, vor allem aber daran, daß wir sie fast immer von hundertjährigen Tragödinnen dargestellt sehen. Wenn wir aber die Sprache ihrer Zeit in die unsere übersetzen und uns das Bild einer anmutigen, stolzen und phantastischen Frau dazu denken, so werden wir überrascht sein, wie modern sie in allem ist, in ihrem Drang nach Betätigung, in dem Schmerz über die eigene Herzensleere, in der plötzlichen Neigung für die herbe Jünglingshaftigkeit Ferdinands, in ihrem sozialen Empfinden und in dem jähen Entschluß, mit dem sie dem Fürsten alles vor die Füße wirft, weil er sie um ihr besseres Teil betrogen hat. Modern in diesem Sinn ist auch noch die Gräfin Terzky im Wallenstein, die Frau, die ebenso stark im Ehrgeiz wie im Familiengefühl ist, wogegen sich in der Jungfrau von Orleans der Dualismus des Wesens wieder deutlich offenbart. Johanna ist abwechselnd eine Begnadete oder eine Verliebte, sobald sie liebt, hört sie auf, ihre Sendung zu vollenden, und sie steht erst wieder in der Gnade, als sie Lyonel haßt, wie sie ihn zuvor geliebt hat. Man kann natürlich nicht verlangen, daß eine phantastisch mystische Persönlichkeit wie das Mädchen von Orleans einen modernen Frauentyp darstellt, es ist aber merkwürdig und bezeichnend, daß Schiller offenbar meinte, auch dies Heldenmädchen mit der himmlischen Mission müsse lieben, um Interesse zu erwecken. Und obwohl es vermessen scheint, an einem Genius Kritik zu üben, möcht ich doch die Frage auswerfen, ob Johanna nicht ohne Liebe interessanter gewirkt hätte, gerade als Gegensatz zur Agnes Sorel, die ja ohnehin in Liebe zerfließt?

Der ungestümste und romantischste aller Klassiker, Heinrich von Kleist, hat in seinem Kätchen von Heilbronn den stärksten Ausdruck der Liebesseligen geschaffen. In seinen übrigen Dramen spielen die Frauen keine gar große Rolle, wie sie ja auch nur bei seinem Sterben, nicht aber in seinem Leben machtvolle Bedeutung gewannen. Nur einmal noch, in der »Penthesilea«, stellt er eine fast überlebensgroße Frau vor uns hin, die wilde Amazone, die mit Achill kämpft und den geliebten Mann von ihren Hunden zerfleischen läßt, weil er sie im Kampf überwunden und es ihr verschwiegen hat. So weich und hinschmelzend Kätchen, so stolz und zügellos in ihrem Weibesbewußtsein ist diese Amazone; moderne Züge weist sie aber trotzdem nicht, denn sie gleicht vielmehr der germanischen Brünhild, die sich vom Manne nicht überwinden lassen will, und in der bekannten Raseszene, in der sie Achill mit ihren Hunden hetzt, streift sie ebensosehr ans Psychopachologische wie Kätchens hysterische Verzückung.

Durchaus modern, obwohl dem Stoff nach in sagenhafter Vorzeit wurzelnd, gestaltete Franz Grillparzer, der österreichische Klassiker, die Frauen und ihr Frauenschicksal in zweien seiner Dramen, in »Medea« und »Sappho«. Mit der ganzen Wärme seines österreichischen Wesens erblickt er in den beiden ein Ewigkeitsschicksal des Weibes, in »Medea«, die uns sonst nur als die gräßliche, die eigenen Kinder mordende, colchische Zauberin erscheint, eine starke und darum eben tief bejammernswerte Frau, die eine furchtbare Leidenszeit mit dem Gatten verbracht hat und nun dem blonden Reiz einer jungen Rivalin weichen muß. Sehr selten, nur in ganz gesegneten Momenten, ist es einem Dichter gelungen, in eine Gestalt zugleich viel Hoheit, so viel Stärke und so viel erbarmungswürdiges Menschentum zu gießen, wie in diese Medea, der wir, ins Bürgerliche übersetzt, alle Tage und immer wieder in unserer Mitte begegnen. Wie glänzend Grillparzer die Umwandlung der Zauberin in eine von Blut, Leben und Großzügigkeit erfüllte Frau gelungen ist, das sieht man am besten, wenn man seine Medea mit der von Racine vergleicht. Interessanter noch aber als sie ist das Problem der »Sappho«, das ewig und zu gleicher Zeit ultramodern ist: die geistig überlegene Frau, die sich in einen hübschen Flachkopf vergafft, der für sie wohl Ehrfurcht, aber kein heißeres Gefühl empfindet, und der sich alsbald von ihr zu einem hübschen, weiblichen Flachkopf wendet. Vielleicht entbehren die Szenen, in denen die Dichterin, immer in zartester Form, um Phaons Herz wirbt, nicht einer gewissen leisen, ganz leisen Komik, aber gerade hierin scheint mir das Menschenwahre und das Moderne noch deutlicher hervorzutreten, denn reine Tragödien werden ja im täglichen Leben so selten erlebt, und gerade die moderne Frau, die einen Übergangstyp darstellt, gerät wohl leichter in die Tragikomödie als in die Tragödie.

Nur etwa zwanzig Jahre trennen Grillparzers Geburtsjahr (1791) von dem des armen dithmarschen Bauernjungen, der 1813 in Wesselburen zur Welt kam – von Friedrich Hebbel. Nach einer Jugend voll bitterster Not, deren furchtbare Entbehrungen schon den Keim zu späterer Todeskrankheit legten, nach Jahren voll Demütigungen, die den stolzen, genialen Jüngling aufs tiefste erniedrigten, kam Hebbel, der es trotz seiner Armut fertig gebracht hatte zu studieren und in München zu promovieren, nach Wien, wo er die Hofburgschauspielerin Christine Engehaus kennen lernte. Er schloß mit ihr im Jahre 1846 eine Ehe, aus der eine solche Fülle geistigen Reichtums fließen sollte, daß das deutsche Volk nicht nur diesem Mann, sondern auch dieser Frau nie genug danken kann. Modern im besten Sinn war dieser Ehebund. Modern nicht etwa insofern, als man sich gegenseitig das Recht auf Untreue zugestand und sich mit Liebschaften anrenommierte, sondern modern, indem zwei Menschen, die das Leben nach allen Seiten, besonders in seiner Härte kennen gelernt hatten, sich rückhaltlos, ohne Verschweigen und Heuchelei einander offenbarten und jeder die Empfindung hatte, daß er in dem andern den wertvollsten Gefährten empfing, den, der ihm von Urbeginn an bestimmt gewesen. Schicksale und Charaktere der beiden wiesen gemeinsame Züge: Hebbel hatte stets mit bitterster Not gerungen und eben erst unter heftigen, inneren Konflikten langjährige Beziehungen zu einem einfachen Mädchen gelöst, das ihm zwei Kinder geboren, ihn mit Opfern aller Art unterstützt hatte, und an das er sich doch nicht binden durfte, sollte nicht das große Pfund, das ihm anvertraut war, in Alltagsleben und Alltagssorgen verloren gehen. Christine wiederum hatte von ihrer Gage immerfort ihre Familie unterstützt und kam gleichfalls aus Liebesbeziehungen her, die ihr schwerste Enttäuschung bereitet hatten und nicht ohne Folgen geblieben waren. Beide waren von hartköpfigen Rassen, er ein Holsteiner, sie eine Braunschweigerin, beide waren's gewohnt, das Leben schwer aufzufassen und niemandem zu gehorchen als der Stimme in der eigenen Brust. Christine erzählte denn auch später lächelnd, daß ihr Eheglück ein Glück mit Blitz und Donner gewesen sei, denn unablässig rangen diese zwei starken Menschen miteinander, rangen freilich nicht wie Feinde, sondern wie ebenbürtige Gegner bei einem olympischen Spiel, in dem jeder Widerstand die

Freude an der eigenen Kraft und an der des andern erhöht. Eine selten glückliche Fügung war es ja, daß Christine als Schauspielerin ihrem Manne die großen Gestalten, die ihn erfüllten, in Fleisch und Blut auf der Bühne verkörpern konnte, und daß sie wiederum, die natürlich im Repertoir einer Tagesbühne auch vielerlei Minderwertiges zu spielen hatte, an ihm und durch ihn lernte, was große Kunst ist. Wie stark sie in ihrer Kunst auf Hebbel gewirkt hat, davon legt das beste Zeugnis die Widmung ab, mit der er ihr auf feinem Sterbebett »Die Nibelungen«, nächst dem »Wallenstein« wohl das gewaltigste deutsche Drama, zueignete.

Er erzählt in dieser Widmung zuerst, wie er als Knabe ein altes Nibelungenbuch gelesen hatte und wie ihn seitdem der Wunsch nicht mehr losließ, die Gestalten des Volksepos nach seinem Sinn für die Bühne zu bannen. Den Wunsch hatte er wohl, immer aber fehlte es an Mut zur Arbeit und an der Intuition, bis er nach Wien kam. –

»Da trat ich einmal in den Musentempel,
Wo sich die bleichen Dichterschatten röthen,
Wie des Odysseus Schaar von fremden Blut.
Ein Flüstern ging durchs Haus und heil'ges Schweigen
Entstand sogleich, wie sich der Vorhang hob,
Denn du erschienst als Rächerin Kriemhild.
Es war kein Sohn Apoll's, der Dir die Worte
Geliehen hatte, dennoch trafen sie,
Als wären's Pfeile aus dem gold'nen Köcher,
Der hell erklang, als Typhon blutend fiel.
Ein lauter Jubel scholl durch alle Räume,
Wie Du die fürchterlichste Qual im Herzen
Und grause Schwüre auf den blassen Lippen
Dich schmücktest für die zweite Hochzeitsnacht;
Das letzte Eis zerschmolz in jeder Seele
Und schoß als glüh'nde Thräne durch die Augen,
Ich aber schwieg und danke Dir erst heut.
Denn diesen Abend ward mein Jugendtraum
Lebendig, alle Nibelungen traten
An mich heran als wär' ihr Grab gesprengt,
Und Hagen Tronje sprach das erste Wort.
D'rum nimm es hin, das Bild, das Du beseelt,

Denn Dir gehört's, und wenn es dauern kann,
So sei's allein zu Deinem Ruhm und lege
Ein Zeugnis ab von Dir und Deiner Kunst.«

Nun hätte Hebbel aber diese moderne Frau, die selbständig, berufstätig im Leben stand und die Verantwortung für alles, was sie tat und ließ, selbst trug, niemals hätte Hebbel diese Frau geliebt oder gar geheiratet, wenn er nicht eben selbst in vielen Dingen ein moderner Mensch gewesen wäre, wenn ihn nicht im Leben wie in der Kunst immerfort die verästelte Linie, das Problem, gereizt hätte. Dieser Grüblergeist warf das Senkblei seiner Forschung in Seelentiefen, vor denen die Dichter bis dahin verständnislos oder schaudernd zurückgewichen waren, und aus diesen Tiefen schöpfte er als erster den Konflikt innerhalb der Ehe, gestaltete er als erster Frauen, die nicht mehr, wie die Frauengestalten der anderen Klassiker, nur um Liebe ringen, sondern um sich selbst, die leiden und sterben, nicht weil man ihnen das Gesetz in der eigenen Brust zerschlagen hat, ohne daß sie nicht leben können. Schon im Jahr 1839, also mit kaum sechsundzwanzig Jahren, hatte Hebbel seine »Judith« begonnen, in der wir zum erstenmal eine solche Frau auf der Bühne erblicken.

Das Drama hält sich im Gang der Handlung vollkommen an die biblische Legende, und dennoch hat Hebbel aus der Judith nicht die herkömmliche, schwerterschwingende, männermordende Heldenjungfrau gemacht. Vielmehr zeigt er sie uns zunächst als die jungfräuliche Witwe Manasses (denn in der Brautnacht hat eine Vision Manasse gewarnt, daß sein Weib für eine große Sendung aufgespart werden müsse), die nach rechter Frauenart das Höchste der Welt in einem Kind erblickt. Da Mirza, die Freundin, ihr die eigene Schönheit rühmt, entgegnet Judith: »Ein Weib ist ein Nichts; nur durch den Mann kann sie etwas werden, sie kann Mutter durch ihn werden. Das Kind, das sie gebiert, ist der einzige Dank, den sie der Natur für ihr Dasein darbringen kann. Unselig sind die Unfruchtbaren, doppelt unselig bin ich, die ich nicht Jungfrau bin und auch nicht Weib!« Doch diese Weichheit und mütterliche Güte hindern Judith nicht, die Not ihres Volkes hundertfach stärker als alle andern zu empfinden, und den Entschluß zu fassen, den übermütigen Feldherrn zuerst zu fesseln und dann zu töten. Sie tritt vor ihn, der gewohnt ist, in jeder Frau nur eine lockende Beute zu sehen, und der sein eigenes Wesen in die Worte preßt: »Kraft, Kraft, das ist's. Er komme, der sich mir entgegenstellt, der mich danieder wirft. Ich sehne mich nach ihm, es ist öde, nichts ehren zu können als sich selbst.« Lange hadert er mit Judith nicht bloß mehr um das Los von Bethulien, sondern auch um tiefsinnige Dinge, daß sie fühlt, in diesem Barbaren steht doch ein Gleichgearteter vor ihr, ein Übermensch wie sie, den man bis zur Vernichtung hassen oder bis zur Vernichtung lieben muß. Schon sagt sie ihm, mit sich selbst im furchtbarsten Kampf:

»Ich weiß nicht, ob man dir was antworten kann. Wo der Sitz meiner Gedanken war, da ist jetzt Öde und Finsternis, selbst mein Herz versteh ich nicht mehr.«

Holofernes entgegnet:

»Du hast ein Recht, über mich zu lachen. Man muß einem Weibe so etwas nicht begreiflich machen wollen.«

Da schreit Judith auf:

»Lerne das Weib achten! Es steht vor dir, um dich zu ermorden! Und es sagt dir das!«

Doch Holofernes höhnt sie:

»Und es sagt mir das, um sich die Tat unmöglich zu machen! O Feigheit, die sich für Größe hält! Doch du willst's wohl auch nur, weil ich nicht mit dir zu Bett gehe! Um mich vor dir zu schützen, brauch ich dir bloß ein Kind zu machen!«

Und er zerrt Judith in sein Schlafgemach ... Da tötet dann Judith den Holofernes. Tötet ihn nicht mit kaltem Blut, sondern wie in einem erschütternden Delirium, weil er sie in eben dieser Stunde ganz so erbarmungslos erniedrigt hat, wie ihr Volk, weil er nur ihren Leib genossen, ihre Seele aber mißachtet hat, weil er sie, wie sie sagt, »an Leib und Seele ausgekeltert hat, um an die Stelle des gemißbrauchten Weins zu treten und damit sie einen gemeinen Rausch mit einem noch gemeineren schließen helfe«. Wie eine Verstörte ist sie von dem Schlafenden weggeflohen zu Mirza, die im Vorgemach ihrer wartet. Sie hält das Schwert des Holofernes, zittert noch von der Schmach, die sie in seinen Armen erlebte, zittert auch vor seinem Schlaf, dessen heilige Wehrlosigkeit sie schonen möchte. Doch im selben Atemzug peitscht sie sein satter Schlummer erst recht zur Tat auf.

»Bin ich denn ein Wurm, daß man mich zertreten und als ob nichts geschehen wäre, ruhig einschlafen kann? Ich bin kein Wurm. Er lächelt. Ich kenn es, dies Höllenlächeln, so lächelte er als er mich zu sich niederzog, als er – – Töt' ihn, Judith, er entehrt dich zum zweiten Male in seinem Traum, sein Schlaf ist nichts, als ein hündisches Wiederkäuen deiner Schmach.«

Und nun vollendet sie's, kehrt in die Stadt zurück, und die Ältesten lobpreisen sie:

»Du hast die Namen der Helden ausgelöscht und den deinigen an ihre Stelle gesetzt!«

Judith aber lehnt alle Ehrungen ab und verlangt als Lohn für ihre Tat nur eins:

»Daß ihr mich tötet, wann immer ich's begehre!«

Und da sie entsetzt, erstaunt vor ihr zurückprallen, spricht sie die Schlußworte des Dramas, mit denen sie den Holofernes zum zweiten Male tötet:

»Ich will dem Holofernes keinen Sohn gebären. Betet zu Gott, daß mein Schoß unfruchtbar sei, vielleicht ist er mir gnädig!« Es ist unmöglich, in dieser flüchtigen Skizzierung auch nur annähernd die Größe dieses Dramas und dieser Frauengestalt anzudeuten, die sich nicht bloß gegen die Brutalität des Mannes, sondern auch gegen das Naturgesetz aufbäumt, die sich nicht durch Zufall zu einer verhaßten Mutterschaft zwingen lassen und eher sterben will, als ein Kind gebären, das sie in Roheit und nicht in Liebe empfangen hat.

Kurze Zeit nach der Judith erschien das bürgerliche Trauerspiel »Maria Magdalena«, scheinbar in allem dem biblisch-historischen Drama der mordenden Heldin vollkommen entgegengesetzt und ihm doch wesensverwandt in der Art wie hier abermals ein Frauenschicksal bis in seine letzten Tiefen beleuchtet wird. Auf den ersten Blick scheint Maria Magdalena ungefähr eine Gretchentragödie: die Tischlerstochter Klara trägt ein Kind unter dem Herzen, und der Mann, dem sie sich gab, weigert sich, sie zu heiraten, weil er eine reichere Braut in Aussicht hat. Dem armen Mädel bleibt nichts als Schande und Tod. So scheint es, so ist es, und wenn man nur diese simplen Umrisse der Handlung erblickt, so möchte man wohl verwundert fragen, was an dieser Alltagsgeschichte Besonderes oder gar Problematisches sein soll. Aber Klara ist eben nicht Gretchen, ist kein kindisches Bürgerkätzchen, das aus Angst vor dem Gerede der Leute oder vor Familienskandalen zum Verbrechen schreitet. Sie ist ja auch gar nicht von einem geliebten, sondern von einem ungeliebten Mann verführt worden, von dem Bräutigam, den sie nahm, als der Mann ihres Herzens fortzog in die Welt und sie vergessen zu haben schien. Als der plötzlich zurückkehrt, merkt der Bräutigam wie es um Klaras Herz steht, und weil er sie nicht lassen, vor allem dem andern nicht lassen will, dringt er in sie, bis sie nachgibt, und sie gibt nach, weil sie meint, daß sie so den andern am besten vergessen könne. Das ist nach dem Sinne der Urklassiker sicher nicht erhaben gedacht; wir haben ja in Emilia Galotti gesehen, daß ein junges Mädchen sich lieber umbringen läßt, als daß sie der Stimme des Blutes folgt. Nun erst gar, wenn das Blut sich erhebt und sie dennoch einem anderen, einem Ungeliebten in die Arme gleitet! Man mußte eben schon Hebbel, der unerschrockene Seelenforscher und für unsere Zeit moderne Mensch sein, um diesen einfachen und doch seelisch so komplizierten Vorgang aufzuspüren und menschlich darzustellen. Immer höher wächst das Drama über die Alltagsgeschichte empor, denn wenn Klara auch nur ein Bürgermädel ist, so trägt sie doch schon in sich das starke Verantwortungsgefühl, das sie von Gretchen und ihren übrigen Wegesgenossinnen abtrennt. Nie dächte sie daran, ihr Kind oder sich zu töten: »Wär's um mich allein, ich wollt's ja tragen, ich wollt's geduldig hinnehmen, als verdiente Strafe für, ich weiß nicht was, wenn die Welt mich in meinem Elend mit Füßen träte, statt mir beizustehen. Ich wollte mein Kind, und wenn's auch die Züge dieses Menschen trüge, lieben, ach, und ich wollte vor der armen Unschuld so viel weinen, daß es, wenn's älter und klüger würde, seine Mutter gewiß nicht verachten noch ihr fluchen sollte. Aber ich bin's nicht allein – –« Denn da ist ihr Vater, der strenge, starrsinnige Meister Anton, der kein Wort sagt, das er nicht hält, und er hat, da ihm die Frau starb und der Sohn fälschlich als Dieb verklagt wurde, in Bitterkeit und Verzweiflung der Tochter geschworen: »Wenn auch du mir Schande machst, schneid' ich mir mit dem Rasiermesser den Hals ab!« Nicht also das, was gemeinhin Schande heißt, nicht das Kind, das sie erwartet, sondern der entsetzliche Vater wird Klaras Schicksal. Einen Augenblick freilich scheint sich alles noch zum Guten zu wenden, in der Szene, da der von Klara geliebte Mann, der Sekretär, um sie wirbt, erfährt, was ihr geschehen und das ebenso berühmt gewordene wie mißdeutete Wort spricht: »Darüber kann kein Mann weg.« Dies Wort ist immer wie ein Dogma, wie ein Intoleranzantrag der gesamten Männerwelt betrachtet worden, mit dem Hebbel angeblich sagen wollte: »Kein anständiger Kerl kann einer Verführten die Hand reichen!« Ich betone ausdrücklich, daß dies Wort mißdeutet worden ist, denn es steht nicht in so lapidarer Einsamkeit da, wie es meist zitiert wird. Vielmehr fügt der Sekretär gleich hinzu: »Vor dem Kerl, dem man ins Gesicht spucken möchte, die Augen niederschlage müssen.« Mit diesen Worten, die keineswegs ein Verdammungsurteil enthalten, wohl aber sehr menschliche, sehr männliche Gefühle, nimmt der Sekretär die Schuld von Klara hinweg und legt sie in ihrer ganzen Schwere dem Verführer auf die Schultern. Er tut das nicht nur, weil er Klara liebt, sondern weil eben auch dies einfache Tischlermädel mehr zu geben hat als Liebesseligkeit und physische Unberührtheit: Wahrhaftigkeit und Verantwortungsgefühl. Und darum spricht der Sekretär weiter: »Mädchen, du stehst vor mir?! Tausende ihres Geschlechts hätten's klug und listig verschwiegen und es erst dem Mann in einer Stunde süßer Vergessenheit in Ohren und Seele geschmeichelt! Ich fühle, was ich dir schuldig bin!« Aber Klara mit ihrer schönen Ehrlichkeit und ihrem starken Verantwortungsgefühl käme selbst nicht »darüber weg«. Sie hätte nicht »den schlechten Mut«, die Hand zu fassen, die gut machen will, was ein anderer an ihr verbrochen hat. Sie ist in gewissem Sinn eben doch ihres Vaters Tochter, gehört zu jenen Frauen, bei denen nicht der Mann, der Mann an sich, die Gewalt zu binden und zu lösen hat. Während draußen im Wald die zwei Männer, der Geliebte und der Ungeliebte, sich im Zweikampf gegenüberstehen, ertränkt sie sich in einem Brunnen, daß es wie zufällig aussieht. Doch über ihr Grab hinaus spricht der selbst zu Tod getroffene Sekretär die Worte, die alle starren, verrosteten Begriffe über Mädchen- und Männerehre in dem Evangelium einer neueren, menschlicheren Weltanschauung lösen: »Hätt' ich sie doch, da ihr Herz in namenloser Angst vor mir aufsprang, in meine Arme geschlossen, statt an den Buben zu denken, der dazu ein Gesicht ziehen könnte.« Und zu dem entsetzlichen Vater spricht er mit dem letzten Atemzug, wie man's heute, im Jahrhundert des Kindes und des Mutterschutzes wohl verständlich findet, wie es aber damals, im Jahre 1843, für die Bühne wenigstens ganz ungewöhnlich war: »Und auch er, so eisern er dasteht, auch er wird noch einmal sprechen: ›Tochter, ich wollte doch, du hättest mir das Kopfschütteln und Achselzucken der Pharisäer um mich her nicht erspart. Es beugt mich doch tiefer, daß du nicht an meinem Sterbebett sitzen und mir den Angstschweiß abtrocknen kannst.‹«

»Judith« und »Maria Magdalena« sind vor der Ehe mit Christine geschrieben. Sobald er den Bund mit dieser hochbegabten und eigenartigen Frau geschlossen hatte, geht für Hebbel künstlerisch eine neue Perspektive auf: das Drama in der Ehe. Eine neue Perspektive und auch ein in der dramatischen Literatur bis dahin nie behandeltes Problem, denn wir haben ja vorhin gesehen, daß die Urklassiker das Schicksal der Frau mit dem Hochzeitstag für beendet hielten; zum größern Teil lag es aber wohl daran, daß ihre eigenen Ehen ihnen keine besonderen Probleme boten und bedeutende Frauen nur ganz vorübergehend eine Rolle darin spielten. Lessings Liebeserlebnisse waren so dürftig wie sein übriges Leben, und seine sehr glückliche Ehe mit der Witwe seines Freundes König wurde schon nach einem Jahr durch den Tod der Frau gelöst. Goethe floh vor der Frau von Stein (die übrigens sicher nur eine präziöse, keineswegs bedeutende Frau war) und ihrer ganzen Atmosphäre nach Italien und heiratete später seine Wirtschafterin, Christiane Vulpius. Schiller umtoste eine Weile mit allem Aufwand seiner ungestümen Seele die genialische Frau von Kalb, fand aber bald, daß diese Beziehungen ihm zu viel Zeit und Seelenruhe raubten, und heiratete, getreu seinem Prinzip: »bei einem ewigen Bund darf für mich von Leidenschaft nicht die Rede sein«, das liebe, kleine Fräulein von Lengefeld, das ihm sicher keinerlei Probleme zu lösen gab. In dem kurzen, von Qual und Unruhe erfüllten Leben Kleists war für eine Frau, für eine ungewöhnliche Frau, kein Raum, und so seltsam und langandauernd und verzwickt auch das Verhältnis war, das Grillparzer mit den drei Schwestern Fröhlich, insbesondere mit Kathi verband, so haben diese einfachen Wiener Bürgermädchen wohl menschlich, aber sicherlich nicht künstlerisch tief auf ihn gewirkt. Der erste, der eine kongeniale Frau in sein Leben führte, war Hebbel, und darum auch war er wohl der erste, der Dramen der Ehe schrieb. Zu ihnen gehört in erster Linie »Gyges und sein Ring«, das als Grundfabel die bekannte mythologische Anekdote enthält von dem eiteln König Kandaules, der den durch einen Zauberring unsichtbaren Gyges in sein eheliches Gemach führt, damit er sich überzeuge, wie schon die Königin und wie glücklich Kandaules sei. Rhodope, die Königin, die erfährt, daß Gyges sie belauscht hat, fühlt sich in ihrer blumenhaften Keuschheit davon so beleidigt, daß sie ihn reizt, Kandaules zum Ringkampf zu fordern, in dem der König fällt. Nun vermählt sich Rhodope dem Gyges, aber nur für einen Augenblick, nur damit kein anderer Mann als der Gatte sie je erblickt hat. Noch am Altar stößt sie sich selbst den Dolch in die Brust. Mit Ausnahme dieses Selbstmordes beruht, wie gesagt, die ganze Geschichte auf einer historischen Überlieferung, Hebbel aber hat sich's nicht an den bloßen Tatsachen genügen lassen. Er hat in Kandaules die Tragödie des Neuerers geschrieben, dem als das konservative Element Rhodope gegenübersteht, so daß es einen tieferen Sinn gewinnt, wenn er sie vergeblich bittet, sich bei einem Fest entschleiert dem Volk zu zeigen, und wenn er ihr lächelnd und dennoch verletzt sagt:

»Genug, ich kenne ja dies ›nein‹;
Bläst auch der frische Wind an allen Orten
Die Schleier fort, du hältst den deinen fest.«

Gewiß ist diese Rhodope in ihrer übertriebenen Blumenkeuschheit, die einen gar nicht vorhandenen Makel durchaus in Blut, im Blut des eigenen Gatten abwaschen will, für unsere Begriffe unsympathisch, allzu asiatisch gedacht. Wenn wir aber ihren übertriebenen Begriff von Weibesehre als Rasseeigentümlichkeit betrachten, dann sehen wir, daß auch sie zu den Frauen gehört, denen über alles das Gesetz in der eignen Brust steht.

»Je mehr ich sinne, um so weniger
Begreif ich meinen Gatten. Hört ich's doch
In frühster Jugend schon, daß die Befleckte
Nicht leben darf, und wenn mich das als Kind
Durchschauert hat, jetzt habe ich den Grund
Für dies Gesetz in meiner Brust gefunden:
Sie kann nicht leben und sie will's auch nicht.«

Weil Rhodope eben nicht leben w i l l, wo sie, nach ihrer Auffassung, nicht mehr leben k a n n, stößt sie sich am Hochzeitstag den Dolch in die Brust.

Wie »Gyges und sein Ring«, so behandelt auch »Herodes und Mariamne« das Drama in der Ehe, verfeinert und vertieft den Konflikt zwischen Gatten, daß eine Dichtung entsteht, wuchtig wie das urklassische Drama, und zugleich differenziert, als wär es von Ibsen oder Strindberg. Hebbel selbst erzählt einmal, daß die Idee zu diesem

Drama aus Eifersucht geboren worden war. Nicht aus banaler Eifersucht, die fürchtete, daß Christine ihm untreu sein könnte, sondern aus einer seltsamen und sehr begreiflichen Eifersucht auf das Unveräußerliche in ihrem Wesen, das nicht ihm gehörte, das sie vielleicht Abend für Abend in ihrer Kunst dem Publikum offenbarte. So entstand die erschütternde Tragödie vom schwächlichen König Herodes, der nicht vertrauen kann, und von der schönen Königin Mariamne, die Vertrauen fordert, es aber nicht erschwatzen und erschmeicheln mag. Herodes ist nach Rom zitiert, um sich vor Cäsar Antonius wegen des Mordes an dem eigenen Schwager, Mariamnens Bruder, zu verantworten. Er folgt dem Ruf voll Angst, nicht Angst um sich, sondern Angst, daß der üppige Cäsar, zu dem der Ruf von Mariamnens Schönheit gedrungen ist, ihn, Herodes, ins Gefängnis werfen und Mariamne erobern könnte, wie er Kleopatra erobert hat. Und er fordert von Mariamne den Schwur, daß sie in dem Augenblick freiwillig sterben würde, in dem sie die Nachricht seines Todes empfinge. Mariamne aber weigert den Schwur. Sie hat Herodes zeitlebens die stärksten Beweise ihrer Liebe gegeben, gegen ihre ganze Familie ist sie zu ihm gestanden, selbst jetzt, da er ihr eben einen jungen Bruder morden ließ. Sie ist eine Makkabäerin, die stolze, unerschütterliche Tochter einer Heldenrasse, die zu sterben weiß, ohne daß man sie erst darauf vereidigt. Und sie entgegnet Herodes:

»Man stellt auf Taten keinen Schuldschein aus,
Viel weniger auf Schmerzen und auf Opfer
Wie die Verzweiflung zwar, ich fühl's, sie bringen,
Doch nie die Liebe sie verlangen kann.«

Herodes aber, der mißtrauische Mann, begreift die Größe dieser Frau nicht und gibt seinem Schwager Joseph den Befehl, Mariamne sofort zu töten, sobald er, Herodes, nicht zurückkehrt. Obwohl Herodes Joseph mit einem Eid den Mund versiegelt hat, erfährt Mariamne doch, daß Joseph zu ihrem Henker bestimmt war und sie ist außer sich vor Schmerz und Empörung, daß der Gatte über sie verfügte, als wär sie nicht ein Mensch wie er, mit freiem Willen und freiem Entschluß. In ihrem Herzen war ja lang beschlossen, daß sie ihn nicht überleben wollte, nun aber schreit sie in tiefster Qual auf:

»Ich war ihm nur ein Ding und weiter nichts!«

Herodes kehrt zurück, mit neuem Mißtrauen erfüllt, diesmal gegen den Schwager, der, so meint er, doch nur um einen hohen, um den allerhöchsten Preis, Mariamne sein Geheimnis verraten haben könnte. Und wie er vorher von ihr den Selbstmord gefordert, so fordert er jetzt, daß sie sich rechtfertige und ihm beteure, daß sie Joseph für sein Geheimnis nicht mit sich selbst bezahlt habe. Aber wie sie vorher den Schwur geweigert hat, so weigert Mariamne jetzt jede Rechtfertigung, denn sie ist viel zu stolz, um Selbstverständliches erst noch mit Reden zu bekräftigen, wird niemals von ihrer Höhe herabsteigen zu den Kleinkrämerinnen der Liebe, die mit Worten Gefühle, Liebe, Glück und Treue zudringlich anpreisen. Wenn Herodes auf die Rechtfertigung dringt:

»Du wirst es tun, weil du dich selber ehrst!« entgegnet sie:

»Weil ich mich selber ehre, tu ich's nicht.« Während sie so spricht, hofft sie immer, daß der mißtrauische Mann an ihrer schönen Ruhe endlich merken möge, wer vor ihm steht, daß er von ihrer Unerschütterlichkeit lernen möge und seinem Weibe endlich das Vertrauen schenken, das ihr gehört. Herodes aber bleibt schwach und feige, und da er sich eben zu einem Zug nach Afrika rüstet, stellt er Mariamne zum zweiten Male unter das Schwert, nur heißt der Henker diesmal nicht Joseph, sondern Soemus.

Zum zweiten Male erfährt Mariamne, was ihr bestimmt gewesen, und nun ist jedes Band zwischen ihr und dem König zerrissen. Ihre keusche Empfindung, der schon Worte Entehrung bedeuteten, bindet jetzt die Maske der Schamlosigkeit vor, und wie sich das Gerücht verbreitet, Herodes sei gefallen, richtet Mariamne ein Fest und tanzt in bunten Kleidern, mit verzerrtem Gesicht, daß alle schaudern, die sie sehen. Unvermutet kehrt Herodes heim, versteht auch diesmal nicht, daß eine Verzweifelte, nicht eine Schuldige vor ihm steht und beruft ein Gericht, das Mariamne des Betrugs an ihm verklagt. Mariamne entgegnet, daß sie den König nie betrogen habe, daß er sie genau so fand, wie er sie sich gedacht, seinen Tod mit Tanz und Spiel und bunten Kleidern feiernd:

»Wie ich beim Scheiden stand vor seinem Geist,
So hat er mich beim Wiedersehn gefunden,
Drum muß ich leugnen, daß ich ihn betrog!«

Nach diesem hohnvollen Bekenntnis hat sie nichts weiter mehr zu sagen, ruft selbst das Urteil herbei, das ihr den Tod spricht. Erschüttert und bewundernd steht der römische Hauptmann Titus, mit dem sie die letzte Unterredung hat, vor ihr:

»Ich staune, daß ein Weib mich lehren soll
Wie ich als Mann dereinst zu sterben habe!«

Mariamne aber sagt ihm, daß für sie zum Sterben kein Mut mehr gehöre, daß sie so zerbrochen, so innerlich vernichtet sei, daß es für sie nichts anderes mehr gibt als den Tod:

»Kann ich noch leben?
Kann ich mit dem noch leben, der in mir
Nicht einmal Gottes Ebenbild mehr ehrt?«

Und sie geht zum Tode, erhoben von dem Gefühl, daß Titus ihr Bild vor Herodes reinigen wird und ebenso durchdrungen von der Erkenntnis, daß keine Gemeinsamkeit mehr möglich war zwischen ihr und dem Mann, der nichts in ihr sah, als ein Ding, über das er nach Gutdünken verfügte.

So oft Herodes und Mariamne aufgeführt wird, was freilich selten genug geschieht, weisen die Kritiker jedesmal auf die Ähnlichkeit des Problems mit dem Noraproblem hin. Ibsen selbst hat ja die Wahlverwandtschaft seines künstlerischen Wesens mit Hebbel nie geleugnet, er hat sogar einmal in Wien, bei einem Festdiner, das man ihm zu Ehren gab, geäußert, er begriffe eigentlich nicht recht, warum die Deutschen ihn so sehr als Neuerer feierten, da sie doch Hebbel gehabt hätten, der ganz die gleichen Wege ging wie er. Die Ähnlichkeit mit Nora und auch mit Rosmersholm läßt sich in der Tat nicht leugnen, aber wir können ohne Chauvinismus sagen, daß Hebbel sich hier als der ungleich größere Psychologe und Dichter erwiesen hat. Denn immerfort klafft in »Nora« der innere Spalt zwischen dem zweiten und dritten Akt, niemals werden wir einsehen, wieso das kindische Singvögelchen der ersten zwei Akte über Nacht eine ernste, ja bittere Frau wird, die große Worte im Mund führt, Mann und Kinder verläßt, um sich selbst zu erziehen. Immer wirkt dieser dritte Akt papieren und tendenziös, um so mehr, da eben Nora und Helmer zwei ganz durchschnittliche Menschen sind, die im Leben wohl von einem Mißverständnis momentan, nie aber durch einen großen, inneren Konflikt dauernd getrennt werde» können. In »Herodes und Mariamne« beginnt die Seelentragödie schon mit der ersten Szene, ja, sie begann schon, als Herodes und Mariamne sich am Altar vermählten. Denn in ihnen stehen sich zwei Naturen gegenüber, die einander notwendig vernichten müssen; der Mann, der in der Frau eben nur ein Geschlechtswesen sieht, das willenlos immer dem Sieger zufliegt, und die stolze Makkabäerin, die kein »Ding« sein will, die sich selber leben muß, mit ihrem eigenen Gesetz, und anders überhaupt nicht leben kann.

Neben diesen vier Dramen, die ich, so gut ich konnte, zu skizzieren und psychologisch klarzulegen versuchte, hat Hebbel natürlich, so kurz auch sein Leben war (er starb schon im Jahre 1863), noch eine Anzahl anderer geschrieben, in denen dir Frauengestalten mehr nach der alten Schablone geraten sind, so z.B. in der »Genoveva«, die wir erst kürzlich sahen, und in denen das Problem eben auf die Schultern des Mannes gelegt ist. Auch in seinen »Nibelungen« hat Hebbel natürlich keine moderne Frauengestalt geschaffen, denn er war ja viel zu ehrfürchtig und selber viel zu gewaltig, als daß er versucht hätte, wie moderne schwächliche Ästheten tun, die gigantischen Menschen alter Mythen modern zu deuteln oder zu vertifteln. Gerade weil er kein Ästhet, kein Tendenzdichter, kein Feminist war, gerade darum sind die Dramen, in denen er einen komplizierten und großen Frauentyp schuf, um so wertvoller für alle, die sich zu der neuen Frau bekennen. Wie groß der Eindruck und der Einfluß seiner modernen Frau auf ihn gewesen ist, das sehen wir am deutlichsten aus der schon erwähnten Widmung seines großen Nibelungendramas, das er nach siebenjähriger Arbeit ihr mit so viel Ergebung und rührender Bescheidenheit zueignete, als wäre in dieser Ehe sie der große Genius gewesen, nicht er. Und an der Bedeutung, die er selbst dieser Frau zuerkannte, wollen wir festhalten, wenn uns die Gegner der Frauenbewegung immer wieder auf die geistige Mesalliance der Exzellenz Goethe hinweisen und spöttisch lächeln: »Schaut euch die Christiane Vulpius an, sie hat einen Großen glücklich gemacht, und war doch eine ganz unmoderne Frau!« Dann wollen wir auf Hebbels Ehe weisen und entgegnen: »Und ihr, schaut euch diese Christiane an! Sie hat einen Großen nicht nur glücklich, sondern auch reich gemacht, und war doch eine ganz moderne Frau!«

Die Unverstandene und die Dämonische

Feuilleton von Carry Brachvogel
Aus: Neues Wiener Tagblatt 2. Februar 1912

Unsre Großväter haben sie, die unsrer heutigen Generation mehr wie eine Legende erscheint, noch von Angesicht zu Angesicht gekannt – die unverstandene Frau. Mit schmachtenden Locken und schmachtender Seele blickte sie sanft betränten Auges ins Leben hinein, das so ganz anders war, als sie es in holdem Unverstand geträumt hatte oder noch träumte. Sie las romantische Bücher, schrieb selbstverständlich ein Tagebuch, wenn nicht gar Gedichte, welche bei Sonnenuntergängen oder sonstigen unpassenden Gelegenheiten, sprach von der Welt und ihrer Ähnlichkeit nur mit einem melancholische Lächeln der Verachtung und ersehnte einen Seelenfreund, der sie voll Zartheit und Überschwung auf jene Höhe geleiten sollte, wo die Sätze mit »O teure Freundin!« anfangen und die Hochspannungen der Empfindung sich in Tränenbächen lösen. Dieser Seelenfreund hätte aussehen und sein müssen, wie nie ein Mann aussah, war ein Gemisch von dem herrlichen Hauslehrer des Spielhagenromans von einem Märchenprinzen, einem Tenor und einem Lyriker. Und weil es diese Spezies überhaupt nur selten, in der Umgebung der Unverstandenen aber gar nicht gab, lachte die Welt über Schmachtseelchens Träume, und wenn sie genug gelacht hatte, fand sie es empörend, daß eine Frau sich's nicht an dem ihr von Gott bestimmten Wirkungskreis genügen ließ und recht zufrieden damit war. Das »von Gott bestimmt« sprachen sie immer feierlich und mit verdrehten Augen, wie sie's jedesmal machen, wenn sie sich wegen einer großen Lieblosigkeit oder Gemeinheit hinter dem lieben Gott verstecken wollen, und es zeigte sich ja auch späterhin, daß Gott für die Frau ebenso wenig wie für den Mann eine besondere [Original beschädigt] des Glücklichseins vorschrieb, sondern ganz zufrieden ist, wenn er aus ihrem lachenden Gesicht liest, daß ihr seine Welt gefällt ...

Schmachtseelchen lachte wohl auch, aber mehr über die Torheiten als über die Seeligkeiten der Welt. Er war selbstverständlich verheiratet, natürlich unglücklich verheiratet, denn eine unharmonische Ehe war ja die erste Vorbedingung des Unverstandenseins. Man braucht aber deswegen nicht zu denken, daß es eine Ehe mit brutalen Szenen und groben Verfehlungen war, nein, Schmachtseelchen fühlte die Ehefesseln nur so drückend, weil larmoyantes Wesen und Erdenkonflikte interessant und modern waren und weil der Gatte eben in nichts dem erträumten Seelenfreund glich. Nie sagte er zu ihr voll Zartheit: »O geliebte Freundin«, verlangte nie, dass sie ihm ihr [Original beschädigt] Herz erschüttert oder schluchzend offenbaren sollte. Rotbackig, breitspurig erfüllt von seiner muskelstarken und etwas philiströsen Männlichkeit stand er lachend vor ihr da und wollte nichts weiter, als gelegentlich ihre Zärtlichkeit und ein gesundes Kind, aller Tage aber gutes Essen und angenähte Hemdknöpfe. Er gehörte noch zu der Generation, die mit dem Schlachtruf »der Mann muss hinaus ins feindliche Leben« jeden Abend zum Tarot an den Stammtisch oder auf die Kegelbahn ging und mit Überzeugung glaubte, »wer niemals einen Rausch gehabt, der ist kein braver Mann«. Deswegen war er beileibe weder ein Spieler noch ein Säufer noch ein schlechter Familienvater und sang, wenn er animiert war, gern sentimentale Lieder, in denen die Frauen als Priesterinnen und Friedenspenderinnen des irdischen Daseins verherrlicht wurden. Wenn er aber nicht animiert war, hatte er für Schmachtseelchens geistige oder seelische Bedürfnisse kein Verständnis, tat überhaupt alles, was sie sagte und was ihm nicht paßte, mit dem Wort »Weibersachen« ab. Bei ihren Verstiegenheiten blieb er zuerst ruhig, dann lachte, schließlich wetterte er und zum Schluss führte er die unverstandene Frau vor die Dichter und die Witzblättler hin: »Da schaut her! Das ist im Laufe der Zeit aus dem braven, untergeordneten Geschöpf geworden, das einst aus meiner Rippe geformt wurde und bestimmt war, mir dienen und mir eine Schar rotbackiger Kinder zu schenken! Schaut sie euch an, die überspannte Gretel, der's nicht mehr genügen will, wenn sie mir morgens die Hemdknöpfe annähen und am Abend einen Kuß geben darf! Schaut sie euch an, verhöhnt, verdonnert sie, bis ihr die Faxen vergehen und sie sich wieder zurückfindet zu dem Platze, den Gott und außerdem ich ihr angewiesen haben!«

Die Dichter sahen die Frau mit dem betränten Bild und der schmachtenden Seele, sahen den rotbackigen Mann mit der alltäglichen Zufriedenheit und hätten keine Dichter sein müssen, wenn ihnen bei diesem ungleichen Paar nicht die schönsten, feinsten Dinge eingefallen wären. Da schrieben sie denn Romane, die gar nicht nach dem Sinn von Schmachtseelchens Mann waren, aber natürlich andern Männern und besonders allen Frauen gut gefielen. Es waren Romane, in denen die unverstandene Frau ganz ernst genommen und ihre Verstiegenheit als schöne und berechtigte Sehnsucht anerkannt wurde. In diesen Romanen fand sie immer den erträumten Seelenfreund, und wenn sie ihr auch durch ein tückisches Geschick bald wieder verlor oder mit ihm zusammen starb, ja war sie eben doch den Fesseln des Philisteriums entsprungen, hatte den e i n e n Augenblick im Paradiese gelebt, der mit dem Tod nicht zu teuer bezahlt wird. Die Witzblätter und -bolde dagegen sahen in ihr nur die »verdrehte Gretel«, zeichneten sie in Bild und Wort als eine Karikatur die den Mann höchlich erfreute. Er lachte, klatschte Beifall und merkte gar nicht, daß er in der Karikatur seiner Frau die Karikatur seines eigenen Ideals, seiner eigenen Weltanschauung applaudierte. Denn Schmachtseelchens Sentimentalität und exaltierte Tränenseeligkeit war ja nichts andres als die hypertrophe Entartung jener Frau, von der man nur Gefühl, Gefühl und immer wieder Gefühl verlangt hatte, sie war sozusagen zu einem Wassertopf der Empfindung geworden …

Doch noch etwas anderes stellte Schmachtseelchen dar und wusste davon so wenig wie der Mann. Mit ihrem Abscheu vor dem Philisterium, mit ihrem Drang nach Höherem, Feinerem, das sie über den Trotz der Alltäglichkeit erheben sollte, mit dem Bedürfnis, nicht immer nur um Zärtlichkeit, sondern auch um das Geschenk ihrer Seele gebeten zu werden, ist die unverstandene Frau nämlich die allererste Emanzipierte gewesen. War freilich seine Suffragette, die wüßt demonstrierte, mit flatternden Bannern umhergröhlte und Minister beleidigte, war vielmehr eine Reuerin, der man das Zungenbändchen noch nicht gelöst hatte, eine Revolutionärin in Pastellfarben, die ein weißes Blatt in der Hand hielt, auf dem ihre Forderungen unsichtbar mit Zitronensaft geschrieben waren, so daß nur der Eingeweihte, der Verstehende sie entziffern kann. Wie sie so dastand in ihrer melancholischen, unbewußten Auflehnung, mit den unsichtbaren Forderungen in der Hand, lag ein kleines Lächeln, ein ganz leiser Hochmut um ihren Mund. Sie fühlte, wenn sie's auch nicht genau wußte, daß ihre unbestimmte, verlachte Sehnsucht sie zu einer Bürgerin derer machte, die da kommen...

Seit unsre Großväter sie so sahen und auslachten, hat sich die Zeit der Unverstandenen erfüllt, und ihre unbestimmten Forderungen sind längst überholt worden. Die Zungenbändchen der Frauen sind so gründlich gelöst worden, daß sie jetzt fast wie Transmissionsriemen arbeiten, an Stelle der Zitronensaftschrift ist weithin leserliche Drukkerschwärze getreten, und Unverstandensein ist für die Frau ebenso Vieux jeu wie Handnäherei und Petroleumlampen. Höchstens ist man heute noch »leise«, »sensitiv«, »differenziert«, »überkultiviert« oder gar – o höchste Wonne! – »dekadent«. Aber eine wirkliche Zugkraft für den Trotz der sich einbildet, nicht Trotz zu sein, üben die passiven Frauentypen nicht mehr aus. Ganz unpopulär freilich sind die Aggressiven, daß heißt diejenigen, die meinen, daß ein gescheites Frauenzimmer immerhin noch so viel wert sei, wie ein dummes Mannsbild, und die sich's darum zutrauen, ihr Leben in die eigene Hand zu nehmen. Die Unpopularität dieses vermeintlichen Typs ist so groß, daß alle Männer sämtlicher Reife und Weltanschauungen sich gegen ihn zusammenschließen, geradeso wie im Reichstag zuweilen. Das Ideal der Männer, die seines haben, ist natürlich immer noch die Frau, die in schöner Abwechslung kocht, küßt, stillt, flickt und wäscht, der moderne Mann aber, der, wie er sagt, die Kulturfragen seiner Zeit lößt oder sie wenigstens hypnotisiert anstarrt, der moderne Mann hält Ausschau nach einer neuen Frau, die ein bißchen anders ist als die verhaßte Gattin des Spießbürgers und ganz anders als die verhaßte Neue. Und siehe! Da naht sich die Nachfolgerin der Unverstandenen! Sie sieht wesentlich anders aus als ihre Vorgängerin, trägt weder Schmachtlocken noch betränte Augen, schreibt kein Tagebuch und braucht keinen Seelenfreund. Ihr Haar ist struwwelig, ihre Augen rollen wie Feuerräder, der Anzug ist reichlich schlampig, und wenn sie Gedichte macht, so lassen sie an Deutlichkeit und Entschleierung der intimsten Gefühle nichts zu wünschen übrig. In der Hand trägt sie ein flatterndes Banner, auf dem prahlerisch geschrieben steht: »Ich bin dämonisch!« Und weil sie dämonisch ist, braucht sie eben keinen Seelenfreund, sondern nur einen Mann, mit dem sie nicht auf Höhen, sondern im Gegenteil in Tiefen und Untiefen steigt, allwo sie ihn mit milder Lust, fangenden Küssen und anderem Larifari, das wir aus der Groschen Literatur kennen, zugrunde richten wird, ihn und nach ihm noch einen und noch einen und wieder einen, Dutzende, Hunderte, Tausende, denn sie ist dämonisch! Ist sie's in Wahrheit? In den meisten Fällen muss die Frage leider mit »nein« beantwortet werden. Die Dämonische ist im Tiefinneren nur ganz ausnahmsweiße anders, heißer, verworfener als die andern, aber sie hat eine ungewöhnlich feine Witterung für die Tagesmoden des Zeitgeschmackes, einen fabelhaften Instinkt für den kleinen Gewinn, den die einzelne aus einer großen, allgemeinen Strömung herausholen kann. Sie hat etwas von der blonden Bestie läuten hören, hat den »Erdgeist« und »Salome«, hat Bücher männlicher und weiblicher Faselhänse gelesen, die emphatisch verkünden, daß die Frau allein durch ihre Weibhaftigkeit der Natur näher stehe als der Mann und daher eine ungleich stärkere, geheimnisvolle Kraft verkörpere und ihr pfiffiger Kopf hat schon begriffen, daß der moderne Mann das Evangelium von der Übernatürlichkeit der Frau gern glaubt, schon damit er ihr nicht ihr natürliches Teil – die Selbstständigkeit – zuerkennen muß. Früher, da man Wert darauf legte, alles zu vergeistigen, sagte der Mann zu und von der Frau: »Gefühl ist alles!« Heute, da man auch Sentimentalitäten naturalistisch deutet und mit Tiefsinn verbrämt, jagt der Mann voll geheimen Schauder des Entzückens: »Instinkt ist alles!« Noch vor dreißig Jahren betonte man stolz, daß der Intellekt den Menschen über das Tier erhebe, heute sucht man eifrig auf dem Wege des Instinktes wieder zur Bruderschaft mit dem Tier zu kommen und sieht bewundernd auf ihn oder gar auf sie, dem oder dieser große Wurf gelungen. Die Dämonische hat den Trick dieser neuesten Mode sofort losgehabt, und wenn die Unverstandene einst der Wassertopf des Gefühles war, so ist die Dämonische der Wassertopf der Weibhaftigkeit. Sehr geschickt nennt sie ihre Ungrazie »archaisch«, ihre Unbildung »elementar«, ihre schlechten Manieren »primitiv«. Sieghaft wie früher Göttinnen schritten, lümmelt sie daher und bläht sich im Wollgefühl, eine Teufelin zu sein. Mitunter bläht sie auch beängstigend schwellende Formen und Armmuskeln, die einem [Original beschädigt] Ehre machen würden, aber im allgemeinen ist heute, im Jahrhundert der Schlankheit, die kindliche Bewerberin beliebter. Die Unverstandene betonte gern, dass sie weltunkundig sei, die Dämonische prahlt mit ihrem Talent zur Ausbeugung, die Unverstandene war ganz Hingebung, die Dämonische betont ausdrücklich, daß sie ganz Selbstsucht sei, die Unverstandene träumte davon, in dem Seelenfreund ihr eigenes Selbst aufzugeben, die Dämonische renommiert zähneknirschend: »Von Zeit zu Zeit muß ich einen zugrunde richten!« Mit Gliederverrenkung, die sie für schlangenhaft, mit Känguruschritten, die sie für bacchantisch hält, wirft sie sich auf eine Ottomane, löst ein Zöpfchen, daß sie für eine Mähne ausgibt, führt den Mann damit im Gesicht herum und sagt: »Simson, schau' nur, wie dämonisch ich bin!«

... Dem modernen Mann, der so ziemlich alles ist, nur kein Kraftmeier, schmeichelt es natürlich, daß sie ihn Simson nennt, und aus Erkenntlichkeit und auch aus Naivität redet er die prahlende, verrenkte, zähnefletschende Gliederpuppe als Delila an, glaubt ihr aufs Wort, daß sie ihn in Seeligkeit ruiniert, und ist gar nicht besonders erstaunt oder empört, wenn sie, statt sein Haupt des natürlichen Schmuckes zu berauben, es mit einer etwas peinlichen, wenn auch häufig vorkommender Zier schmückt. »Zukunft ist alles«, murmelt er und hat, mit seiner Resignation eigentlich recht, denn wenn Weibhaftigkeit allein das Allerhöchste ist, wenn die aus dem Instinkt resultierende Kraft die Dämonische wirklich hoch über alle andern Frauen hebt, dann darf man es ihr doch nicht verargen, wenn sie von ihrer Dämonie den weitestgehenden Gebrauch macht. ...

Allmählich freilich, hauptsächlich wenn er sie geheiratet hat, wird dem Mann bei der Dämonischen etwas schwül, oder, richtiger gesagt, etwas flau. Er merkt dann nämlich, daß sie sich nur durch ihre Prahlerei, durch ihre körperliche wie geistige Gliederverrenkung von andern Banalitäten unterscheidet und daß sie in Wahrheit spießbürgerlich, ungebildet und dumm ist. Dann seufzt er wohl, daß sie so wenig Verständnis für seine Interessen hat, blättert nachdenklich und sanft ergriffen in dem vergilbten, mit Sentimentalitäten und Tränenspuren betauten Tagebuch seiner Großmutter, die sicher so eine liebe Unverstandene war. Oder er schaut hinüber zu der unpopulären Neuen, die weder mit ihren schönen noch mit ihren häßlichen Gefühlen protzt, die ruhig und selbstbewusst ihren Weg geht, froh, wenn sie Menschen findet, mit denen sie in ihrer Sprache reden kann, die auch die seine ist. Merkwürdig, die Reue kommt ihm jetzt neben den Taschenspielerstückchen seiner Dämonischen gar nicht mehr so unangenehm und gefährlich vor! Vielleicht schleicht er sogar in der Dämmerstunde zu ihr hin und klagt ihr sein Leid über die Frau, die seine Sehnsucht, seine ideale Forderung nicht versteht. Denn dies ist die drollige Logik der Tatsachen, der Enkel der Unverstandenen verleugnet zwar die Ahne und beugt das Knie vor der Dämonischen, aber zum Schluss merkt er doch, daß ihm die Großmutter ihre besondere Art bereitet hat; mit melancholischem Lächeln und leisem Stolz auf seine seelische Definition präsentiert er sich als ein hochmoderner Typ, als – der unverstandene Mann.